国家出版基金项目
“十二五”国家重点图书出版规划项目

中國京劇流派劇目集成

启功题

《中国京剧流派剧目集成》编委会 编

第 叁拾肆 集

學苑出版社

图书在版编目（CIP）数据

中国京剧流派剧目集成．第34集 /《中国京剧流派剧目集成》编委会编．— 北京 ：学苑出版社，2014.12
ISBN 978-7-5077-4703-4

Ⅰ．①中… Ⅱ．①中… Ⅲ．①京剧－剧本－作品集－中国 Ⅳ．① I232

中国版本图书馆 CIP 数据核字（2015）第 007929 号

出 版 人：孟 白
责任编辑：潘占伟
装帧设计：徐道会
出版发行：学苑出版社
社　　址：北京市丰台区南方庄 2 号院 1 号楼
邮政编码：100079
网　　址：www.book001.com
电子信箱：xueyuanpress@163.com
销售电话：010-67601101（销售部） 67603091（总编室）
经　　销：新华书店
印 刷 厂：北京信彩瑞禾印刷有限公司
开本尺寸：889×1194　1/16
印　　张：13.5
字　　数：346 千字
版　　次：2015 年 1 月第 1 版
印　　次：2015 年 1 月第 1 次印刷
定　　价：210.00 元（精装）

序言

◎黄克

京剧向称国粹艺术，内容博大精深，剧目十分丰富，人们常以“汉唐三千宋明八百”形容其浩瀚。其中流派剧目又以演员表演的鲜明个性使剧目显得更为多彩多姿，充满魅力，既被专业人员钻研承继，也为广大戏迷喜闻乐见，遂成为京剧舞台上一大亮点。

流派

举凡表演艺术，原本就无不带有表演者的个人色彩。京剧表演艺术因其唱念做打诸多方面功夫的综合性和繁难性，表演的个性化尤为突出；加以行当的粗分、剧目的雷同，于大致相同的条件下尽显各自的千姿百态、千变万化，一招一式、一腔一韵之中可以体现不同的特色，同样一出戏，甚至同样一个戏中人物也完全可以演出不同的风采，这种充满个性化的表演，遂成为京剧竞技场上最是为人乐道而又情趣无穷的审美内涵。倘若这种富于个性化的表演为受众所认可，且代有传人，形为规范，即可自成一家，成为迥异于他人的艺术流派。以“四大名旦”（梅兰芳、程砚秋、荀慧生、尚小云）为例，虽皆工旦行，却又各有千秋。京剧大师王瑶卿就曾这样分析这四位后起之秀的独到之处：“梅兰芳的样儿，程砚秋的唱儿，尚小云的棒儿，荀慧生的浪儿。”所谓“样儿”，指梅的艺术造诣全面，要什么有什么；所谓“唱儿”，指程以行腔之新颖动听为能；所谓“棒儿”，指尚的刀马功底深厚；所谓“浪儿”，指荀的柔媚多姿、风情万种。寸长尺短，一语道破各有专擅的各家流派特点。如此成就固然来自自己的勤学苦练、苦心孤诣，更少不了观众的知音捧场、鼓励有加。因此，一个艺术流派的形成，对于创始人来说，无疑是开拓了审美追求的新境界；对于受众戏迷来讲，则更是得到了多样化审美需求的新满足。梨园行有云：唱戏的是疯子——指其追求的执着，听戏的是傻子——指其享受的痴迷。二者相得益彰、相映成趣，或许正道出京剧流派形成之三昧。

流派剧目

在京剧传承的一二百年间，随着历史的变迁、社会的发展，以及新人辈出、师承转换，荡涤旧物、崇尚新声，传统剧目中的绝大部分早已绝迹于舞台，然而，其精华部分（包括剧目中表现出来的唱念做打等程式体系）还是被完好地保存了下来，并得到长足的发展。其间，流派创始人于剧目的推陈出新做出了不可磨灭的贡献。基于对剧目乃至剧中人物的理解和认识，以及更便于发挥自己技艺特长的需要，流派创始人对浩如烟海的传统剧目进行了严格的筛选，经过了整理加工再创作，使之又焕发出崭新的韵味和光彩；随着这样剧目的增多，最终形成了自己流派所特有的剧目系列。而另外的流派又在另外的剧目系列中发挥着自己的优势，即或剧目相同，不同流派依然可以于演出中表现出自己的独特风格。总之，在其演出的剧目中，无不打上自己表演风格的鲜明烙印。京剧舞台上一度出现的这种百花齐放、争芳斗艳的盛况，实由自丰富多彩的流派剧目，这在京剧发展史上已是不争的事实。

但也应看到，如今京剧流派剧目相对于京剧的鼎盛时期，已是光景不再。个中原因很复杂，就客观因素而言，新兴的艺术形式的多种多样，人们的欣赏习惯和娱乐方式已经有了更广泛的选择余地，因而完全可以去旁骛；此外，就京剧本身而言，演出剧目之贫乏不能不说是观众锐减的重要原因之一。本来演出场所和演出场次就不多，翻来覆去又只是那几出骨子老戏，怎么能吸引观众，特别是年轻观众呢？——连那些老戏迷们也都听腻歪了。

回过头来看，今日演出剧目的贫乏和流派创始人晚年艺术景况也不无关系。他们在艺术的巅峰期——集中在上个世纪二三十年代，创作或改编了一出出新戏，直令观众赏心悦目，目不暇接。当其时，除了富连成科班或游动的散班演出些大路戏外，北京的京剧舞台几乎就是流派剧目的天下。据 1932 年商务印书馆出版的《五十年来北平戏剧史材》的记载，自民国十二年（1923）至十八年（1929）这六七年间，以梅派剧目为例，只“初演”的剧目——也就是自家独创的新戏或整理改编的传统戏，就有前后本《西施》、《洛神》、《廉锦风》、头二三四本《太真外传》、《俊袭人》、全本《宇宙锋》、《凤还巢》、《春灯谜》等 12 出戏（其中前后四本《太真外传》这四出戏是在一年多时间里陆续完成的）；同一时间段，马派“初演”的剧目也有《化外奇缘》、全本《玉镯记》、《秋灯泪》、《战宛城》、全本《火牛阵》、《鸿门宴》、全部《临江馆（“馆”应作“关”）》、全部《浣纱溪》、《范仲禹》、全本《清风亭》、头二三四本《大红袍》、全本《天启传》、《许田射鹿》、全本《十道本》等15出戏（其中《大红袍》分头二和三四本两次演出），当然，其中还不包括“初演”以外的经常性的大量的传统戏演出。试问，这些曾经轰动一时的流派创始人编创的新剧目于今又有多少出传承下来了呢？个中主要原因就在于流派创始人到了晚年一些唱做吃重的剧目已难胜任，只有将其已臻于炉火纯青的技艺凝炼到少数剧目之中，或演出或教习也只拘囿于这少数几个剧目了。而其传人也就将这几出戏奉为圭臬，全不知其鼎盛时期的所谓“文武双全”、所谓“昆乱不挡”为何事，致使一些当年的热门戏几近失传，这不能不说是梨园一件憾事。记得梅兰芳先生曾撰文论述学艺过程中的“少、多、少”，大意是初学时会的戏（包括技艺）自然是少的。随着所学剧目的增多，技艺的增长，激发起拓宽其艺术驰骋领域的热情，兼收并蓄，从而极大地丰富了自己。进而又随着审美取向的定型，艺术见识的提高，势必要对自己所学所用下一番去芜存精的工夫，扬长避短，使自己的独特技艺集中在少数几个代表剧目之中。表面看来演出的剧目是少了，但炉火纯青，在艺术创新上却达到了新境界。从少到多，从多而少，贯穿着的是继承与发展的艺术成熟的过程，也闯出了一条攀升艺术高峰的必由之路。后学者以为，学会了几出流派代表剧目便可以薪尽火传，得到了真经，孰不料缺少广博的根基，既影响个人的发展，也造成了剧目越传越少的现实。这难道不是应该汲取的教训吗？

有道是“礼失求诸野”。由于流派剧目的独特韵味及其所富有的艺术魅力，由于京剧作为自娱自乐的审美取向已深入人心，更由于迷恋传统演唱艺术者的大有人在，京剧传统剧目——包括一些已经消失于舞台的流派剧目，至今仍在京剧爱好者中间传唱不息。我们不妨到公园里看一看那一圈圈围着的戏迷，他们来自四面八方，或许彼此并不相识，只凭一把胡琴就将大家凝聚在一起，有滋有味地互相欣赏着一段段流派唱腔。更不用说那遍布全国各地乃至国外华人聚居区的票房，他们还时不时地粉墨登场，过一把戏瘾呢！这种自拉自唱、自娱自乐的红火场面，充分显示了京剧流派剧目的深厚群众基础和顽强的生命力，对于相对落寞的京剧舞台不啻一种发人深省的挑战。然而，这又何尝不是对京剧振兴的潜在的呼唤和有力的支持呢！

流派剧目集成

正鉴于其强大的生命力和深厚的群众基础，“振兴京剧”作为文化建设的国策的提出可谓正得其时。而振兴之务，首要的是挖掘和继承优秀传统剧目，以之作为发展和创新的基础和借鉴。我们编纂《中国京剧流派剧目集成》的初衷正在于此：将流派剧目演出的精彩瞬间记录于永恒，将构成流派剧目的诸多元素一一记录在案。诸如每剧的剧情本事、创始人表演特点的提要，剧中人物行当归属、服装扮相，剧本曲文、唱腔谱、伴奏谱、锣鼓经，以及身段谱等得以再现流派表演风格的内容，都力图完整地记录整理出来，为流派艺术的教学和研究提供文字的基础资料。持此，内行自可作为表演的参考，京剧爱好者也可以作为演习的蓝本。

这一工作，对于京剧剧目的基本建设虽然可谓之善举，但具体做起来却困难多多。首当其冲的就是剧目的选定。京剧剧目虽称汗牛充栋，但保存下来的资料却十分有限。京剧形成初期，以“老生三杰”又称“前三鼎甲”的程长庚、余三胜、张二奎为代表的一代固然没有留下什么音像文字资料；即或以“老生新三杰”又称“后三鼎甲”的谭鑫培、孙菊仙、汪桂芬为代表的一代除了少量的唱片外也没有完整的剧目传下来，所以我们的剧目整理工作只能从民国初年以降的“四大须生”、“四大名旦”开始。他们受熏陶于前辈艺术家，可谓传统的集大成而又能创新的一代，整理剧目以他们为重点自然最合适不过。遗憾的是这些艺术大师大都已经作古，得到他们指点和首肯已不可能，为此，我们只能通过其亲传或再传弟子来进行流派剧目的整理工作。从中我们更深地体会到抢救要及时，当初未能抢救下来现在也不要嫌晚而不为，抢救一点是一点，否则能够保存下来的精华越来越少，越加难向历史向后人交代了。

更难的则是遴选整理者。剧目的全面整理需要全面的人才。我们在组织稿件的过程中却发现这样的人手颇不易得。如果流派创始人或其传人曾在戏校任教，且有较为完整的教案保存下来，今日稍加整理即可选用，自然不是难事。不过这样的情况并不多，大量的剧目尚需要对当年的演出本进行追忆记录，加工整理。曾经受业于流派创始人或其传人的京剧工作者虽然是整理演出本的合适人选，但是他们大都是单位的骨干，忙于演出，忙于剧务，或居于领导职位，很难分出身来。即或肯于应承下一两出戏，也常有如下的情况：能演不能说，能说不能写，能写又不能打谱。因此，完成一个剧目经常需由记录者、整理者和打谱人联袂而行，倘再加上剧目的传授者和提要的撰写人，则非四五人鼎力不可。《中国京剧流派剧目集成》收入二百多出戏，每出戏即使平均两三人参加，也要组织四五百人次。其繁难可以想见，其壮观亦可以想见。当然，这还仅就整理者的数量而言，更为难能可贵的还在于参与者的无私奉献。试想，跟演一出戏或教一出戏相比，以文字整理出一出戏，不仅费时而且费力，无疑是一桩一般人不肯为也不屑为的苦差事，而我们的整理者却能甘之如饴，乐此不疲，没有为京剧事业的传承而不计个人得失的宝贵情操，是难有这种积极性的。不仅如此，随着岁月流逝，整理流派剧日益困难，更需要求助一些老专家，他们或是资深艺员、教师，或是资深票友、戏迷，而今已是硕果仅存的京剧艺术的专家、流派历史的见证人。在他们身上洋溢着一种传承京剧流派的使命感，和对振兴京剧的期待。他们热情地参加到这项工作中来，或亲自动手，为我们整理剧目；或答惑解疑，给我们工作以指导。使我们在受教于他们的同时，油然而生一种深深的敬意。

克服了上述困难，《中国京剧流派剧目集成》终于呈现在读者面前。书中，除了囊括主要流派的主要代表剧目，试图反映京剧鼎盛时期的大致面貌而外，尚有可说道者。首先是挖掘整理出一批流派剧目，其中不乏已近失传的流派艺术精品。其中共收流派五十余家、剧目二百多出，不仅是从装扮到曲谱俱全，而且半数以上不曾整理出版过，可算是京剧剧目建设的一个不小的工程。下列剧目可为佐证。如王（瑶卿）派名剧《南天门》（今能见到的只剩下王和老谭合拍的剧照）、余（叔岩）派名剧《太平桥》（据说是老谭给余说的开蒙戏）、马派名剧《白蟒台》（写王莽被俘后向旧臣一一乞命事，老生扮演反面人物堪称奇特）、麒派名剧《斩经堂》（其中吴汉的悲剧性格曾引起过热烈争论）、荀派名剧《鱼藻宫》（写吕后残害戚姬事，乃荀派悲剧剧目之一），以及汪（笑侬）派名剧《哭祖庙》、龚（云甫）派名剧《徐母骂曹》、徐（碧云）派名剧《绿珠坠楼》、裘（盛戎）派名剧《打銮驾》等，都是难得一见的流派剧目之珍品。而以“关外唐”名世的唐（韵笙）派名剧经其家人和传人的努力竟整理出其代表作《驱车战将》、《闹朝击犬》、《好鹤失政》、《绝龙岭》、《未央宫斩韩信》、《刀劈三关》等七出之多，堪称流派剧目建设的新收获。除此之外，《中国京剧流派剧目集成》还特别着力于武戏的挖掘整理。较之文戏，武戏更难整理，需要将演员在台上的动作招式一一准确地反映出来，没有深入的钻研领会、亲身体验，很难下笔。众所周知，杨小楼作为一代武生宗师，其“武戏文唱”乃武生的不二法门，也是令人神往的一种表演境界，在武戏剧目整理中理应得到体现。资深票友朱家溍先生得其真传，整理了杨派名剧《麒麟阁》，并详细记述了前后六次观剧的心得，惜乎不及将其用工尺谱记下的昆曲吹腔翻为简谱便溘然而逝了。另一出杨派名剧《镇潭州》则是根据京剧耆儒刘曾复先生的讲授整理出来的，其中杨再兴上场的“蝴蝶霸”、和岳飞对打的“枪架子”，皆独得杨派之秘，给人以再闻《广陵散》般的惊喜。此外，高盛麟的《长坂坡》、《走麦城》，王金璐的《落马湖》、《八蜡庙》也都走的杨派的路子，有的就是直接跟杨宗师学的。南派大武生盖叫天武功盖世，他的剧目身后却乏人整理，多亏移居上海的原中国戏校武功教师赵雅枫先生以耄耋之年勉力整出《一箭仇》，也算保存了盖派一脉。还值得一提的是收获了一批武丑戏。叶盛章当年是以武丑戏挂头牌演大轴的第一人，勇于创新，能戏甚伙，现将其创作的名剧《酒丐》、《祥梅寺》、《打瓜园》、《徐良出世》、《三盗九龙杯》、《铜网阵》等七出代表作一并推出，既再现了叶氏当年神勇，也为乏人承继的武丑行当提供一些演习之本。尤为可喜的是我们也挖掘整理出富连成科班总教习、文丑“萧派”创始人萧长华老先生的《选元戎》、《荡湖船》、《变羊记》等已近绝迹舞台的拿手剧目。凡此，整理者挖掘流派剧目的辛勤劳作成果，均为我们编纂“集成”增添了光彩。

为了方便读者翻检使用，本书采取四五出戏合编一册的形式，这样全书约有五十册之多，并拟分三批推出。第一批为老生行的余派，以及号称“南麒、北马、关外唐”的三派，和武丑行的叶（盛章）派，计五家八册。第二批则以旦行“梅、尚、程、荀”为代表，包括老旦、刀马旦等流派。第三批是老生、小生、武生、净、丑等其他流派。预期一两年内出齐。倘若其中有重要疏漏，又得人整理，亦可考虑编辑出版“集外集”，以满足读者的需求，也使这部“集成”更为名副其实。

当然，《中国京剧流派剧目集成》的编纂，其目的只在提供流派剧目作为研究家和后学者的参考借鉴。而流派、流派，意重在“流”。所谓流，指流行和流变。流派艺术正是在流行、流变中最终形成的，即或在最终形成之后，也还是靠流行、流变而发展的，倘若泥古不化，抱残守缺，就会失掉其鲜活的生命力，艺苑奇葩也会枯萎，这已为京剧发展史所证明。不过，流派艺术发展也需要有个前提，那就是首先要掌握渗透在表演程式唱念做打、手眼身发步中的艺术个性，而流派剧目就是其艺术个性展现的载体。继承流派艺术，不能只满足于模拟外在的“体”，更要在剧目演练中去体味其艺术个性的“魂”，这样才能促使京剧流派艺术从剧目建设到表演个性都得到发扬光大。此乃传承流派剧目的题内之义，自毋庸赘言。

目录

程砚秋

许艳萍 李新庚 **整理** 许艳萍 吴力行 **记谱**

青霜剑

程砚秋演出本

《青霜剑》又名《烈女报仇》、《申雪贞报仇》，取材于明代天然痴叟的武侠小说《石点头》的第十二回《侯官县烈女殉仇》。罗瘿公编剧。1924 年 6 月 28 日，程砚秋先生首演于北京三庆园。程饰申雪贞，王又荃饰董昌，曹二庚饰方世一，慈瑞泉饰姚媒婆，吴富琴饰刘氏。

该剧故事如下：宋代靖康年间，福建侯官县秀才董昌德貌双全的妻子申雪贞，被恶霸方世一窥见并企图霸占。方世一便与姚媒婆定计，买通江洋大盗攀倒天，诬陷董昌入狱。县官昏庸，将董处斩。方又托姚媒婆劝说雪贞改嫁。雪贞顿悟，假意应允，将幼儿托付表姐刘氏，暗携家传青霜剑，含悲改嫁。在洞房中将方灌醉，连同姚媒婆一并杀死，连夜提着二贼的头颅，急奔董昌的坟前哭祭后，毅然自刎。后来，程派传人新艳秋、李丹林、赵荣琛、李蔷华、钟荣、韩丽芳等曾多次公演过此全剧。1962 年 3 月吴春礼先生曾根据程砚秋舞台演出记录整理出版了含曲谱在内的《青霜剑》单行本。1997 年 1 月李蔷华老师又根据程先生 1954 年在天津演出的实况录音配了像。

鼓伴程腔 20 年的白登云先生说："所有的程派戏我都很喜欢，其中我认为《青霜剑》最精彩，可以说好得无法形容。"著名表演艺术家新艳秋老师说："我 13 岁（1942 年）时，看了程先生的《青霜剑》，一下子就被这个戏给迷住了，从此就下定决心改唱程派了。"

那么，这出戏究竟精彩在哪里？为什么能迷住一个演员使其下定决心改唱程派？我认为此剧除了主题鲜明，矛盾尖锐，结构严谨，故事完整，是一出唱、念、做、舞并重的大戏之外，其艺术特色主要体现在以下三个方面。一是"灵堂"的那段〔反二黄慢板〕"家门不幸遭奇变"。其唱词，打破了多数〔反二黄〕三三四的十字句常规，改为二二三的七字句的唱词，字少腔多，这就大大增加了演唱的难度，要求演员要有足够的中气，以气托声，才能达到行腔稳的目的。从唱腔的设计来看，它有低回委婉、如泣如诉之感，使人听后凝神屏息，悄然动容，潸然泪下。二是洞房刺杀方世一一场，没有主唱，主要是靠表演，如果一刀把方刺死，就没戏了。要先面带笑容以好心相劝的方式将方世一灌醉，使其酒后吐真言，待取得可靠罪证后，才定下决心将方杀死。申在刺杀方的过程中借鉴了《刺汤》、《刺虎》的水袖和舞蹈动作，但在行刺之前又有些紧张、恐惧之感。所有这一切，都要通过演员的表演来体现。三是"祭坟"一场，当申雪贞完成刺杀仇人的任务之后，身着白孝，口衔乌发，左手提着仇人的头颅，右手拿着利剑，怀着仇恨、悲愤、恐惧、紧张的心情，边跑圆场边唱〔快三眼〕。在〔快三眼〕结尾处的那段"最可叹我夫郎是懦弱书生"，是一段 44 个字的垛句，它比大家所熟悉的《锁麟囊》（1941 年）中的那段有名的"耳听得，风声断，雨声喧"27 字的垛句早了 17 年，多了 17 个字。当唱到"丧在云阳"的"阳"字时，又突然用了一个一波三折、跌宕起伏、长达 18 拍的拖腔，接着又"跪蹉"到董昌的坟前祭奠，从而把剧情推向了高潮。

替夫报仇之后，毅然自刎，完全是一位烈女的形象。使观众忘了自己是在看戏，自觉与申雪贞同呼吸、共命运，并成了事件的目击者、见证人，主动与申雪贞一起反对恶霸，伸张正义。

钟　荣

人物行当

申雪贞	青衣	二解差	杂
董　昌	小生	二衙役	丑
端　儿	娃娃生	禁　卒	丑
徐　氏	花旦	四刽子手	杂
刘　氏	旦	二轿夫	杂
书　童	丑	丫　鬟	旦
姚妈妈	彩旦	二　妾	旦
方世一	丑	老院公	生
知　县	丑	丑院公	丑
攀倒天	净	四家丁	杂
四青袍	杂		

服装扮相

申雪贞　俊扮。梳大头、钻石头面、红盖头，浅蓝花帔、腰包、红绣花帔裙、青花边褶子，彩鞋。（后换白褶子、白孝绸条、发绺子、素灰褶子）

董　昌　俊扮。高方巾、甩发，花边青褶子，浅彩裤，厚底靴。

端　儿　俊扮。孩儿发，蓝茶衣、白孝服，青彩裤，彩鞋。

徐　氏　俊扮。梳大头、珠翠头面半副，浅蓝袄、腰包、大坎肩，彩鞋。

刘　氏　俊扮。梳大头、素花头面，藕色绣花袄裙，彩鞋。

书　童　丑扮。大孩儿发，浅蓝褶子、丝绦，青彩裤，大袜、方口皂靴。

姚妈妈　婆子脸。彩旦头，彩旦大坎肩、腰巾子，彩旦袄裤，大袜、彩旦鞋。

方世一　丑扮。花丑巾，浅花褶子、花帔、丝绦，大袜、方口皂靴。

知　县　丑扮。圆纱帽、黑吊搭，蓝官衣、玉带，青彩裤，朝方靴。

攀倒天　勾斜碎脸。黑毡帽、白布条、王八须，黑侉衣裤、红罪衣、腰包、大带，绑腿、靸鞋。

四青袍　俊扮。秦椒帽，青褶子，黑彩裤，薄底靴。

二解差　揉脸。皂隶帽，蓝箭衣、大带，青彩裤，薄底靴。

二衙役　丑扮。皂隶帽，黑边蓝布箭衣或青箭衣、大带，青彩裤，薄底靴。

禁　卒　丑扮。蓝毡帽、黑吊搭，茶衣、腰包，青彩裤，薄底靴。

四刽子手　揉脸。大板巾，红刀斧手衣裤，薄底靴。

二轿夫　丑扮。软罗帽，青褶子、大带，青彩裤，薄底靴。

丫　鬟　俊扮。大头翠花，绣花坎肩，浅花袄裤，彩鞋。

二　妾　俊扮。大头、珠翠粉色头面，月色袄裙，彩鞋。
老院公　俊扮。软罗帽、黪三髯，青褶子、大带，青彩裤，厚底靴。
丑院公　丑扮。软罗帽，青褶子、大带，青彩裤，薄底靴。
四家丁　俊扮。软罗帽，青褶子、大带，青彩裤，薄底靴。

道具

桌　子	一张	**礼　盒**	一份
纸　钱	一份	**椅　子**	三把
扁　担	一根	**红轿帐子**	一份
浅花桌围椅披	一份	**礼　帖**	一份
大红帐子	一份	**香色桌围椅披**	一份
公　案	一份	**青霜剑**	一把
红花桌围椅披	一份	**单　刀**	四把
红布人头包	一个	**茶　具**	一套
斩　标	两份	**堂　板**	两把
书　本	一册	**马　鞭**	一根
木　棍	两把	**手帕鸡蛋包**	一份
云　帚	一把	**手　铐**	两副
折　扇	一把	**香　炉**	一个
锁　链	两副	**供　香**	一束
墓景片	一份		

第一场

〔一桌二椅，浅花桌围椅披，“小座”。

〔**【撤锣】【小锣帽子头】**董昌“上场门”上，**【小锣原场】**上步缓行，**【小锣归位】**至台口止。

董　昌　（引子）黄卷青灯，（**多多**）何日里（**多罗·**）

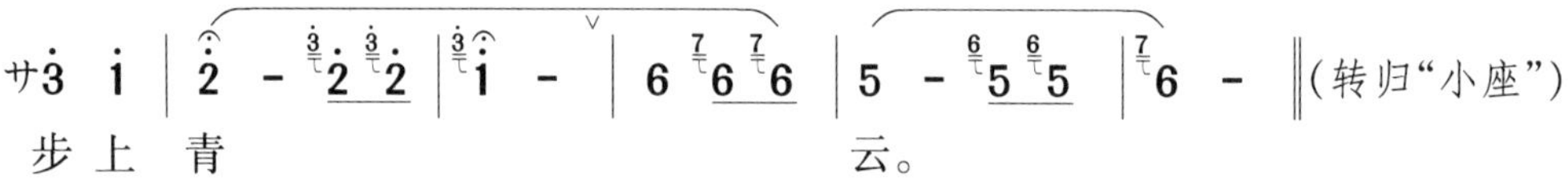

（念诗）十载寒窗读诗文，伯牙尚未遇知音；闺中有妇多贤惠，膝下娇儿慰寸心。

【小锣住头】

小生董昌。（**扎**）乃福建侯官县人士，不幸母亲早亡，爹爹相继下世，堂上只有继母徐氏。娶妻申氏倒也十分贤惠；生下一子名唤端儿，年方四岁倒也聪明伶俐。看今日天气晴和，有心带领端儿出城游玩一番。不免请出娘子，商议此事。啊，娘子哪里？（董站起向“上场门”呼唤后坐下）

〔申雪贞内白：“来了！”

〔**【小锣旦上场】**申雪贞领端儿“上场门”上，至“一条鞭”位置。

申雪贞　（引子）夫婿多才两同心，

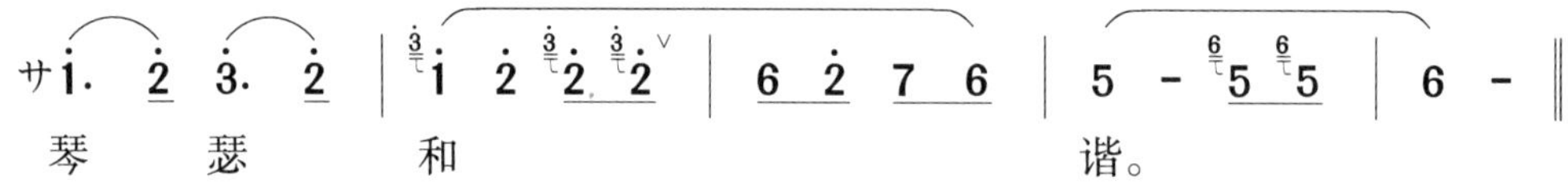

〔（小锣点子同前）进门，面向内。

啊，相公！

董　昌　娘子，请坐。（董昌搬座，八字椅，董坐“大边”，申坐“小边”，端儿站申旁）

端　儿　参见爹爹。（**多 多罗0 台 -**）

董　昌　罢了。

申雪贞　唤我出来何事？

董　昌　看今日天气甚好，有心带领端儿，出城游玩一番。

申雪贞　需要禀知婆婆知道才好。

董　昌　哎，我去去就回，何必禀明母亲知道哇？

申雪梅　恐怕婆婆又要生气呀！既然如此，端儿，同你父出城游玩。要听你父教训，莫要顽皮。

端　儿　是啦。

董　昌　端儿随我来！（站起）

青霜剑

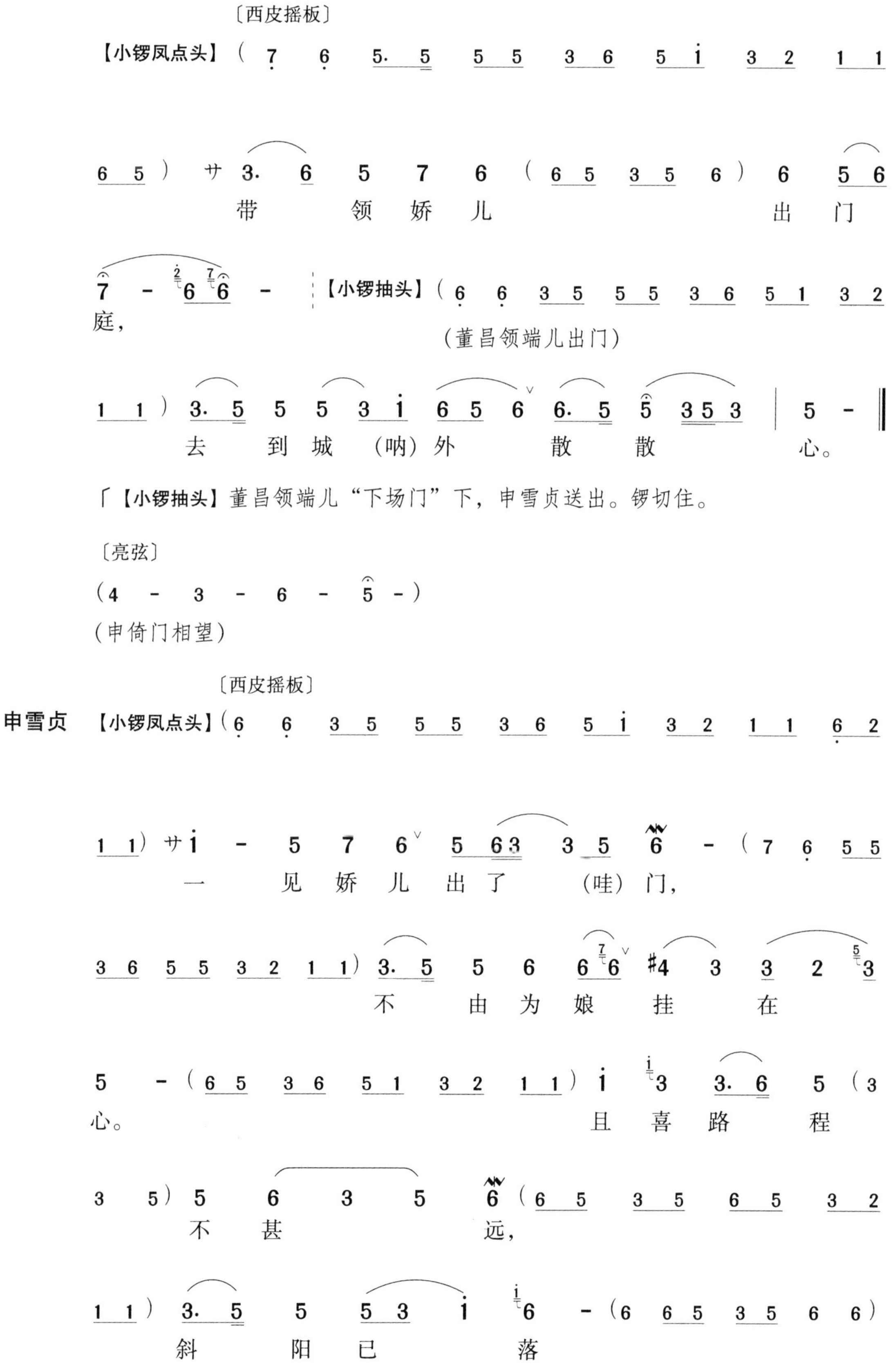
〔西皮摇板〕
【小锣凤点头】
带领娇儿出门庭，
【小锣抽头】
（董昌领端儿出门）
去到城（呐）外散散心。
〔【小锣抽头】董昌领端儿“下场门”下，申雪贞送出。锣切住。
〔亮弦〕
（申倚门相望）
〔西皮摇板〕
申雪贞
【小锣凤点头】
一见娇儿出了（哇）门，
不由为娘挂在心。
且喜路程不甚远，
斜阳已落

5̂ － ♯4 3 3 ⁵3 － ⁶5 ‖ （【小锣抽头】申雪贞进门）
盼 回 程。

〔连奏【小锣抽头】徐氏上场至右台口。

〔摇板〕

徐 氏 （6 6 5 5 5 5 3 6 5 1 3 2 1 1）サ i 5
青 春

7 ⁷5. 6 5 6. i 3 5 6 －（6 6 5 3 5 6 5 3 2）
白 日 闲 中 过，

3. 6 5 i 6 6 5 5 ⁶3 5̂ －（5 5 3 6 5 ）‖
未 到 中 年 已 丧 夫。

（进门坐“大边”）

申雪贞 啊，婆婆！
徐　氏 罢啦。呦，你丈夫和端儿上哪去了啦？
申雪贞 出去游玩去了！
徐　氏 他出去怎么也不跟我说一声呀！
申雪贞 我也曾言道，须要禀知婆婆知道。他说即去即回，不必要禀知母亲知道。
徐　氏 哼！我知道，你们呀都瞧不起我。本来吗，我这时候还过着你们的日子哪嘛！
申雪贞 媳妇不敢。
徐　氏 什么，不敢？连你也瞧不起我呀！（多罗 0 台 0）还不给我打茶去！
申雪贞 是。

〔【小锣五击】申雪贞“上场门”下。姚妈妈内白：“啊哈！”“上场门”上，持大手帕包鸡蛋至右台口位。

姚妈妈 （念对）没事串门来，见我要发财。（扎）
我姚妈妈，买卖珠花是我化名的营生，这说媒拉纤儿哪，倒是我正当的营生。我呀有个干妹子，是董秀才的后娘。这几天哪我净闹病啦，老也没工夫到她那去，今儿个见点好，我不免去看望看望她去。呦，说着说着来到了。我说老妹子！（进门）
徐　氏 呦，谁呀？（起身）
姚妈妈 在屋吗？（二人相对）
徐　氏 姐姐你来啦！
姚妈妈 呦，老妹子。
徐　氏 坐吧，坐吧。（台·大 台）（姚坐“大边”，徐坐“小边”）呦，您怎么老没到我这儿？今儿是哪阵风把您刮了来啦？

姚妈妈 呦，还把我刮了来哪！您还提哪！这几天哪我净闹病啦。闹脚气呀闹了有一个多月啦。今儿个才见好，我到这儿来看看您啊。

徐 氏 是呀，我说您怎么老没上我这来呢？

姚妈妈 是吗，昨儿个是我孙子“洗三”，我呀给您送几个鸡子儿来，叫你瞧瞧哇，你也喜欢喜欢哪。

徐 氏 哎呦，您瞧哇，还是您，又是儿子又是孙子！您够多么大造化呀，我呀可真比不了！

姚妈妈 您别说啦，别说啦，我哪儿比得了你呐？我可真比不了！

徐 氏 怎么哪？

姚妈妈 您有那现成的儿子，又是个秀才，将来做了官，您不就是太夫人了吗？

徐 氏 哎，别提啦，儿子也不是我亲生养的，我也做不了人家的主哇，连我这会还得听人家的哪。哎，我这会儿呀，就怨我们老头子死的早，没人给我做主，一想起来呀，我就难受。**【小锣一击】**（徐氏拭泪，申雪贞捧茶暗上，站“小边”）

姚妈妈 哎呀，哎呀，我说老妹子，你看,你看，你这是怎么啦？我轻易不来，来了就哭天抹泪的，别哭啦，往开里想得啦！别哭啦，咱们姐俩说会儿话得啦！

申雪贞 婆婆，婆婆为何啼哭呀？

徐 氏 躲开这儿，你甭理我！（**多罗 0 台 大**）

姚妈妈 （见申雪贞惊）呦，（站起）您瞧哎，这大娘子长得多好看哪，怎么单嫁这么一个穷酸哪？哎,一朵鲜花呀插在狗屎上啦！（坐下）

〔**【小锣抽头】**董昌领端儿“上场门”上。

〔西皮摇板〕

董 昌 （6 6 3 5 5 5 3 6 5 1 3 2 1 1）サ 3 6 5 7 6
带 领 端 儿

5 6 3 5 6 －（6 5 3 5 6 5 3 2 1 1）3. 6
回 家 转， 母

5 i 6 5 6 6 5 －（5 5 3 6 5 －）
亲 尊 前 问 安 宁。

（进门，“挖”进，站“大边”。董望徐，姚示意徐拭泪）

董 昌 娘子，母亲为何事啼哭哇？

申雪贞 我也不知，适才这位妈妈到来，言语之间，婆婆就啼哭起来了！

董 昌 （看姚妈）嘟！（**嘟～～～仓**）

姚妈妈 呦，怎么啦？（站起，徐氏也站起）

董 昌 我家乃书香门第，不准三姑六婆进门。你竟敢前来挑拨我母子不和，是何道理？（**多罗 0 台 0**）

姚妈妈 得了吧你！我好心好意的瞧你母亲来啦，谁挑拨你母子不和啦？你还是念书的哪！怎么这么不讲理呀？你呀！

董　昌　哼！你还敢强辩！

姚妈妈　啊，你要怎么着？你要怎么着？

董　昌　轰了出去，（董打姚耳光，推姚出门，关门）（**仓**）岂有此理！

〔**【冲头】**董“下场门”下，徐、申、端“上场门”下。

姚妈妈　呵！我说你打完了人，你就进去是怎么着？嘿，穷酸！你给我滚出来！你说我倒霉不倒霉啊，我怎么让穷酸打了我一嘴巴呀我？唉好哇，有仇不报是枉为人也呀！咱们走着瞧，你接着我的，我要是耗不了你呀，我算不了好老婆尖儿！正是：量小非君子，狠毒妇人心！你呀，接着我的吧你呀！

〔**【小锣打下】**渐快，姚妈妈捂着嘴巴“下场门”下。

第二场

〔空场。**【小锣五击】**方世一“上场门”上至台口。

方世一　（念对）结交官府财源广，一心就爱美娇娘。

在下方世一，（**扎**）家中富豪，有的是金钱，上交官长，下交土豪恶霸，走私漏税，我是无所不为呀。这一生一世那就是最爱美貌的娇娘，前者我托姚妈妈给访查一个美貌的女子，这两天呐也没见她来。这么办，今天没什么事，上大街上溜达溜达，倘或要是有那大姑娘俊俏的美娘啊，若叫我看上，是难讨公道。

〔**【小锣一击】**姚妈妈“上场门”上。

姚妈妈　这不是大官人吗！这不是……我说大官人！

方世一　闹了半天你是姚妈妈——

姚妈妈　可不是我吗？大官人你好哇？

方世一　我好，你哪儿去？

姚妈妈　我正找您那！

方世一　你找我？

姚妈妈　对啦。

方世一　我说你要是不碰见我，还找我吗？

姚妈妈　我不找您，我找谁呀？

方世一　真格的！我托你找一个女子怎么样啦？

姚妈妈　啊，您托我那事呀，嘿！还真有一个！

方世一　哎哟哎……

姚妈妈　您怎么啦，您？

方世一　在哪儿哪？

姚妈妈　在哪儿！这儿我不能说呀，找个清净地方呀！

方世一　在马路上不能谈哪？

姚妈妈　在这多乱哪。

方世一　你说，要是让人带走了，也不是闹着玩的。好，找个僻静之处，咱们两人谈一谈。走！（二人走圆场）

姚妈妈　僻静地方有吗？

方世一　有！
姚妈妈　走。
方世一　走着。
姚妈妈　这是哪儿？
方世一　瞧见没有，这是庙。
姚妈妈　咱们怎么跑到庙里头来啦？
方世一　神仙不管这些事儿。
姚妈妈　也就是庙里说了哇。（二人进门）现在呀，有一个绝色女子，长得别提多好看啦！这么办，您猜猜是谁吧？
方世一　我不猜。
姚妈妈　不猜，干脆我告诉你吧！就是董昌董秀才的媳妇。
方世一　噢，说了半天是董昌董秀才的媳妇。
姚妈妈　对啦。
方世一　你想啊，他是个秀才，他的媳妇能到我手，不能啊？
姚妈妈　不要紧啊，您听我跟您说呀，这个董秀才啊有个后娘，是我干妹子，今儿个我上那去看望去啦，这个穷酸说我挑唆他母子不和啦，抡圆了给了我一个大嘴巴，您看，脸都给打肿啦。
方世一　是呀，这边再来一下就衬起来了。
姚妈妈　这是怎么说话哪？您这是，干脆呀这么办吧！
方世一　怎么办哪？
姚妈妈　干脆，您想个主意把这个穷酸害死得了，我也出了气了，慢慢哪再劝说他媳妇，何愁不归你呢？
方世一　闹了半天，你没为我，为的是你呀？
姚妈妈　怎么为的是我呀？
方世一　不是给你出气吗？
姚妈妈　您给我也出了气啦，人也归了您啦，这不是两全其美吗？
方世一　好了，不就是害人的主意吗？
姚妈妈　对啦，有没有哇？
方世一　太有啦，咱这是辈辈传哪。明天我就找他去，拜访于他，我就说你是我的姨娘，不就是得罪他了吗？我就给他赔个礼，借着这个机会，我就跟他交朋友，常去找他串门。我去，你也去，你去，我也去，去来去去，他媳妇归我了！
姚妈妈　你这主意是不错！
方世一　就这么办啦！
姚妈妈　就这么办啦！
方世一　想着去。
姚妈妈　哎，没错。
方世一　我走了。
姚妈妈　怎么着？
方世一　怎么着？
姚妈妈　这嘿，挺清静的一个人没有，可我跟你谈什么呀？我呀。

方世一 没关系。
姚妈妈 什么没关系呀？您瞧我多大岁数呀也是坤道，不是吗，我跟你谈什么呀？
方世一 哦，你是坤道，不是老道。
姚妈妈 什么老道，还和尚哪。
方世一 你上哪去？
姚妈妈 我家去。（二人出门）
方世一 咱俩一块走。
姚妈妈 你不用跟我一块走。
方世一 走吧，一块走吧！
〔**【小锣打下】**方世一、姚妈妈“上场门”下。

第三场

〔一桌两椅八字摆，浅色桌围椅披。
〔锣鼓转**【小锣抽头】**董昌持书“上场门”上。

〔西皮摇板〕

董　昌
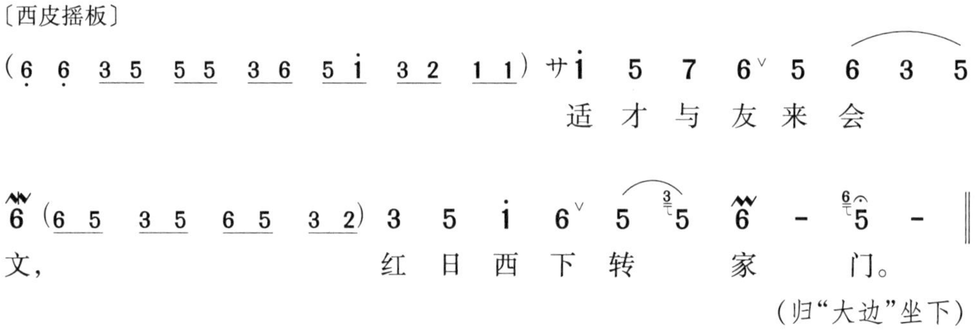

〔**【小锣五击】**方世一持扇，带领二家丁抬礼盒“上场门”上，至右台口处。书童暗上。
方世一 （向左一望）到了，我说门上有人吗？
书　童 （出门）干什么的？
方世一 方世一前来拜访你家秀才。（递帖子）
书　童 候着啊。（接帖，转身进门）
方世一 来一趟。
书　童 启禀相公：方世一前来拜访。
董　昌 待我看来，（看帖）“方世一”……与他素不相识，——就说我不在家中。
书　童 是啦。（上步向外）我们相公说了，他不在家。
方世一 哎，他说啦他不在家？
书　童 哎，对啦。
方世一 你真能起哄！（冲进门）
书　童 哎，你怎么进来啦？
方世一 （董起身向前）原来是董兄！

董　昌　原来是方兄！请坐。（**台·大　台　-**）（方坐“大边”，董坐“小边”）方兄驾到寒舍，有何见教？

方世一　久闻大名，特地前来拜访。

董　昌　不敢当。

方世一　如今有位姚妈妈得罪了相公。那不是外人，是我的姨妈，得啦，冲着我啦，我这里给你赔罪啦！

董　昌　愚弟不知姚妈妈乃是令亲，多有冲撞。当面赔礼！

方世一　岂敢，岂敢！哎哟久闻大名，小弟要与董兄亲近亲近。

董　昌　小弟怎敢高攀——！

方世一　哎，您这是瞧不起我！（向外指）抬上来。（二家丁抬礼物进门，礼盒摆中间）

董　昌　小弟焉敢收此厚礼呀！

方世一　别介，您要这么一来，您不愿意和我交朋友是怎么着？

董　昌　小弟断然不敢收下！

方世一　别介，那我多僵得慌呀！

董　昌　愧领了。（示意收礼）

〔二家丁抬礼盒“下场门”下表示送入后面。

方世一　对啦，这才痛快嘛！从今后我们二人哪要多亲近亲近，有不对的地方，您还要教训我哪！我有不明白的地方，要跟您领教领教。

董　昌　忒谦了。

方世一　不早了，今天告辞，明天再来拜访。

董　昌　仁兄慢走。

方世一　请留步。（二人出门）

董　昌　仁兄慢走。

方世一　请留步，外头有风闪了舌头。

董　昌　无妨。

方世一　（出门望）这是谁说话哪？

董　昌　风啊。

方世一　我们再见。（**【小锣五击】**拱手“下场门”下）

董　昌　哎呀且住！（**大大　大大衣　台-**）想方兄乃是个豪爽之人，到也算得是好朋友。不免将此事说与娘子知道便了。

〔**【小锣打下】**速度渐快，董昌进门，“下场门”下。

第四场

〔空场。

〔**【一锤锣】**攀倒天着囚服上，二解差持棍同上，站两边，攀倒天至台中。接**【归位】**

攀倒天　（念对）运至神龙入海岛，时衰猛虎落平郊。

俺，（**仓**）攀倒天，**【大锣住头】**在这海上住了多年，打劫官商客旅，不想被官兵拿住，定成死罪。俺有一好友名叫方世一，也曾托人与他送信，叫他设法搭救于我。是他言道：有一仇人乃是秀才，名叫董昌，叫我把他攀扯在内，也好搭救我的性命。远远望见太爷来了，少时太爷升堂，我自有道理。（攀倒天、二解差“下场门”同下）

〔县衙大堂，一桌一椅（大座），香色桌围椅披。公案全份——签筒、印信等。

〔**【小锣原场】**四青袍（前两人持堂板）、二衙役上“站门”。**【小锣单上场】**知县“上场门”上。

知　县　（引子）威风凛凛坐大堂，衙役三班列两旁。（**【小锣归位】**入“大座”）

（念诗）身为国家知县，每天上堂问案；

有人到此来喊冤，有钱无理事好办。

本县长乐县正堂，姓胡名来，名字叫做胡来。自我到任以来，此地的黎民百姓都是顺从。明着我落得两袖清风，暗中金子银子藏在我的箱子之中。这都不谈。只因此地有一海盗名叫攀倒天，搅得我地面不安，现在已然派人将他薅[①]住，今儿个解往县里审问。——左右！

众　有！

知　县　解来了没有？

二衙役　解来了。

知　县　带上堂来！

二衙役　带上堂来！

〔**【一锤锣】**二解差押攀倒天“下场门”上。攀倒天进门跪“大边”。

攀倒天　参见太爷。

知　县　抬起头来！——（细看）得了吧，我的乖乖，长得这么凶恶呀！你叫攀倒天呀？

攀倒天　正是。

知　县　攀倒天，你在海上天天劫夺客商、过路官员，今天被我薅住了！快快招认，免得你皮肉受苦，省得老爷着急。

攀倒天　启禀太爷，小人在海上打抢，内中有为首之人。

知　县　怎么着？还有主使之人？

攀倒天　正是。

知　县　姓甚名谁？

攀倒天　乃是个秀才，名叫董昌。

知　县　是个秀才，名叫董昌？

攀倒天　正是。

知　县　你不要胡说八道，秀才是读书之人，焉能跟你土匪勾结？你这不是胡说吗？

攀倒天　小人在海上打抢，皆听他的命令，他坐地分赃，岂不是主谋之人？

知　县　他是坐地分赃，“坐把子”！

攀倒天　正是。

知　县　哎呦，好厉害的秀才呀！他住在什么地方？

攀倒天　就在福州城内居住哇。

知　县　福州城居住？

---

① 此字念“蒿”音，即“抓住”、“捉住”之意。

攀倒天 正是。

知 县 来呀，把他带下去。

众 是。

「【冲头】解差押攀倒天“下场门”下。

知 县 来呀！

众 有。

知 县 去到福州，将董昌拿来归案。退堂！（冬 冬龙· 台）

「【小锣打下】速度渐快。二衙役接签出门，“下场门”下。众人两边下。

第 五 场

「空场。

「【小锣五击】方世一“上场门”上，立台中。

方世一 （念对）人得喜事精神爽，月到中秋分外光。

我有个朋友叫攀倒天，是个江洋大盗，我买动了他，在监里头，要他一口把董昌咬在其内，可巧太爷真传他到案啦。我又在半路上买动了公差，把他一家大小，全带出来，我在三岔路口等候，我倒看一看，这个秀才的女人是怎么个漂亮。哟呵，说话这间，他们来啦！（站“大边”）

「【一锤锣】二衙役押董昌项(带锁链)上站“大边”;徐氏、申雪贞、端儿上站“小边”。

董 昌 闭门家中坐。

申雪贞 祸从天上来。（哭）【小锣一击】

徐 氏 瞧瞧！都是你不听我的话！如今做了犯法的事情，连我都得在街上抛头露面的，我够多么冤哪！

方世一 （上前）闹了半天是董兄啊！

董 昌 方兄，你要救我一救！（施礼）

方世一 别着急，快快请起！我说董兄啊，你这是怎么啦，这是？

董 昌 小弟正在家中，来了一伙差人，捉拿小弟全家，不知为了何事？

方世一 是呀？哎呀真是想不到啊！（【小锣一击】看一眼申雪贞、徐氏）我说董兄，这是伯母吧？

董 昌 乃是家母与拙荆喏。

方世一 是呀，参见伯母。董兄，这位是嫂夫人吧？

董 昌 正是。

方世一 嫂子——（向衙役）我说头儿！过来，他们犯的是什么案子？

二衙役 我们也不知道啊！

方世一 听我告诉你说：一人犯法，一人承担，怎么把他一家子都带出来啦？这么办得啦，叫她们都回去，太爷哪时传，咱是哪时到，都有我哪，怎么样？

二衙役 不行，这是官事。

方世一 官事，（付钱）来包茶叶喝，怎么样？

二衙役 可是这么着！哪时传，可得哪时到啊！

方世一　都有我一人承担。哎呀董兄啊，你放心吧。家中之事，都有小弟我哪。我给打点官司也就是了。

董　昌　搭救于我才好哇。

方世一　那是一定，带着走吧，你放心得啦！

董　昌　回去了吧。（向徐氏、雪贞、端儿）

二衙役　走吧，走。

〔轻击【大锣原场】二衙役押董昌“下场门”下，雪贞拭泪望着董昌背影。

方世一　伯母，您还不回去吗？

徐　氏　全仗大官人啦。

方世一　咱们有交情，那没关系。

徐　氏　端儿咱们回去吧。（徐氏带端儿“上场门”下）

申雪贞　有劳方大官人，日后待我登门叩谢。

方世一　嫂子，这没有什么，我们哥俩莫逆之交，明儿个我给他打点官司也就是啦。您就家去得啦！您就都甭管了，您往开里想得啦。（申雪贞回身又看一眼“下场门”）

〔【小锣二击】申雪贞右转身“上场门”下。

方世一　嘿！果不其然，可真漂亮啊！哎呀，多咱他媳妇到了我手里头，也是祖上的荫功、父母的德行。

〔【小锣打下】方世一“下场门”下。

第六场

〔县衙大堂，公案桌、“大座”。

〔【小锣打上】四青袍“上场门”上，“站门”，知县上。

知　县　前去拿董昌，不见转还乡。

〔【小锣五击】知县转身入内座，一衙役“上场门”上。

衙　役　董昌拿到。

知　县　带上堂来。

衙　役　是。

〔【一锤锣】另一衙役“上场门”上，进门，站“小边”。董昌带枷锁“上场门”上，进门立于侧。

董　昌　参见大人。

知　县　松刑。（衙役上前取下锁链）你叫董昌？

董　昌　是。

知　县　我说董昌，你身为国家的秀才，读书之人，为什么跟海盗来往，还不从实招来？

董　昌　启禀大人：小人乃是知书达礼之人，未曾做过强盗，望大人明查。

知　县　噢，你说没有啊，我给你个对证。来呀！

衙　役　有。

知　县　带攀倒天。

〔【大锣原场】二解差押攀倒天“下场门”上，进门，攀倒天跪于“大边”。

攀倒天 参见太爷。

知　县 攀倒天！

攀倒天 有。

知　县 董昌我已拿到，前去跟他对词。

攀倒天 董先生在哪里？董先生…… **【大锣一击】** 啊董先生，我在海上打抢，俱都是你的主谋，俺今被官兵拿获，你也忒意地舒服了吧！

董　昌 我与你素不相识，你不要攀扯好人哪！

攀倒天 啊董相公，如今不要这样讲话，你我打抢，你坐地分赃，你把这罪名推到我一个身上，不成吧？

董　昌 哎呀，有道是一人做事一人当，不要连累好人遭祸殃！

知　县 哎，你得啦！**【大锣一击】** 他怎么不攀扯别人，单单地攀扯你呀？到底有招无招？

董　昌 无有什么招的呀！

知　县 不给你点厉害，谅你也不招。来呀！

衙　役 有。

知　县 把攀倒天带下去。（**【冲头】** 二解差押攀倒天“下场门”下）来呀，把他的功名去掉！（衙役把帽子摘下）有招无招？

董　昌 无有什么招的。

知　县 来！

衙　役 有。

知　县 夹起来！

〔**【阴锣】** 董昌跪台中，衙役用堂板夹董昌手。转 **【纽丝】**

〔二黄散板〕节拍自由

董　昌

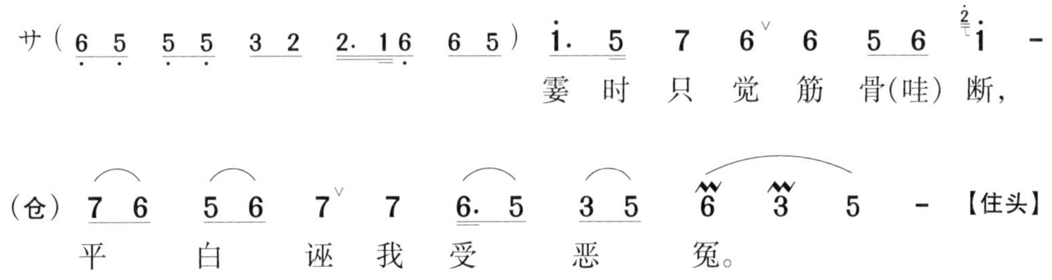

知　县 有招无招？

董　昌 实实难招。

知　县 收！（**【乱锤】** 衙役收夹）有招无招？

董　昌 受刑不过，我情愿招认。

知　县 松刑！**【大锣五击】**（衙役松刑，收回夹板）来呀！叫他画供。（衙役取供状、笔）

衙　役 画供！

〔董昌画供，衙役收回。禁卒“下场门”持手铐上。

知　县 禁卒，把他钉杻收监，带了下去！

〔**【大锣原场】** 知县下，众人分下[①]，衙役押董昌出门，“下场门”下。闭二幕。

---

① 分下，即分成两边下场。

〔开二幕："监室"。"下场门"一椅，浅色椅披。

〔**【小锣五击】**方世一上，禁卒暗上。

方世一 来在监门，我说禁大哥。

禁　卒 啊，坐监的吗？

方世一 我是探监的。

禁　卒 探监的，探谁呀？

方世一 探董昌啊！

禁　卒 董昌啊！

方世一 啊！

禁　卒 好办，拿来。

方世一 给你。（付银）

禁　卒 这不结啦！（开监门，方世一进入）

方世一 董兄啊，**【大锣一击】**董兄！**【大锣一击】**（董昌上）

董　昌 方兄啊！（哭泣）**【快原场】**（方世一在"大边"扶起董昌，董站"小边"）

方世一 我不知兄长遭此不白冤枉！

董　昌 小弟不知是哪一个坏种，将我害到这步田地！你要搭救我才是啊！

方世一 是呀，我一定想主意维持维持，多花俩钱儿，再给县太爷弄俩钱儿，你的官司就算完啦！你就在这儿望安吧！家中之事都有我，我常去看伯母与嫂夫人也就是啦！

董　昌 托付仁兄了！

方世一 尽其朋友这道，对不对呀？

董　昌 家中老母、妻子、孩儿！还要仁兄多多地费心吧！

方世一 全交给我啦。您在这儿望安吧，一半天我再来看望您。

〔**【一锤锣】**轻打。董昌白："常来看我啊！"方世一白："我有功夫就来，您别难受。"方世一出监门，禁卒关监门。董昌白："真乃好朋友。"董昌、禁卒"下场门"下。锣打住。

方世一 恨不得你这会儿死了才合适呢！

〔**【冲头】**方世一"上场门"下。

第七场

〔公堂。一桌一"大座"，桌上摆同前，无印信。

〔**【长尖】**四青袍、二衙役"上场门"上站"一条鞭"位。接唢呐曲牌<三枪>知县上场，下马。转**【原场】**渐快。众人"挖门"进，归里站两边；知县归"大座"。

知　县 将攀倒天、董昌绑了上来。

〔**【原场】**四刽子手持刀押攀倒天、董昌两边分上，攀、董二分背插罪标，进门分跪。

知　县 拉下开刀！

〔**【长尖】**刽子手押二人下。**【斩杀锣】**

〔**【冲头】**四刽子手上，进门，跪报。

刽子手 斩首已毕。（知县示意退下，刽子手两边分下）

知　县　左右，
众　人　有。
知　县　带马回报上司去者！
〔【冲头】四青袍“下场门”下，二衙役带马，唢呐奏<三枪>知县上马，接【原场】同下。

第八场

〔灵堂。白帐子，一桌，白桌围，桌上摆二白蜡台、灵牌、香炉，外带青霜剑一把。
〔【撤锣】住。接胡琴曲牌<哭皇天>

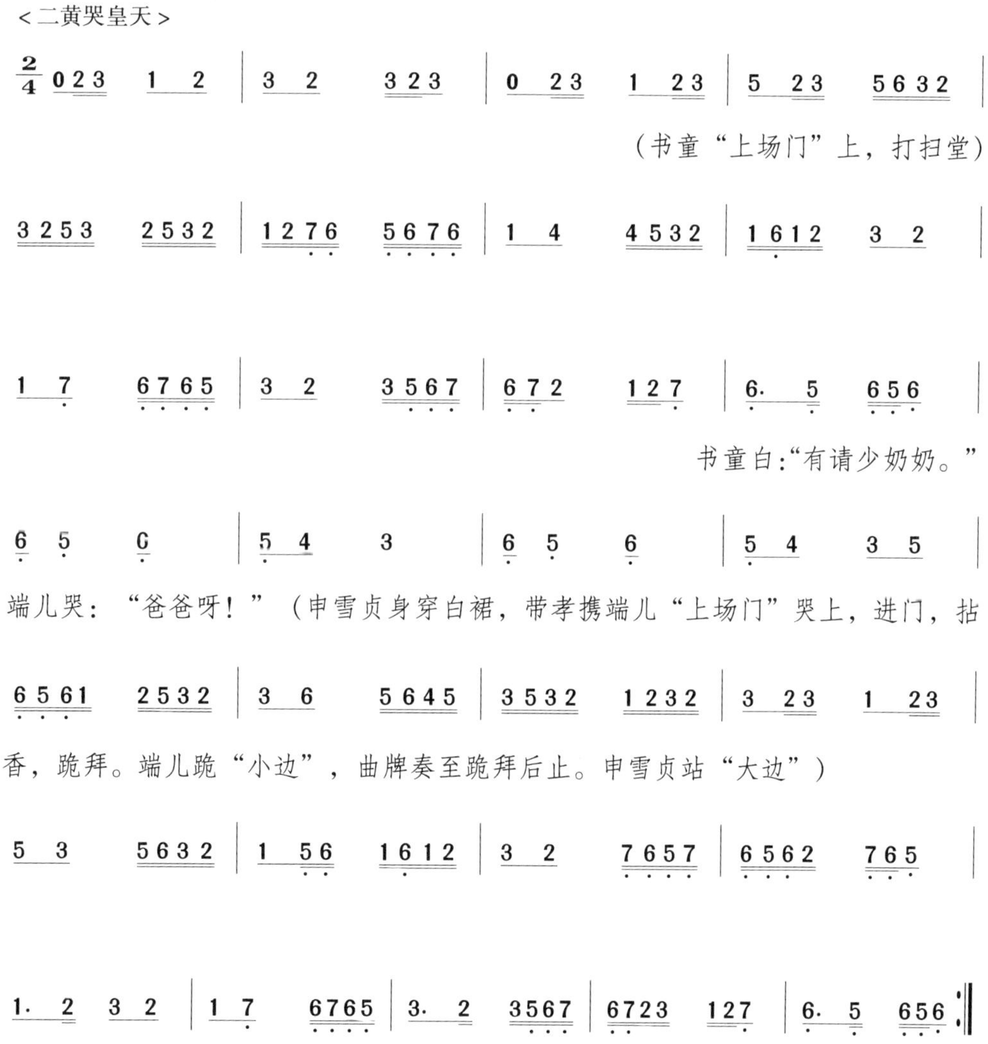

申雪贞　【叫头】相公啊！想你乃是知礼守法之人，为何遭此横祸？莫非交友不慎，惹此飞灾！为妻虽是女流之辈，定要访查明白，替你报仇雪恨。书童，你带领小相公到下面去吧！

书　童　是啦，（端儿哭）别哭啦，跟我来吧，来，咱们走吧。

〔【小锣五击】书童领端儿“下场门”下。（嘟　大大大　仓）申雪贞凝神一望。

申雪贞　【叫头】董郎啊！为妻立志与你报仇，求你阴灵默佑。为妻有青霜剑一口，乃是我父交付于我，作为防身之用，今日在你灵前立下一誓：我申雪贞若是不访出仇人将他杀死在青霜剑下，枉为人也！（取剑）【叫头】青霜剑哪！青霜剑！你若是不能刺杀仇人，就不算得稀奇之物；我申雪贞若是不能替夫报仇，也对不起你这青霜（仓 0）宝剑了！【叫头】董郎啊！（放剑）你的阴灵不远，为妻有几句言语，你且听了！

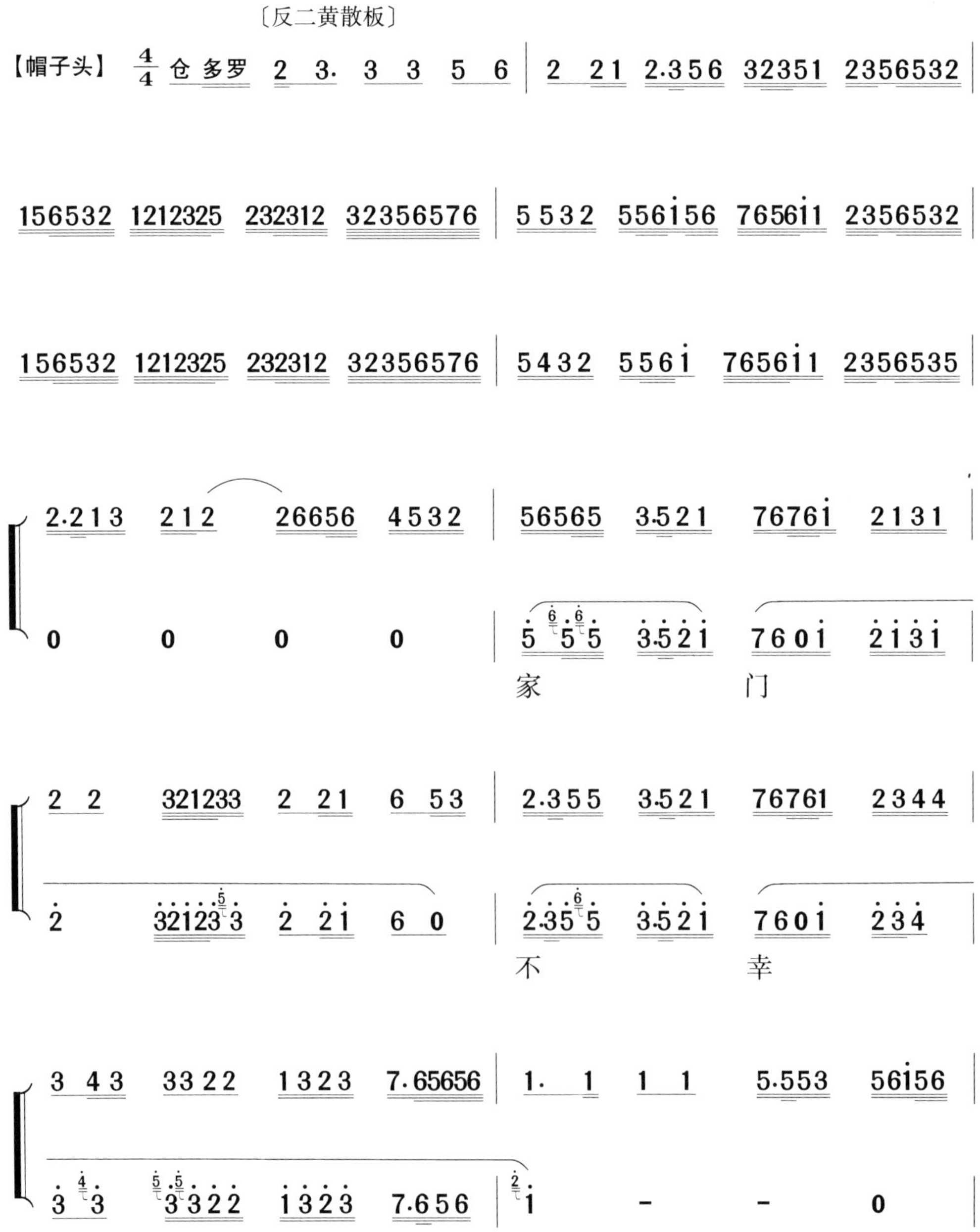

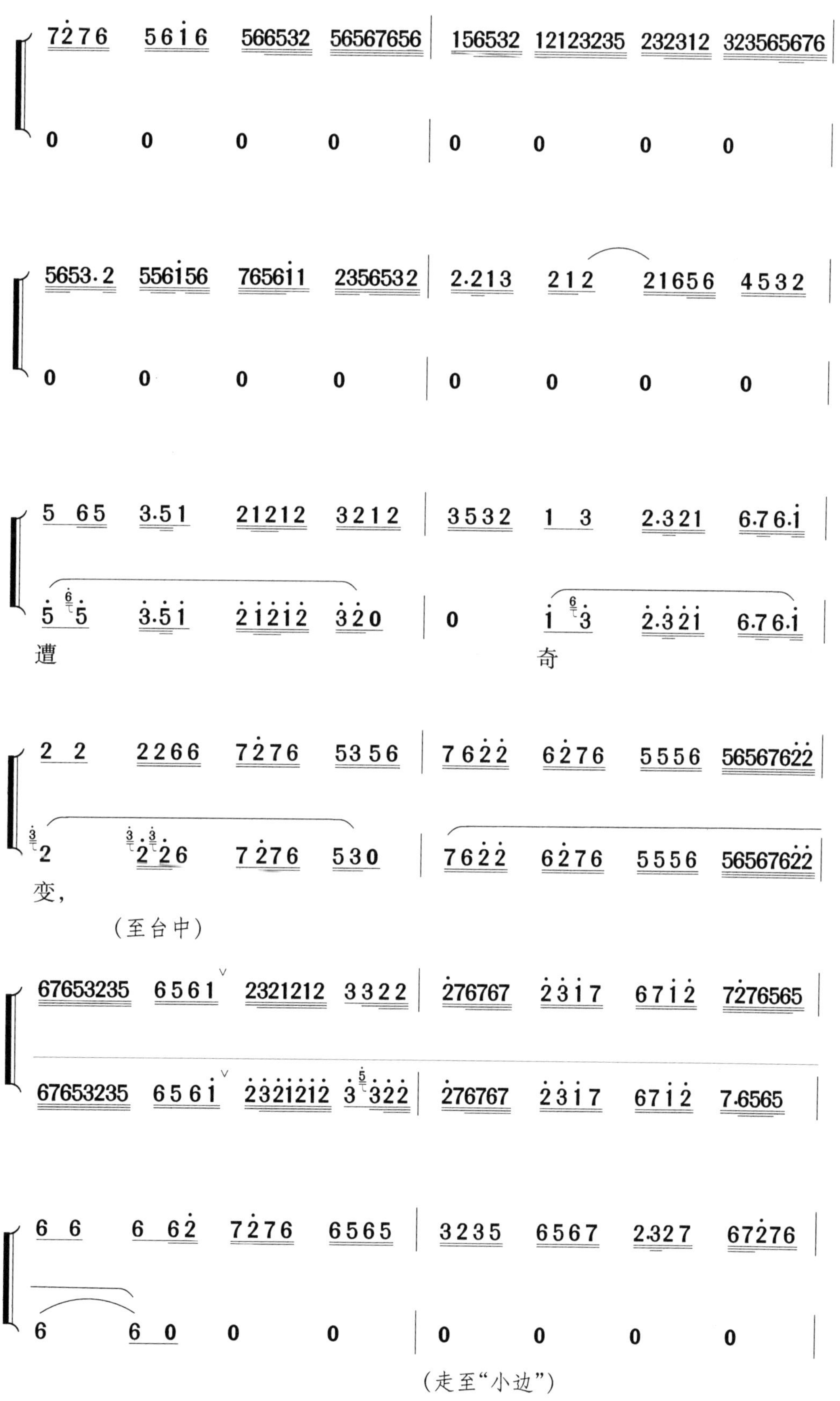
遭
奇
变，
（至台中）
（走至“小边”）

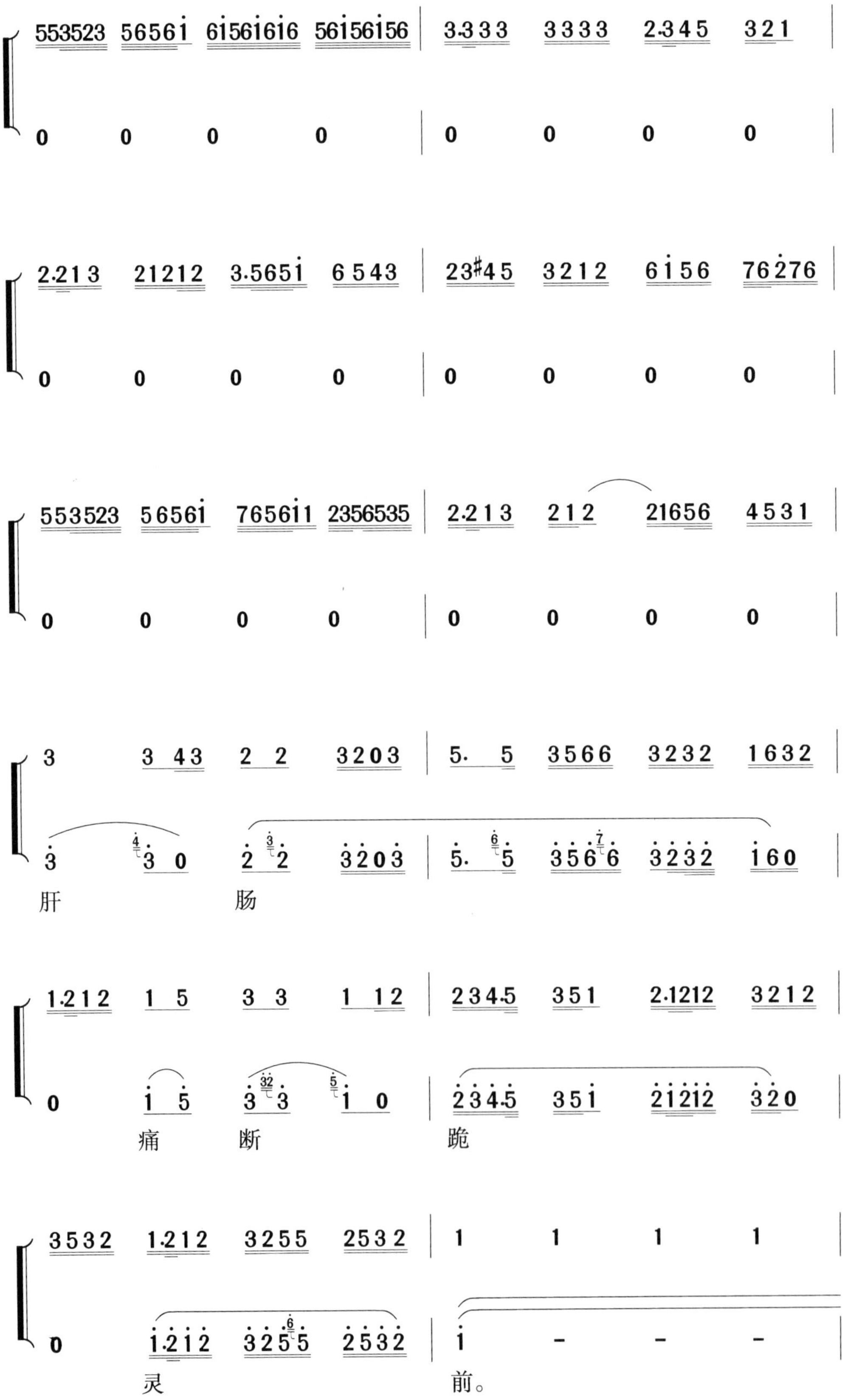
肝 肠
痛 断 跪
灵 前。

青 霜 剑

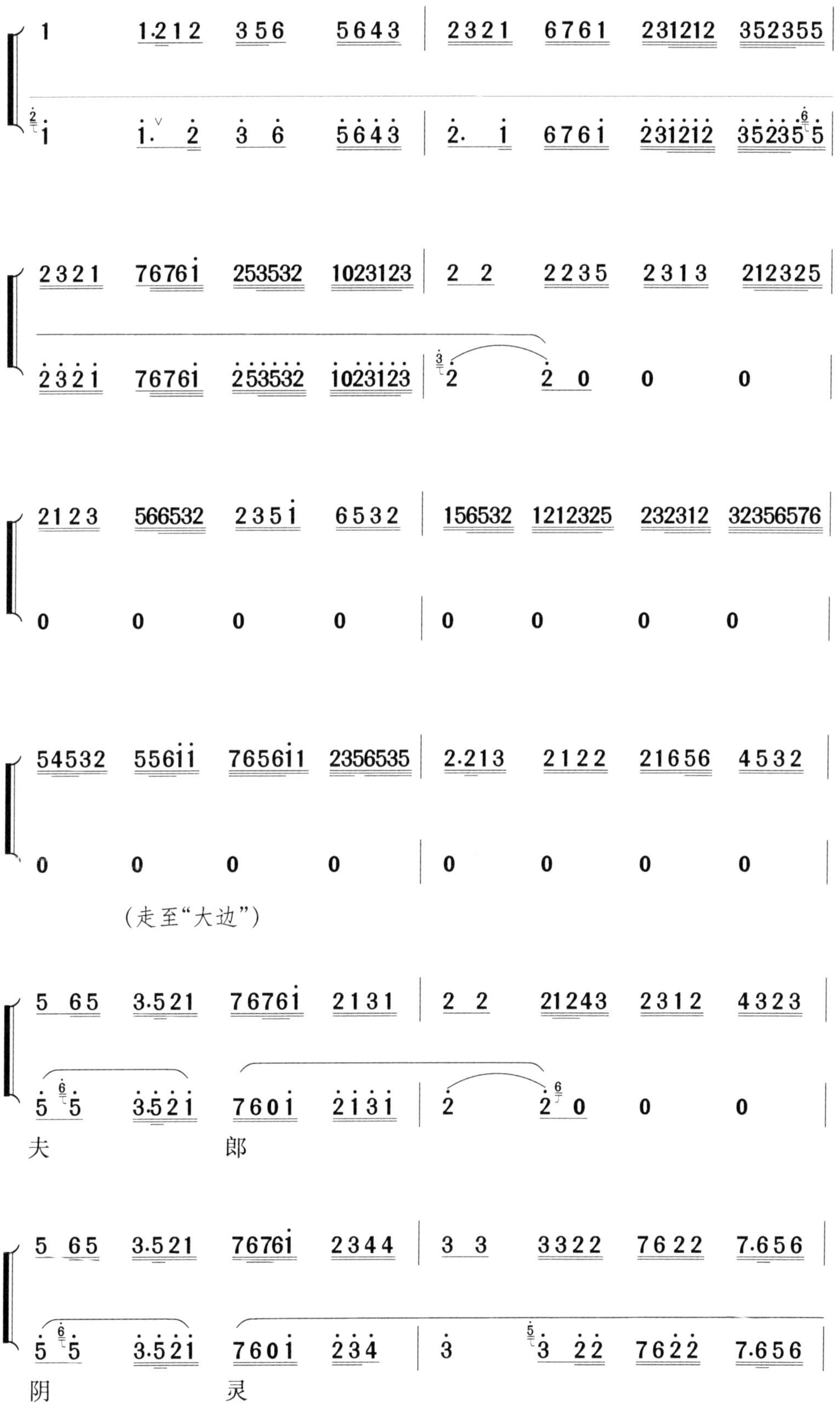

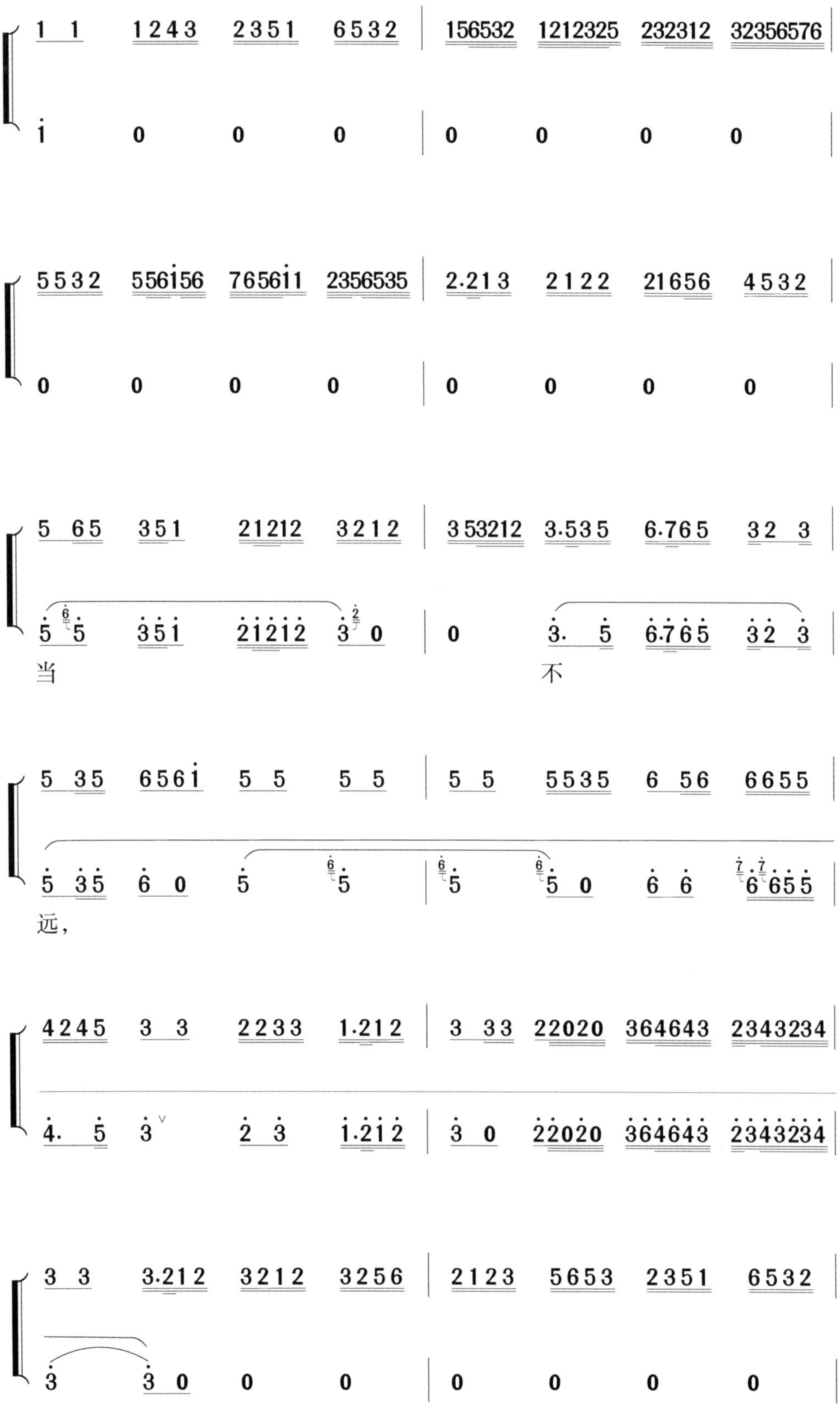
当
不
远，

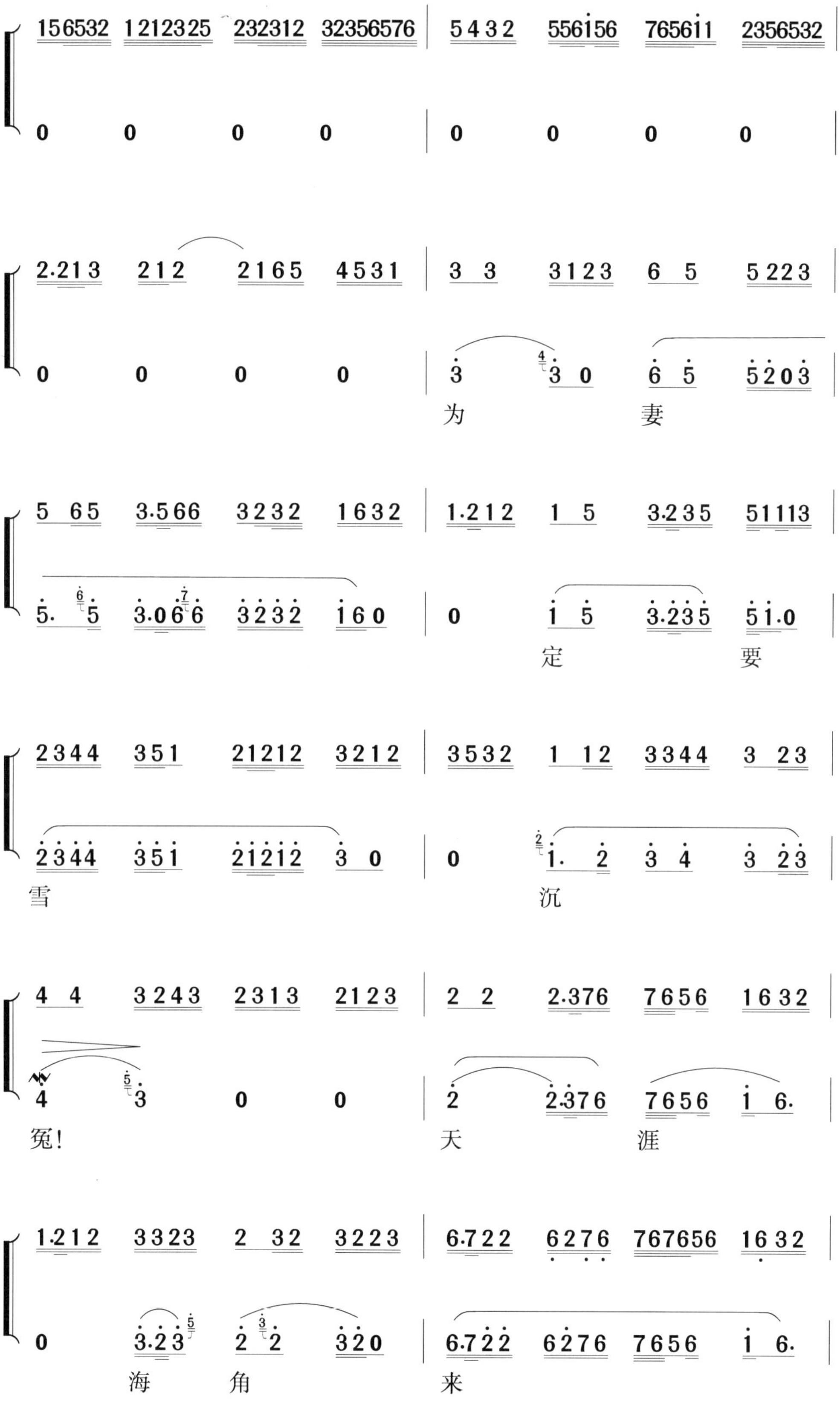
为 妻
定 要
雪 沉
冤! 天 涯
海 角 来

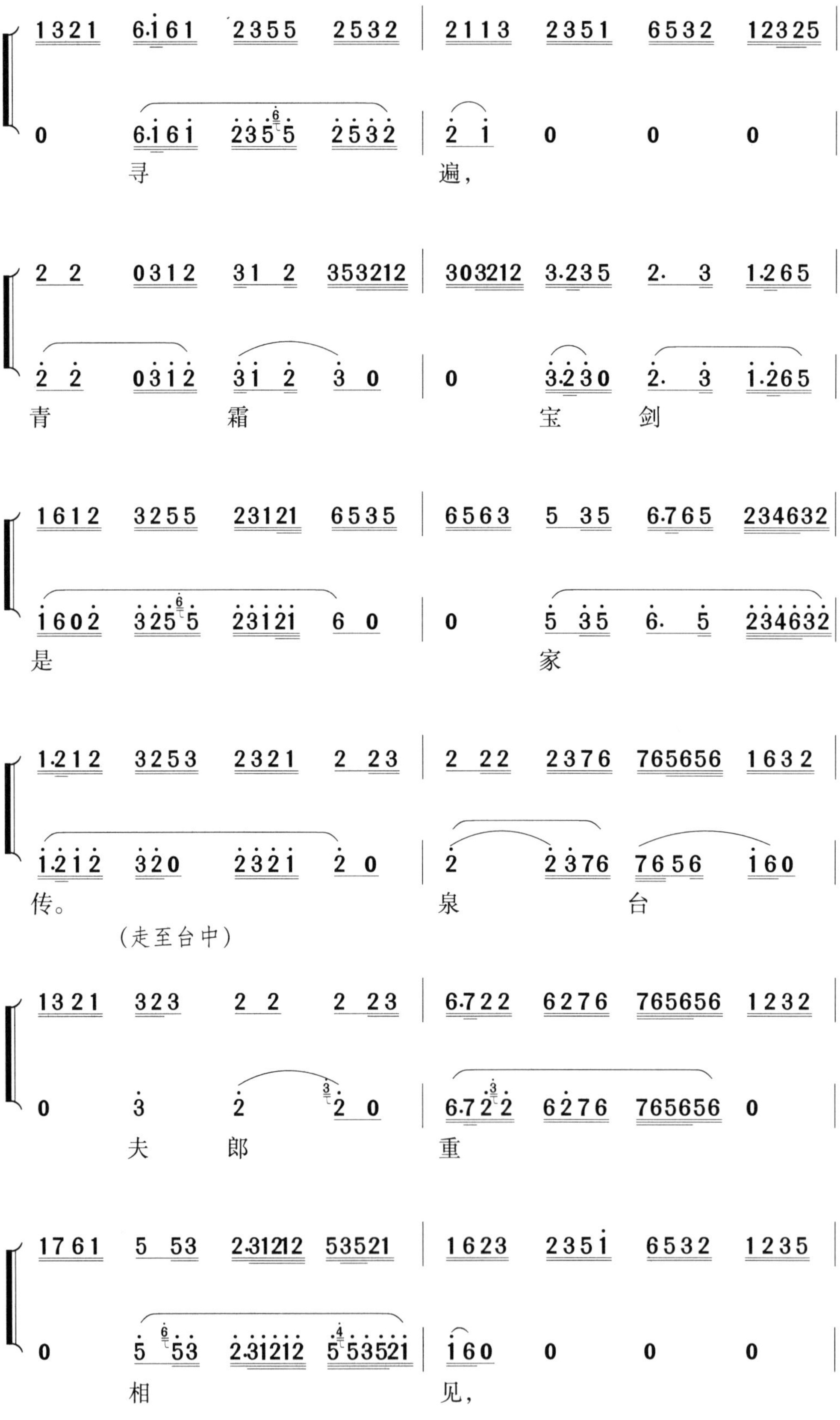
寻 遍，
青 霜 宝 剑
是 家
传。 泉 台
(走至台中)
夫 郎 重
相 见，

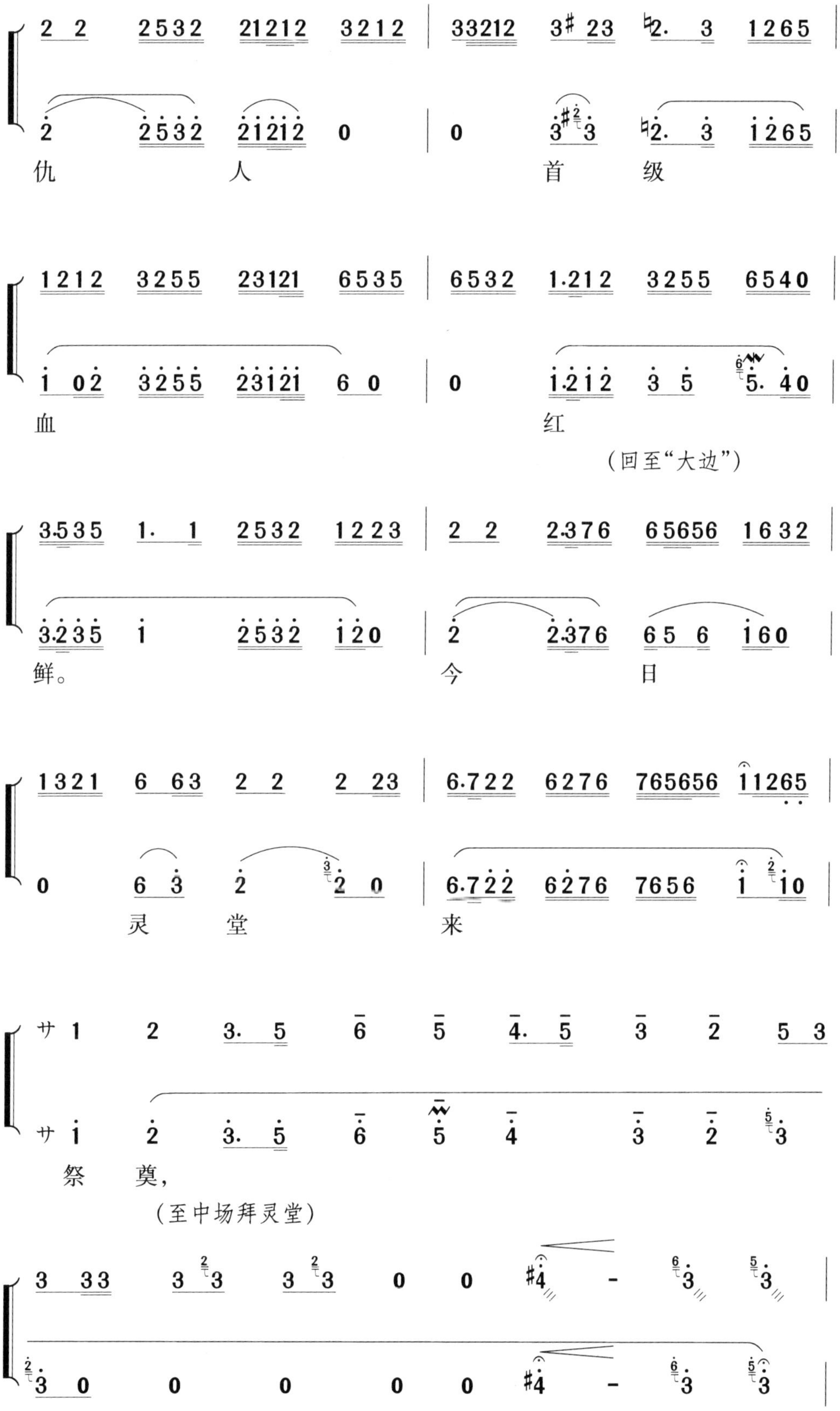
仇 人 首 级
血 红
（回至“大边”）
鲜。 今 日
灵 堂 来
祭 奠，
（至中场拜灵堂）

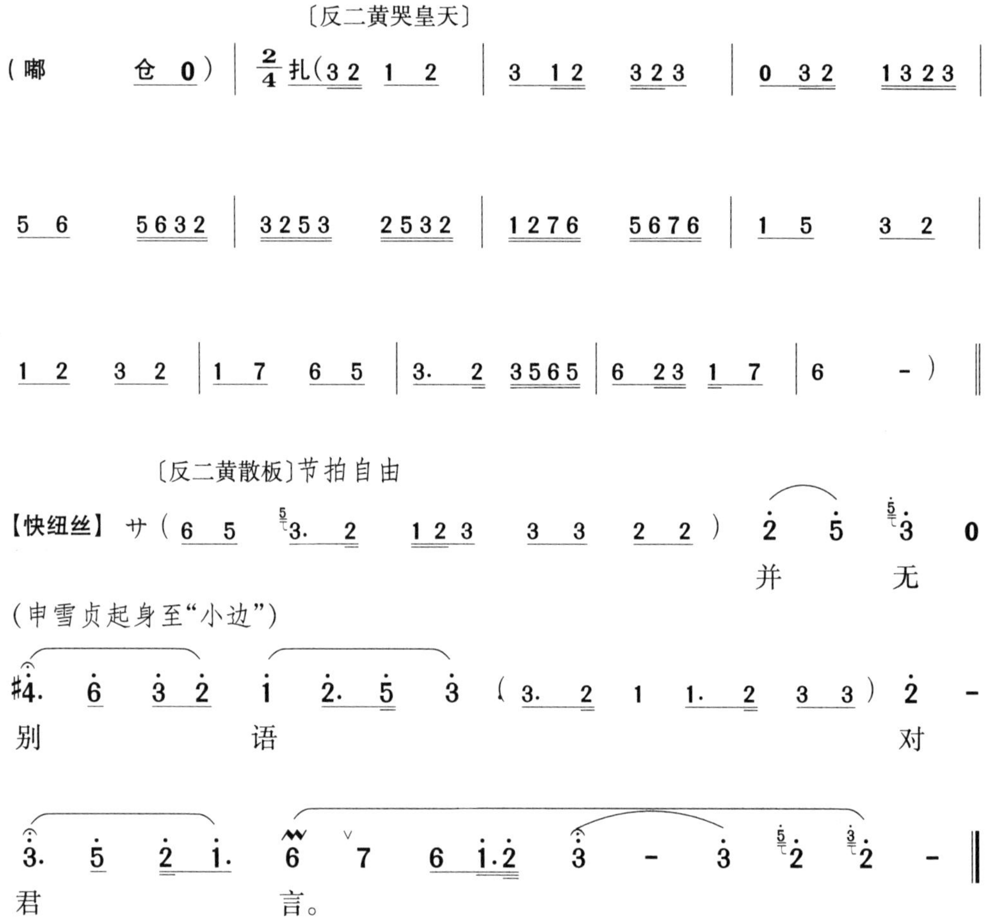

〔胡琴奏<反二黄哭皇天>曲牌。刘氏持纸钱“上场门”上。

刘　氏　眼见无端丧了命，怎不叫人痛伤情！

〔刘氏进门，将纸钱放在灵堂桌上，跪拜。申雪贞随跪。二人起身均归“小边”。刘氏白：“保重要紧！”姚妈妈持纸钱“上场门”上。

姚妈妈　打了几张纸，来祭有仇人。（进门，放下纸钱，至“大边”）我的相公啊！（假哭，拭泪）

〔书童“上场门”上。

书　童　大官人到。

姚妈妈　大官人来啦，快着有请。

〔方世一持纸钱“上场门”上，书童下。

方世一　假意来吊孝，会会女多娇。啊董兄呀！（假哭，进门跪至“大边”）没想到你这么快就死啦，这是哪的事呢？你这一死撇下我……啊（哭介）

姚妈妈　大官人别哭了，哭两声就得了。我在这呢。

方世一　姨娘也在这儿哪！

姚妈妈　我在这儿哪。（以上对白均在曲牌中进行，至此收住）

方世一　嫂子，真想不到我哥哥死啦，我们哥俩还没好够啦。嫂子，你望安吧，不必着急，那么已经死啦，也就活不了啦！那么家中短什么您只管说话，跟兄弟我说，全给您预备全了，什么用钱哪，做个衣服啊，没关系。

姚妈妈 对啦，你得尽朋友之道哇。

方世一 我是见义勇为啊！

姚妈妈 对啦，义不容辞。

方世一 对啦，这没什么。哥俩常有交情，没好够哇，他就死啦，我难受哇！

姚妈妈 别难受了啊。

申雪贞 多谢大官人，改日登门叩谢。

方世一 嫂子，往后您跟我倒不用客气。短什么就说话，我就给您拿来。跟你说吧，没什么。有的是钱，不花怎么着？以后我再看望您来，时常我没事我上哪去呢？我就来看望嫂子和伯母，没什么事。

姚妈妈 大官人，天不早了，您该走啦。

方世一 我还走吗？我。（故意搭讪）

姚妈妈 那什么话？你明儿再来呀。

方世一 干脆，我甭走了。

姚妈妈 那哪成啊，你常来着点得啦啊。

方世一 嫂子，我跟您告假了，我走了啊，我真舍不得。不是，撇下嫂子一个人，孤孤单单没人管哪？（申雪贞转身不理睬）

姚妈妈 那你也得走哇，走吧，走。怎么不走哇？走，走吧。

方世一 明儿还来哪，嫂子，（出门，又转过头来）您甭着急，嫂子。（背语）成了！（“下场门”下）

姚妈妈 我说大娘子别太伤心了，保重身体要紧，呦，天不早了，我也跟您告假了，我也走了，我明儿再来。（出门）行，有点意思。（“下场门”下）

〔**【慢原场】**申雪贞、刘氏“上场门”下。转**【撤锣】**

第九场

〔台上置一桌一外场椅，浅色桌围椅披，旁备一侧椅。

〔西皮原板〕

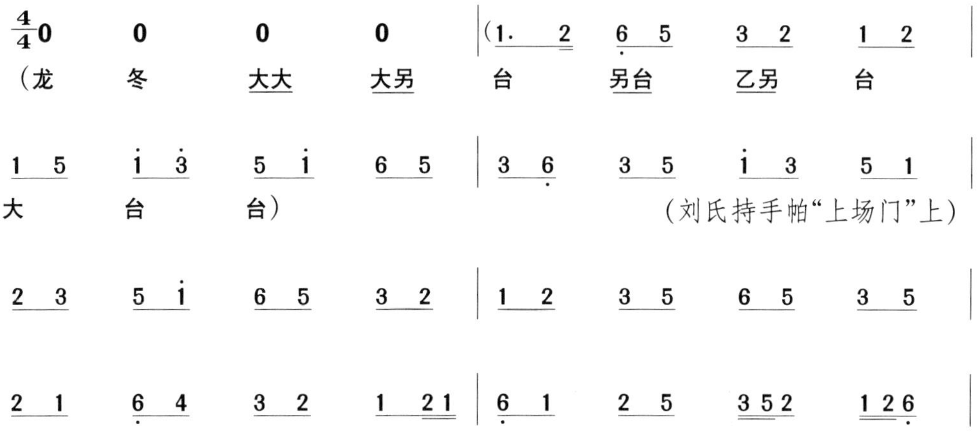

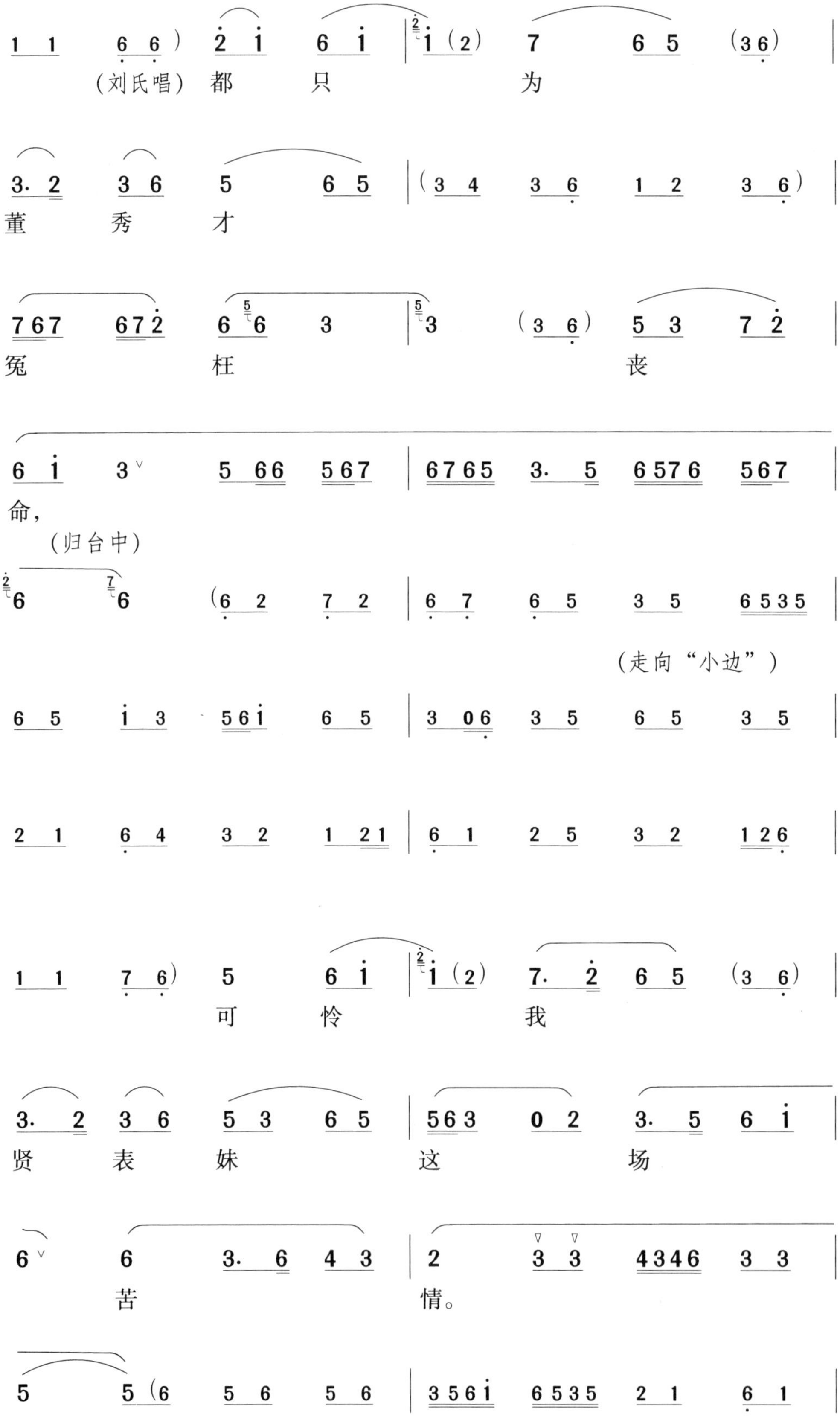
（刘氏唱）都 只 为
董 秀 才
冤 枉 丧
命，
（归台中）
（走向“小边”）
可 怜 我
贤 表 妹 这 场
苦 情。

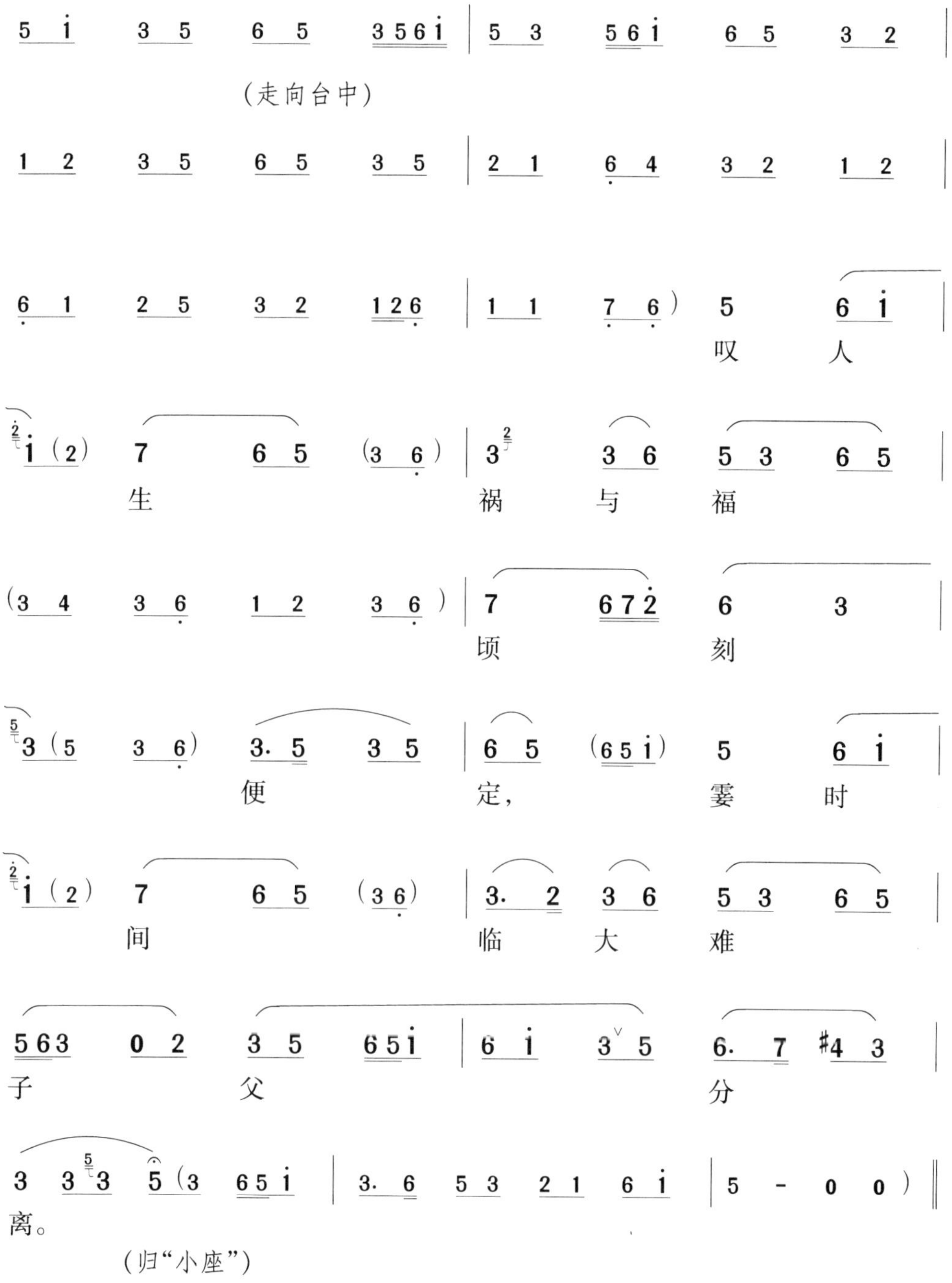

刘 氏 奴家刘氏蕴英。只因我表妹申雪贞的丈夫——董秀才身遭横祸，问了斩刑，可怜我表妹孤苦伶仃，无人照管。因此我来到她们家，时常用言语解劝于她。她总是哭哭啼啼的。现在也没有什么事情，我不免把她请了出来，跟她谈谈心，给她解解闷。妹妹哪里？（起身至台口）

〔**【小锣单上场】**申雪贞换素服，携端儿“上场门”上。

申雪贞 （念对）空堂月落无人影，手挽孤儿自入房。

刘 氏 （起身迎）妹妹请坐。

申雪贞　唤我何事？（刘坐“大边”，申坐“小边”，端儿站申旁）

刘　氏　妹妹，我想妹丈虽然死去，你瞧留下端儿倒也聪明伶俐，你就该打起精神，把他教养成人，一定能够继续书香门第，荣光耀祖的。不管什么事情，妹妹要自己往宽处想才是呀！

申雪贞　想你妹丈身受斩刑，此事冤沉海底，那仇人还没访查出来，这小小孩童，将来有无出头之日，也就打算不到的了！

刘　氏　虽是妹丈遭此冤枉，那仇人是无从访查出来的！再一说呢，你女流之辈，到哪去访查呢？倒不如安心教导孩儿，等他长大成人，再给他父亲报仇，也还不晚呀。

申雪贞　将来之事，此时哪里料得准的。

刘　氏　还是自己往开里想才是呀。

〔【小锣五击】姚妈妈“上场门”上。

姚妈妈　(念)花言巧语将人骗，要叫鱼儿上钓钩。——来到啦。成不成，可就在今儿个啦！(进门）我说大娘子在房吗？大娘子在干什么哪？呦，刘姑奶奶也在这儿哪。

申雪贞
刘　氏　（同）姚妈妈请坐！（申、刘起身迎）

姚妈妈　坐吧，坐吧。刘姑奶奶坐吧。（姚坐“大边”。刘搬座，坐八字“小边”。申坐“小边”外首。端儿仍站申旁）我呀早就想看你来，这几天净穷忙啦！一点工夫都没有！今儿个抓点闲工夫，我到这儿看看您，还好，有刘姑奶奶在这陪着您做伴，那好极啦。

申雪贞　她家中有事，也是不能在此久住的！

刘　氏　是呀，我家中有事也是不能老在这住着，我也要回去啦。

姚妈妈　是呀，过两天你要是走，大娘这儿可更冷冷清清的啦。

申雪贞　我们寡妇人家，是应该清冷的。

刘　氏　是应该清冷的。

姚妈妈　呦,还该清冷的！您想想:您年纪轻轻的，家事又单薄，往后您的日子可怎么办哪？

申雪贞　也只好安命就是。

刘　氏　自己的命不好，怎么办哪？

姚妈妈　哎呦，您还说安命不安命！想您的婆婆也不是亲的，这天长日久，没个马勺不碰锅沿的。叫我想啊，您还是想个长久之计吧。

申雪贞　（渐听出语气不对，沉吟）这也是无法可想的。

刘　氏　怎么想啊？

姚妈妈　嘿，年轻轻的，要个主意，那不是多着哪吗？

申雪贞　（试探）妈妈你有何主意呀？

刘　氏　是呀，您有什么主意？说出来我们听听。

姚妈妈　我说给你听听吧：这档子事情呀，我已然和你婆婆说过好几次啦！你婆婆已然愿了意了。您要是乐意的话，一来在你婆婆跟前也尽了孝了，二来也顺了他的心了，再者您的终身也就有了靠了,这档子事情可是最好不过的啦。

申雪贞　（更试探地）你讲说半日，到底是何事呀？

刘　氏　什么事呀？

姚妈妈　哎呦，大娘我跟你说吧：此地呀有个大财主，在城里头啊不属第一，也属第二，托我呀给说个才貌双全的娘子。我想这才貌双全的娘子，我哪给他说去哪？我就想起大娘子您来啦！您要是嫁了这个财主，受用一世，往后哪，您也就不用发愁啦！这件事可是再好没有的啦。

申雪贞 （渐窥破其意，沉脸，沉思，点头，向端儿）你到外面玩耍去吧！

端　儿 我玩去啦。（出门，“上场门”下）

申雪贞 啊妈妈，你说的言语，诚然是不错，但是相公去世未久，便要去改嫁他人，我于心中何忍！需待二三年后，再作打算，也不迟呀。

姚妈妈 这二三年，好不长远哪！您看这冰清水冷的日子，您往后怎么过下去啊！您哪还是拿个准主意好。

申雪贞 啊妈妈，你说的到底是哪一家呀？

姚妈妈 我说的可不是外人，就是我的外甥方世一！（申雪贞变色不语）

姚妈妈 他的那位娘子，死了二年多了，托我给他说一个才貌双全的娘子。我想：这才貌双全的女子,除非大娘您,再没有那么合适的啦！叫我看哪，干脆你就答应得啦。

申雪贞 啊妈妈，我想方大官人是个财主，哪怕无有名门闺秀与他作配，为何单要我这二婚人？此事不对吧？

姚妈妈 （笑）您哪知道？（徐氏“下场门”上，外侧听）那个方大官人想你的花容月貌,不是一天半天的啦。您还说什么二婚不二婚呀？

申雪贞 哎，这……（醒悟）此事我自己不好做主，须要听我婆婆吩咐。

姚妈妈 呦，你的婆婆早就愿意啦。（徐氏进门）

徐　氏 哎，姑奶奶还没走哪？

姚妈妈 老妹子来啦！（众人站起，徐归中位）

徐　氏 坐着坐着。（刘氏坐原座。众人站）

申雪贞 婆婆。

徐　氏 罢啦！罢啦！你们在这儿说什么哪？

姚妈妈 老妹子你不知道，我正跟她说这档子事情哪。她说没人给她做主！老妹子，你得给她拿个主意呀。

徐　氏 我说老姐姐，你不早就跟我说过了吗？不过我是一个后婆婆，也不好拿她的主意。可是这么着，她自个儿要是答应了，那是再好没有啦。

姚妈妈 是呀，是呀。

徐　氏 还有一样，我哪个小孙子端儿呀，她得给我带过去。（**多罗 0　台**）

姚妈妈 那当然要带过去呀。

申雪贞 （归中站）孙儿之事，不必婆婆费心。婆婆既然乐意此事，请去歇息去吧。我还有话与姚妈妈细讲！

徐　氏 对啦，你有什么话只管对姚妈妈说吧，姚妈妈她不是外人，我去歇息去啦。（**多多台 –**）媳妇，你听我跟你说呀，（徐唤申一同出门，姚、刘坐原座）这件事情我瞧你就答应了吧。你想啊，自从你丈夫死后呢，方大官人待咱们多好呀！又帮补钱，又帮补你，我呀，真感激不过的！你呀，就答应得啦！别这么三心二意了。啊，你听见没有？我去歇息去了。（**多罗 0　台 0**）我说媳妇你就别胡想啦。这件事你就答应得啦！你要答应，你也有了依靠，我也就放心啦！我告诉你说：自从你丈夫入土，姚妈妈就跟我提，那时候我怎么好跟你说呀？得啦，这件事情，你就答应了吧！她呀早就跟我说过了。

申雪贞 她对你讲过？

徐　氏 对啦，她早对我说过，你就答应得啦！我歇息去啦。别胡想啦，答应了吧。

〔（多罗 0　台 －）徐氏“下场门”下。

申雪贞 早已讲过！她、她、她早已讲过！（嘟　大大大 仓）（一望）（嘟　大大大 仓）（两望）（八0 大0 仓0）（一怔，沉思）（嘟　大 0　仓）（白）我明白了！（大 台 | 仓 才 | 仓　才台　仓）（进门坐原座）（大 大　大 大 | 大　0 大 | 台 －）（假意地）姚妈妈，我是二婚这人，也无有父母做主，只得当面说明，姚妈妈你不要见笑我呀。

姚妈妈 呦，得啦，得啦，谁笑话谁呀！那不是太客气了吗。

申雪贞 我想方家无有公婆在堂，过门之后，家中大小之事，要归我一人掌管。

〔众人站起，（多罗 0 | 台 0）刘氏不愿听欲走。

申雪贞 （对刘氏）我还有话对你讲呢。

姚妈妈 刘姑奶奶你就再坐一会儿吧。（刘复坐）

申雪贞 姚妈妈！我到了方家，大小男女仆妇，要听我一人分派。我只有侍女二名，其余人等都要住在二门以外，非听呼唤，不许进门。只要照此而行，不用聘礼财物，三日之内就可以过门。

姚妈妈 呦，这么一说，你愿意啦，哪敢情好啦！您过门就是当家的大奶奶啦是不是。真格儿的，你还有什么事情，想周到着一点。还有事没有啦？

申雪贞 哦，还有一事烦你：明日要到先夫坟前祭奠一番，回来免丧除孝。还有方家前门后户我是不曾见过，烦劳妈妈带我看过一回，也就放心了。（刘氏听此更加鄙薄）

姚妈妈 呦，您瞧瞧，您多仔细呀！要不这么办得啦：明儿早晨我上您这儿来，我同你一块去上坟去，去的时候走方家前门，回来绕他后门回来，到那您参观参观，您瞧好不好哇？

申雪贞 好哇，多谢妈妈。

姚妈妈 那我就走啦。

申雪贞 恕不远送。

姚妈妈 我走啦，留步吧，你在屋里坐着啊，咱们明儿见，我走了，哎，（出门）（多　多罗0 台 －）这才达到目的。

〔姚“下场门”下。【小锣五击头】刘氏站起归台中欲走。

申雪贞 姐姐您才来不久，多住几日才好哇！（刘站“大边”，申站“小边”）

刘　氏 你要改嫁，过你的好日子去啦，我在这还坐什么呀！

申雪贞 姐姐，当初小妹嫁董家的时节，是姐姐送我上轿；如今再嫁方家，姐姐你也要送我上轿才好啊！

刘　氏 当初你嫁董家之时，我是念姐妹之情，送你上轿；如今你再嫁别人，难道你自己不会上轿，还要我来教你不成吗？（大 大　大 0　多罗 0　台　0）

申雪贞 再嫁与初嫁岂不一样么？

刘　氏 呦，你这个人，前后改变的这么快！你丈夫死后未满两个月，你这样贪图富贵，改嫁他人！你既没有夫妻的恩义，我跟你还有什么姐妹之情哪？

〔（ 嘟 – | 仓 0 大 大 | 大 大 大衣 0 | 台 – |: 嘟 大大大 |

（申雪贞往外看）

仓 – :|| 大 台 | 仓 才 | 仓 才 | 仓 0 ||

（申左右两番翻水袖观看，而后关门）

申雪贞 姐姐，难道你不明白我的心事么？

刘　氏 有心哪，还做不出没心的事来呢？

申雪贞 我真心要改嫁不成？

刘　氏 你方才说的明明白白，还有什么假的不成？

申雪贞 【叫头】姐姐呀！想你妹丈身受斩刑，小妹我抱恨终天，我岂能作那狗彘之事，改嫁他人？适才听那姚妈妈之言：那方世一向慕我的容颜，竟自废寝忘餐，一定是那贼子，定下就除计谋，将我夫君陷害。那姚妈妈一定是通同一气，陷害我夫，如今他到此求婚，此事可以十分明白了！（嘟 0 仓 0 ）

刘　氏 明白又怎样呢？

申雪贞 我要将计就计，去到他家，将贼子杀死，到那时方消我心头（ 八 0 仓 0 ）之恨也！（嘟 大 0 仓 0 ）

刘　氏 哎呦慢着！那杀夫的仇人，未必是方世一，若是看错了，不但害了别人的性命，你的性命也是不保哇！

申雪贞 我已经看准，是这贼子所为，是断无差错。

刘　氏 纵然他是你杀夫的仇人，你一个软弱女子可拿什么去杀他呢？

申雪贞 我有青霜剑一口，此番替夫报仇，青霜剑可以助我成功。

刘　氏 贤妹的贞洁，十分可敬！是我错怪你了。可是端儿年纪幼小，董郎只有这一点骨血，要是丢下不管，叫这小孩子之家依靠何人呀！

申雪贞 端儿么？【撕边一锣】

刘　氏 是呀，怎么打算哪？

申雪贞 我早已有了打算了！

刘　氏 你有什么打算哪？

申雪贞 端儿年纪幼小，我娘家无人看护于他；他的祖母又是晚婆，定然不肯尽心。小妹知心的人，只有姐姐一个，我要将端儿拜在姐姐名下，以为义子，替我抚养成人。日后倘有出头之日，都是姐姐一人所赐，不但我感激终身，就是先夫在九泉之下，也是感你的大恩（仓）大德的了！（哭）【撕边一锣】

刘　氏 也罢！【五击头】愚姐我也就不推辞了！你自管放心前去，替夫报仇。将来之事，有我替你一力担承就是了！【撕边一锣】

申雪贞 姐姐请上受我一拜！【五击头】（申雪贞下拜）

刘　氏 快起来！（大大 大大 大大 大衣 台 –）（开门）

申雪贞 端儿快来！

〔**【小锣五击】**端儿"上场门"上，进门，站申旁。

端　儿 来啦，来啦。妈叫我做什么呀？

申雪儿 端儿，你姑姑十分爱你，将你拜在姑姑名下为义子，来来来，拜过干娘吧！

端　儿 干娘，给您磕头了。（拜）

刘　氏 不要多礼！快起来吧！（扶起）

申雪贞 儿呀，你干娘如同你亲娘一般，须要小心尽孝，你母亲就要与你分别了。

（**大大　大大　0大　台　－**）

端　儿 妈你要往哪呀？你带我去得啦。**【撕边一锣】**

申雪贞 你是去不得的！（**嘟　大大大　仓－**）

端　儿 不成，我一定要跟您去！

刘　氏 小小孩童，怎能离开母亲，贤妹还要三思才是！（哭泣）

端　儿 您带我去！（哭）

〔西皮散板〕节拍自由

申雪贞 **【快纽丝】**サ（6 6　6 5　5 3　1 2 2　2. 1 6　2 1　1 1）i 5
（站台中）小 妹

7 6　5　6 i　3 5　6（6 5 3　3 5 6　6 6）3　1　－　i i
心 中 无 退 （呀）转，（仓） 替 夫

6 5 0　5　6 5 6　#4 3　2. 3　5　－（4　3. 6　5）
雪 恨 我 报 仇 冤。（仓）

i　5　7　6　5　6. i　3 5　6（6. 5　3 5　6）
小 小 娇 儿 烦 照 （哇） 看，（仓）刘氏白："放心吧！"

3. 6　5　6　6（6　6）5　－　3. 5　3　5（5 5）
望 求 贤 姐 赐

i　－　i i　6　7 6 7 6　#4　3　3. 5　3　5　－ ‖
哀 怜。

〔**【快原场】**刘氏、申氏、端儿"上场门"下。转**【撤锣】**

第十场

〔一桌，一外场椅，浅花桌围椅披。**【小锣抽头】**徐氏持手帕"上场门"上，归台中。

〔西皮摇板〕

徐 氏

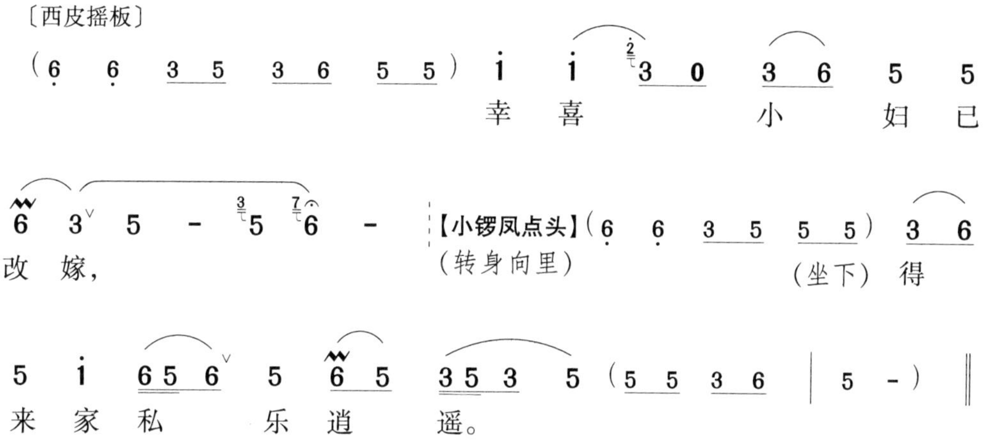

我徐氏，儿子董昌，业已亡故。媳妇申氏，是她年轻轻的，家事又很单薄，我也不好叫她守节。多亏姚妈妈为媒，将她改嫁方家！今个儿就是要迎娶的日子，我不免把她叫出来安慰安慰她。媳妇，媳妇哪里？

〔【单上场】申雪贞换吉服，“上场门”上至“一条鞭”。

申雪贞 （念对）坚持松柏冰雪节，假做杨花水性人。（进门）（台·大台－）参见婆婆。（站“小边”）

徐 氏 罢了，罢了。今儿个是你大喜的日子，把手使的东西都收拾收拾，一会儿花轿就要来了。

申雪贞 也无有什么收拾的。

〔唢呐奏曲牌<吹打>姚妈妈、丫鬟、二轿夫（持轿帐）“上场门”上。

姚妈妈 （向轿夫）等会儿，等会儿。我说老妹子。（进门）

徐 氏 老姐姐来啦！（众站）

姚妈妈 大娘子收拾收拾去吧，花轿到门啦！呦，老妹子，大喜啦！

徐 氏 多亏您呐。

申雪贞 （向右）姐姐快来！

〔【小锣五击头】刘氏携端儿“上场门”暗上，申氏归台中。

刘 氏 妹妹什么事呀？

申雪贞 姐姐，小妹之事，已经对姐姐说明，此时并无别话言讲，我们就要永别了！我要上轿去了。

〔（嘟~~~仓）刘氏拭泪。

端 儿 妈，带我去。

申雪贞 （强笑）儿呀，待我过两三日，再来接你。

端 儿 不成，带我去吧。（仓 0）

刘 氏 妹妹小心了。

端 儿 （哭）带我去吧，啊……

〔哭头〕

申雪贞

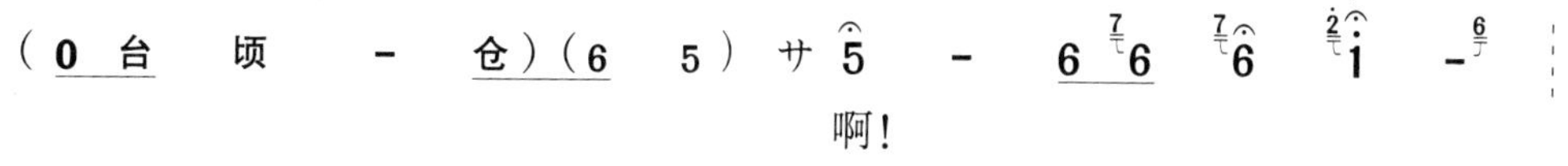

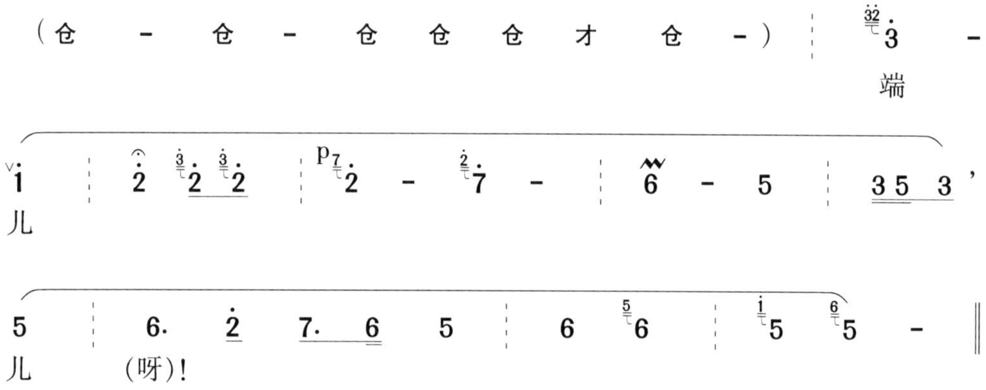

〔【扫头】接<吹打>姚妈妈给申氏盖上“盖头巾”送申出门，申上轿与轿夫、丫鬟“下场门”下。端儿哭，扯住姚妈妈，被推开，姚“下场门”下。刘氏领端儿“上场门下。曲牌奏至众人下场后止。

第十一场

〔一桌、一外场椅，红桌围椅披。

〔【撤锣】转【小锣抽头】方世一穿吉服披红“上场门”上。

方世一 哈哈……

〔二黄摇板〕

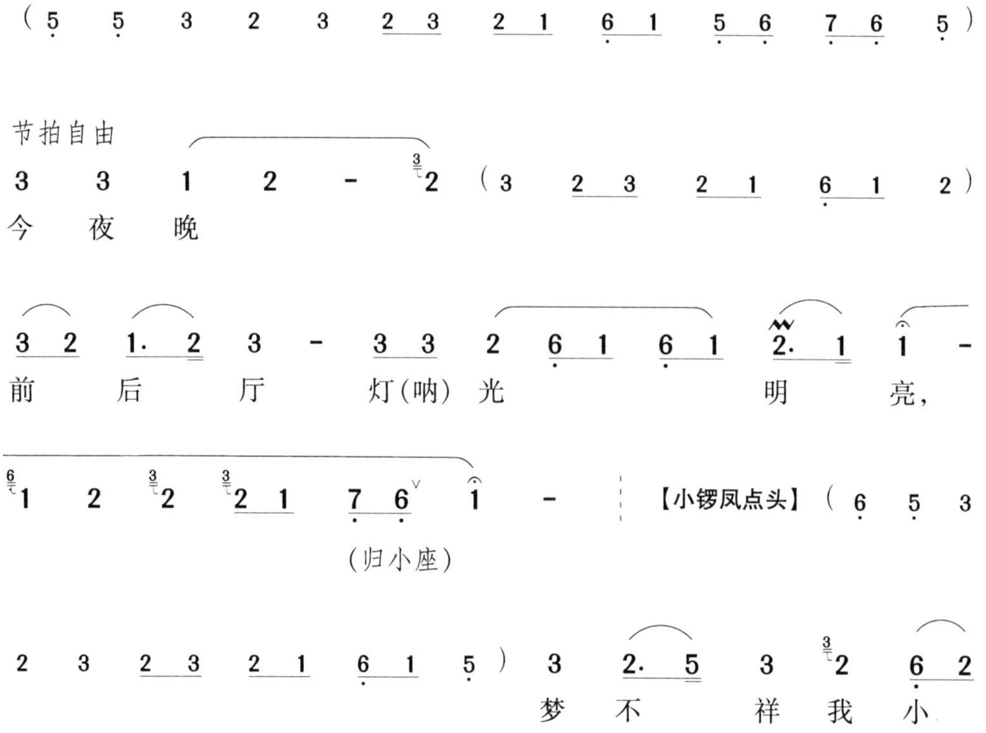

1 2 3 6̣. 2 1 2 2 – (2 1 6̣ 1) ‖
命 要 见 阎 王。

（笑）（姚妈妈“上场门”上，进门，归“大边”）

姚妈妈 呦，大爷您还唱哪！花轿都到门啦！
方世一 今儿什么日子，知道不知道？
姚妈妈 行了，行了，赶快去拜堂吧。
方世一 拜堂！
姚妈妈 拜堂！去吧，走吧！（二人“下场门”下）
〔<吹打>申雪贞（坐轿）、丫鬟、二轿夫“上场门”同上，走过场“下场门”同下。曲牌奏至闭二幕。

第十二场

〔红大帐、“大边”一桌、八字椅、一内场椅，红桌围椅披，桌上文房四宝、一红灯。
〔开二幕。胡琴奏<二黄小开门>，丫鬟搀扶申雪贞“上场门”上，进门，入帐坐，丫鬟站“小边”。姚妈妈“上场门”上，进门站“大边”。

姚妈妈 呦，天挺热的！咱们把盖头揭下去，凉快凉快。（为申雪贞掀盖头放椅背上。曲牌止）
申雪贞 啊，姚妈妈来到此地，你就是长辈亲戚了！等到明日也就不能管你叫姚妈妈的了。
姚妈妈 呦，那我可不敢当！我说大奶奶，这么办：我把这里的姨奶奶，把她们都叫出来见见你得啦。我叫他们去，我说姨奶奶们都来呀！【小锣五击头】（俩妾“上场门”上，进门，站“小边”）
姚妈妈 来来来，跟我见见新大奶奶。
俩　妾 参拜新大奶奶。（俩妾见礼）
申雪贞 还礼。（还礼）
姚妈妈 呦，你们姐儿几个在一块呀，对啦，别这么醋了酱了的啊！好好在一块呆着啊！去吧啊，诸位姨奶回房去吧。（俩妾出门，“下场门”下。姚手指丫鬟）这是侍候您的。我再把这儿的仆人叫来见见您。我说：阖府人等都来拜见新大奶奶呀！快来！走，走……【小锣五击头】（俩院公、四家丁“上场门”上，进门拜，分两边站）来来，都见过新大奶奶。
院　公
家　丁 （同）叩见新大奶奶！
申雪贞 吩咐他们：每人赏酒三斤，外厢去饮。
姚妈妈 是啦，听见没有？大奶奶吩咐：每人赏酒三斤，到外厢痛饮，里面不用你们伺候，都有我了。多喝点啊！

院公 家丁 （同）谢大奶奶！（出门，依次序“下场门”下）（**大　多罗0　台　-**）

姚妈妈 你呀，预备酒去吧。（丫鬟“上场门”下）

姚妈妈 我说大奶奶，这会没什么事了，我同着你到外面看看房屋去，怎么样啊？

申雪贞 好哇。

姚妈妈 走，来吧，跟我来。

申雪贞 有劳妈妈。

姚妈妈 这没什么，来吧。走（用手指着）瞧方家多么排场呀！比董家可强多了！

申雪贞 是呀，我生平还未曾见识过呢。趁此无人，你领我去看看可好？

姚妈妈 对！我陪着你瞧瞧去。

〔（台　·　大　台-）申雪贞、姚妈妈出门，小圆场。

姚妈妈 我说大奶奶，您看看：这个是神堂，这个是厢房，您瞧这是库房。哎，这是厨房，哎，这是茅房。您再看看：（站中）这还有一个后门哪！（**大大　大大　大大衣　台-**）

申雪贞 此处通到哪里啊？

姚妈妈 还是真巧，这个后门啊，通着董相公的坟地，（**多罗0 | 台　0**）您可千万别忘了这后门啊。（申过“大边”后观望）

〔（**台　匝 |: 匝　匝 :| 匝　多罗0　台**）申圆场，二人返回原处，进门申坐原座。

〔方世一“上场门”醉上，姚迎上。

姚妈妈 呦，大官人来啦。您回房去吧。大官人您怎么喝这么多酒呀？

方世一 姚妈妈，我这朋友多少你知道吗？

姚妈妈 是，多着哪。（二人进门，申站迎，方坐八字椅外首，申坐里首）

方世一 一人一杯就够呛！

姚妈妈 我说丫头哇，把酒拿来。（丫鬟端酒杯“上场门”上，姚出门接酒）去吧，歇着去吧。（丫鬟“上场门”下）大奶奶也给您预备酒啦。（**【小锣单上场】**进门，酒盘放桌上，倒酒）

姚妈妈 大爷我先给您满个盅。（后归中站）

方世一 哎呀，喝不下去了。

姚妈妈 大喜的日子，来喝一杯吧！

申雪贞 姚妈妈也请坐下吃一杯吧。

姚妈妈 不介啦，不介啦，我也要到下面歇着去啦，你们公母俩多喝两杯吧。我要走啦，我说大官人，明天见啊！

方世一 对！明天还见吗？我说。

姚妈妈 这是什么话呀！大喜的日子，不差么儿，你们也歇着吧，我走啦。（出门，“上场门”下）

〔（**大大　大大 | 大大　大大衣 | 台　-**）方世一醉眼看着申氏。

方世一 哈哈……可达到目的了。

申雪贞 来来来，我敬官人一杯。

方世一 我说娘子呀，我在外头和朋友喝了不少啦，可真喝不了啦！

申雪贞 一定要与官人同饮，乃是同偕到老的意思，哪有不饮之理呀！

方世一 喝酒，咱们就同偕到老哇！

申雪贞 是。

方世一 同偕到老，那就喝酒。那不喝，那怎么办哪？

〔（**大大 大大 大大 大0 0大 台 -**）方世一强饮，申雪贞偷偷将酒洒地上。

申雪贞 我乃寒门之女，（再斟酒）不想今日得侍官人，真乃三生有幸。

方世一 （狂喜，浑身乱动）我说娘子呀，我为你可真不容易呀，我每天连饭都吃不下去呀，简直是废寝忘餐啦。今日得见娘子之面，我这造化真不小啊！

申雪贞 （佯笑）官人乃是富豪之家，哪怕没有名门闺秀来配君子，为何单要我这穷秀才之妻呀？

方世一 不是，我媳妇早就死啦，虽有三房四妾的，我全腻啦！可巧姚妈妈对我说：娘子长得好看。我想长得好看干什么？你是秀才的媳妇，能到我手吗？可巧董秀才他死啦，娘子归我啦。这真是天缘所赐，所赐天缘！

申雪贞 我想人世姻缘，都是天公注定。若不是董秀才下世去了，我焉能到此侍奉官人？（站起端酒）

方世一 话虽如此，虽然天公所赐，要不我……（**多罗0 台**）

申雪贞 怎么样啊？

方世一 没什么……我只是朝思暮想啊！（醉态）

申雪贞 这（想）朝思暮想，我是十分感激！饮个尽量才是啊。（进酒）

方世一 （饮酒）我说美娘子啊，我饮不下去了！你这不叫我死不成吗？我就豁出去了。

申雪贞 大喜之日，说此不利之言！你说此言，要罚你一杯。

方世一 大喜的日子，干吗呀……哪有说死的！

申雪贞 是呀。

方世一 我喝得啦。（**大大 大大 大衣0 台**）（方再饮，申不饮酒，杯仍放在桌上，再给方斟酒）

申雪贞 官人，想我二人成此美事，多亏了两人好意成全，如今我心中感激他们。

方世一 俩人是谁，是哪俩人呀？

申雪贞 一个强盗攀倒天，（**多罗0 台**）若不是他攀在案内，董秀才也无从受罪；一个是长乐县的知县,若不是他糊涂断案,董秀才不能问了斩刑。岂不是他们二人所赐么？

方世一 他们俩人啊，虽然是他们俩人帮了点小忙，这要不是我……（**多罗0 台**）（申站起）

申雪贞 官人，到底怎么样？

方世一 （呕吐）今天我是喝多了，我是喝大了，有什么话明天再说吧！

申雪贞 既为夫妻，还有什么言语不好讲的呀！

方世一 既是公母俩啦，哪能有话不说呀！我不跟我媳妇说，我跟谁说？

申雪贞 快些讲啊！

方世一 咱们明儿说得了。（申斟酒）

申雪贞 你对我讲了，我服侍官人安歇就是。（坐下）

方世一 我不是告诉你说（接酒杯）这件事情……这件事情呀，你必得感谢姚妈妈才是呀！

申雪贞 姚妈妈她不过是做媒而已，若不是天赐良缘，她也是无从说合的！

方世一 你哪儿知道呀？姚妈妈跟我说，你长得好看。她给我出的主意把董秀才害死啦。要不是她,咱们能在一起吗？

申雪贞 （惊讶）啊，如此说来，她是很有大功的呀！

方世才　本来嘛，要没有她，哪能到一块呀？

申雪贞　以后需要慢慢地报答于她才是。

方世一　你可记住：千万别忘了姚妈妈得啦！

申雪贞　记住她。我们饮个尽量吧！

方世一　怎么还喝呀？不行，我姓什么我都忘了，受不了啦。

〔申站起递酒，方接杯饮酒，（台　扎　扎　扎　扎　多罗 0 | 台 0）申扶方进帐坐，申放下帐子，关门。〔二更〕申雪贞听，唤方世一不应，方世一起鼾声。

申雪贞　官人。（指方世一）是这贼子所为。（方世一呓语）（嘟~~~仓 –）（申外转身，翻袖）我来了。

〔【阴锣】转【急急风】申雪贞“上场门”下，取青霜剑，改素头面、发绺子、青褶子、白孝巾，“上场门”上，站“小边”。

申雪贞　【叫头】贼子呀！今日要借重你的人头，祭告我夫，此时就是你绝命之时了！（取出剑刺方世一）（嘟~~~八 0　大 0　仓 0）

〔申翻水袖“屁股坐子”，方世一甩发、红褶子、丝绦出帐，与申“一过合”，方抓申手，小圆场归中，申刺方，方死倒地。【急急风】姚妈妈闻声赶来。

姚妈妈　开门哪！（八 0 大 0 | 仓 0 嘟 | 嘟 八大. 0 | 仓 0）

申雪贞　（闻声惊恐）是哪个？

姚妈妈　是我，姚妈妈，（八 大 | 仓 0）快开门哪！干吗呀叽里咕噜的？（八 大 仓 0 0 | 八 大 仓 0 0 ‖）（申雪贞慢悄悄开门后朝“小边”转身）快开呀！

〔（嘟~~~八 0　大 0　仓 0　0）开门后二人相望。【水底鱼】姚妈妈冲进门归台中，申雪贞趁姚妈妈不妨，抽剑将姚刺死。姚倒地。申急忙关门，回身坐外椅。

申雪贞　待我留下书信，不要连累旁人。

〔【冲头】站起，进里首，写血书后，再割下二人的头。

申雪贞　待我提了二贼人头，去到我夫坟前便了！

〔【扫头】申从帐里取红包，开门，急出门。一丫鬟“上场门”上，被申刺死，“下场门”下。【快原场】申雪贞急下场。二院公、四家丁“上场门”上，进门，站两边。

家丁甲　啊！（惊）方相公与姚妈妈被人杀死！啊！这有血书在此，定是新娘子所为！我等快快将她赶上啊！

〔【快圆场】丑院公“上场门”下，众人“下场门”下。

第十三场

〔空场，“下场门”立“董昌之墓”景片。

〔【冲头】打住，起更鼓。

〔二黄导板〕节拍自由

【导板头】サ（5 5　5 5　5 5　3 2　2 2　2 2　1. 2　3 3　3. 3　3 3

青　霜　剑

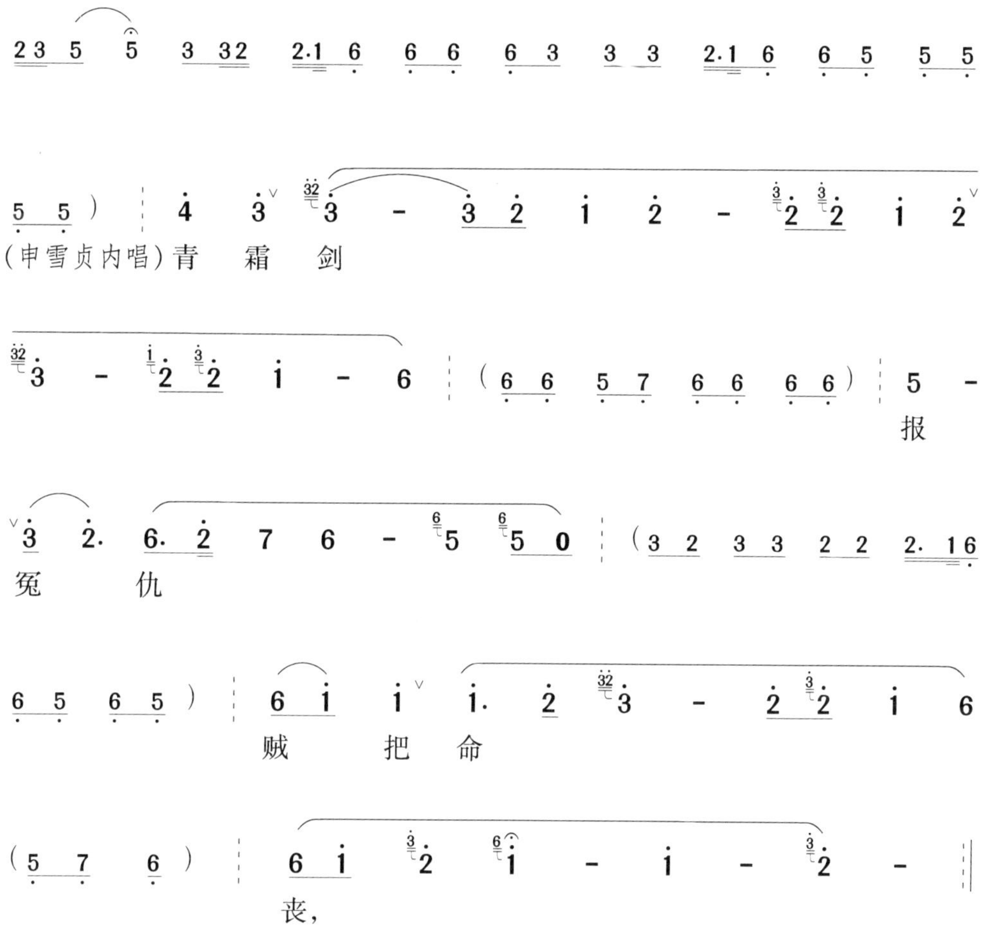

〔【急急风】申雪贞大头发绺子，左手提红布包袱，右手执剑，“上场门”上。圆场随【四击头】亮相，归台中。【撕边一锣】

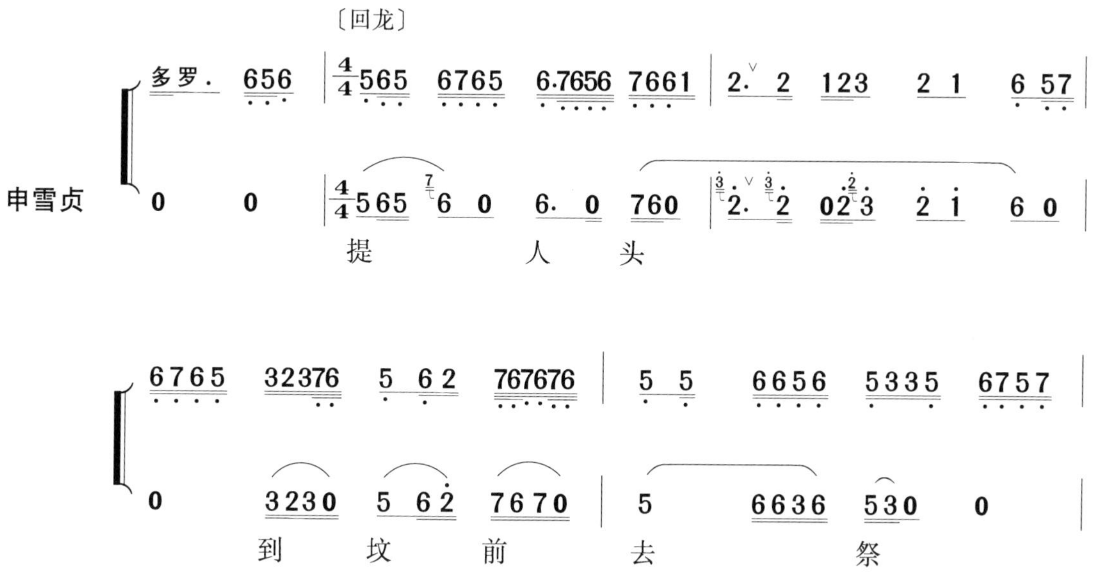

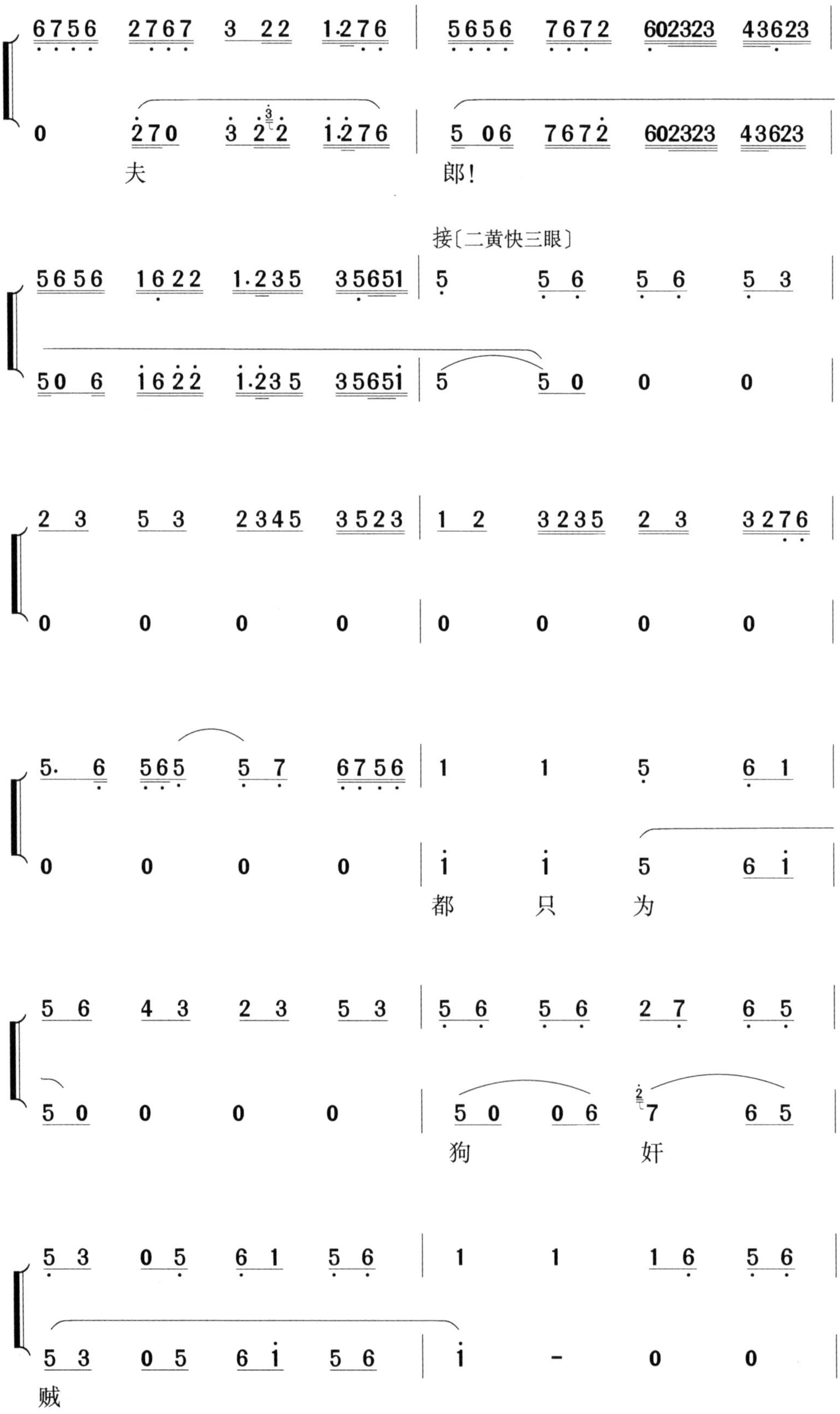
夫
郎！
接〔二黄快三眼〕
都
只
为
狗
奸
贼

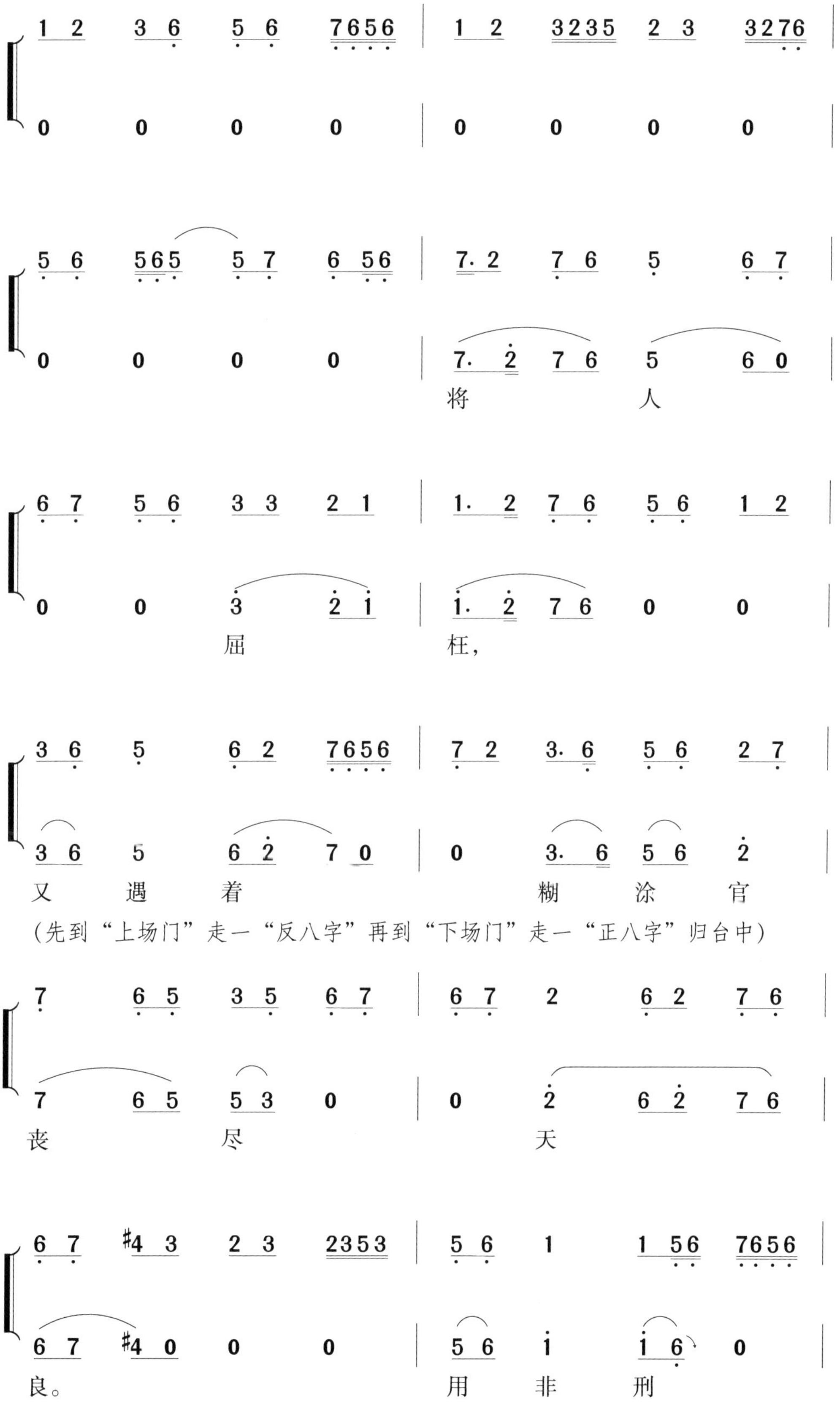
将 人
屈 枉，
又 遇 着 糊 涂 官
(先到“上场门”走一“反八字”再到“下场门”走一“正八字”归台中)
丧 尽 天
良。 用 非 刑

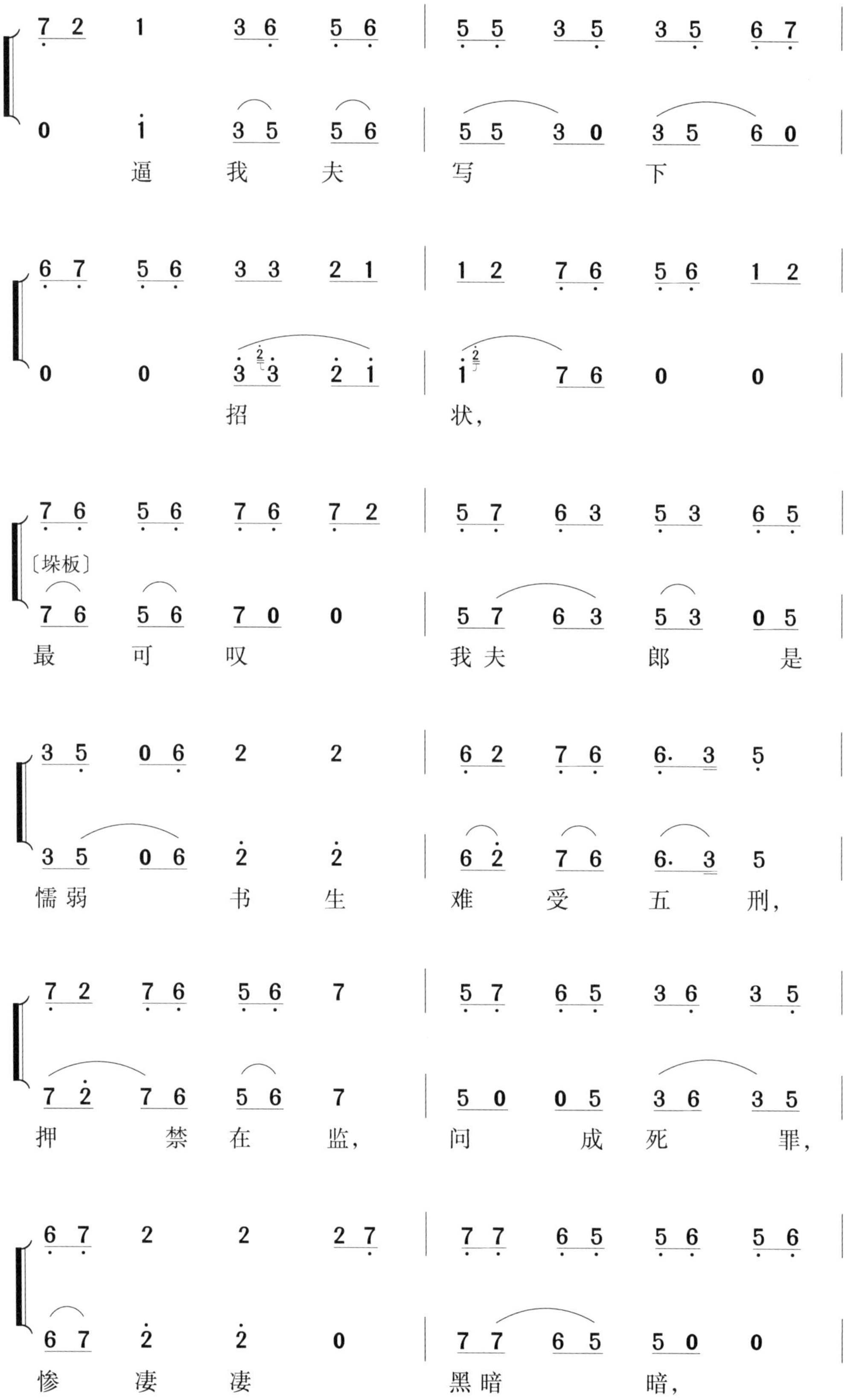
逼我夫写下
招状，
〔垛板〕
最可叹 我夫郎是
懦弱书生 难受五刑，
押禁在监， 问成死罪，
惨凄凄 黑暗暗，

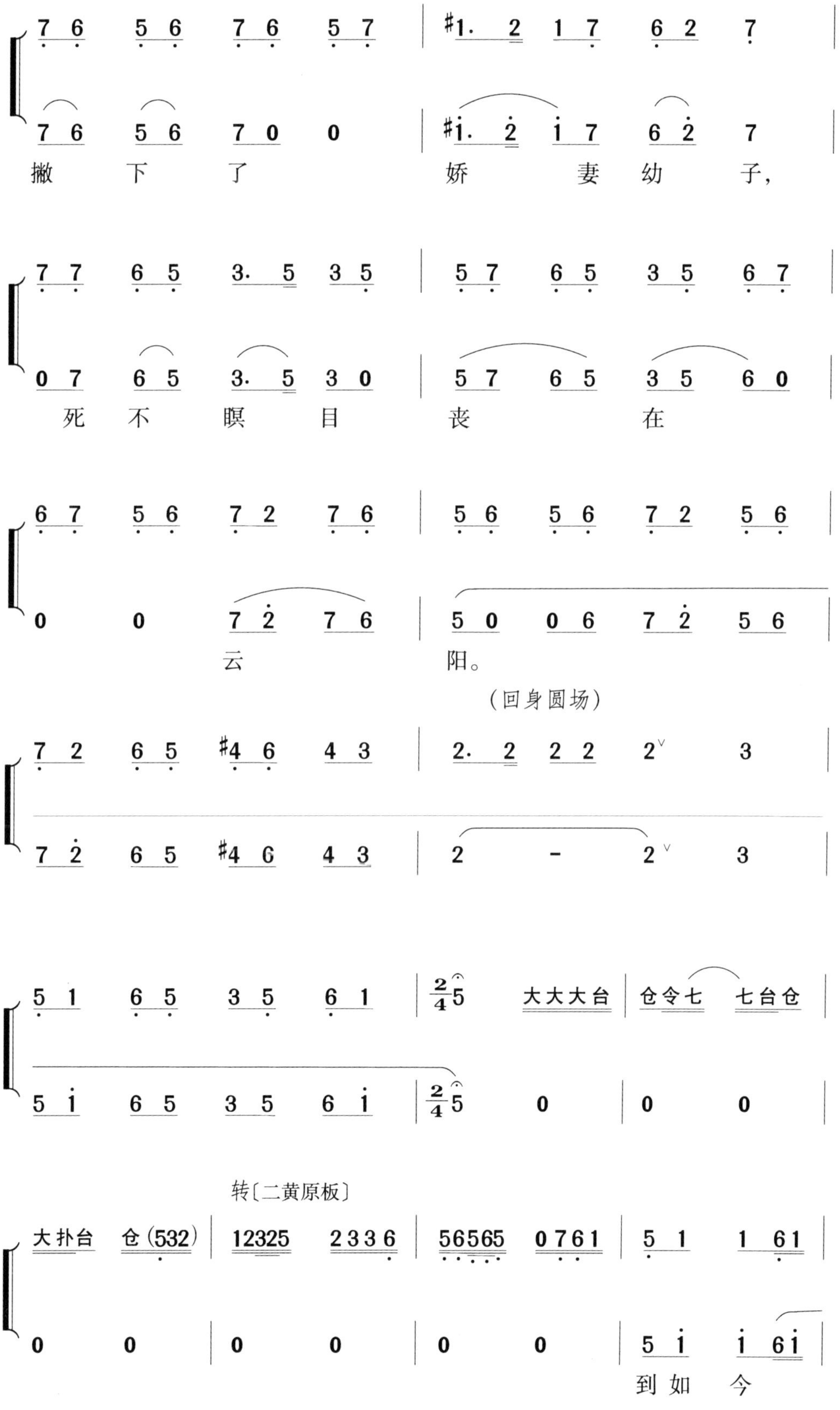
撇 下 了 娇 妻 幼 子，
死 不 瞑 目 丧 在
云 阳。
（回身圆场）
大大大台
仓令七 七台仓
转〔二黄原板〕
大扑台 仓
到如今

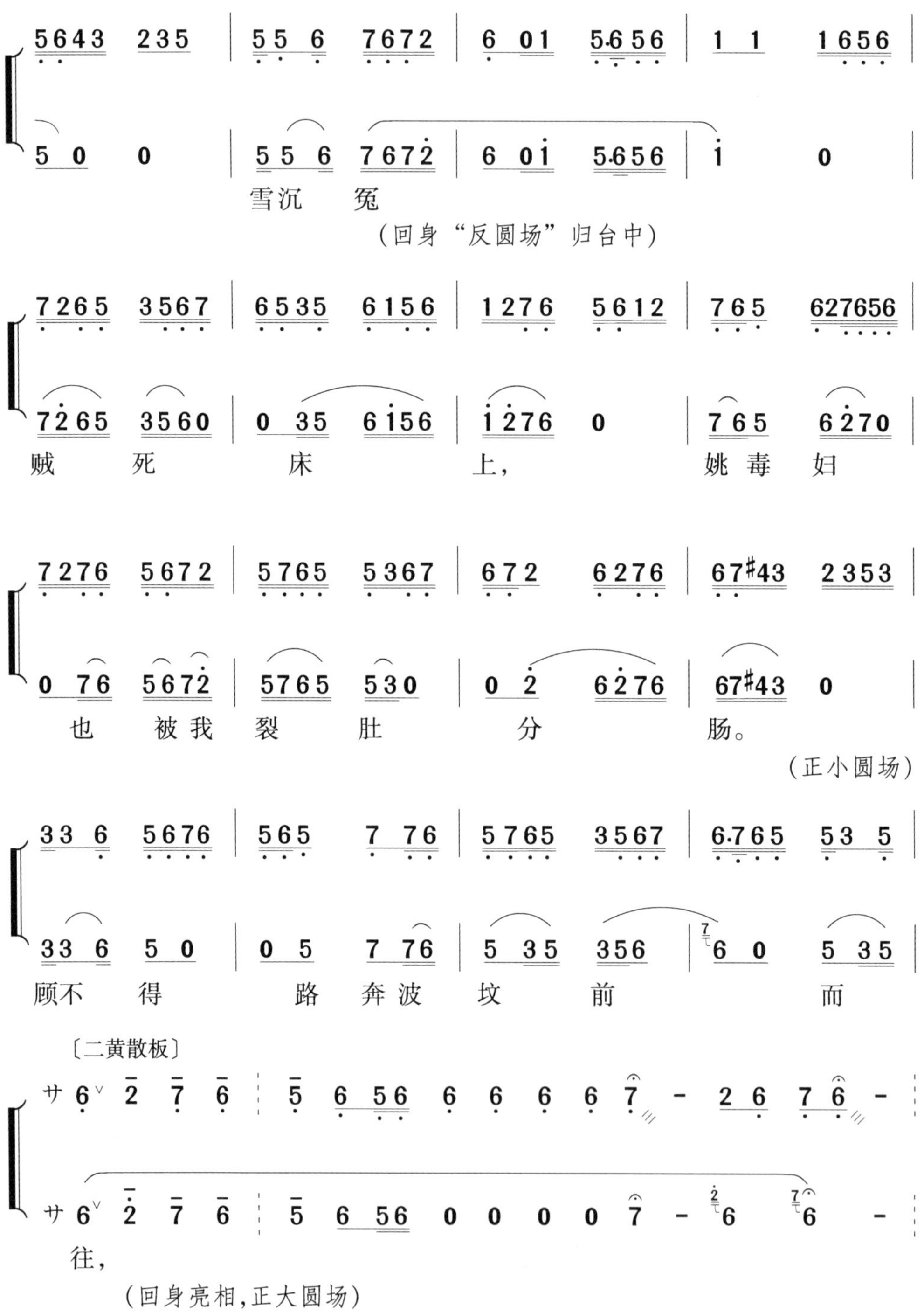

〔【急急风】跑圆场至董昌坟前，一望、两望、亮相，扔包、剑，跪蹉步至坟前。

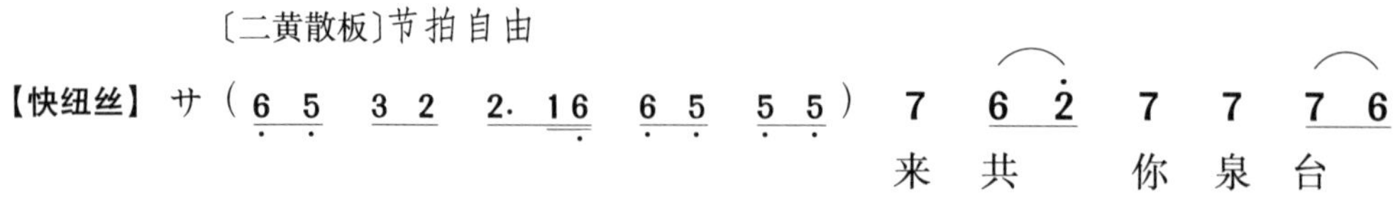

5 6 7 7 6 5 6 7 2̇ 6 5 3 5 6 i̇ 5 ⁶5 ‖
下　地　久　天　长。

【冲头】【叫头】我夫！将二贼人头祭奠于你，可以开颜一笑了！

〔二黄散板〕

【快纽丝】サ（6̣5̣ 3 2 2· 1̣6 6̣5̣ 5̣5̣）5 5 6 6ᵛ 6 5 6 i̇ － |（嘟 仓）
儿 夫 惨 刑 归 泉 壤，

〔曲牌<哭皇天>举包拜祭董昌，再放包，后拾剑，站立。

〔二黄散板〕节拍自由

【快纽丝】サ（6̣5̣ 3 2 2 1̣6 6̣5̣）7 7 6 5 6 7 6 6 3 5 6 i̇ 5 ‖ 嘟 台
拜 过 父 母 赴 泉 壤。

〔【急急风】老院公、四家丁“上场门”上站“一条鞭”位。

四家丁　凶犯在此，快快将她拿下！

申雪贞　大胆！（嘟～～仓 0）你们哪个大胆敢上前来！（嘟 大 0 仓 0）

四家丁　将你拿下，与我家相公报仇。

申雪贞　住口！（大 台 仓 才 仓 才 仓 0）想那方世一贪淫好色，任意而为，害得我董家家败人亡。今日将二贼杀死，以报我董家之仇，以泄众人之恨。（大 台 仓 才 仓）只是便宜了那长乐县的狗官，他要在此，就是这一剑，（嘟～～仓）将他杀死，岂不快乐人也？【叫头】哈哈！哈哈！（嘟～～八 0 仓 0）（申雪贞自刎而死，向里倒地）

〔【急急风】转【长尖】丑院公、四衙役、知县“上场门”急上。

知　县　怎么不把她拿下？（站“小边”侧）

家　丁　她已经自刎了。

知　县　噢，已经死了！那么她死的时候讲些什么呢？

家　丁　她也曾言：长乐县狗官若是在此，她也是这一剑将他刺死！（嘟 仓 0 嘟 仓 0）

〔【小乱锤】知县惊慌失措，坐地后站起。

知　县　哎，你们过去呀！

家　丁　哎哟，你要逃走哇？！

知　县　什么要逃走哇，你们好好看着她吧！（嘟 － 大大大 仓 0）

家　丁　哎，我们不能看管于她呀！

知　县　你们不能看管？哎哟，你看她又活啦！

家　丁　我们看来！（嘟 大大大 仓 嘟 大大大 仓 0）（众人随知县“上场门”急溜下）

〔<尾声>唢呐吹奏，闭幕。

—— 剧　终

哈鸿儒 整理

金锁记

赵荣琛演出本

《金锁记》又名《窦娥冤》、《六月雪》。关于窦娥故事的原型，见《汉书 · 于定国传》和晋干宝撰笔记小说《搜神记》中所载“东海孝妇”周青遭诬陷而被杀的故事。元代关汉卿晚年写成《感天动地窦娥冤》杂剧传世至今。明叶祖宪据关汉卿杂剧改写成《金锁记》传奇。京剧传统戏有《六月雪》一剧，只演窦娥故事中《探监》、《法场》二折。程砚秋早期受教于王瑶卿演出此剧。为了把故事演绎得完整，罗瘿公根据《金锁记》传奇增益首尾，以《金锁记》为名。该剧于 1924 年 4 月 13 日首演于北京三庆园。演出突出了窦娥善良正直的一面，却没能摆脱才子佳人大团圆结局的巢臼。该剧定名为《金锁记》乃据窦娥结婚时的信物为一金锁。

程砚秋处理窦娥这个人物，层次非常清析。一开始窦娥相夫侍婆，一家人生活温馨、和谐，出场时观众感觉她是一个娴静、隽秀的少妇。矛盾从张驴儿欲霸占窦娥，害死其夫蔡昌宗展开，使平静的生活掀起了波澜。窦娥闻得丧夫的凶讯后，顾及到年迈的婆婆，她只能含悲忍泪，与其相依为命，恪守媳妇的孝道。张驴儿之母误食羊肚汤被毒死，情况顿时紧张了起来，婆婆敷衍着张驴儿，以求宁人息事，可是张驴儿却得寸进尺，出言无状，提出要霸占窦娥，窦娥给他一个耳光，并阻止张驴儿讹诈蔡母，表现出她刚烈的一面。“公堂”一场窦娥不顾身陷囹圄的后果，全力解救婆婆，表现窦娥善良、孝顺、舍己为人的品质。至此一个完整的窦娥形象已经完成。后面的故事情节发展变得缓慢，主要利用大段的唱腔刻画人物的心理和情感，由此将全剧引入高潮。

“探监”一场窦娥带着一腔幽怨向禁婆表叙往事，感情上表达的却是一种惆怅、失落、凄苦和无奈。婆婆探视窦娥使压抑着的舞台气氛有了一点温情，婆媳互相怜惜，有许多细节表演非常感人。婆婆看到窦娥头发很乱，便要给她梳理，二人各自压住心头的苦楚互相劝慰。婆婆唱一段〔二黄原板〕希望遇到清官解脱此难；媳妇很现实，唱一段〔快三眼〕表示再不能服侍婆婆的遗憾。这段唱板式非常紧凑，表现窦娥因悲愤而产生的激动情绪。

“法场”一场是唱工戏，窦娥一腔悲愤，但是在感情上却有个递进。临刑前，她呼天抢地、撕心裂肺地呐喊：“没来由遭刑宪受此大难，看起来老天爷不辨愚贤。良善家为什么反遭天谴？做恶的为什么反增永年？”这四句唱都使用大腔，唱腔时而低沉，时而高亢，时而急骤，时而平缓，时而若断若连，时而委婉跌宕，一波三折，细腻深沉。不论唱腔怎样变化，始终用一个“刚”字统领着旋律的走势。唱腔看似柔弱，实则是绵里藏针；看似圆润，实则极有力度；看似含蓄，实则十分犀利。像一把利剑，直刺苍穹，控诉苍天的不公、人间的不平、官府的腐败、社会的黑暗。法场上众多刀斧手气势森严，貌似强大，突然伏天降雪，这些人个个显得猥琐，窦娥的形象突然高大起来，全剧达到最高潮。

赵荣琛演出此剧与程砚秋的演唱有所不同，但是总的精神是一致的。这与他学程的经历有关。他文化基础比较深厚，在拜程之前就私淑程派艺术，拜程之后，先是师徒相隔千里的函授，抗战胜利之后又在程师身边将近三年进行深造。1948 年，程又将秋声社班底给赵，他以“程派传人”挂牌大风社在北京演出。程砚秋曾对赵荣琛讲：“艺术是人创造的，我不赞成死学硬搬，要掌握前辈的方法，懂得道理，结合自己的特点来融会贯通，这样才能发展前进。”为了发展程派艺术，赵荣琛也对程砚秋生前的一些处理做过一些加工，将此剧更名为《窦娥》。但他很谨慎，绝不伤筋动骨。通过演出，细心的观众会察觉到某些新意，窦娥的形象更加充实。例如〔反二黄慢板〕“良善家为什么反遭天谴”一句中的“谴”字行腔用变奏、停顿等手法使唱腔更动听，更重要的是使窦娥对苍天的控诉更加强烈，情感更加激越。又如当禁婆告知明天就要开刀问斩时，窦娥苏醒后唱完〔导板〕“听一言来魂飘荡”，紧接着唱〔散板〕，抹去了程砚秋在两句之间所加的叫头，使两句唱一气呵成，更加生动地表现出即将走向断头台的那种极度悲愤的情绪，舞台效果非常强烈。

元杂剧和明传奇关于窦娥的故事处理有所不同。解放后，程砚秋按关汉卿的杂剧将《金锁记》改成纯悲剧，删去团圆，将海瑞改为窦父天璋，他赶至法场时，窦娥已冤死。在“法场”一折中按关汉卿原本中向天神祈求，加唱了十句〔二黄散板〕，并更名为《窦娥冤》。试验演出后，窦娥是否冤死争议很大，程本人也认为改编不够理想、完整，但是这出戏没等到他完成，他就过早地离开了我们。他没留下完整的《金锁记》录音，仅留有《六月雪》的录音。他写了一篇《谈窦娥》的论文（见《程砚秋戏剧文集》），对刻画窦娥的表演做了深入细腻的分析，对怎样改《金锁记》这出戏提出了具体的想法。现在的演出，多以窦娥获救结束。因此，新加的十句〔二黄散板〕也随之抛弃。窦娥的形象却不如程改本那么鲜明。

此整理本以赵荣琛 1962 年演出录音为依据。此录音十分接近《金锁记》原貌，故整理本仍以《金锁记》为名。希望有了这个较为原始的材料，将来能在京剧舞台上推出一个艺术性、文学性更强，更贴近程砚秋先生意愿的《窦娥冤》。

哈鸿儒

人物行当

窦娥	青衣	邻居丙	生
蔡昌宗	小生	邻居丁	老生
蔡母	老旦	卢掌柜	丑
张驴儿	丑	中军	生
张母	彩旦	四红龙套	杂
禁婆	彩旦	四校尉	杂
海瑞	老生	四青袍	杂
胡里图	丑	二班头	杂
邻居甲	老生	二刽子手	杂
邻居乙	小生	四刀斧手	杂

服装扮相

窦　娥　俊扮。梳大头、线尾子、点翠头面、草花、领花，银灰色绣花帔、藕荷色褶子、白绣花裙子，彩裤，彩鞋。（第五场穿藕荷色褶子；第六场穿浅蓝色绣花褶子；第九场换成银泡头面、茨菰叶，黑褶子、镶蓝边白裙子；第十场摘去所有头面、左右两边垂甩发，改穿红罪衣、罪裤，白腰包、白腰巾子；第十二场恢复第九场扮相，后半场穿浅蓝绣花帔，衬褶子；第十三场恢复首次出场时扮相，改穿豆青色绣花帔）

蔡昌宗　俊扮。黑桥梁巾、帽正，浅蓝绣领褶子，皎月色彩裤，厚底靴。（第四场为蓝桥梁巾，豆青色褶子、绦子；第十三场为忠纱、帽正、插金花，红官衣或改良红官衣、补子、褶子、玉带，厚底靴）

蔡　母　俊扮。黪网子、老旦冠、勒子、紫红色绸条，紫色绣团花帔、褶子、绿裙子，白袜、福字履。（第六场改扮黪发鬏、蓝绸条，香色褶子、白素腰巾；第十三场恢复首次出场时扮相）

张驴儿　丑扮。蓝毡帽，蓝布箭衣、紫小大带，黑彩裤，白大袜、皂靴。

张　母　俊扮。平三套、头花、耳环，墨绿色沿黑边褂子、灰坎肩、白腰巾子，黑彩裤，白袜、抹子鞋。

禁　婆　俊扮。平三套、头花、耳环，竹布褂子、裤子、蓝布坎肩、白腰巾子，黑彩裤，白袜、抹子鞋。

海　瑞　俊扮。忠纱、黑三，红蟒、褶子、玉带，红彩裤，厚底靴。

胡里图　丑扮。圆纱、白四喜，红（或蓝）官衣、补子、玉带，红彩裤、朝方靴。

邻居甲　俊扮。黑高方巾、黑三，黑褶子、绦子，黑彩裤、厚底靴。

邻居乙　俊扮。黑桥梁巾、帽正，宝蓝褶子、绦子，黑彩裤，厚底靴。

邻居丙　俊扮。蓝毡帽，黑褶子、小大带，黑彩裤，白大袜、皂靴。

邻居丁　俊扮。古铜色毡帽、蓝绸条、白三，老斗衣、绦子，黑彩裤，白大袜、皂靴。

卢掌柜　丑扮。宝蓝鸭尾巾、帽正、黪五嘴，宝蓝褶子、深蓝长坎肩、紫绦子，黑彩裤，白大袜、皂靴。

中　军　俊扮。中军盔，蓝绣花箭衣、黑团花马褂、苫肩、紫大带，黑彩裤，厚底靴。

四红龙套　俊扮。小板巾，红龙套服，黑彩裤、薄底靴。

四校尉　俊扮。大板巾、额子、茨菰叶、牵巾，紫色素箭衣、黄素马褂、黄苫肩、蓝大带，黑彩裤，厚底靴。

四青袍　俊扮。红秦椒帽，黑褶子，黑彩裤，薄底靴。

二班头　丑扮。皂隶帽，蓝布箭衣、紫大带，黑彩裤，薄底靴。

二刽子手　揉老脸（或勾歪脸）。大板巾、小额子、牵巾、单翎子、白五嘴（勾歪脸时不带），红刽子手衣、裤，薄底靴。

四刀斧手　揉脸。大板巾、小额子、牵巾、单翎子，红刽子手衣、裤，薄底靴。

道具

桌　子	五张	**斩犯标子**	一根
椅　子	六把	**王法（白绸子）**	一条
方　凳	一个	**文房四宝**	一份
红色绣金团花桌围椅披	一套	**官　印**	一方
红色绣金团花大帐	一套	**令　箭**	一个
浅色绣花桌围椅披	一套	**惊堂木**	一块
浅色绣花大帐	一套	**签　筒**	一个
灰布素桌围椅披	一套	**堂　板**	两根
深色绣金团花桌围椅披	一套	**小红旗**	四面
灰布沿边素桌围	一套	**拶　子**	一副
灰布沿边素椅披	两套	**供词纸**	一条
深色绣金团花凳围	一套	**状　纸**	一条
马　鞭	一根	**门　刀**	四口
手　绢	两个	**腰　刀**	四口
家　法	一根	**刽子手朴刀**	四口
银锁链	一条	**刽子手朴刀（带绸条）**	两口
锁	一个	**饭篮子**	一个

盖饭篮子蓝布	一块	木　梳	一把
银簪子	一根	包耗子药纸包	一个
饭　碗	一个	铁锁链	一条
筷　子	一双		

第一场

〔【冲头】幕启。场上设红色绣金团花大帐，正场桌，“大座”。红色绣金团花桌围椅披。桌上置官印一方，文房四宝一份。

〔众在“上场门”幕内喊堂威：“哦——！”

〔唢呐吹奏曲牌<水龙吟>。四红文堂（持门刀）、四校尉、中军“上场门”上，“站门”。曲牌止。

〔【一锤锣】海瑞端带“上场门”上，一亮。至“龙龙口”，抖双袖，提袖，整冠，捋髯，端带进至正场台口。【大锣归位】

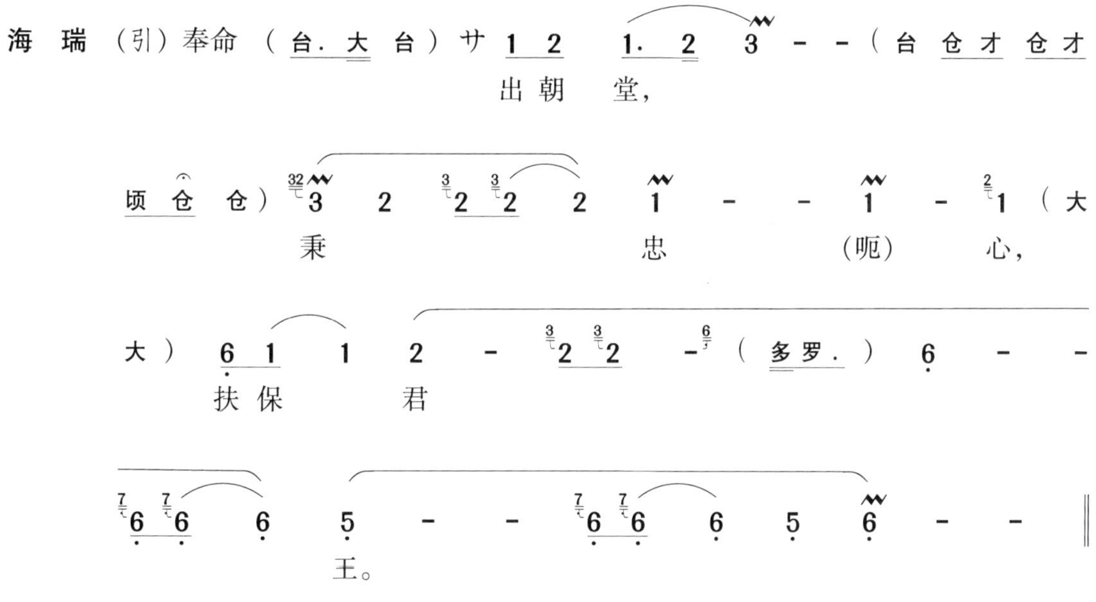

〔【冲头】唢呐吹奏曲牌<水龙吟·合头>。海瑞两望，右转身归“大座”，四红文堂、四校尉、中军归“里八字”。

海 瑞 （诗）明镜高悬照四方，

丹心一片保朝堂。【小锣二击】

昔日萧何曾造律，

哪个敢犯王法章。【大锣归位】

老夫，【大锣一击】姓海名瑞字刚峰。【大锣住头】大明嘉靖为臣。蒙圣恩，放我八府巡按。一路之上，代理民词，恩赐尚方宝剑，先斩后奏。今日正好出巡。中军！

中 军 有。

海 瑞 吩咐外厢开道。

中 军 外厢开道！

〔【大锣长尖】四红文堂、四校尉归前场分站两边。海瑞离座至“正场”，中军掀轿帘，海瑞上轿。唢呐吹奏曲牌<香柳娘>。四红文堂、四校尉“插门”“下场门”下，中军随下，曲牌止。【一锤锣】海瑞左转身“下场门”下，闭二幕。

第二场

〔【大锣原场】【撤锣】开二幕。场上设正场桌、“小座”。浅色绣花桌围椅披。

〔【小锣帽子头】【小锣打上】蔡昌宗“上场门”上，一亮，至“九龙口”，双抖袖，提袖，整冠，提衣襟，前进至正场台口，【小锣归位】抖右袖，提袖。

（多 多）　（多 罗.）サ　3̇　1̇　2̇　2̇ 2̇　1̇　–

蔡昌宗（引）铁砚磨穿，　勤攻读，　日　夜

6　7　–　7 6　6　5　–　5　6　–　‖【小锣归位】

精　习。

（左转身归“小座”坐）

（诗）苦读诗书有数秋，

“三坟”“五典”[①] 在心头。

仰赖先人阴功厚，

鼎甲班中岂难求。【小锣住头】

小生，蔡昌宗，（扎）乃山阳县人氏。不幸先父早亡，只有老母在堂。娶妻窦娥，甚是贤惠。今当大比之年，我有意进京求取功名，怎奈老母在堂，放心不下。不免请出堂来，共同商议，也好登程。（出门，向“上场门”内）啊娘子，搀扶母亲出堂来呀！

〔窦娥在“上场门”幕内白：“媳妇有请婆婆出堂！”

〔【旦上场】蔡母、窦娥“上场门”上，至“小边”，窦娥在蔡母右侧，二人轻抖袖，提袖。

蔡　母（念）膝前儿女承欢笑，

窦　娥（念）常慰高堂白发亲。

〔蔡昌宗迎接蔡母进门，蔡母坐“小座”。

窦　娥（施礼）官人！

蔡昌宗（施礼）娘子！

〔二人同进门，窦娥站“小边”，蔡昌宗站“大边”，向蔡母施礼。

蔡昌宗 孩子儿参见母亲。

蔡　母 罢了。儿啊，请为娘出堂有何话讲？

蔡昌宗 今当大比之年，孩子有意进京求取功名，怎奈母亲年迈，孩儿放心不下。

蔡　母 求取功名乃是正理，儿只管前去，家中之事，有你妻照看，料然无事。

① 三坟五典：泛指古代典籍。

蔡昌宗　（施礼）如此，孩儿遵命。
窦　娥　是呀，官人只管放心前去，有我侍奉婆婆，是断无差错。
蔡昌宗　如此有累娘子。
窦　娥　好说。
蔡　母　只是我儿一人前去，我放心不下呀！
蔡昌宗
窦　娥　（同）这个……
蔡　母　也罢，命张妈妈之子张驴儿随你前去就是。
蔡昌宗　好，就依母亲。
蔡　母　（示意窦娥）唤张妈妈来。
窦　娥　是。（出门，向“上场门”内）啊，张妈妈快来！
〔张母在幕内白：“啊哈！”
〔**【小锣五击】**张母“上场门”上，至“小边”。
张　母　（念）忽听少奶奶唤，
忙步到跟前。**【小锣五击】**（进门，至“小边”外首）
（分别施礼）参见老夫人、少爷、少奶奶。
蔡　母　罢了。
张　母　我说老夫人，您把我叫出来，什么事情啊？
蔡　母　你家少爷要进京赴试。他一人前去我放心不下。命你子驴儿随他前去便了。
张　母　怎么，少爷要进京赶考去，让驴儿跟着，但不知几时启程啊？
蔡　母　明日启程。
张　母　明儿就要走啦？那我赶紧告诉我们驴儿去。（边往外走边说）成了，成了！您就交给我了。我给我们驴儿送信儿去。
〔张母出门，**【小锣一击】**“下场门”下。
蔡　母　（示意蔡昌宗、窦娥）整顿行装。（站起）正是：
为求功名安排定，
蔡昌宗
窦　娥　（同）金榜题名慰母心。
蔡　母　（示意蔡昌宗、窦娥）来呀，哈哈哈……
〔**【小锣原场】**蔡昌宗、窦娥搀扶蔡母“下场门”下，闭二幕。

第三场

〔**【小锣原场】**开二幕。场上设正场桌、“小座”，浅色布桌围椅披。
〔张驴儿幕内白：“啊哈！”
〔**【小锣五击】**张驴儿“上场门”上至正场台口。
张驴儿　昨晚——
〔数板〕
（多 罗 .）昨晚　三更我　正在睡　觉，

忽听 得 有人 把我的 门环 敲。
开.开 门来 看：
原来 是 财.神 爷他 把我 找。
他在 头里 走，
我在 后头 跑，我还 扛着一个 镐。
一拐 弯儿，看见一个 元宝 窖，
上头盖着 一个 大蒲 包儿。
打开了 蒲包儿 看，
呵！金.子 银.子 真不 少，
横.的 竖.的 竟是金 条，
这.个 财我是 发大 了！
有心 置地 又怕旱 涝，
有心 置房子 又怕火 烧。
忽然 间，南柯 梦 惊醒 了！
东一 摸，西一 摸，
摸着一个 青个愣的 蝎.子 蜇得我 山叫 0鬼 嚎！

〔【小锣五击】张驴儿左转身坐“小座”。

张驴儿 我，张驴儿，不幸父亲去世，我妈在蔡府佣工，我跟着帮闲。蔡相公有个媳妇儿名叫窦娥，长得甭提多漂亮啦。我一看见她，我心里就痒痒。我老有心呢，把这个窦娥算计到我手里头，那我才痛快呢！昨儿我妈跟我说，蔡相公进京赶考让我跟他去。我想此番进京我要是想个主意把这个书呆子给害了，何愁窦娥不到我手啊？！对，跟我妈商量商量。（站起，出门向“上场门”喊）妈呀，妈呀！

〔【小锣五击】张母“上场门”上，至“小边”。

张　母 （念）驴儿来找我，
想必有吃喝。【小锣一击】

〔张驴儿迎接张母同时进门。张驴儿站“大边”让张母坐。

张驴儿 妈您坐着。

张　母 （坐“小座”）孩子，叫我干什么呀？

张驴儿 妈，我也老大不小的啦，您应该给我说个媳妇儿了。

张　母 噢，说个媳妇儿呀，我比你还急呐！别忙，赶明儿有哪个门当户对的，合适的，妈妈给你张罗一个，甭忙啊，甭忙！

张驴儿 那我哪儿等得了哇！这不有个现成儿的嘛！

张　母 现成儿的，谁呀？

张驴儿 就这窦娥呀！

张　母 别胡说八道的了。人家是秀才的媳妇儿，哪儿能够归你呀？

张驴儿 咱不会想个主意把这个书呆子给害了？

张　母 什么？害人哪？阿弥陀佛！

张驴儿 念开了佛了又！这害人有什么呀？

张　母 没害过呀！你有什么主意呀？

张驴儿 他进京赶考不是叫我跟他去吗？

张　母　叫你跟他去呀！

张驴儿　我想此番进京，必打淮河经过。走到那没人儿的地方，我把他推下水去淹死，回来就说他失足落水而亡。老梆子听说儿子死了，她也活不了。到那时候，甭说窦娥归我，这份儿家财都是咱们娘儿俩的了！您瞧怎么样？

张　母　嘿，难得呀！你小小年纪会有这么好的主意！

张驴儿　您有我这么个儿子，往后您净睛着享福吧！

张　母　对啦，我有你这么个儿子，往后我——，我就净睛着吧我！

张驴儿　享福。

张　母　是，享福，享福！

张驴儿　就这么办了，正是：（扎）

张　母　（站起）举目不怕青天在，

张驴儿　母子定计要害人。

张　母　害人！

张驴儿　害人别嚷嚷啊！

张　母　对，咱没干过，外行嘛！

〔**【小锣原场】**张驴儿搀张母“下场门”下。闭二幕。

第四场

〔开二幕。空场。

〔**【小锣抽头】**蔡昌宗持马鞭“上场门”上。至“九龙口”举鞭一亮。打马至正场台口，勒鞭。

〔西皮摇板〕

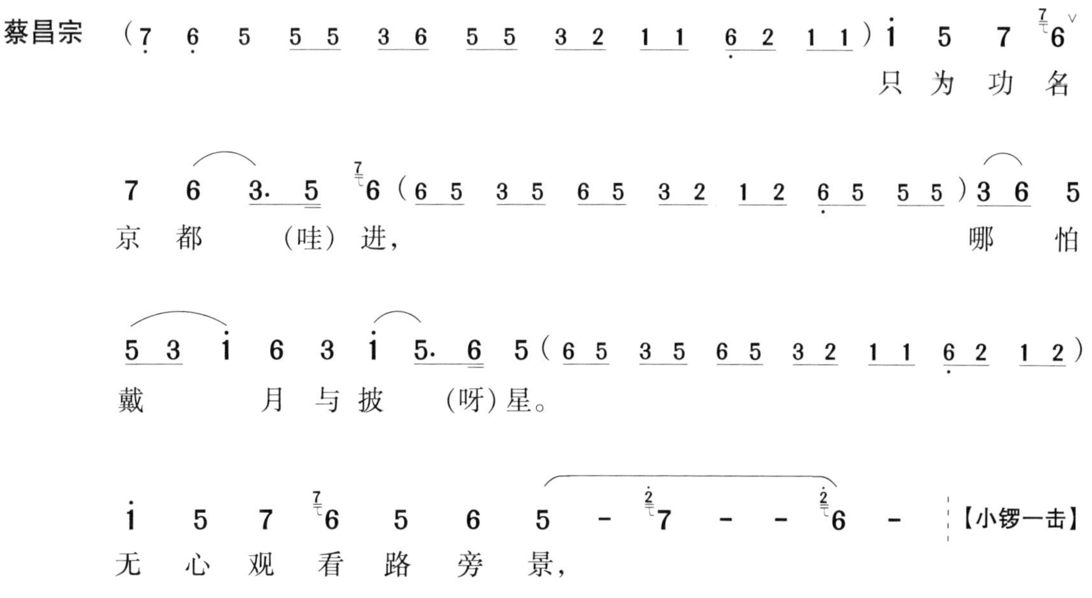

〔张驴儿“上场门”幕内白：“相公慢走！”

蔡昌宗 （回头往“上场门”一望）啊！

〔西皮摇板〕

【小锣凤点头】(过门同前） i 6 5 5 7 5 6 5 - ‖

张 驴儿 为 何 慢 腾 腾？

〔【小锣长丝头】张驴儿气喘嘘嘘地“上场门”跑上，边跑边喊。

张驴儿 哎哟，哎哟！（至蔡昌宗身边）可累坏啦！

蔡昌宗 张驴儿，你怎么这样慢腾腾的呀？

张驴儿 我说您还讲理呀？我这两条腿儿跟您四条腿儿跑，我得跟得上啊！我可累坏了我！

蔡昌宗 前面来到什么地方？

张驴儿 唉！到了淮河啦！

蔡昌宗 啊，好好好！我们下马歇息歇息再走也好。（下马）

张驴儿 对啦，您这儿下马凉快一会儿,我这儿歇歇腿儿，啊！

〔【小锣一击】张驴儿接过马,拉至“小边”拴住。蔡昌宗拭汗往前观看景色，张驴儿给指着风景。

张驴儿 哎，相公，您瞧！这儿的景致够多好哇！

蔡昌宗 是啊，真乃是好风景也！

〔西皮摇板〕

【小锣凤点头】(过门同前） i ^{7}6 5 6 5 6 3 5 6 -（6 5 3 5

淮 河 两 岸 有 重 （啊）荫，

（蔡昌宗往“大边”台口看景色，张驴儿在后场跑至“小边”张望是否

6） i 7 5 i 6 - ∨ 5 ^{7}6 - 5 -（5 5 3 6 5 -）‖

风 吹 水（呀）面 起 波 漪。

有人往来。蔡昌宗往“大边”移动，指着“小边”台口景色。张驴儿在后场跑至“大边”张望是否有人往来）

张驴儿 （在“大边”指着“下场门”）相公，您看这水够多清粼啊！

蔡昌宗 是啊，清粼得很呐！

张驴儿 （斜身朝向“下场门”，右手向后招呼蔡昌宗，左手指向“下场门”）嘿，那儿有条大鱼！

蔡昌宗 啊！

张驴儿 在那儿呢！

蔡昌宗 在哪里？

张驴儿 在那儿呢，在那儿呢……（推蔡昌宗落水）

〔【水声】蔡昌宗转着身体做在水中挣扎状，“下场门”下。（台）张驴儿回至正场台口。

张驴儿 冒俩冒儿，活不了啦！我呀，赶紧回家，给我妈送喜信儿去喽！

〔【小锣原场】张驴儿至“小边”解马，拉马，上马，“上场门”下。闭二幕。

第五场

〔【小锣原场】开二幕。场上置正场桌，“小座”，浅色绣花桌围椅披。

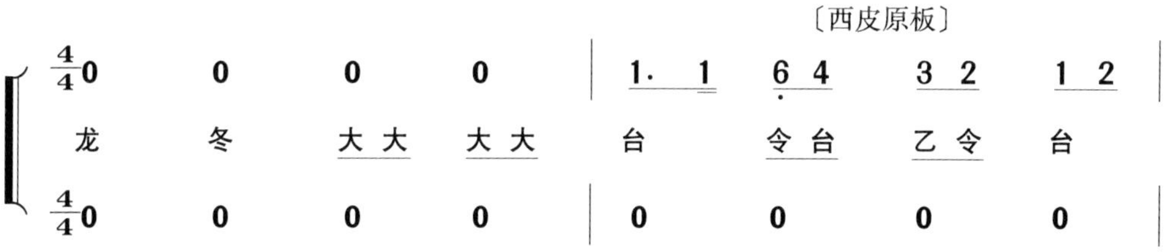

（窦娥左手后背，右手抱腹“上场门”上至“九龙口”，左手抚胸,轻抖右袖,

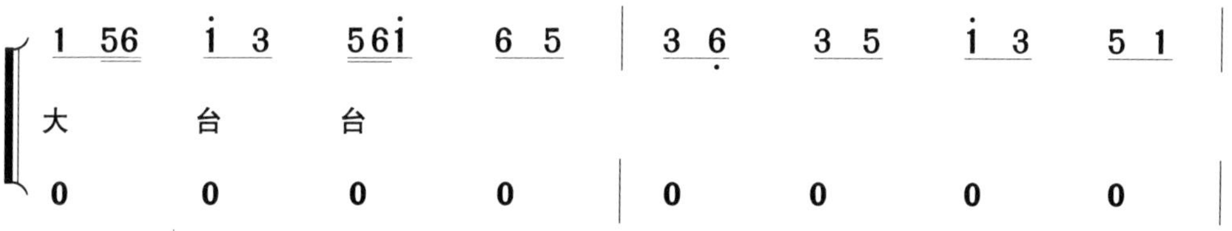

提袖）

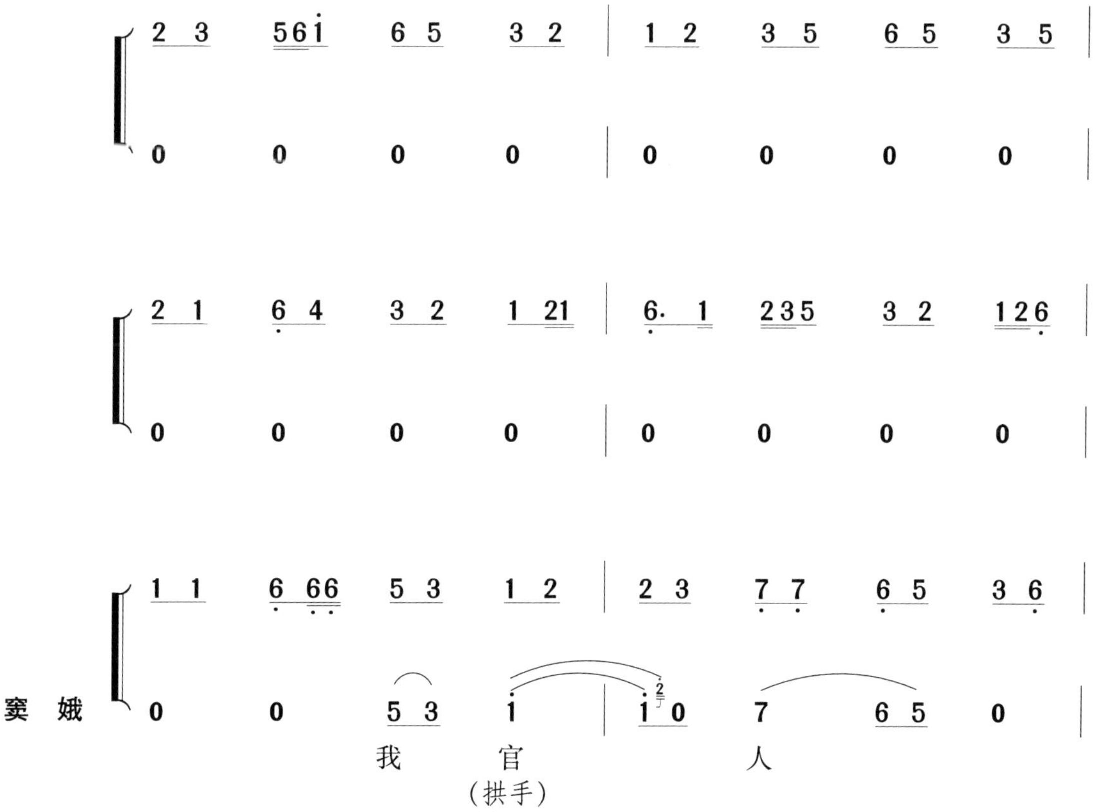

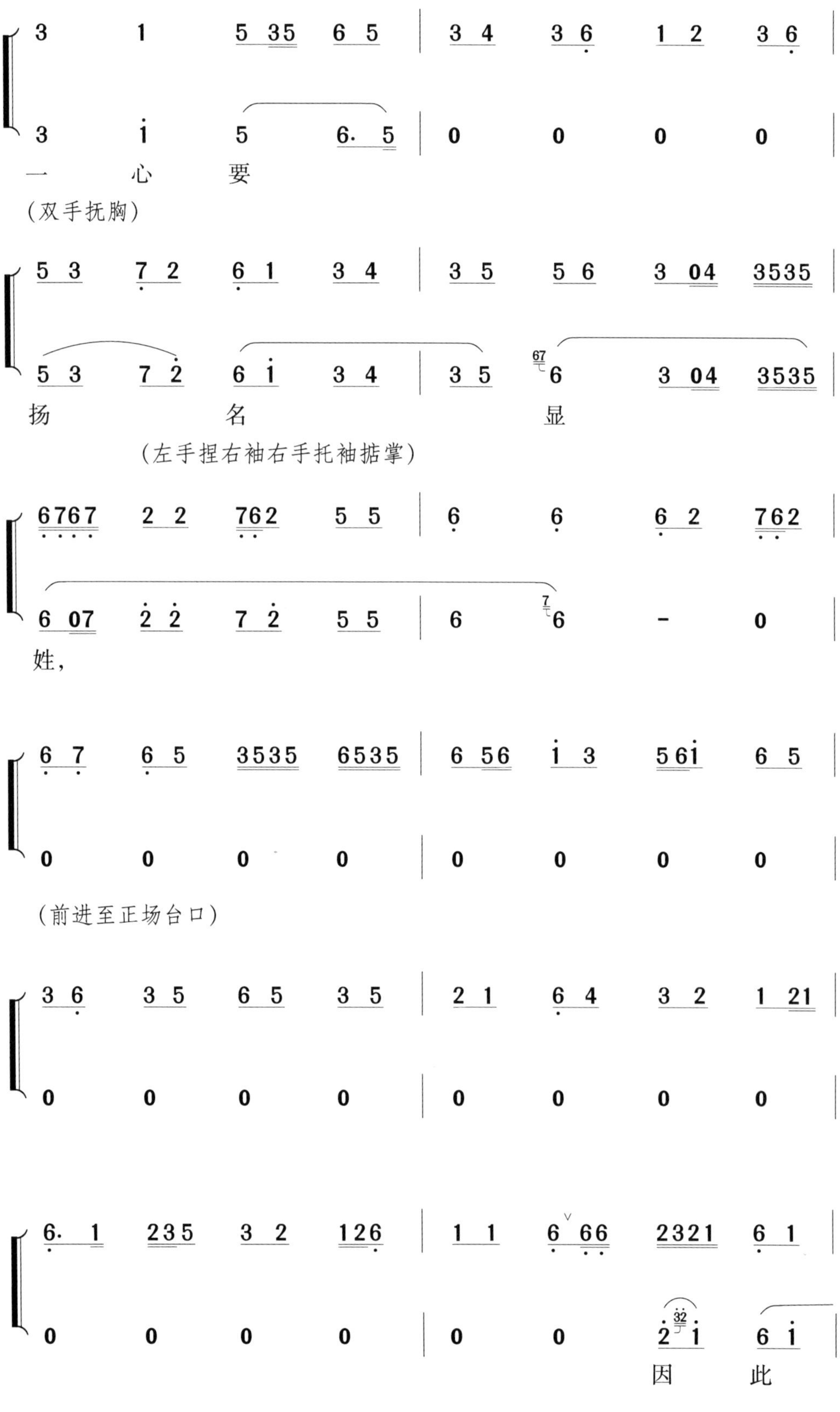
一 心 要
(双手抚胸)
扬 名 显
(左手捏右袖右手托袖掂掌)
姓,
(前进至正场台口)
因 此

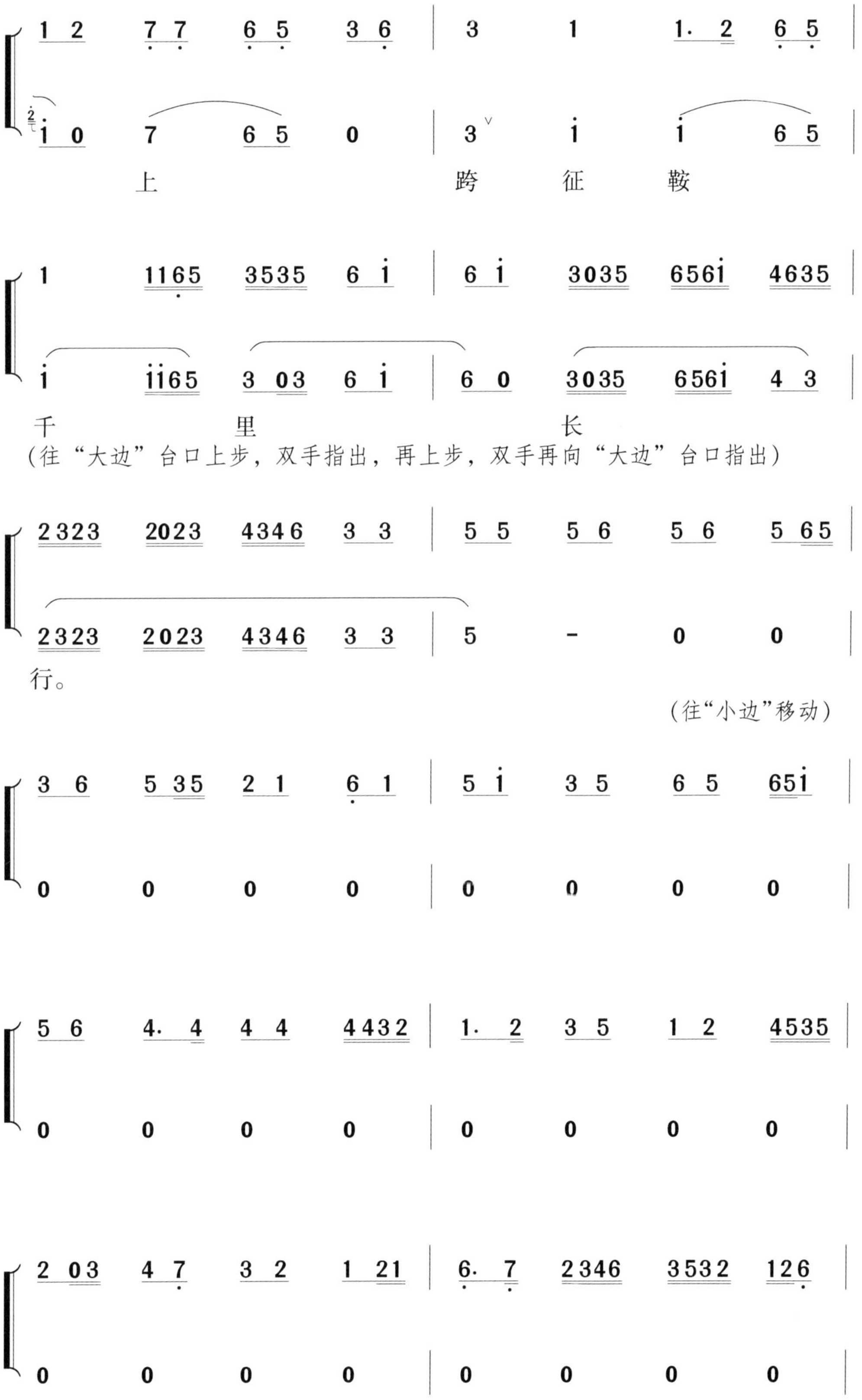
上
跨
征
鞍
千
里
长
(往“大边”台口上步，双手指出，再上步，双手再向“大边”台口指出)
行。
(往“小边”移动)

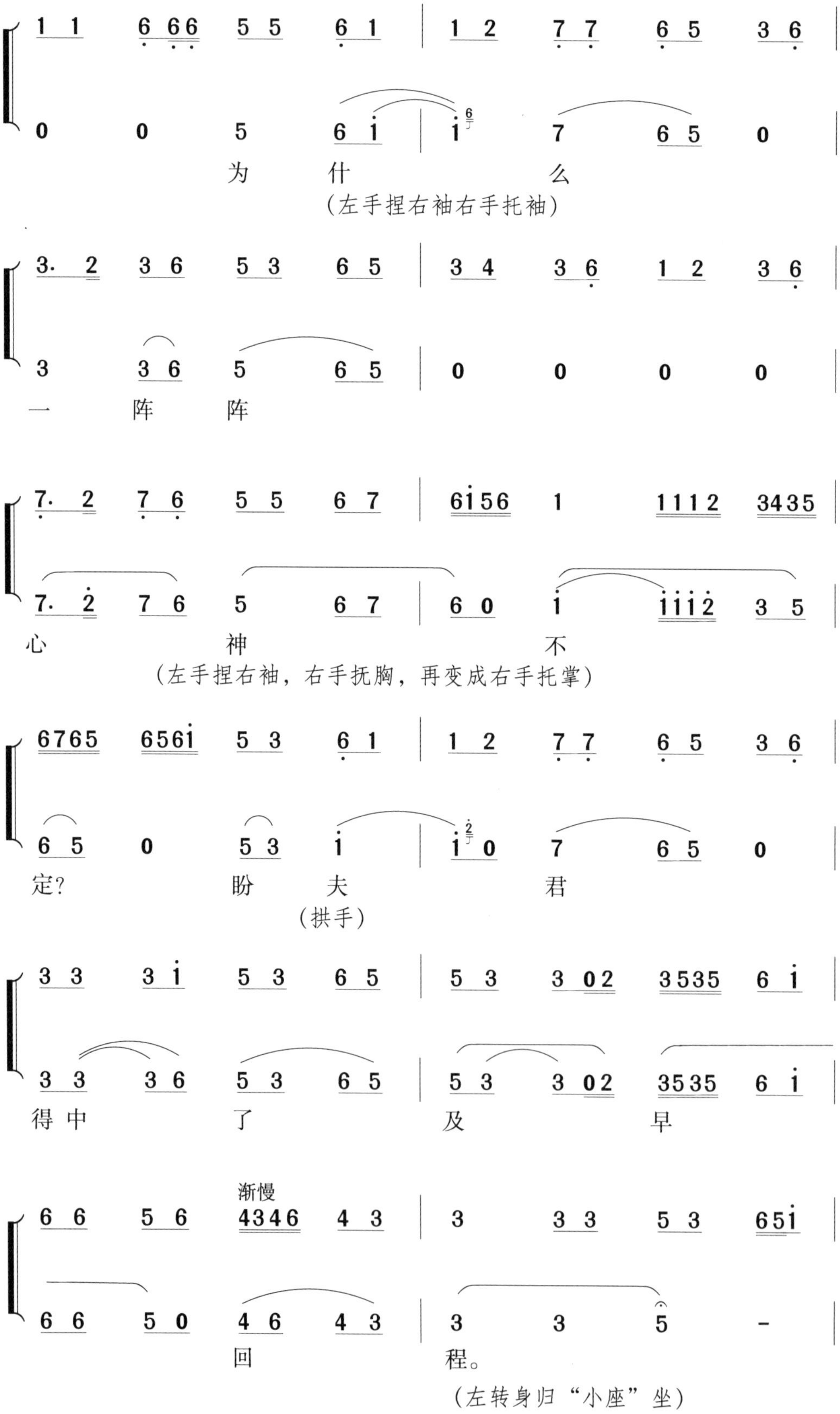
为 什 么
（左手捏右袖右手托袖）
一 阵 阵
心 神 不
（左手捏右袖，右手抚胸，再变成右手托掌）
定？ 盼 夫 君
（拱手）
得 中 了 及 早
渐慢
回 程。
（左转身归“小座”坐）

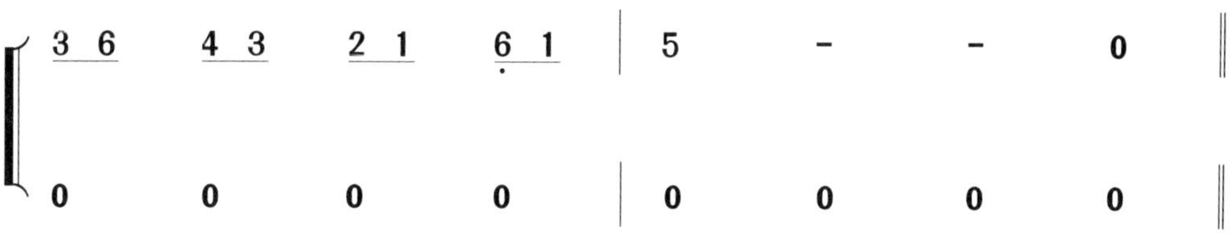

〔（台匝匝匝匝……）张母慌张地“上场门”跑上。

张　母　哎哟，可了不得喽！这可怎话儿说的呀！（进门，站“小边”）少奶奶，大事不好啦！（仓）

窦　娥　（站起）何事惊慌？

张　母　刚才我们驴儿回来说，跟随公子进京赶考，行至淮河，公子失足落水而亡啦！（仓）

窦　娥　你待怎讲？

张　母　公子淹死了啦！（仓）

窦　娥　（八大仓）哎呀！（惊，昏倒，急坐于椅上）

〔【快冲头】张母靠近到窦娥身边，半蹲着仰望着窦娥喊叫。

张　母　少奶奶，少奶奶醒来！

窦　娥

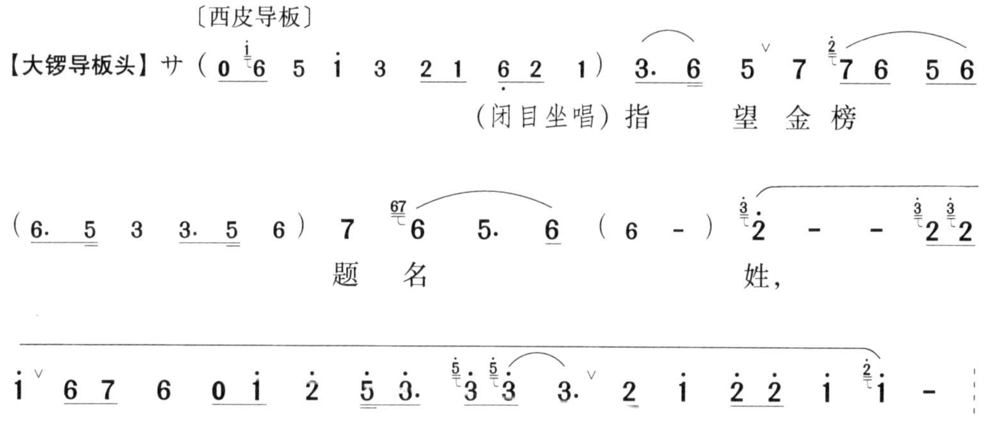

〔【快冲头】窦娥醒来，站起。

窦　娥　【大锣叫头】官人，我夫，喂呀官人哪……（哭，拭泪）

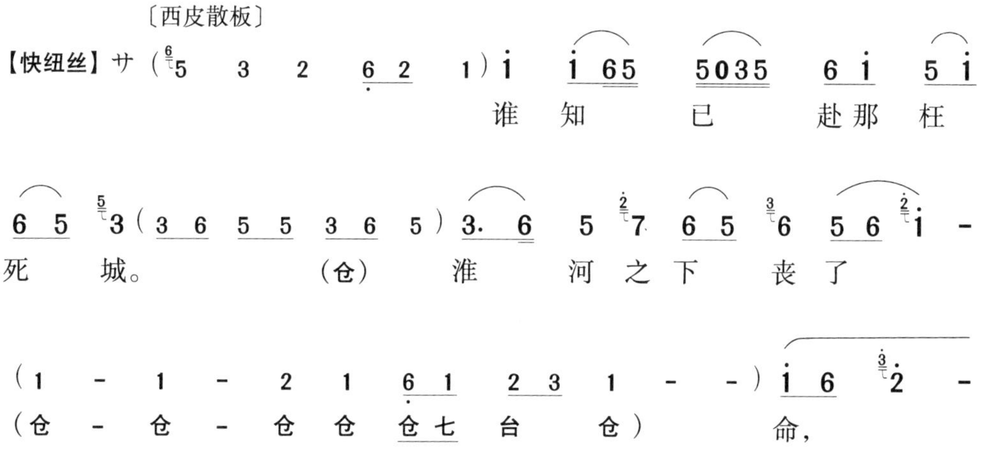

2̇ 2̇ 2̇ 0 1̇ 1̇ 2̇ 2̇2̇ 7. 6 5 - 3535 (5 -)

7. 6 5 6 - 6 6 (7 - 7) 7 - - 6 56
我 的 夫 (哇)

5. 6 7 2̇ 6 2̇ 727 7 6 5 6 6 5 -

【大锣凤点头】(过门同前) 3 2 2 1 2 2 6 1 2 2 1 -
(蔡母内接唱) 媳 妇 为 何 放 悲(呀) 声?

〔蔡母“上场门”上,进门,到窦娥左侧。

窦　娥　【快冲头】婆婆!适才听张妈妈之言,张驴儿回来说道,我官人行至淮河,失足落水而亡了!(八大仓)

蔡　母　(惊,抓窦娥手臂)你待怎讲?

窦　娥　落水而亡了!

蔡　母　(八大仓)哎呀!(惊,昏坐于椅上)

〔【快冲头】张母在蔡母右侧扶蔡母,窦娥在左侧给蔡母捶背。

窦　娥　婆婆,婆婆醒来!(面向里,哭状)

〔西皮导板〕

蔡　母　【大锣导板头】　(过门同前) 5 5 5 5 - 3 6 5 3
听 说 昌 宗

(4. 5 3) 5 5 6 6 5 5 5 5 3 5 -
丧 了 命 (呐 呃),

〔【快冲头】蔡母醒来,站起。

蔡　母　(同【大锣三叫头】)　昌宗,我儿,儿呀……

窦　娥　(同【大锣三叫头】)　官人,我夫,夫哇……

〔西皮散板〕

蔡　母　【快纽丝】　(过门同前) 1 3 53 1 2 3 5 2 1 6
怎 不 叫 人 痛 在

1 (7 6 2 1) 6 2 1 3 2 3 2 1 2 2
心。 (仓) 这 是 家 门 真 不 (哇)

1 – （1 1 13 2 1 6 2 1 –） 1 2 7 6 5 –

（仓 仓 仓 仓 仓七台 仓） 幸，

〔【乱锤】蔡母晕眩，呕吐，站立不稳；张母搀扶。

蔡 母 【大锣凤点头】（过门同前）3 2 21 12 2 72 6 76 1 –

浑 身 上 下 冷 如 冰。

窦 娥 婆婆歇息去吧！

〔【大锣原场】窦娥搀蔡母“下场门”下；张母跟送至“下场门”台口，一望。（台）

张 母 （转身面向前）哈哈哈…… （至正场）有得！我们驴儿这个主意还真不错。果不其然呐，这老梆子病啦，瞧这个意思啊，哼，八成儿许话不了啦。得嘞，只要这老梆子一死啊，剩下窦娥一个女流之辈，可说嘞，还逃得出我们娘儿俩的手心儿去吗？哈哈！我说窦娥呀窦娥，再过两天呀，你就是我的儿媳妇儿啦！

〔窦娥“下场门”幕内白：“张妈妈！”（台）

张 母 （惊慌地面向“下场门”）哎，少奶奶！

〔窦娥“下场门”幕内白：“老夫人要吃羊肚汤，你命张驴儿快快买来！”

张 母 哎，成了，成了！（台）您交给我啦，交给我啦！（面向前）哎哟我的妈呀！差点儿没让她听见，呵呵！老梆子要吃羊肚汤，找我们驴儿去。（朝“上场门”喊）驴儿，驴儿！

〔【小锣五击】张驴儿“上场门”上，至“小边”。

张驴儿 （念）只因害死书呆子，

好来算计美佳人。（扎）

（进门）妈呀，什么事呀？

张 母 你这个主意真不赖，果不其然，那老梆子病了。

张驴儿 病了？

张 母 八成儿许活不了。

张驴儿 活不了！

张 母 她要吃羊肚汤，你给她买点儿来呀？

张驴儿 我买去？（一想）好嘞，您交给我了！

张 母 交你了，越快越好。

〔【小锣一击】张母“下场门”下。

张驴儿 哈哈！果然这老梆子病啦！要想吃羊肚儿汤。嗯，倒不如我把羊肚儿汤里头下点儿毒药，把这老梆子毒死岂不痛快？（大0台）（一想）羊肚儿汤好买，这毒药我上哪儿买去呀？哎呀，这毒药上哪儿……哎！有了。我们这儿城隍庙有个卖耗子药的，这耗子药人吃了也活不了哇！对，我买耗子药去。（圆场，边走边说）嘿！早早儿的把这老梆子打发回去，什么事儿都好办了。买耗子药去！（走至“小边”，往“下场门”一望）（台）到了。（朝“下场门”喊）掌柜的，掌柜的！

〔【小锣五击】卢掌柜“下场门”上，至“下场门”台口。

卢掌柜 （念）忽听有人叫，

想是来买药[1]。（扎）

谁呀？（至“正场”，开门，出门，与张驴儿相见）驴儿呀，你干什么来了？

张驴儿 买包耗子药。

卢掌柜 你们家也闹耗子啦？

张驴儿 瞧这话说的，我们家就不闹耗子啦！快拿去呀！

卢掌柜 好，好，等着，等着啊！（“下场门”取药，复上，将药给张驴儿）

张驴儿 我说，你这药灵吗？

卢掌柜 哎，灵啊！

张驴儿 我回去先试试。（欲走）

卢掌柜 驴儿，前两天你拿了两包耗子药，你还没给钱呢！

张驴儿 不要紧，不要紧！这回我试试，要是灵的话，下回来买，一块儿都给你带来了。

卢掌柜 下次想着带来啊！

张驴儿 你放心吧，我坑不了你呀！

〔**【小锣一击】**卢掌柜“下场门”下。

张驴儿 得，药是有了，待会儿我把它放到羊肚儿汤内，让这老梆子吃了是准死无活呀！**【小锣一击】**哎，这件事情我得办得严着点儿，不能让我妈知道了呀！要是让我妈知道喽，她把羊肚儿汤端进去的时候，脸上一挂相儿，那可就坏喽！对，我不告诉我妈说。正是（扎）

杀人不用刀，

全凭智谋高。

〔**【小锣原场】**张驴儿“上场门”下。闭二幕。

第六场

〔**【小锣原场】**开二幕。场上置浅色绣花大帐，正场桌，“大座”。浅色绣花桌围椅披。

〔二黄原板〕

2/4 0 0 | 0 0 | 0 0 56 | 1623 216 |

（龙 咚 大大大大 台令台 乙令台 大 台 台 0）

2/4 0 0 | 0 0 | 0 0 | 0 0 |

（窦娥搀扶蔡母“上场门”上）

565 5 61 | 2 5 3276 | 5 3 2161 | 562 3276 |

0 0 | 0 0 | 0 0 | 0 0 |

---

① 卢掌柜念白用怯口，念山东白。

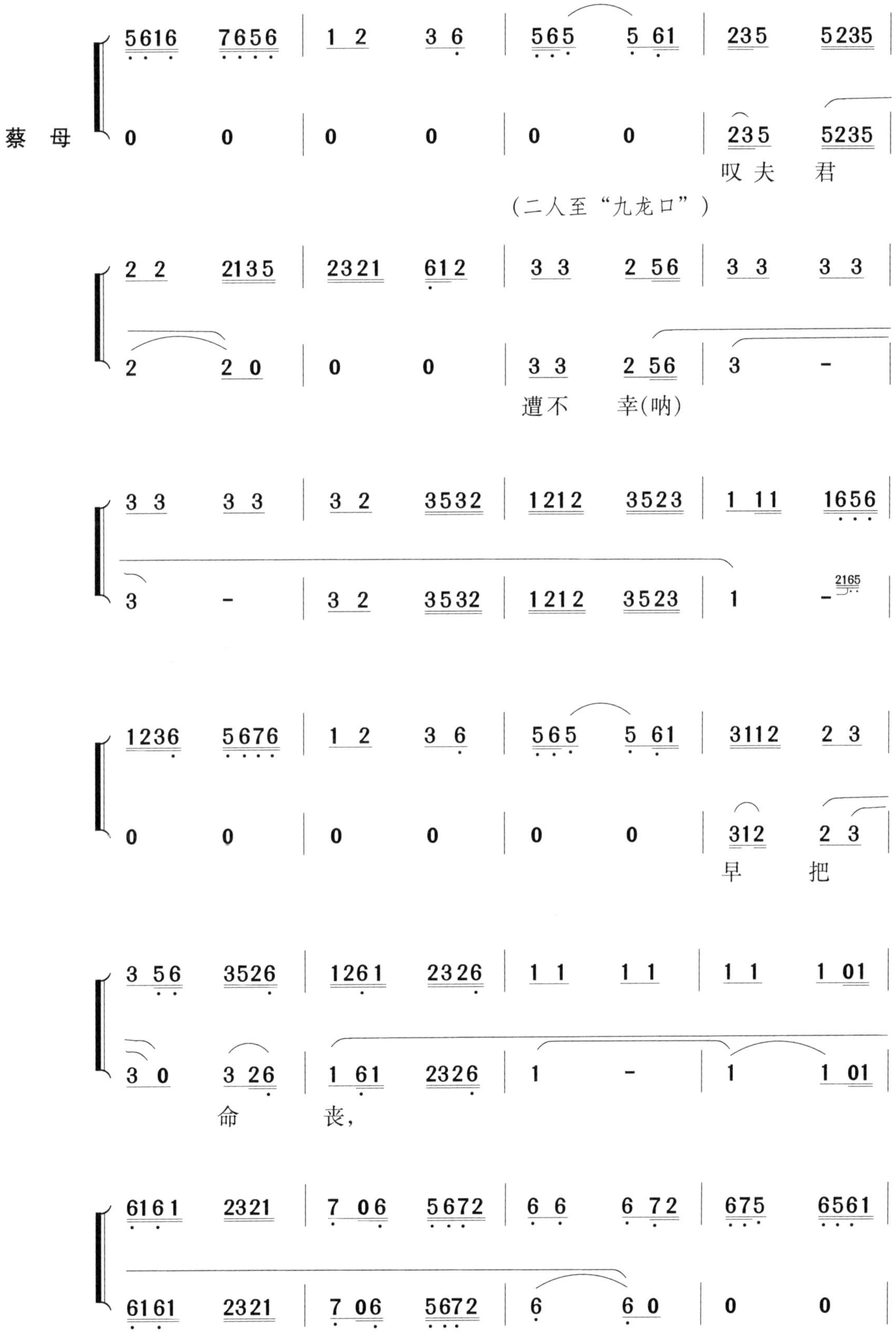
蔡母
叹夫君
（二人至“九龙口”）
遭不幸(呐)
早把
命丧，

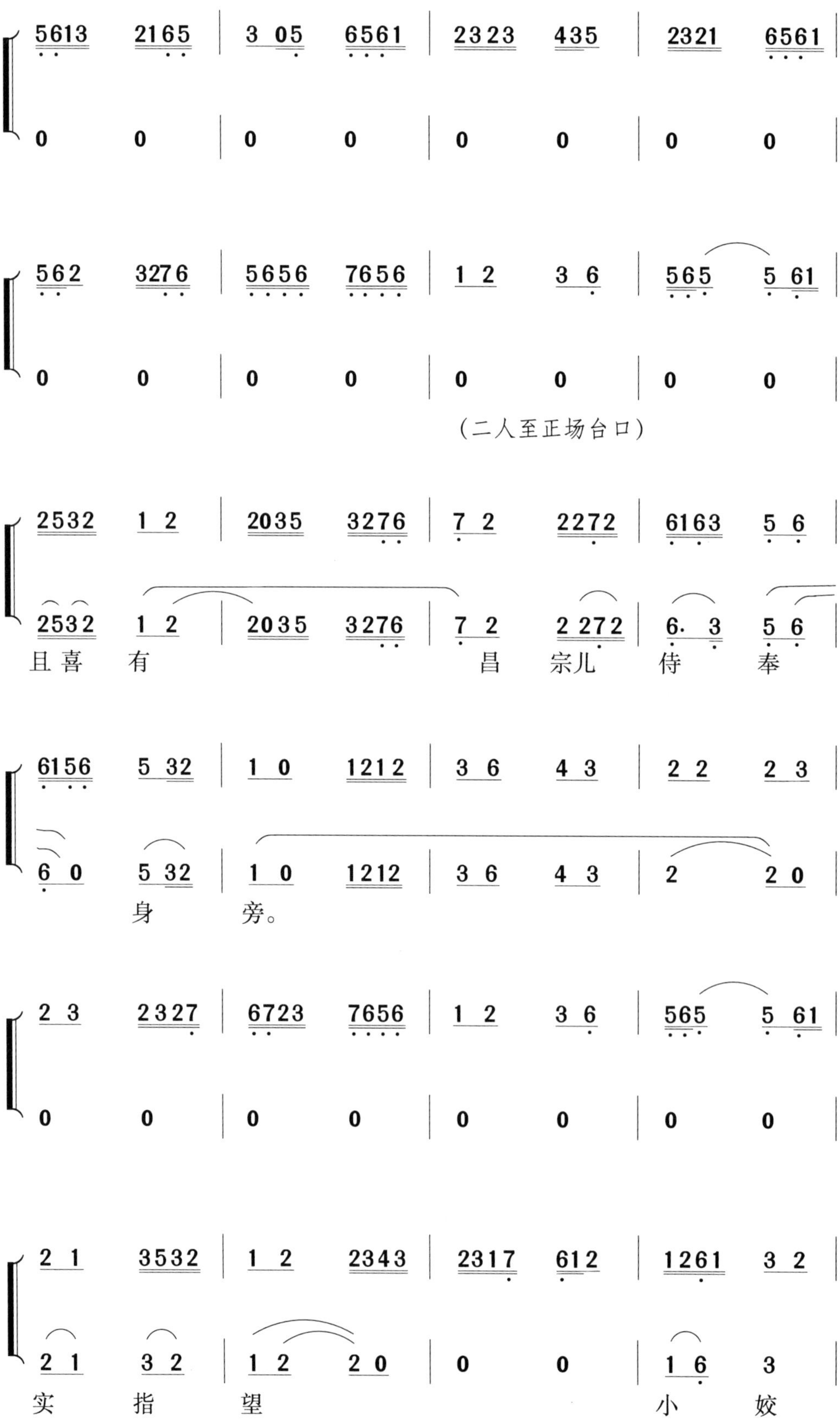
(二人至正场台口)
且 喜 有 昌 宗儿 侍 奉
身 旁。
实 指 望 小 姣

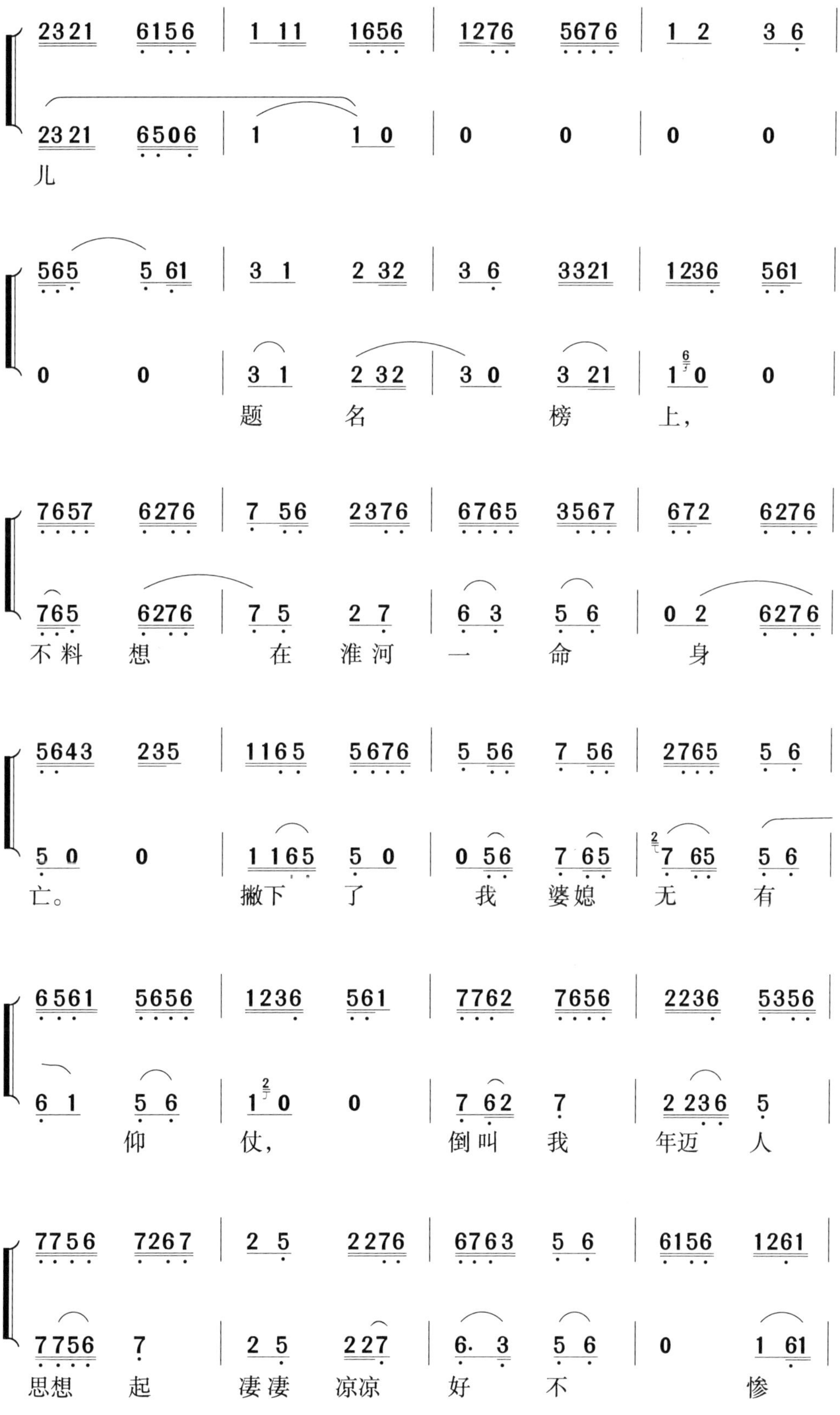
儿
题 名 榜 上，
不料 想 在 淮河 一 命 身
亡。撇下 了 我 婆媳 无 有
仰 仗， 倒叫 我 年迈 人
思想 起 凄凄 凉凉 好 不 惨

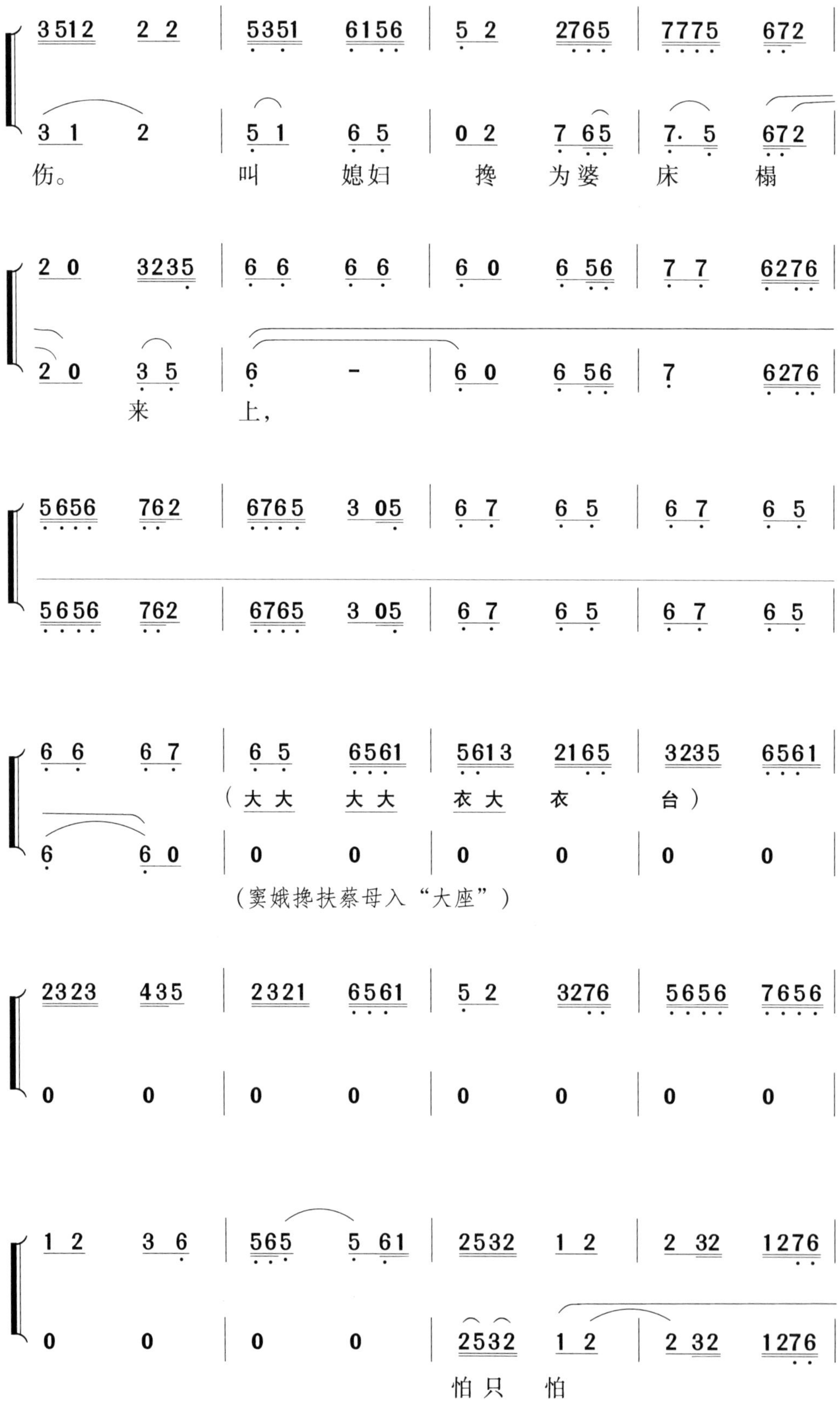
伤。 叫 媳妇 搀 为婆 床 榻
来 上，
（大大 大大 衣大 衣 台）
（窦娥搀扶蔡母入“大座”）
怕只 怕

7 76 5672 | 6765 3567 | 672 7623 | 6· 6 5 | 5 - ‖

7 76 5672 | 7 65 356 | 672 762 | 6· 6 5 | 5 - ‖

老 性命 不 能 久 长。

窦 娥 婆婆!

〔二黄摇板〕稍快

【小锣凤点头】（6 5 3 2 3 3 2 3 2 1 6 1 5 6 7 6

（蔡母坐“内座”，窦娥站桌左侧侍奉）

5 5）3 6 5 6 6 2 2 1 7· 6 5· 6 7 7·（7

婆 婆且莫悲声放，保 重 身体

2 3 7 6 5 6 7 7）5 7 7 6 5 6 6 5 5 5 ‖

免 忧 伤。

〔**【小锣五击】**张母端汤碗“上场门”上，至“九龙口”。

张 母 （念）手端羊肚汤，

迈步到上房。（**台**）（进门，站“小边”）

哟，老夫人，您好点儿了没有啊？（对窦娥）少奶奶，羊肚汤买来啦，您给她用吧！（将汤碗递给窦娥）

窦 娥 啊婆婆，羊肚汤买来，婆婆请用。（将汤碗递给蔡母）

蔡 母 待我用来。（欲吃又罢）**【小锣一击】**腥气难闻，难以用下，我不用了！

窦 娥 婆婆少用些吧！

张 母 哎，想了会儿子，少吃一点儿，开开胃口就许好了！少吃一点儿吧！

蔡 母 （再次端碗欲吃，仍觉不适）**【小锣一击】**腥气难闻得紧，我不用了，拿下去吧。

窦 娥 （接过汤碗）啊张妈妈，老夫人不用，你拿了去吧！

张 母 她不吃啦？哎，挺好的东西，那么您给我吧！（接过汤碗，出门，站“小边”台口）这老梆子是该死了！这么好的东西愣告诉说腥气难闻？（端碗闻）这不喷鼻儿香吗，这不是！她没这口福儿，干脆，我把它啃[①]了吧！（边吃边嘟囔）这不是挺好的吗，这不是！（吃完）人要是该死呀，哼！（感到身体不适）唉肚子怎么直疼啊？八成儿我是吃忙了，我来口汤压压吧！（喝汤，腹痛加重）唉不得劲儿啊，越来越厉害啦！哎哟，哎哟！不，不，不好了！**【大锣扑灯蛾】**

（念）吃了羊肚汤，

心里闹得慌，我闹得慌！**【扑灯蛾】**（在“小边”跑小圆场）

---

① 啃：读去声。北京土语，吃。

寸寸肝肠断，
一命见阎王，见阎王！（锣鼓收住）
哎哟，哎哟！（挣扎着进了房门，头向内倒在“小边”身亡）
〔【撕边大锣一击】【快冲头】窦娥急忙上前搀扶，蹲下察看，见张母气息已绝。【撕边大锣一击】【快冲头】起身直奔蔡母身旁。

窦　娥　【叫头】婆婆！羊肚汤吃完，她，她，她……她七孔流血而亡了！
〔（八大仓）蔡母站起向前甩出双袖搭在桌前，窦娥甩出右袖搭在桌前，同时左袖后甩成撑袖，二人颤抖着倚桌而望，做惊恐状。（嘟……八仓）

蔡　母　家门不幸，祸事来临，哎呀，快快去叫张驴儿前来。

窦　娥　是。（出门，朝“上场门”）张驴儿快来，张驴儿快来！（回原位）
〔【小锣五击】张驴儿“上场门”上，至“小边”。

张驴儿　（念）忽听莺声叫，
想必喜事到。
（边走边说）一定这老梆子死了，让我去买棺材。（进门，站正场对窦娥）少奶奶，什么事儿？

窦　娥　张驴儿，你母不知何故她，她，她……七孔流血而亡了！

张驴儿　（八仓）（惊呆）啊！我妈死了？不能啊，她还没死过一回呢！

窦　娥　你去看来。

张驴儿　我瞧瞧去。（转身见张母尸，到里首跪下哭嚎）哎哟妈呀，我的妈呀！

蔡　母　驴儿，人死不能复生，你哭她也是无益的了哇！

张驴儿　我妈没病，怎么会死了呢？

蔡　母　你母误用羊肚汤，立时七孔流血而亡。

张驴儿　八成儿让你们给害了吧！【小锣一击】

蔡　母　话不是那样讲，我情愿多出银钱，与她买口好棺木就是了！

张驴儿　买好棺材？不成！你得赔我的活妈！

蔡　母　我们可以商议商议呀！

张驴儿　商量商量？那得听我的。

蔡　母　依你就是了。

张驴儿　听我的就好办。我先把我妈尸首移下去。
〔（台匝匝匝匝……）张驴儿拖张母尸体“上场门”下，复上，站“小边”。

张驴儿　您听我说啊，这个我妈是死啦，这没娘的孩儿啊，最苦不过的了！您的儿子也死了。得了，干脆，您收我做您的儿子不就结了吗？

蔡　母　（无奈）好好，收你作为义子就是了。

张驴儿　你把我收下了？您就是我的妈了，我就是您的儿子了！妈呀，您儿子也这么大了，也得给我说个媳妇儿啦！

蔡　母　慢慢与你说上一门亲事就是了。

张驴儿　慢慢儿的？那我哪儿等得了哇。你这不有现成的寡妇儿媳妇儿，您把她……
〔张驴儿上前拉扯窦娥，（八大仓）窦娥右手打张驴儿嘴巴，左转身一周成右手撑袖。蔡母急站起，出座，护住窦娥。

蔡　母　【叫头】小奴才！我们是宦门之家，你分明是借尸图诈呀！

张驴儿　得了吧！（八仓）借尸图诈？告诉你说，非但窦娥归我，这份家财都是张大太爷的啦！不然呢，咱们打官司！

蔡　母　我还怕你不成！

张驴儿　好好，走，走！

窦　娥　（劝阻）婆婆不要前去！

张驴儿　（搪开窦娥）躲开这儿吧！（拉蔡母）走！

〔**【急急风】**张驴儿拉扯蔡母出门，小圆场，窦娥随后追赶，至“后场小边”时将右水袖往外绕两绕，至正场赶上蔡母将水袖绕回，抖出拉住蔡母一只手，张驴儿拉住蔡母另一只手，（**仓　仓　仓　仓　仓仓　仓**）一拉，（**仓仓仓**）两拉，张驴儿借势将蔡母推到“大边”，（**八大仓**）回身踹窦娥“屁股坐子”，（**嘟儿仓**）（**嘟儿仓**）张驴儿往“下场门”轰蔡母，（**八仓**）挡住蔡母回身对窦娥。

张驴儿　窦娥，我可顾不了你喽！（轰蔡母“下场门”下）

窦　娥　**【快冲头】**（站起，折右袖，望门）**【叫头】**且住！张驴儿扯着我婆婆往公堂去了，我不免请出众位高邻与我看守门户，待我赶到公堂看个明白便了。有请众位高邻！（进门）

〔**【大锣原场】**四邻居两边上，进门，分站两边。

四邻居　大娘子何事呀？

窦　娥　众位高邻，只因张妈妈死在我家，张驴儿借尸图诈，扯着我婆婆往公堂去了。有劳众位高邻与我照应门户，待我赶到公堂看个明白要紧。

四邻居　家中有我等照应料然无事，大娘子只管前去！

窦　娥　有劳了！（折双袖向两厢施礼）①

〔二黄散板〕垛着唱

【大锣快纽丝】サ　（5 5　3　2 2　3 3　216　5 5）　3　3 6　5　5

辞　别　了　众

（将双折袖往里绕回，顺势大幅度向身后摆，使水袖从身后搭在双肩上，再向前抖

7　6　7　7 6　5 6　1 2　7　6 2　7 2　7 6　5 6

高　邻　出　门　而　往，　急　忙　忙　来　上

出，提袖，拱手）　（拱手后将双水袖下垂，右水袖反折，顺势背右手，左手折水袖，抱腹出门）　（出门后半个圆场至“大边”，四邻居转场站成“小边一条鞭”）

7 2　6 0　7 2　7· 2　6 5　3 5　6 1　5 0 ‖（仓）

路　我　赶　到　了　公　堂。

（将折袖绕回，右袖搭在左臂上，左水袖自然下垂，面向小边台口，先往前上方扬手袖花，撑右袖，折左袖抱腹）

---

① 此处的身段随唱连续做出，是程派水袖表演的精华所在。

〔【快冲头】窦娥左转身“下场门”下。【大锣原场】四邻居“上场门”下。闭二幕。

第七场

〔【撤锣】开二幕。场上置正场桌，“大座”。深色绣金团花桌围椅披。桌上摆放官印一方、文房四宝一份。

〔【小锣原场】四青袍（头、二家持堂板）、二班头“上场门”上，“站门”。胡里图随上至正场，【小锣归位】捋髯，两望、端带。

胡里图 （念）官居山阳县，
身坐大堂前。
若遇冤屈案，
本县不费难。【小锣归位】

〔胡里图右转身归“大座”，四青袍、二班头归“里八字”。

胡里图 下官，山阳县正堂。今当放告之期，来呀！

二班头 有。

胡里图 放告牌抬出。

〔（台匝匝匝……）二班头抬出放告牌。张驴儿拉扯着蔡母“上场门”上。

张驴儿 （边走边喊）走，走！（至“小边”台口朝堂口喊）冤枉！

〔一班头出来看，复进。

一班头 堂口有人喊冤。

胡里图 带上堂来！

一班头 上堂回话。

〔张驴儿、蔡母进堂口，蔡母跪“大边”，张驴儿跪“小边”，二人面向里。

张驴儿 给老爷叩头。

胡里图 我说你们两个人谁是原告啊？

张驴儿 我的原告。

胡里图 你的原告，你先说。

张驴儿 我叫张驴儿，我妈在蔡府佣工，我在那儿帮闲。她是蔡吴氏。她把我妈给害死了，求老爷做主。

胡里图 这么当子事儿啊！我说蔡吴氏！

蔡　母 太爷。

胡里图 你吃饱了没事儿，怎么把他妈给害死了？

蔡　母 他母误用羊肚汤，立时七孔流血而亡。大太爷请想，我与他母素无仇恨，焉能害她一死，求太爷做主。

胡里图 是呀，我说张驴儿呀！蔡吴氏跟你妈没仇没根的，害她干什么呀？

张驴儿 她不能那样说呀！我妈没病，好模大样的就会死了吗？

胡里图 是呀！他妈没病好模大样的就会死了吗？我瞧出来了，不动刑你是不招哇！来呀！拶起来！

〔【阴锣】二班头给蔡母戴上竹拶。

胡里图 问她有招无招？
一班头 有招无招？
蔡　母 屈情难招。
一班头 无招。
胡里图 收！
「**【乱锤】**二班头动刑。
蔡　母 疼死我也！
「窦娥“上场门”幕内白：“走哇！”
「**【大锣水底鱼】**窦娥“上场门”上，在“小边”走S形圆场，同时抖袖，折袖，至“小边”台口，垂下双水袖，提袖，抱腹。
窦　娥 堂上缓刑！**【大锣一击】**
一班头 堂口一妇人高喊缓刑。
胡里图 叫她进来。
一班头 （对窦娥）上堂问话！
「**【大锣原场】**窦娥进堂口，跪“小边”里首，面里。
窦　娥 叩见太爷。
胡里图 这个女子，你姓什么，叫什么呀？
窦　娥 犯妇蔡昌宗之妻，蔡吴氏之媳妇，名唤窦娥。
胡里图 为什么在堂口高呼缓刑呢？
窦　娥 禀明我婆婆是无罪之人，望求太爷不要用刑，她乃年迈之人，经受不起。太爷做主！（哭）
张驴儿 老爷！按她这么一说，我妈就白死了吗？
胡里图 对呀！照你这么一说，他妈就白死了吗？来呀，还是给我收！
「**【大锣软四击】**二班头动刑，同时窦娥外折右袖，撑左袖。**【大锣软四击】**再外折左袖，撑右袖。（**八大仓**）往外绕左袖，指蔡母，无奈状。
窦　娥 （抖右袖，折右袖）**【大锣叫头】**太爷！（绕回右袖，抖右袖，提袖，拱手）害死张妈妈之事我婆婆实不知情，乃是犯妇一人所为。（**八仓**）
张驴儿 老爷！您别听她的，她有神经病。
胡里图 呆着吧你！你也说，她也说，老爷我这儿不成了茶馆儿了吗？我说窦娥呀，人命关天，招认了可就得抵偿啊！
窦　娥 是犯妇所做，情甘认罪，万死不辞。（甩出右袖，左手齐胸扯右袖）（**八仓**）
胡里图 喝，好样儿的！老爷我佩服你，来呀，叫她画供。
窦　娥 慢来，将我婆婆释放，方能画供。
胡里图 好，蔡吴氏松刑，窦娥画供。
「**【长尖】**二班头给蔡母松刑。窦娥画供，**【大锣一击】**蔡母见状，急抢上前阻止画供，班头拦阻蔡母。**【大锣一击】**禁婆“下场门”暗上，站“大边”。
蔡　母 （又跪“大边”）**【大锣叫头】**太爷！人是我害的，待我来画供！
胡里图 嗨！（**仓**）得了！刚才问你嘛，你不招，有人画供了，这人又是你害的了。你当老爷我跟你闹着玩儿呢！禁婆！
禁　婆 有。

胡里图 窦娥钉籀收监，把他们轰下堂去。退堂！

〔【大锣原场】二班头、四青袍两边分下，胡里图“下场门”下，窦娥、蔡母出门。

禁　婆 走，走，走！

蔡　母 媳妇，苦了你了！（哭）

窦　娥 婆婆，也是媳妇命该如此，婆婆不要悲痛，保重身体。你，你，你回家去吧！

禁　婆 别哭了，别哭了，走吧！

蔡　母 你要保重了！

〔【大锣原场】禁婆押窦娥“下场门”下，蔡母“上场门”下。

张驴儿 （从“小边”移至正场）嘿！（八仓）这都是哪儿的事情啊，这都是一心想拿羊肚儿汤把这老梆子给毒死吧，不想老梆子没吃，我妈吃了倒死了！这到得公堂上心想拿这老梆子治罪吧，眼瞧着把一个如花似玉的窦娥给我那不成材料的妈抵了偿了。嗨！这真是呀：

只为佳人行巧计，

费尽心机枉徒劳。

〔【小锣原场】张驴儿“上场门”下。

第八场

〔【大锣原场】开二幕。空场。

〔海瑞幕内唱。

〔西皮导板〕

【大锣导板头】サ（3. 5 6 6 6 5 i i i 3 1 2 21 6 2 1 1）3 3 5 32
奉王使

1 2 (6 1 2 3 -) 3 23 #4 3 - 2 3 23 23 3 -
命　出　京城，

〔【慢长锤】四红文堂（持门刀）、四校尉、中军“上场门”上，“站门”。海瑞“上场门”上，“扯四门”。

〔西皮原板〕

2/4（大扑台 仓 4 | 3532 1232 | 3 1 1112 | 3 5 6531 |

2055 5532 | 1235 6535 | 2165 3212 | 6125 3612 |

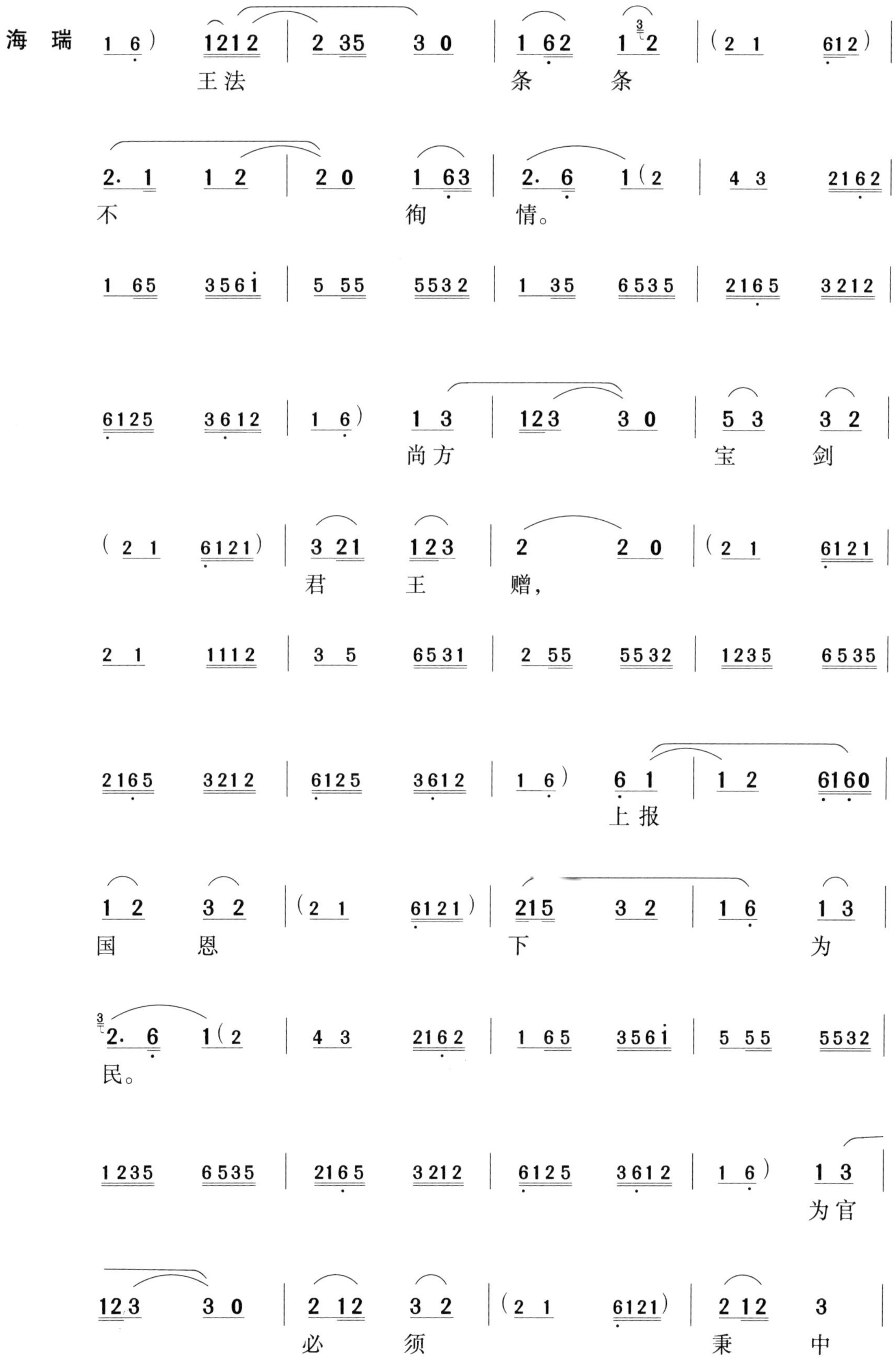
海瑞
王法条条
不徇情。
尚方宝剑
君王赠，
上报
国恩下为
民。
为官
必须秉中

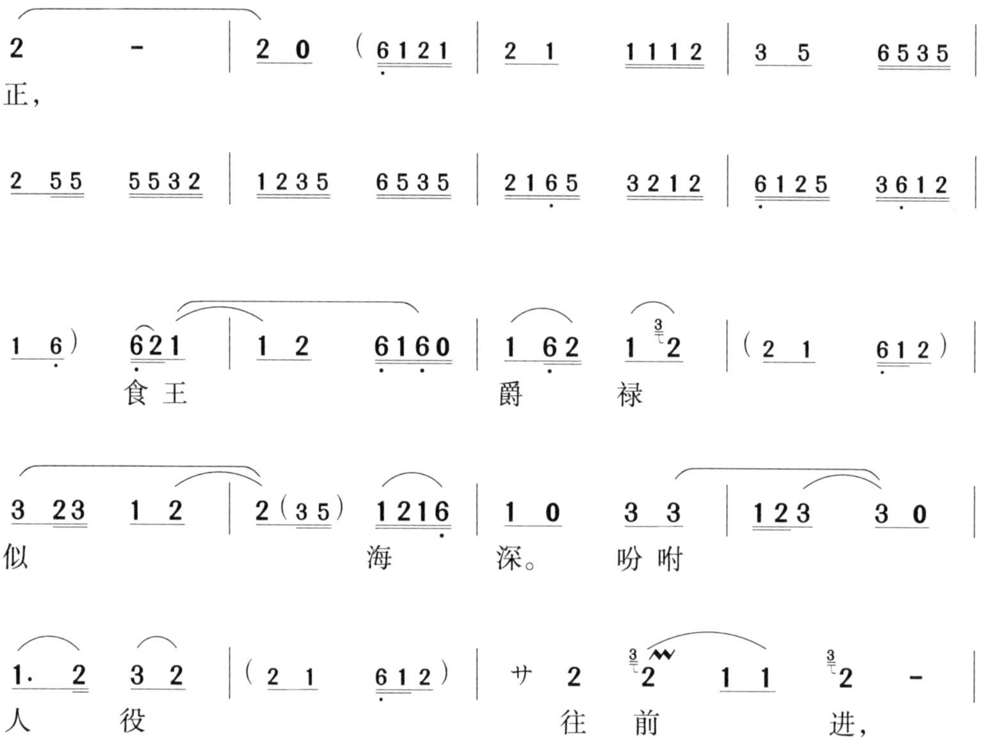

〔【快长锤】众人役圆场，扯成“下场门斜胡同”。四邻居“下场门”上，跪在“下场门”台口。切住。

四邻居 冤枉！

〔西皮摇板〕

海　瑞 【大锣凤点头】(过门同前) 1 3 2 2 1 2 1 3 2 1 6 1 - ‖【大锣住头】
百 姓 喊 冤 跪 埃 尘。

中　军 启大人：有人拦轿喊冤。

海　瑞 人役列开。

中　军 人役列开！

〔【大锣原场】众人役分左右转场站两边，四邻居“合龙口”至正场台口面里跪，呈状。中军接状呈给海瑞。

海　瑞 (看状，惊) 唔呼呀！【大锣撕边一击】这些状纸俱保窦娥无事，其中定有冤屈！中军，状纸已准，叫他们三日后察院听审。

中　军 三日后察院听审。

四百姓 (站起) 这就好了！(两边分下)

海　瑞 中军。

中　军 有。

海　瑞 速速去至山阳县，将窦娥暂且停刑，将张驴儿捉拿到案。吩咐打道山阳县！

中　军 打道山阳县！

〔【大锣原场】四红文堂、四校尉“插门”“下场门”下，中军、海瑞随下。闭二幕。

第九场

〔【撤锣】开二幕。场上置正场桌，“小座”，桌右侧置备椅，“大边”台口置监门椅。素沿边布桌围椅披。

〔禁婆“上场门”幕内白：“啊哈！”

〔【小锣五击】禁婆左手拿白手帕“上场门”上，至“九龙口”。

禁　婆　我做禁婆管牢囚——　（进至正场）

〔数板〕

（多多罗多　乙个多　多）

我做　禁婆　管牢　囚，

十人　见了　九人　愁。

有钱　的，是朋　友，

没钱　的，是　打不　休来　骂不　休。

我与　犯人　做对　头，做　0对　头！

〔【小锣五击】禁婆左转身归“小座”坐。

禁　婆　（念）手拿无情鞭，

使的是昧心钱。（扎）

我，山阳县的禁婆子。只因我这监里头收了羊肚汤一案，是个女犯，名叫窦娥。她到我这监里头日子也不少了，可是分文没给我。今儿个闲着也是闲着，我把她叫出来，挤兑挤兑她，挤兑出钱来，我也好花花呀！哼，就是这个主意。（起身，朝“下场门”喊）我说窦娥，（又转身朝“上场门”喊）窦娥！你给我走出来呗！

〔【撕边】窦娥“上场门”幕内白：“苦哇！”

〔【大锣纽丝】窦娥戴锁链“上场门”上，至“九龙口”。

〔亮弦〕

（ 6̣　-　⁶5̣　-　⁶5̣　- ）

（窦娥看着自己身披锁链，悲从中来）

〔二黄散板〕

窦　娥　【大锣凤点头】サ（⁶5̣　5̣ 5̣　2 2　3 3　2　21 6̣　6̣　5̣　5̣）3̇
　　　　　　　　　　　　　　　（试泪）　　　　　　　　　　　　　　　　　　　　　　　忽

3̇ 2̇　2̇　-　³2̇ ³2̇ ³2̇　i̇ 0　6ˇ　i̇　-　-　-　³2̇　-⁶　（6̣

听　　　　　　　　　　　　　　　　得

5 -) 3 6 5· 7 7 5 6 (6 6 5 7 6 -)
唤 窦 娥

6 6 6 5 6 6 i - - (6 6 5 6 1 -) 5
愁锁 眉 上， （仓） 想
（托左袖，右手举起指眉梢）

6 2 2 7 7 (7 -) 7 7 6 5 6 7 - (7 6 7
起 了 冤 枉 事
（低头看双手托起的锁链）

5 6 7 -) 6 6 7 7 7 5 3 5 6 (7 - -)
好 不 惨

7 - - 7 7 7 0 6 5 6 6 5 5 5 - (5 -)
伤。
（稍慢，移前两步）

禁　婆　（站起喊）窦娥，（仓）快着点儿，干什么这么慢腾腾的！（回“小座”，左臂搭在椅背上，面向“大边”坐）

〔亮弦〕

(6 - 5 -)

（窦娥抬头往里首一望，低头，轻抖袖，提袖）

〔二黄散板〕

窦　娥　**【大锣凤点头】**（过门同前） 3 3 6 5 - 5 7 725 6 (6 5
只 见 她 发 了 怒
（抬左臂遮挡，右手向里首指禁婆）

7 6 -) 7 7 6 5 6 6 0 i - - i· 7 6 7
有 话 难 讲，
（托右袖往外撒开，掂掌）

6 0 i 2 - 2 2 2 - 1 - i -

金 锁 记

〔【纽丝】窦娥"挖门"进，站"小边"。

〔亮弦〕

（6. 0 7 6 6 0 1 －）

（窦娥看看禁婆，轻抖右袖，提袖）

〔二黄散板〕

窦 娥 【大锣凤点头】（过门同前） 5 2 2 7 7 6 5 6 7（7 6 5 6
禁 妈 妈 呼 唤 我
（拱手）

7） 7 6 5 3 5 6 － － 6 5 － 5 － ‖【大锣住头】
所 为 哪 桩？

妈妈在上，窦娥有礼。（施礼）

禁 婆 （回头看看窦娥）罢啦，（转身面向窦娥坐）我说窦娥呀，你来我这监里头，日子也不少啦，分文没给我。你是有银子，是有钱，拿出来，妈妈好给你垫办着花呀！

窦 娥 想我窦娥遭此不白冤枉，家中又贫，哪有银钱与妈妈使用。（拱手）妈妈你，你……你行个方便吧！

禁 婆 得嘞！（站起）你说的可倒好，行个方便？哼哼，来一个方便，来两儿方便，都方便，妈妈我还吃谁呀，啊？没钱好办，（把手帕掖在大襟上）过来，（台）（招呼）过来我跟你说话！（台）

窦 娥 妈妈行个方便吧！（往禁婆身边走）

禁 婆 （上步）你过来吧你！（打窦娥嘴巴）（仓）

〔【快纽丝】窦娥右转身一周至"小边"。禁婆往"大边"挪动两步，挽袖。

〔二黄散板〕

禁 婆 （过门同前） 3 3 2 2 2 3 3 3 2 3 5 2 3（6 1 2 3 －）
一 见 窦 娥 怒 气 发， （仓）

2 22 3 3 3 2 2 2 1 1 2 2（5 6 1 2 2） 365
不由得 妈 妈 我 咬 碎 牙。 （仓） 手 持
（从桌上

6 6 3 3 1 2 3 1 2 32321 6 5 5 3535 5 1 2 3 1 1
私 刑 将 你 （呀 啊 呃） 打（呀 呃 啊），
拿起家法板子，窦娥跪下）

〔【乱锤】禁婆打窦娥，向左右两旁连打数下。

〔二黄散板〕

禁　婆　【大锣凤点头】（过门同前）2 12　3 3　3 2　2 1　2　2 –

管叫你　一　命　染　黄　沙。

说好的吧你！

〔禁婆将家法板子放在桌上，左臂搭在椅背上，侧身面向“大边”台口盘腿坐“小座”。

〔二黄哭板〕快速　中速　快速，

窦　娥　【快纽丝】　サ（5　3　216　6　5　5 –）6 1　3 2　2　7 0

我　哭　哭

（拭泪）

垛着唱

6 7　2　5 6　1 2　7 0　7 0　7　5 6　2　7

一　声　禁　妈　妈，叫　叫　一　声　禁

（拱手）

中速　快速

6765　3 5　6 5　7 6　5　6765　5　0　3　3 6

大　娘！（仓）想　窦

禁婆夹白：“不像话！”

更快

5　7　7276　5 6　3 6　5 6　2 3　1　7 6　5 6

娥　遭　下　这　不　白　的　冤　枉，家　业

稍慢　中速

7　6　5 6　7　2 7　6 5　6 6　5　（5 –）1　5

一　旦　尽　花　光！（仓）哪　有

快速

6　6　6　3　2　1　2　1 0　7 6　5 6　2　2

银　钱　来　奉　上，望　求　妈　妈

中速

7 0　7 0　7 0　7 7　7777　7 0　6　6· 7　6 5

你、你、你、你 你　你你你你　你　行　善

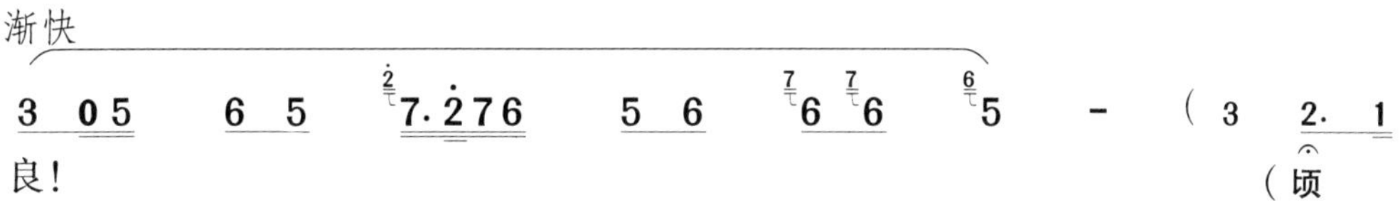

（折右袖，拱手）

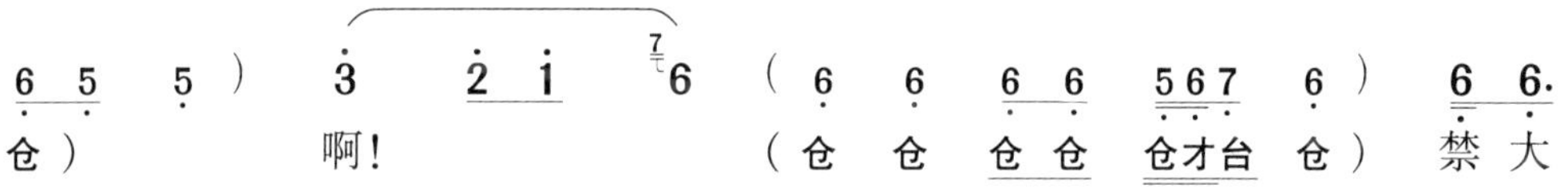

（抖右袖，提袖）

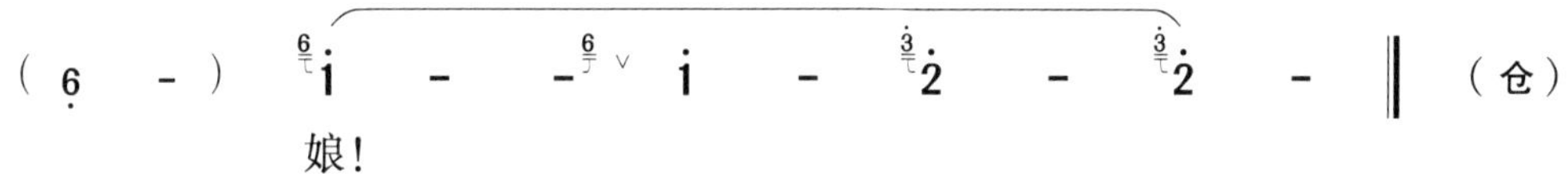

（拱手，禁婆右手持手帕转身面向窦娥坐，面带同情状）

禁　婆　（拭泪，站起，悲怆地）窦娥，起来，起来！（挽起窦娥）快点起来！

窦　娥　（站起，躬身）妈妈！

禁　婆　我说窦娥呀，你别看妈妈我打你，我是刀子嘴豆腐心。你说，你有冤枉，你有什么冤枉啊？唉，这么办，（搬备椅成“小边跨椅”）来，坐下，坐下。我说孩子，你呀别哭！你说你有冤枉，你说出来，妈妈我也好明白明白，啊！

窦　娥　（拱手，叫板）妈妈容禀——！

〔二黄慢板〕

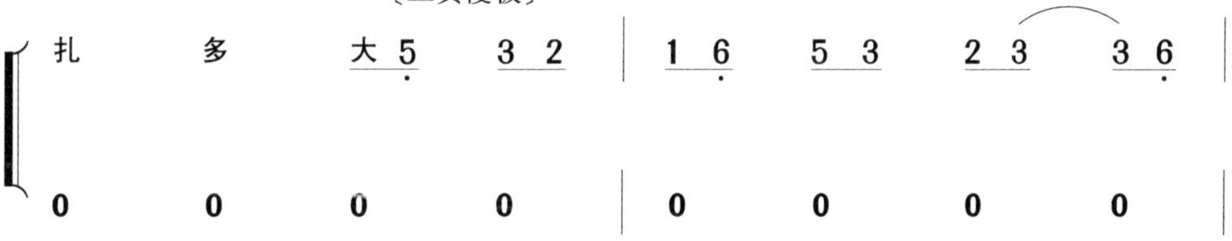

禁婆夹白：“你坐好，有什么话慢慢儿地说。可别难过，你

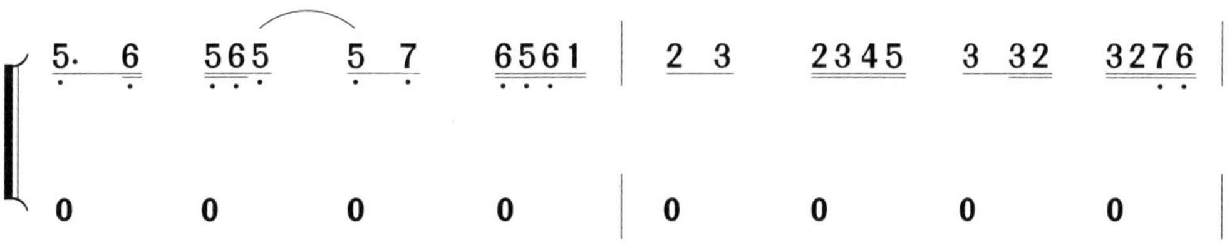

这一难过妈妈我这心里头也不好受。”

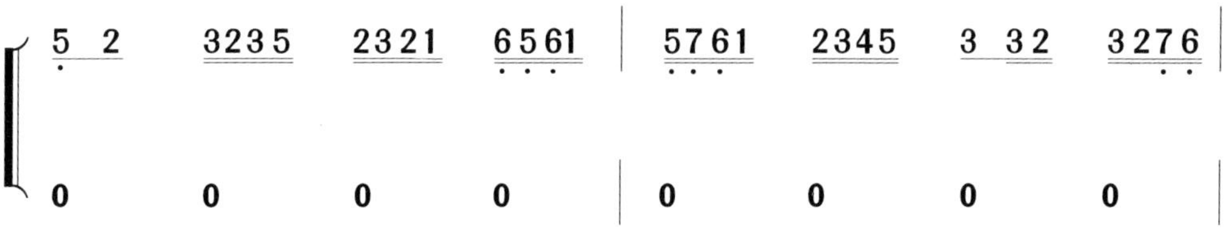

（禁婆拭泪坐“小座”）

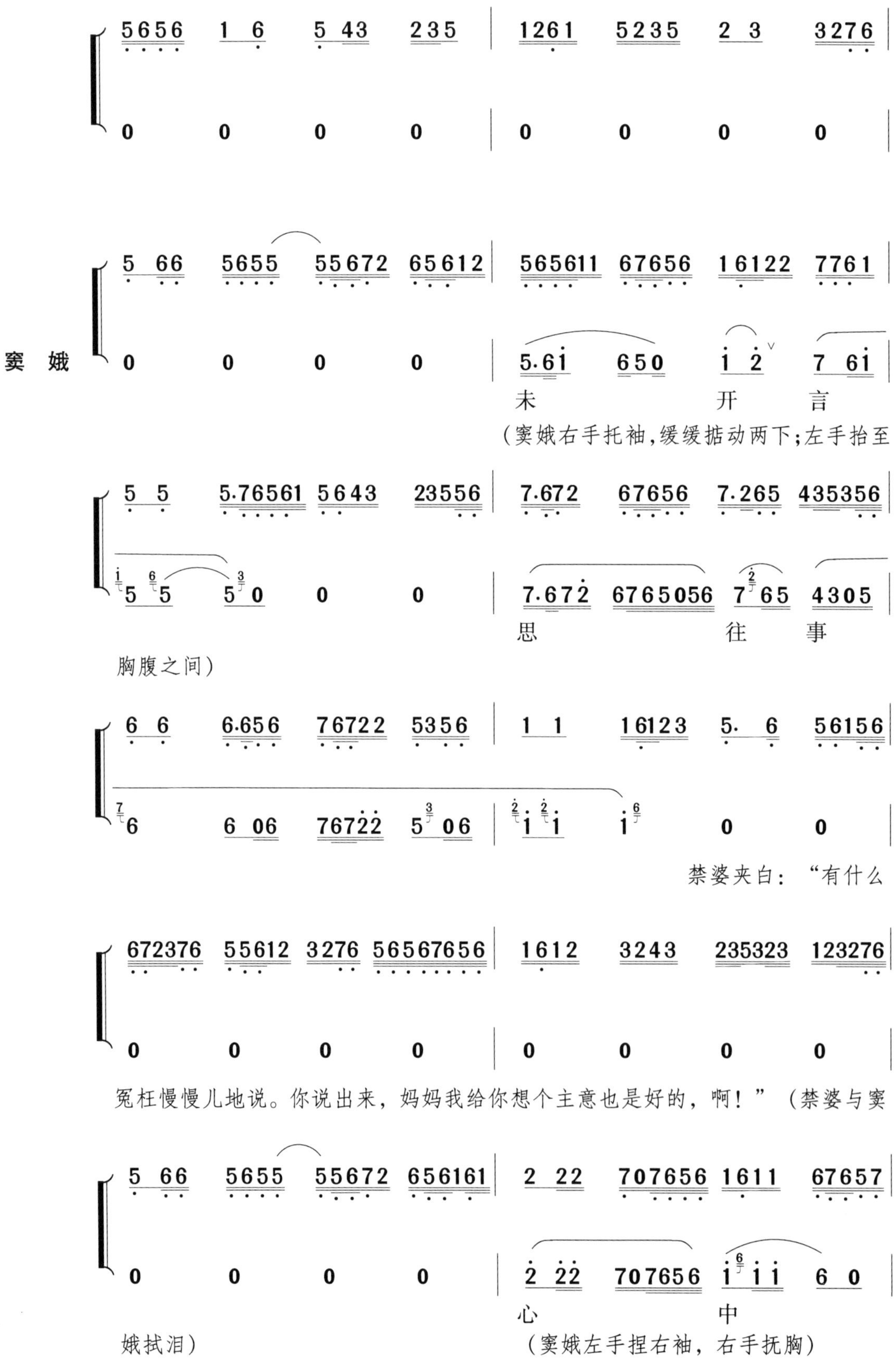
窦 娥
未 开 言
（窦娥右手托袖，缓缓掂动两下；左手抬至胸腹之间）
思 往 事
禁婆夹白：“有什么冤枉慢慢儿地说。你说出来，妈妈我给你想个主意也是好的，啊！”（禁婆与窦娥拭泪）
心 中
（窦娥左手捏右袖，右手抚胸）

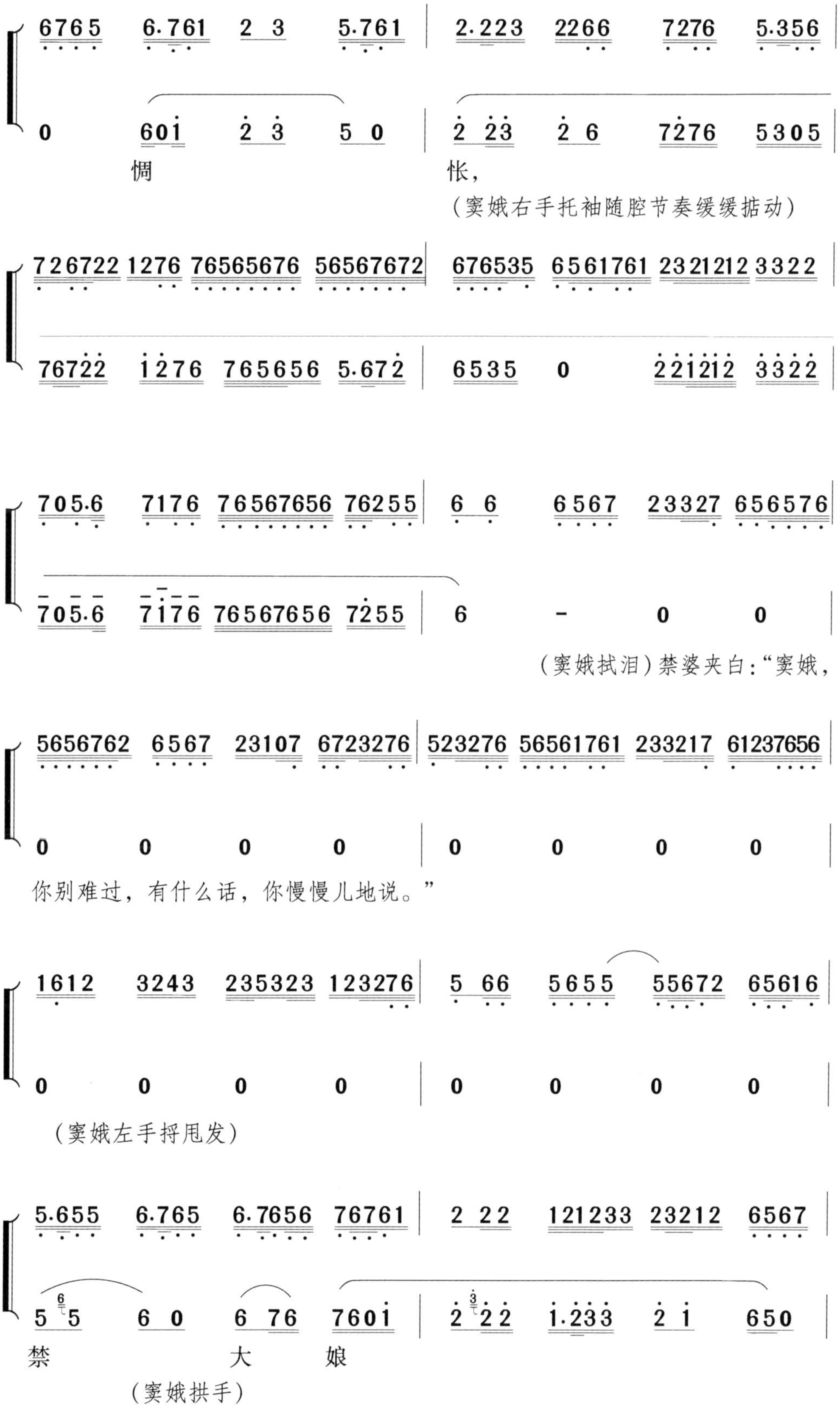

惆
怅，
（窦娥右手托袖随腔节奏缓缓掂动）
（窦娥拭泪）禁婆夹白：“窦娥，
你别难过，有什么话，你慢慢儿地说。”
（窦娥左手捋甩发）
禁
大
娘
（窦娥拱手）

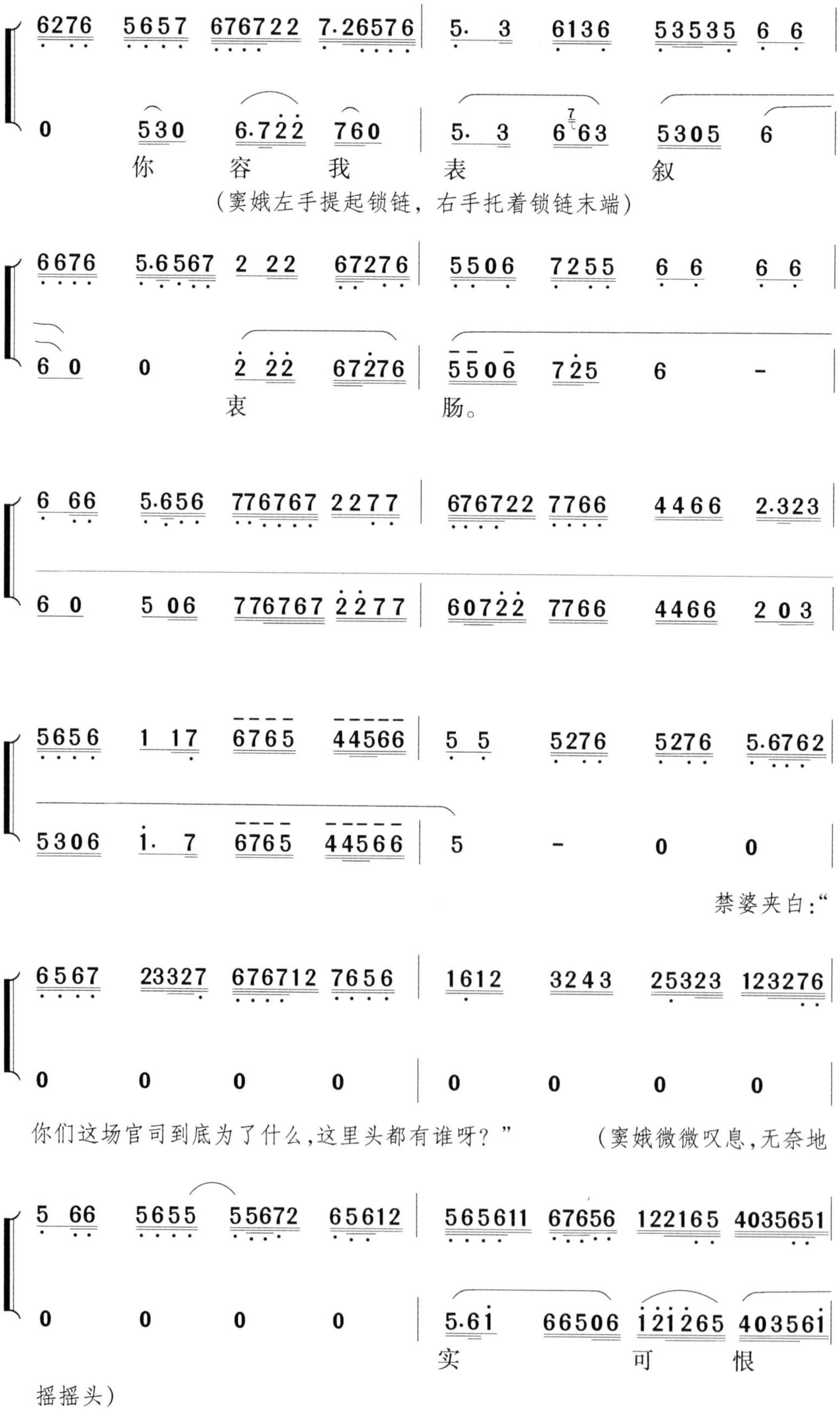
你 容 我 表 叙
（窦娥左手提起锁链，右手托着锁链末端）
衷 肠。
禁婆夹白:“
你们这场官司到底为了什么,这里头都有谁呀?”
（窦娥微微叹息,无奈地
实 可 恨
摇摇头）

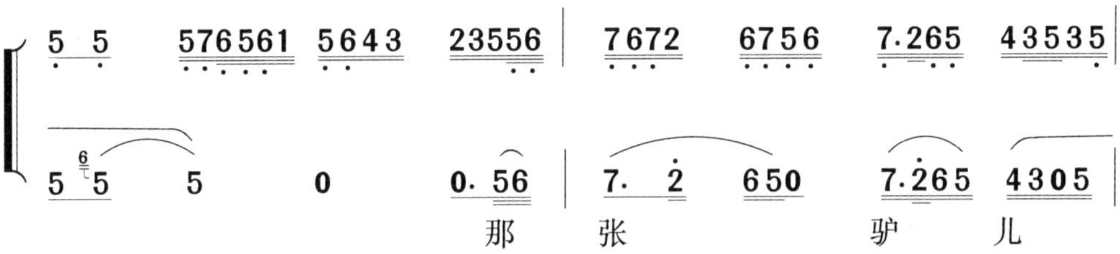

禁婆夹白："你恨谁呀？" （窦娥左手抬起齐肩撩起甩发梢，右手提

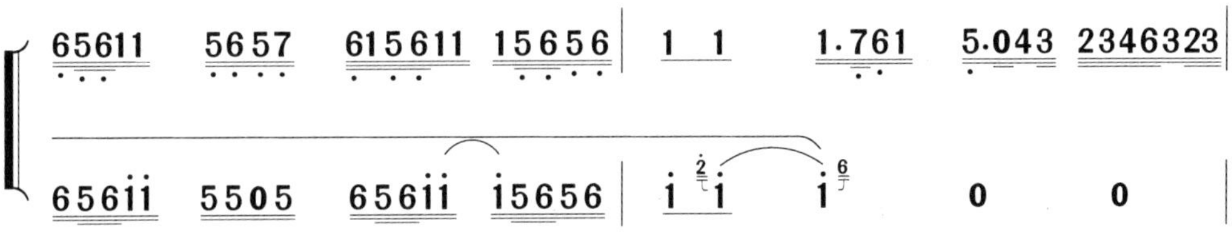

着锁链末端手成"兰花指"向"小边"台口指出） 禁婆夹白："不错，

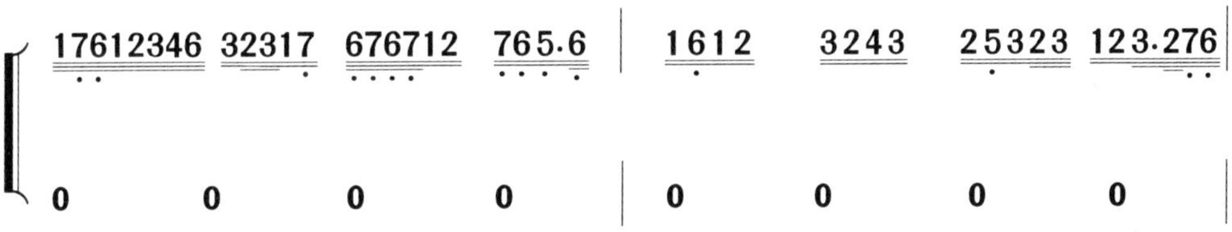

我听人说有个张驴儿，这张驴儿是怎么回事呀？"（窦娥将锁链末端交至左手托住，

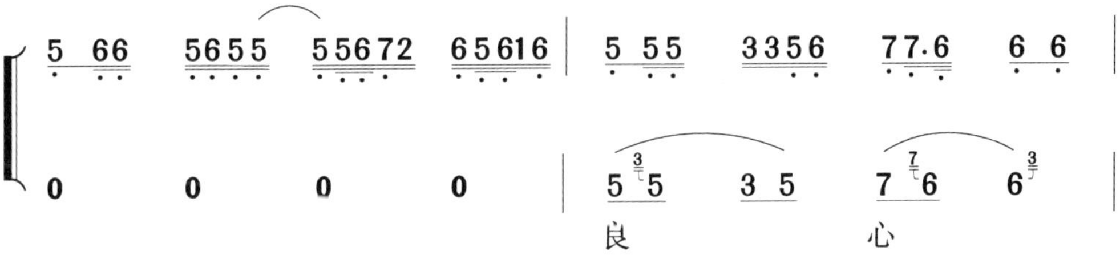

右手摆动表示难以理解） （左手放回至胸腹之间，右手托水袖抚胸）

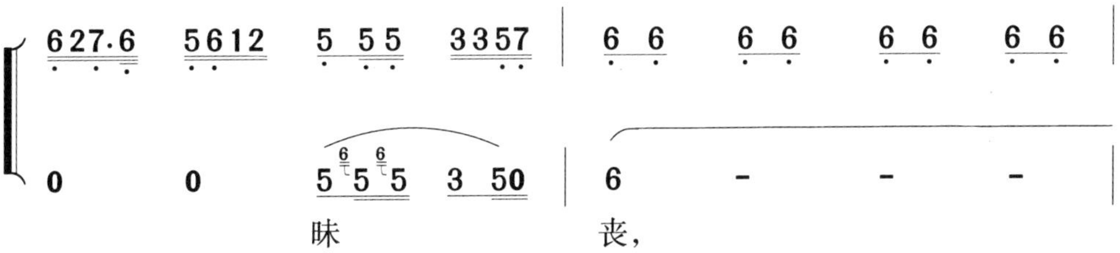

（右手托住锁链末端缓缓抬起齐胸，将

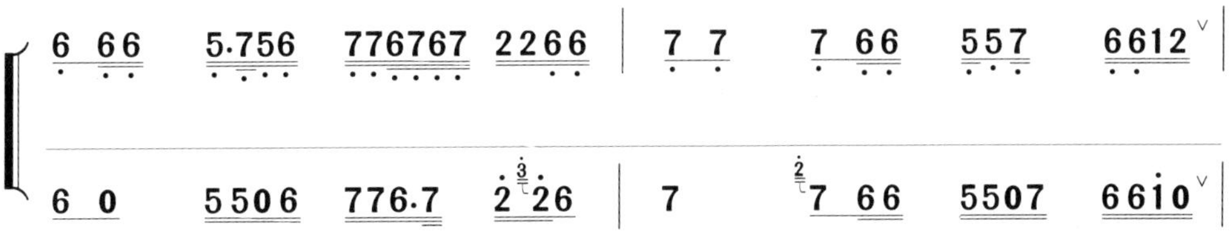

锁链交至左手，然后右手落下至腿部，再抬起右手托袖自外向怀里划回来，右手

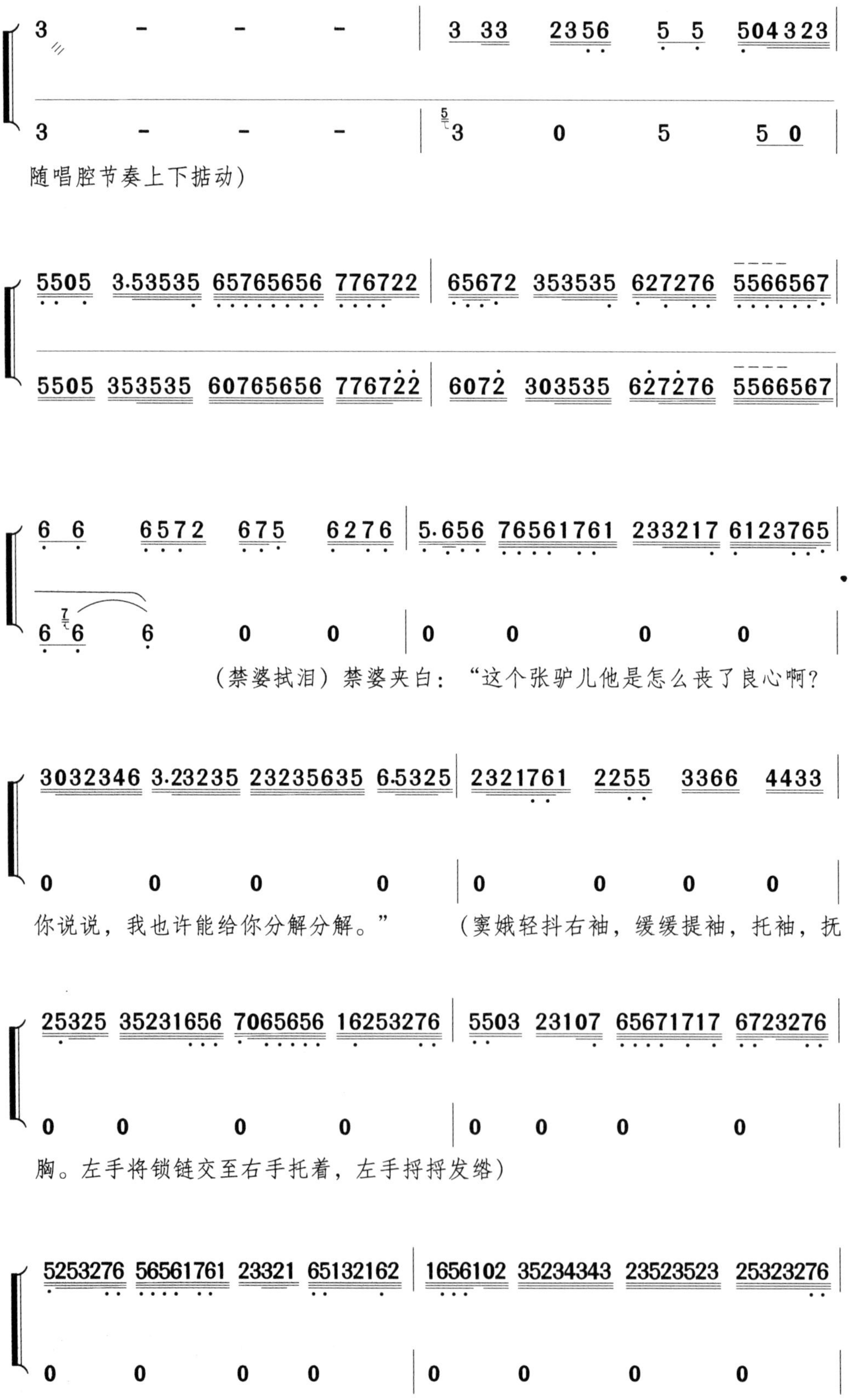
随唱腔节奏上下掂动）
（禁婆拭泪）禁婆夹白：“这个张驴儿他是怎么丧了良心啊？
你说说，我也许能给你分解分解。”
（窦娥轻抖右袖，缓缓提袖，托袖，抚
胸。左手将锁链交至右手托着，左手捋捋发绺）

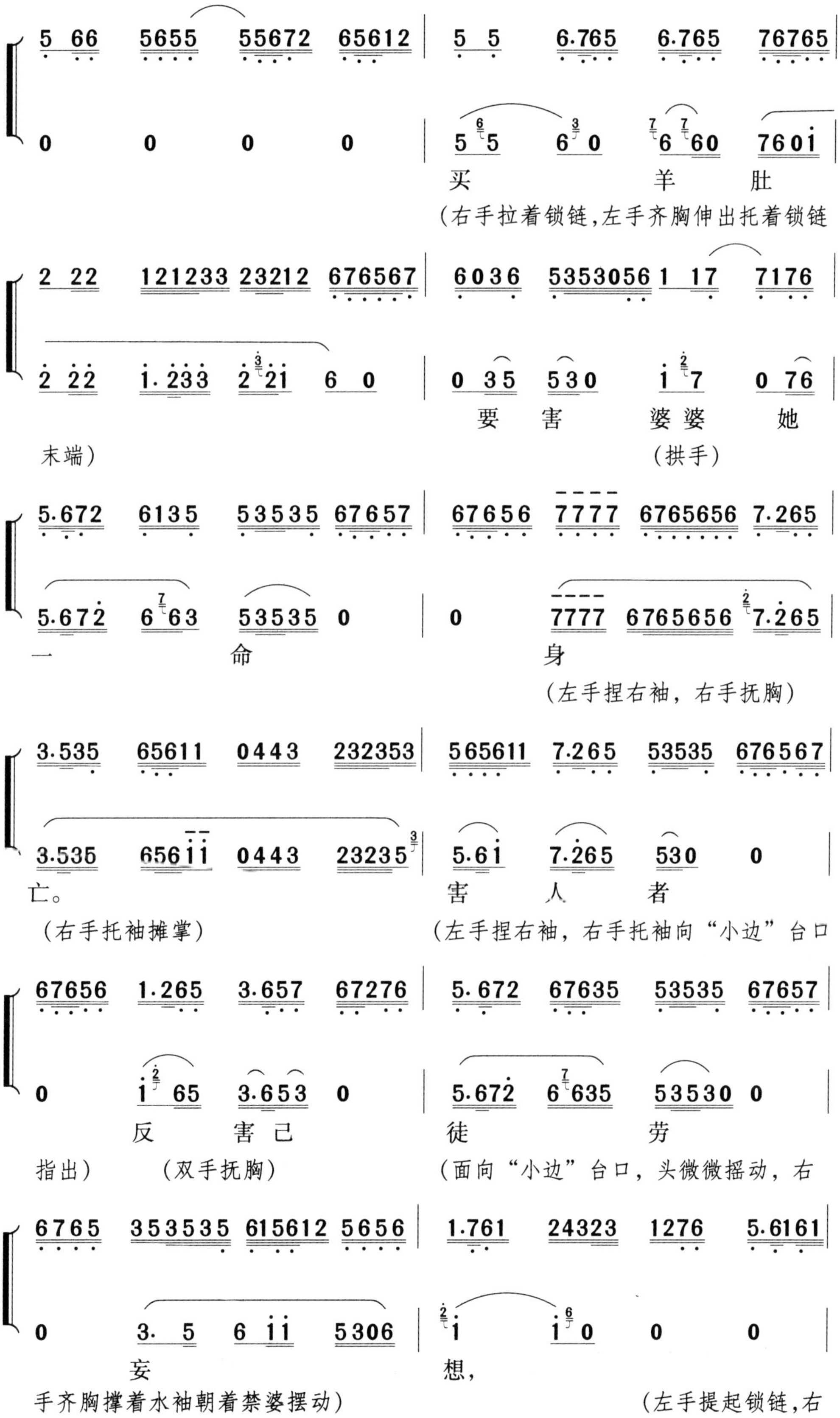
买 羊 肚
（右手拉着锁链，左手齐胸伸出托着锁链
末端）
要 害 婆婆 她
（拱手）
一 命
身
（左手捏右袖，右手抚胸）
亡。
（右手托袖摊掌）
害 人 者
（左手捏右袖，右手托袖向“小边”台口
指出）
反 害 己
（双手抚胸）
徒 劳
（面向“小边”台口，头微微摇动，右
手齐胸撑着水袖朝着禁婆摆动）
妄 想，
（左手提起锁链，右

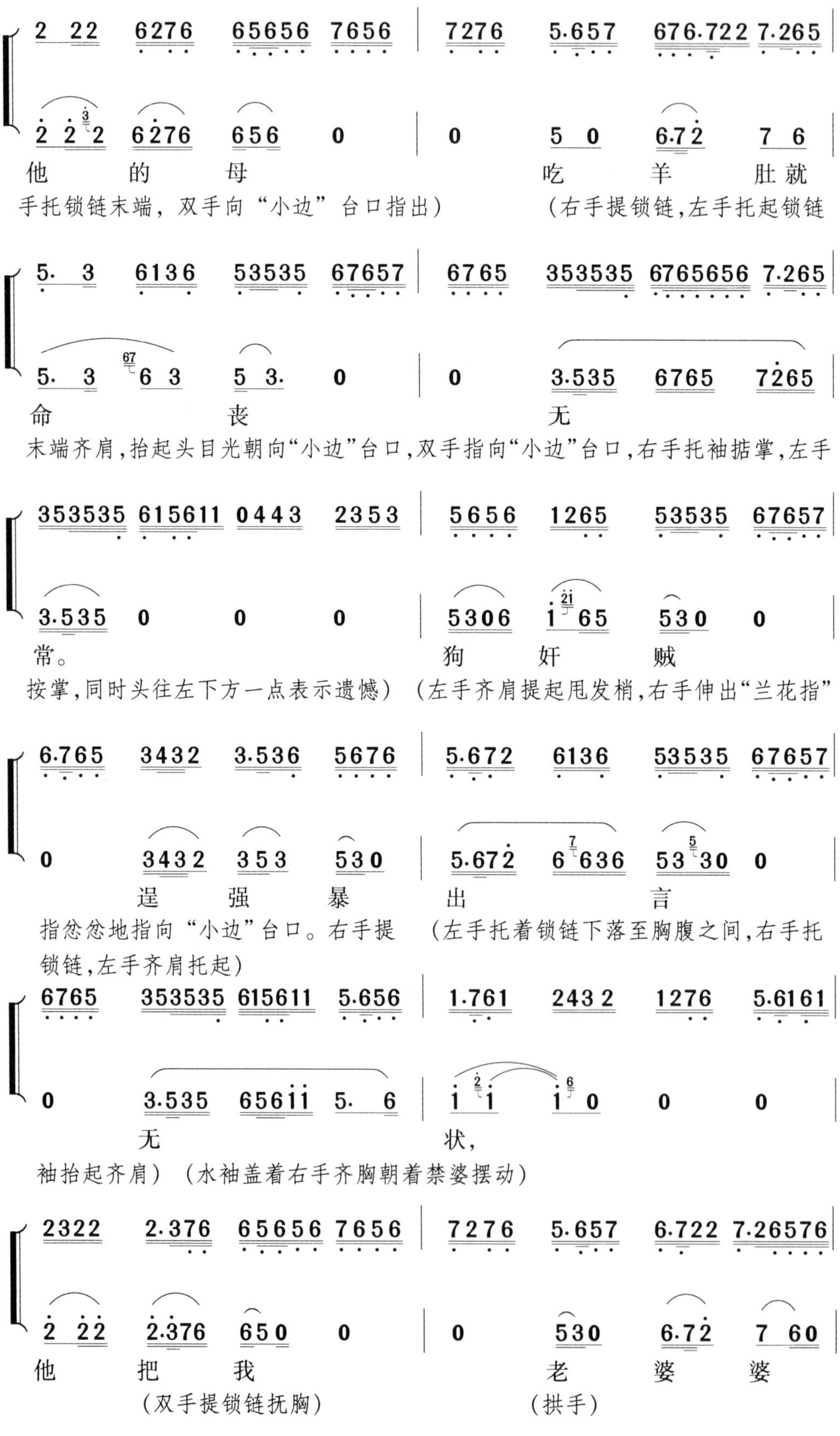
他 的 母 吃 羊 肚 就
手托锁链末端，双手向“小边”台口指出） （右手提锁链，左手托起锁链
命 丧 无
末端齐肩，抬起头目光朝向“小边”台口，双手指向“小边”台口，右手托袖掂掌，左手
常。 狗 奸 贼
按掌，同时头往左下方一点表示遗憾） （左手齐肩提起甩发梢，右手伸出“兰花指”
逞 强 暴 出 言
指忿忿地指向“小边”台口。右手提 （左手托着锁链下落至胸腹之间，右手托
锁链，左手齐肩托起）
无 状，
袖抬起齐肩） （水袖盖着右手齐胸朝着禁婆摆动）
他 把 我 老 婆 婆
（双手提锁链抚胸） （拱手）

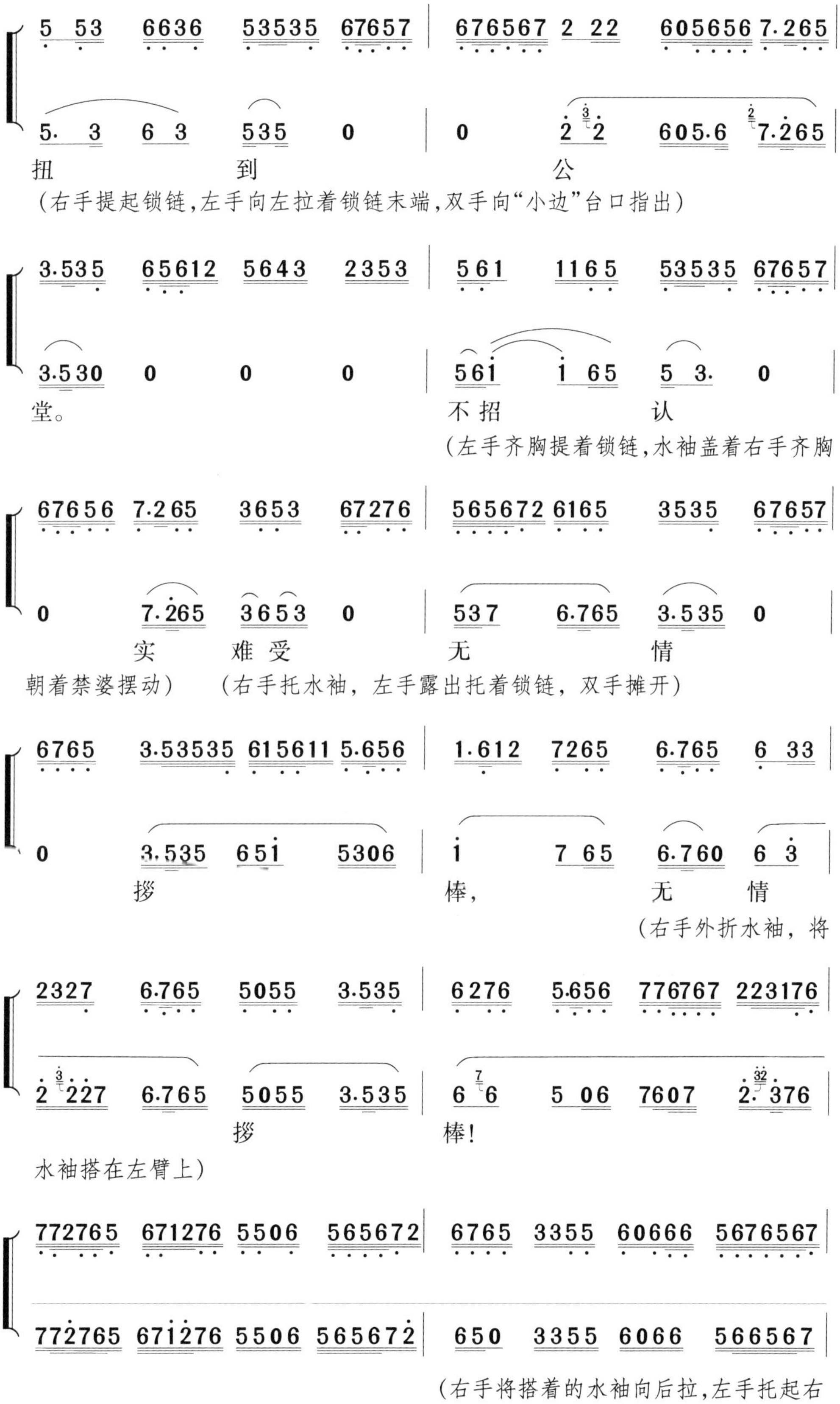
扭 到 公
（右手提起锁链，左手向左拉着锁链末端，双手向“小边”台口指出）
堂。
不招 认
（左手齐胸提着锁链，水袖盖着右手齐胸
实 难受
无 情
朝着禁婆摆动）
（右手托水袖，左手露出托着锁链，双手摊开）
拶
棒，
无 情
（右手外折水袖，将
拶
棒！
水袖搭在左臂上）
（右手将搭着的水袖向后拉，左手托起右

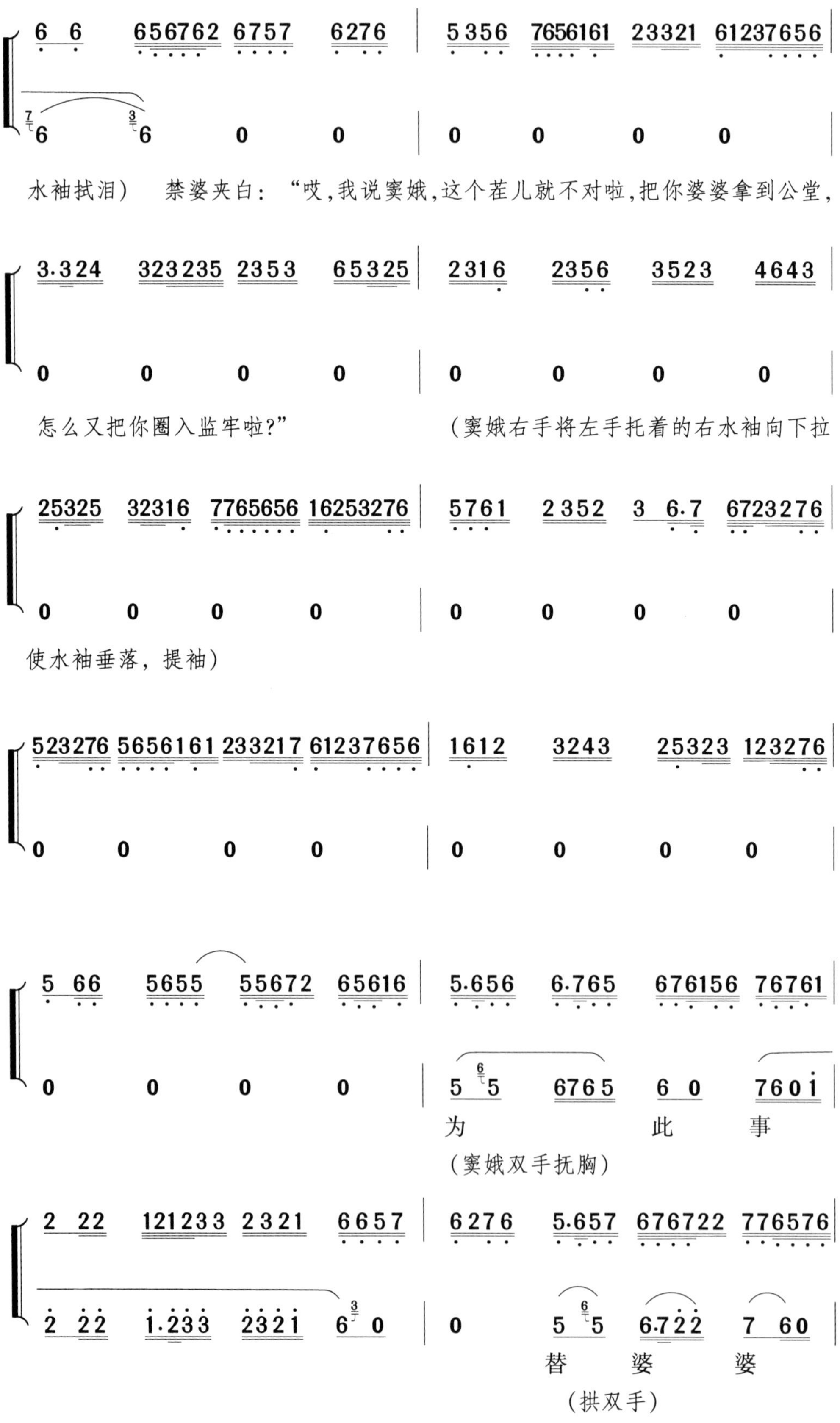
水袖拭泪)　禁婆夹白："哎,我说窦娥,这个茬儿就不对啦,把你婆婆拿到公堂,
怎么又把你圈入监牢啦?"
(窦娥右手将左手托着的右水袖向下拉
使水袖垂落，提袖)
为　此　事
(窦娥双手抚胸)
替　婆　婆
(拱双手)

禁　婆　（站起）噢，闹了半天这么回事呀！（让窦娥坐“小座”）坐这儿歇会儿吧啊！（走至“大边”坐“监门椅”）

〔蔡母“上场门”幕内白：“走哇！”

〔【撞金钟】蔡母提饭篮“上场门”上，至“小边”台口。

〔二黄散板〕

蔡　母　（过门同前）

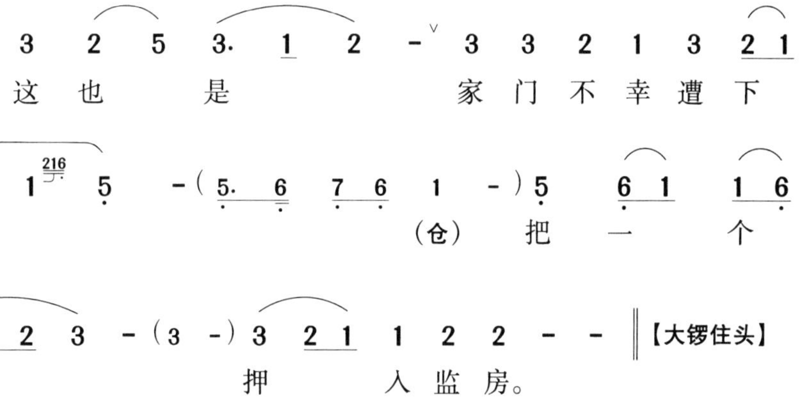

蔡　母　（至正场）来此已是女监门首。啊，禁大嫂，开门来！

禁　婆　（站起，开监窗看）怎么着，来坐监的吗？

蔡　母　不是喏，我是窦娥的婆婆，探望媳妇的。

禁　婆　哦，看望窦娥的，呵呵！（伸出右手要银子）拿来！

蔡　母　什么？

禁　婆　探监的银子！

蔡　母　哎呀禁大嫂哇！【大锣一击】想我婆媳遭此不白冤枉，哪有银钱与大嫂，大嫂请上受我一礼——（哭，跪下）（台）

禁　婆　起来，起来！你瞧哎，今儿这事情都让我遇上了。来吧，进来吧！

蔡　母　多谢了！

〔（台匝匝匝……）禁婆开监门，蔡母进监，半个圆场至正场。

蔡　母　媳妇在哪里？（台）

禁　婆　别嚷，我给你叫她去。

蔡　母　是，是，多谢了！

禁　婆　窦娥，你婆婆看你来啦！

〔蔡母将饭篮放在桌上，然后反圆场至“大边”；窦娥站起，“小边”圆场。禁婆归“小边”站。

窦　娥　婆婆来了，婆婆哪里？

蔡　母　媳妇在哪里？

窦　娥　（哭）喂呀婆婆哇……

〔（八大仓）窦娥与蔡母相见。

〔二黄散板〕

蔡　母　【大锣凤点头】（过门同前）3 32 2 25 3 32
一见媳妇变

（窦娥跪拜，蔡母挽起窦娥）

5 52 3 - （6 1 2 3 -）2 2 12
模样，（仓）怎不叫

1.2 3 - 21 2 2 - ‖【大锣住头】
人痛悲伤。

窦　娥　婆婆，你到此何事？

蔡　母　为婆带来水饭，你用些吧。

窦　娥　媳妇咽喉气紧，吞吃不下。

蔡　母　少用些！（取出碗筷端至窦娥身旁）

禁　婆　等等等，我先瞧瞧！

蔡　母　是，是，（递过碗）大嫂请看。

〔禁婆用箸子插入碗中试毒，拿起一看，觉得没有问题。

禁　婆　拿去吃吧！

〔行弦〕

（多罗. | 0 5 |: 6.2 | 762 | 6723 | 762 :| サ 6 6 5）【快冲头】

（蔡母喂窦娥水饭，窦娥一吃，噎饭晕倒椅上）（二人上前扶）

禁　婆　（同）窦娥醒来！
蔡　母　　　　媳妇

〔二黄导板〕

窦　娥　【大锣导板头】（过门同前）6 6 i - - 2 2 - 7 5 6 5 2 76
一口饭　噎得我

5 66 5 （5 5） 3 2 － 616 （6 6） i. 2 3 － 2
咽 喉 气

i 6 6 （5 7 6） 6 i － － i 2 2 － （仓）
紧，

〖【乱锤】窦娥苏醒，站起。

〔二黄散板〕

窦 娥 【大锣凤点头】（过门同前） 5 2 7 － 7 7 6 5. 6 7（7 6 5 6 7 －）
险 些 儿 婆 媳 们

7 6 5 3535 5 6 6 6 － 5 － 5 5 － 【大锣住头】(蔡母向外一步，向禁婆)
两 下 离 分。

蔡 母 大嫂，我儿咽喉气紧，取碗冷水一用。
禁 婆 哦，等着我给你们烧点儿开水去啊！
蔡 母 多谢了！

〖【小锣五击】禁婆出监门，“上场门”下。

蔡 母 媳妇，看你这青丝散乱，待为婆与你梳洗梳洗。
窦 娥 有劳婆婆！

〔二黄三眼〕

4/4 扎 多 大 5 3 2 | 1 6 5 3 2 3 356 |
4/4 0 0 0 0 | 0 0 0 0 |

5 6 565 5 7 6 1 | 2 5 2345 3 2 3276 |
0 0 0 0 | 0 0 0 0 |

5 2 3235 2321 6561 | 5 3 2345 3 2 3276 |
0 0 0 0 | 0 0 0 0 |

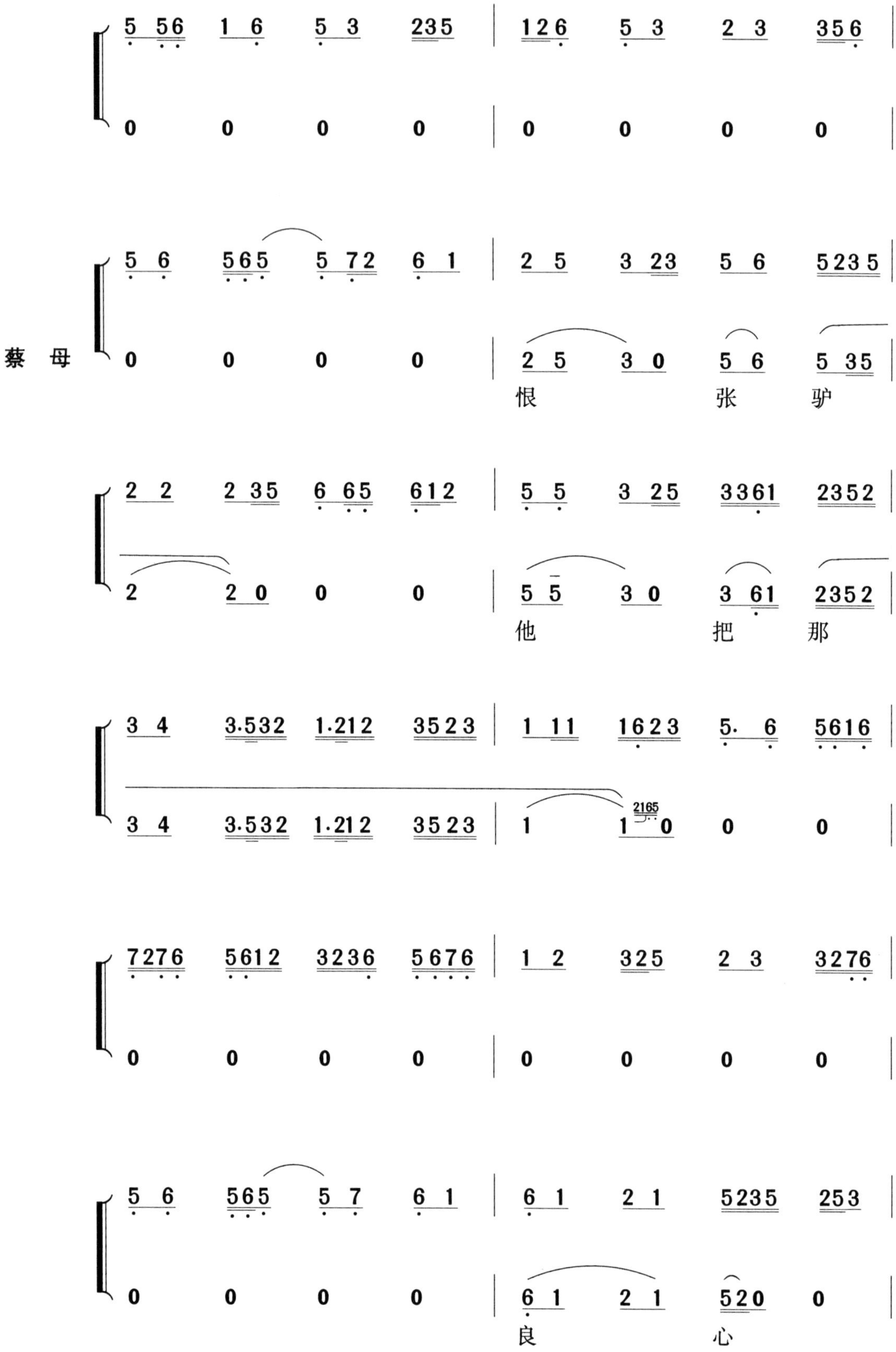
蔡母
恨 张 驴
他 把 那
良 心

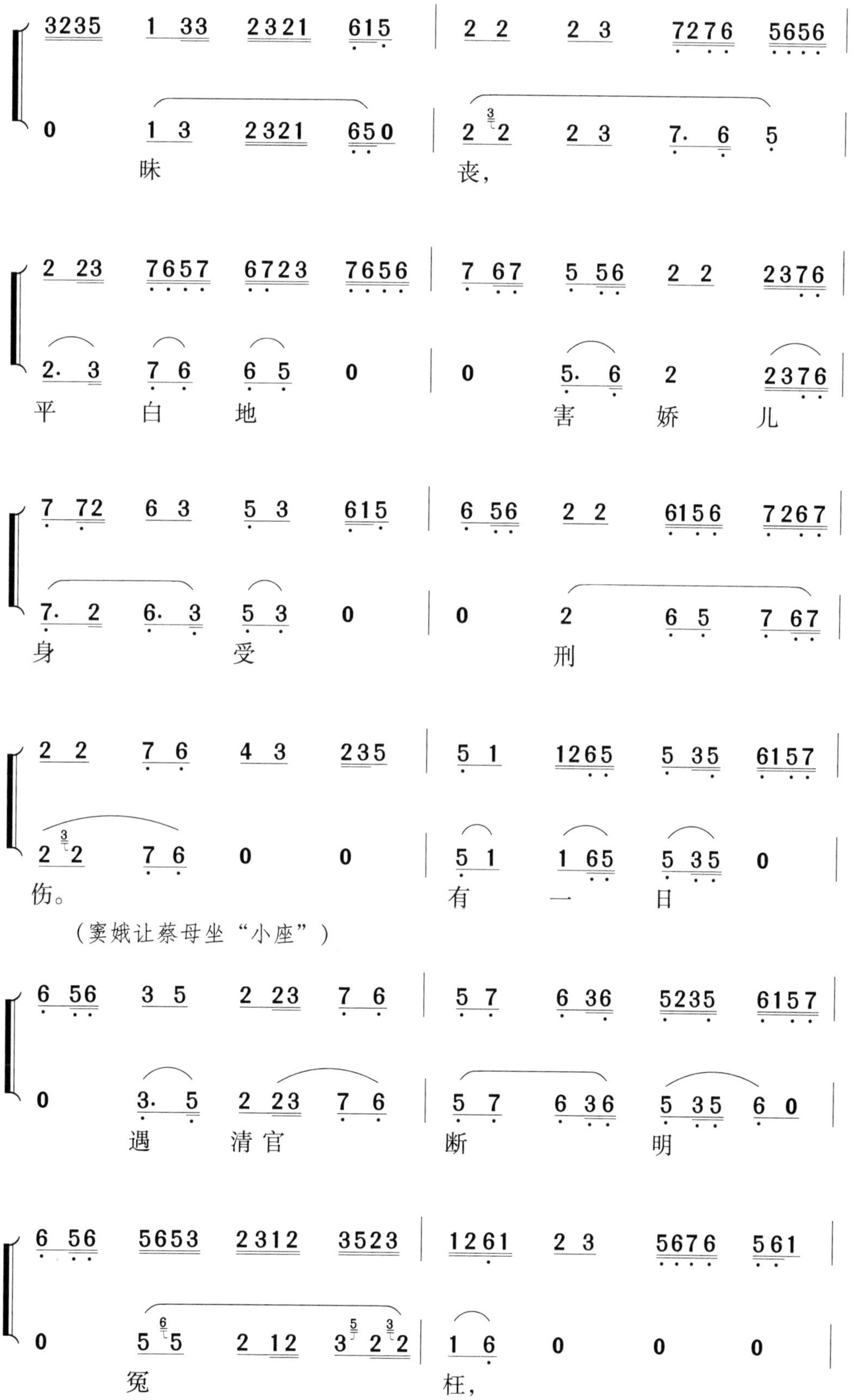
昧 丧，
平 白 地 害 娇 儿
身 受 刑
伤。 有 一 日
（窦娥让蔡母坐“小座”）
遇 清 官 断 明
冤 枉，

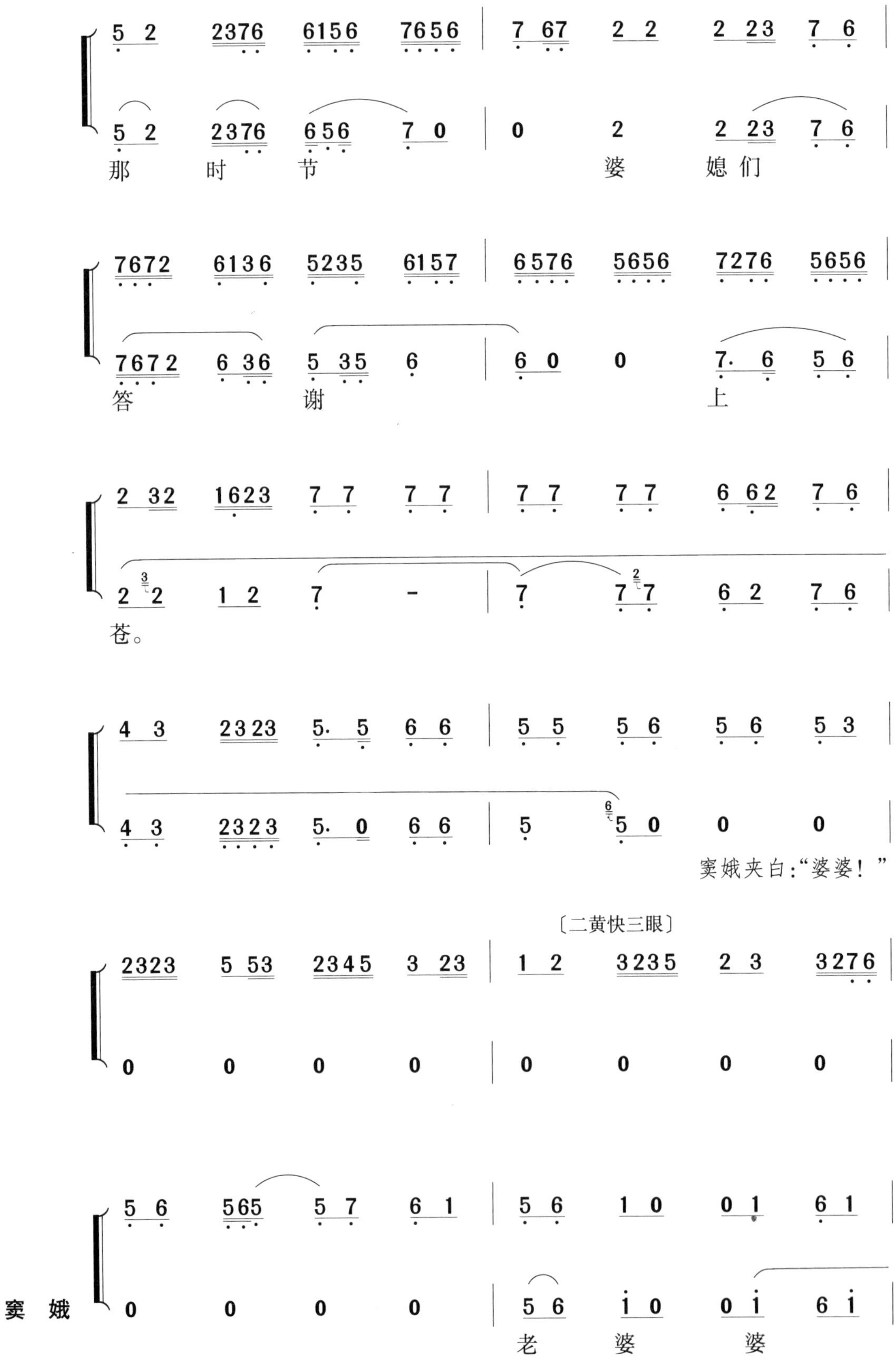
那 时 节 婆 媳们
答 谢 上
苍。
窦娥夹白:“婆婆!”
〔二黄快三眼〕
窦 娥
老 婆 婆

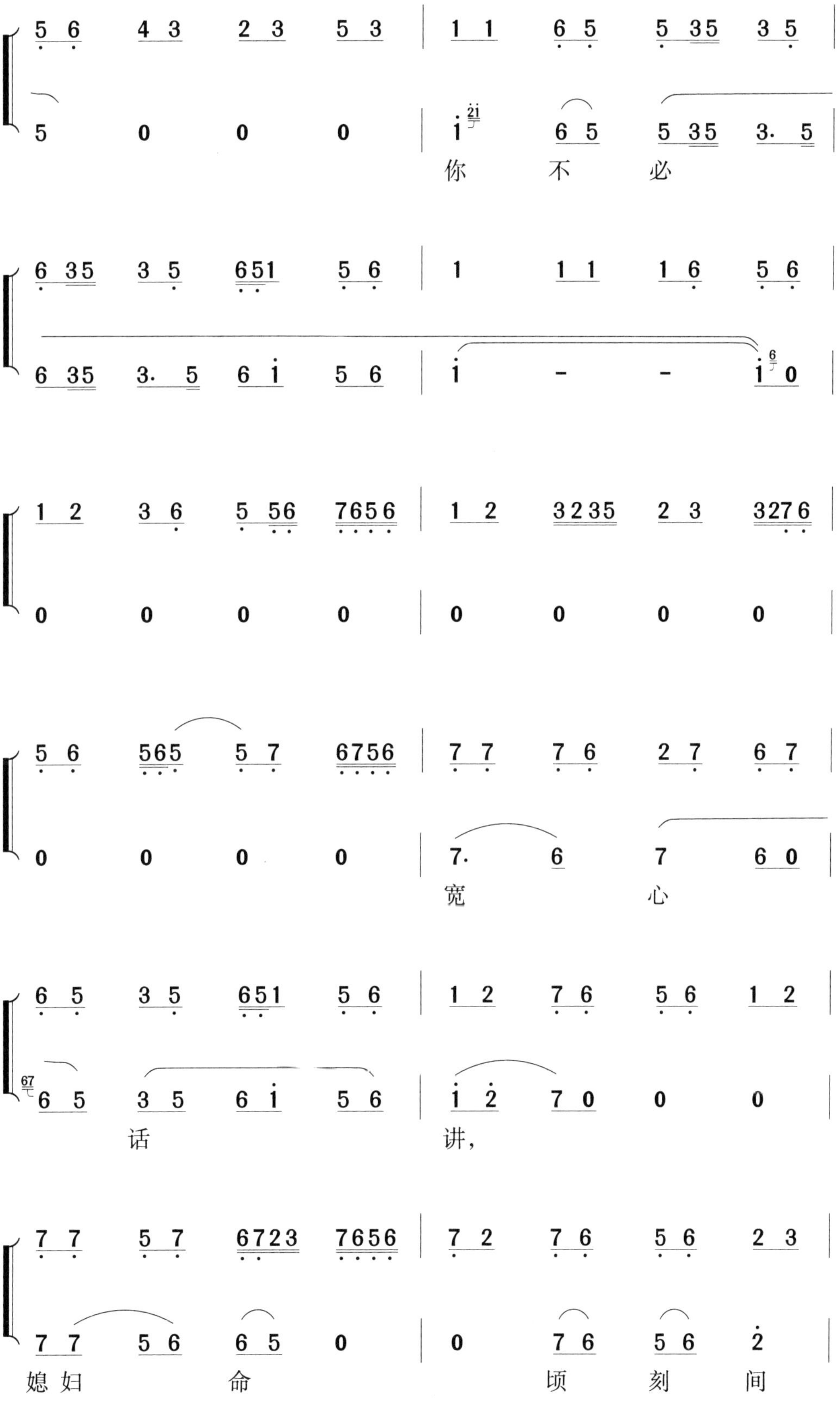
你 不 必
宽 心
话 讲，
媳 妇 命
顷 刻 间

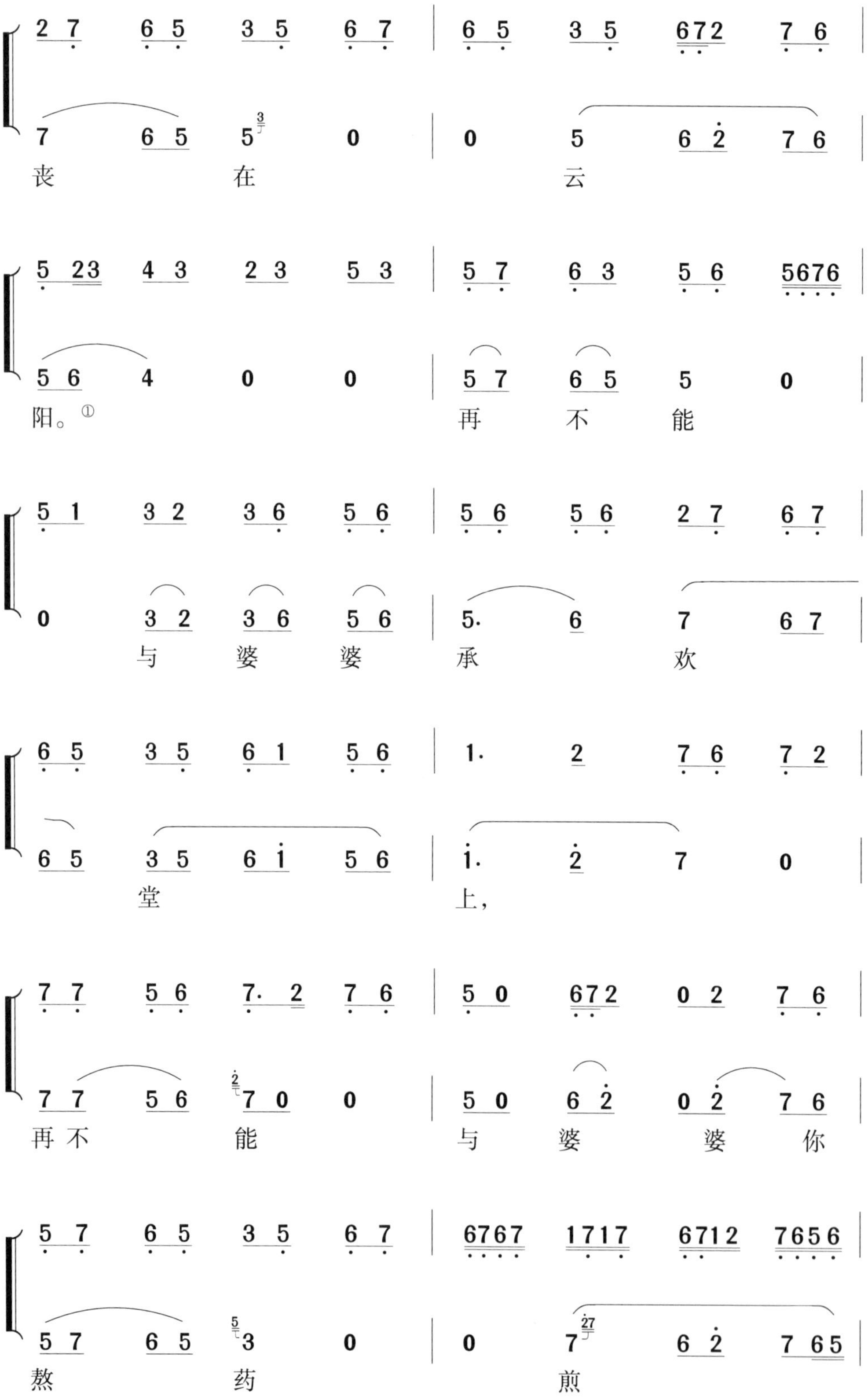

① 丧在云阳：指死。云阳，地名。相传秦相李斯被处死于此。后曲文中常用云阳代指行刑之地。

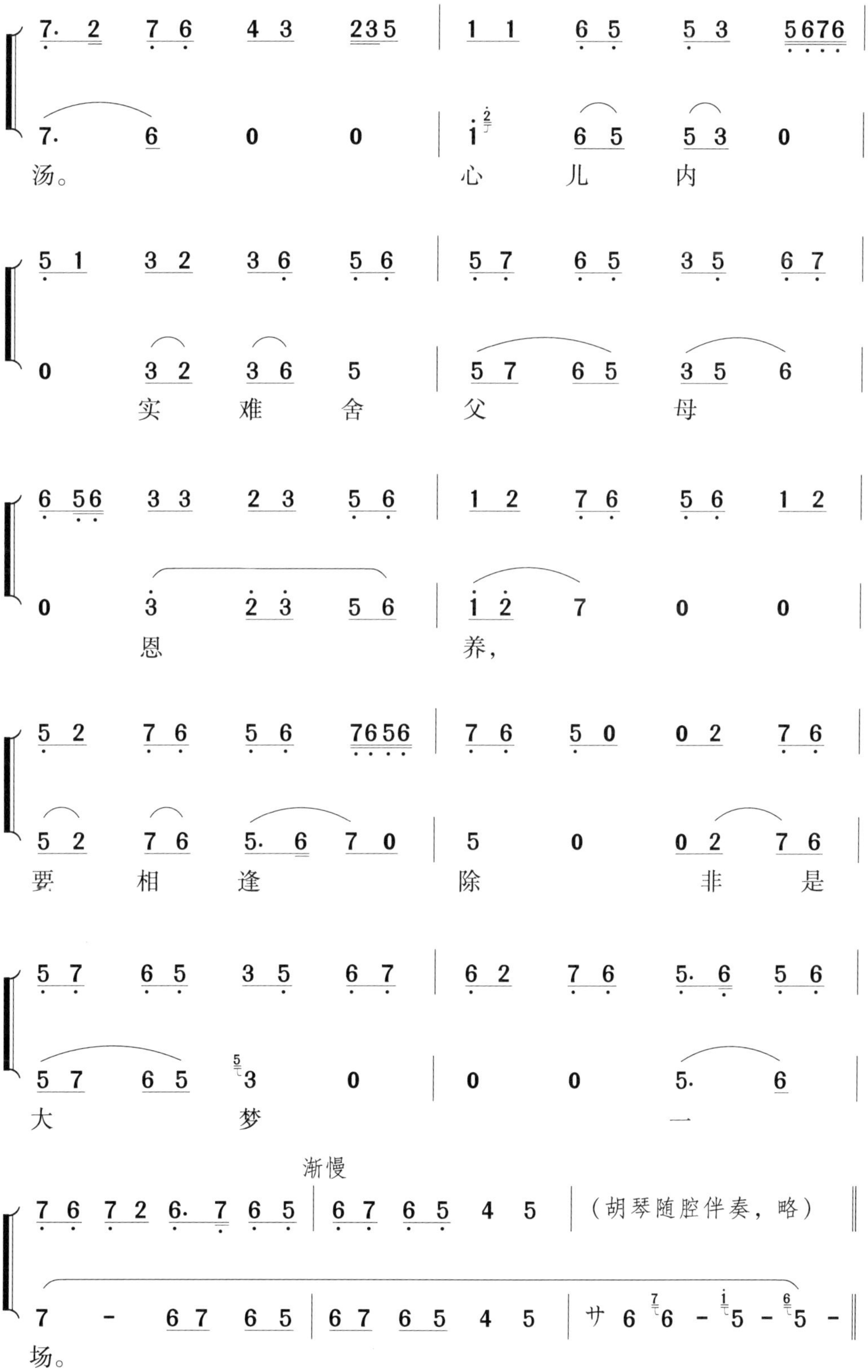

〔【冲头】禁婆“上场门”慌张地跑上，进监门，站“小边”。

禁 婆 窦娥，大事不好啦！【大锣一击】

窦　娥　何事惊慌？

禁　婆　明日午时三刻将你开刀问斩啦！

〔（**嘟……八仓**）窦娥惊，坐。

窦　娥　哎呀！

〔二黄散板〕

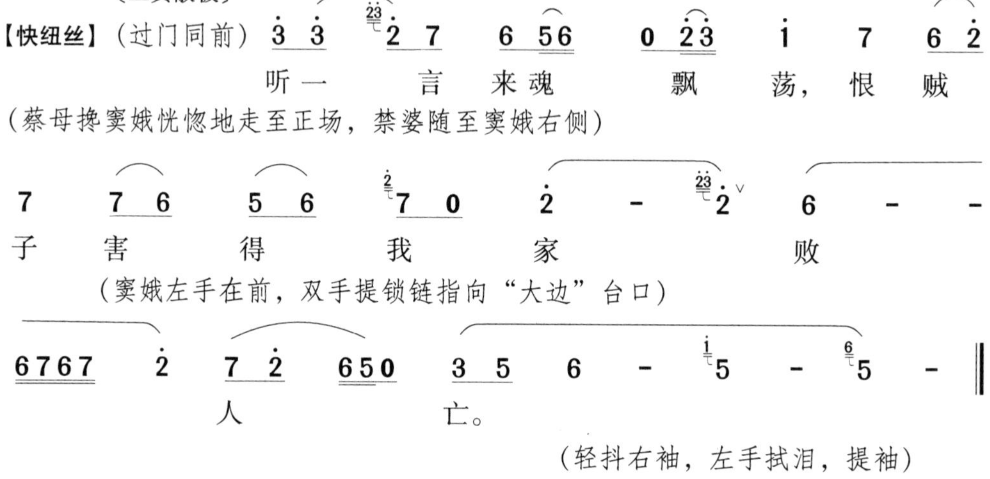

〔二黄散板〕

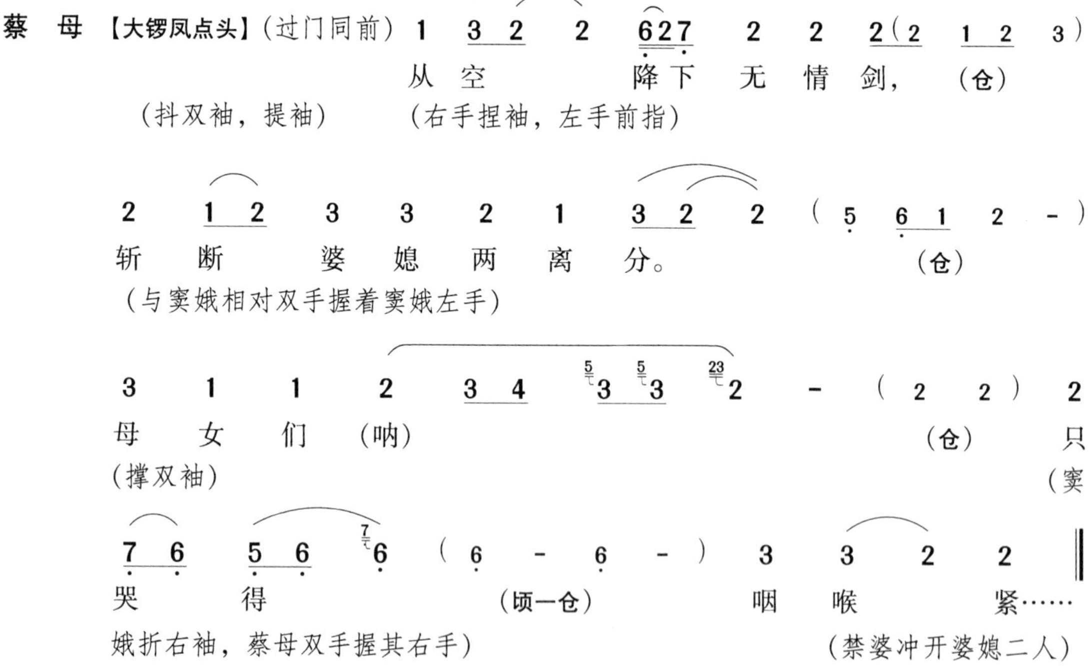

禁　婆　（轰蔡母）快走！

〔【**扫头**】禁婆开监门，蔡母拿饭篮反圆场出监，窦娥追随蔡母至监门，折右袖，禁婆打窦娥嘴巴，拦住。【**回头**】窦娥抖右袖，左手抚面颊。（锣鼓轻打）

窦　娥　（难舍状）婆婆！

蔡　母　（回身留恋状）媳妇！

禁　婆　（轰蔡母）走吧，走吧！（转身挡住窦娥）干什么去？回去！

〔渐转【大锣原场】蔡母“上场门”下，禁婆押窦娥“下场门”下，闭二幕。

第十场

〔【快撤锣】开二幕。场上置正场桌、“小座”。深色绣金团花桌围椅披。

〔【小锣原场】四青袍（头、二人持堂板）、二班头“上场门”上，“站门”。胡里图端带“上场门”上至正场。抖袖，提袖。

胡里图 （引）头戴乌纱身穿袍，（台.大 台）刽子手，（多多）

サ 1 2 3 2 - 32 32 5 7 7 6 - ‖
两 旁 提 （呀） 刀。

〔【一锤锣】胡里图整冠、捋髯，左转身归“小座”，【大锣归位】众归“里八字”。

胡里图 （诗）我劝世人莫心刁，
刁来刁去坐监牢。
有朝一日雕头[①]到，
看你心刁不心刁。【大锣住头】
下官，（仓）山阳县正堂胡里图。（仓台）自我到任以来，黎民百姓倒也好教好训。今有张驴儿告道：蔡吴氏害死他的母亲。是我将蔡吴氏严刑拷问，她的儿媳窦娥前来喊冤。是她言道，张驴儿之母是她害死的。是我将张驴儿等当堂释放，将窦娥问成死罪，押禁在监。此案被我审得清清楚楚，明明白白。今有上司公文到来，拟定今日出斩。左右！

班 头 有。

胡里图 打道法场。

班 头 啊。

〔【大锣长尖】一班头带马，胡里图上马，四青袍、二班头“插门”圆场，胡里图下马，一班头接马，一青袍将“小座”改摆成“大座”。胡里图右转身进“大座”。众归“里八字”。

胡里图 将窦娥绑好，大游四门。时辰一到，速报我知。

〔【大锣原场】四青袍、二班头分下，胡里图“下场门”下。

〔【监斩鼓】【冲头】四刀斧手举刀“上场门”上，“大边斜一字”面向“大边”台口亮往，【大锣原场】右转身横刀面向“小边”台口，喊堂威：“哦——！”

〔二刽子手举刀押身穿红罪衣裤背后插罪犯招牌低头失神的窦娥“上场门”上，缓缓至“九龙口”停住。窦娥艰难地向前挪动两步，头略一抬，刀斧手喊堂威：“哦——。”二刽子手举刀挟持窦娥低头快步至正场台口，窦娥落魄地抬起头，因站立不稳而后退半步。四刀斧手举刀转场成“小边斜一字”横刀面向“大边”台口。二刽子举刀押窦娥低头圆场至“大边后场”“扎犄角”，面向“小边”台口，

---

① 雕头：雕同刁。这里的雕头即指特别刁蛮的人。

头略抬起，四刀斧手举刀喊堂威："哦——。"二刽子手举刀挟持窦娥低头快步至"小边"台口，头略抬起，二刽子手举刀押窦娥低头转身至正场，同时四刀斧手举刀转场，横刀分站两边。

窦　娥　【大锣叫头】（念）

上天——【大锣一击】天无路，（台．大　台）

（面向"大边"台口，目光朝天）

入地——【大锣一击】地无门，（台另台）

（面向"小边"台口，目光朝地）

慢说我心碎，

行人——【撕边大锣一击】也（大）断（大）魂。

（目光向前平视）

「（大大　大大　大大　大大衣　仓）二刽子手弓箭步握刀叉腰架住窦娥。

〔反二黄慢板〕伴奏中加南堂鼓、碰盅

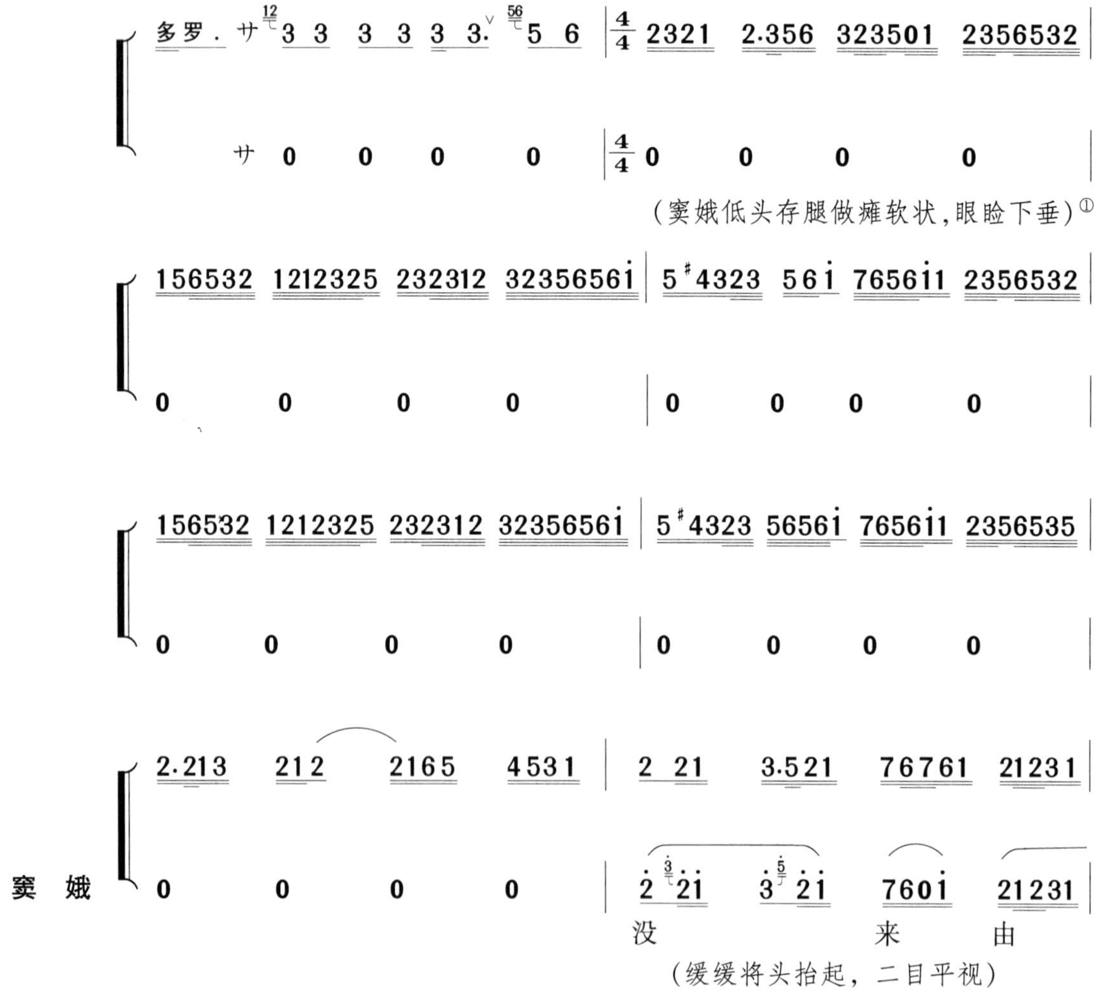

① 此段唱在过门中，窦娥总是低头闭目做凄切哀怨状，演唱中则用眼神来传达情感，此处不作详细标注。

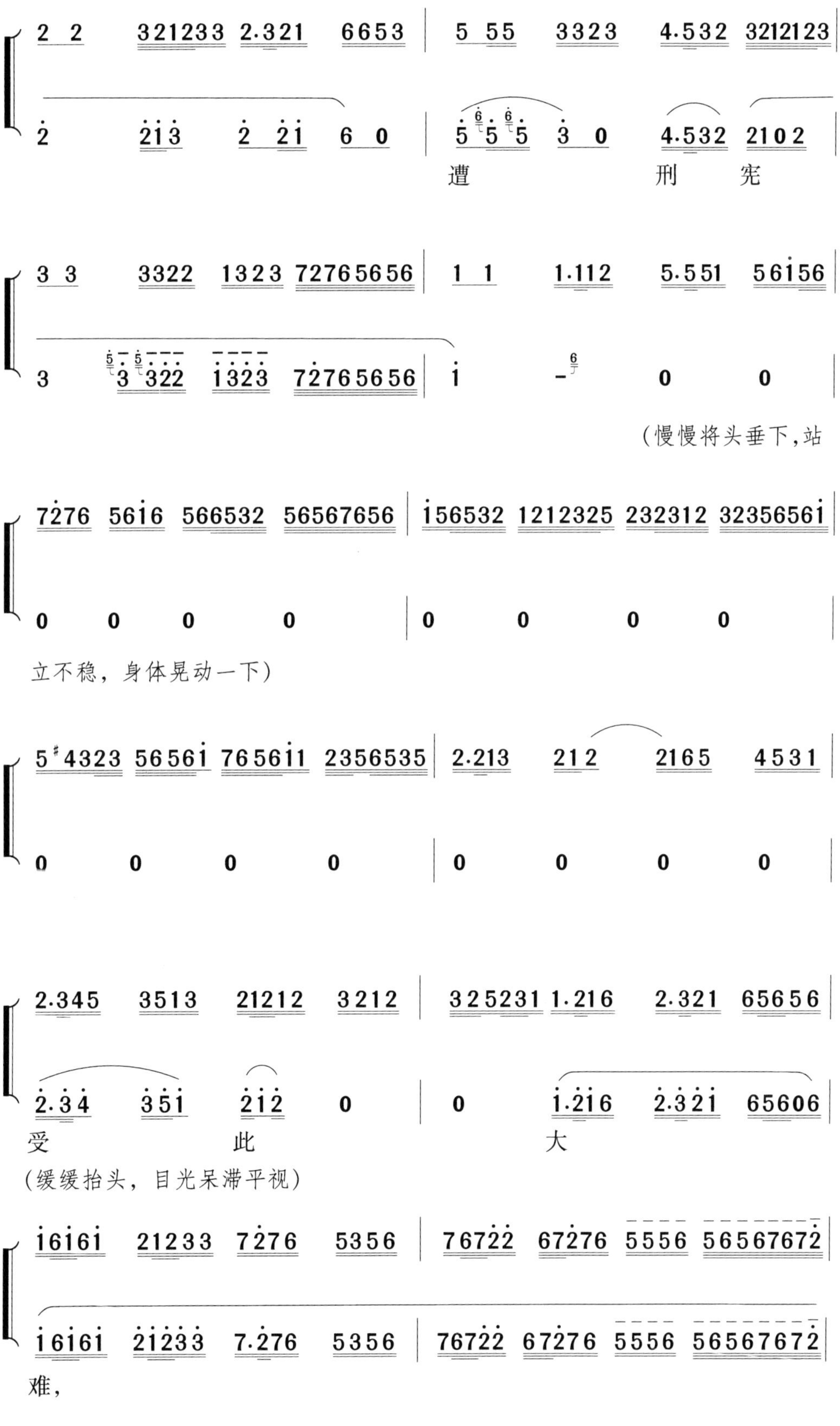
遭 刑 宪
(慢慢将头垂下，站
立不稳，身体晃动一下)
受 此 大
(缓缓抬头，目光呆滞平视)
难，

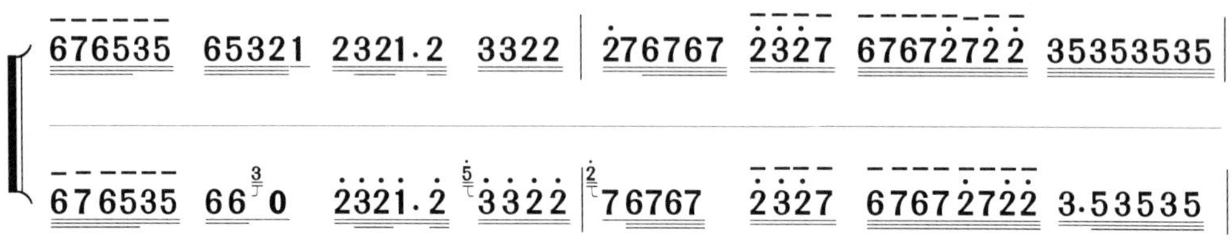

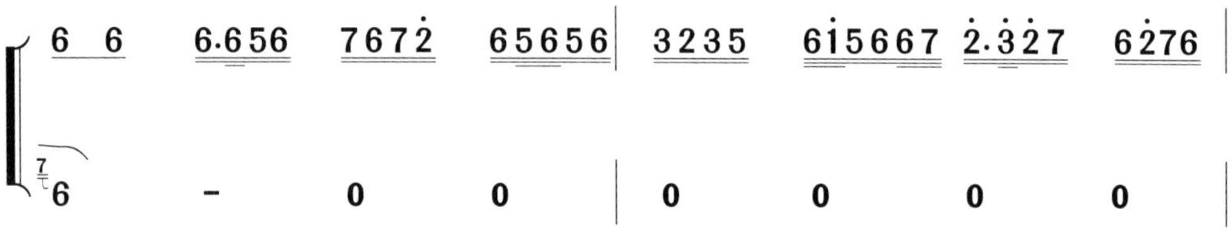

（窦娥低下头，后撤几步然后右腿艰难地向左横跨一步，左腿随后向左跟跨一步，

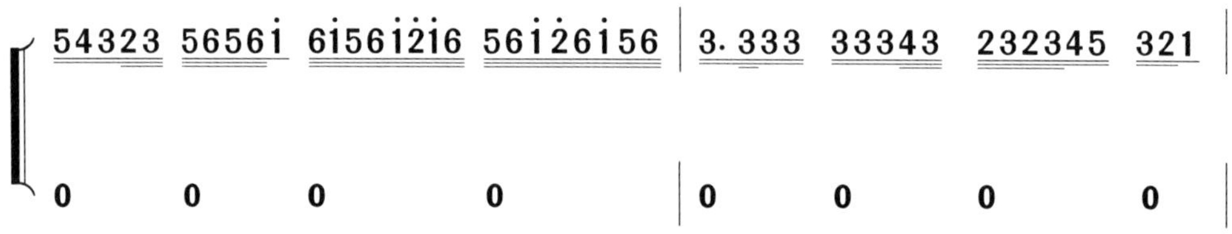

再同样向左横跨两步至“大边”。二刽子手架住窦娥使其站稳，同时也横跨步

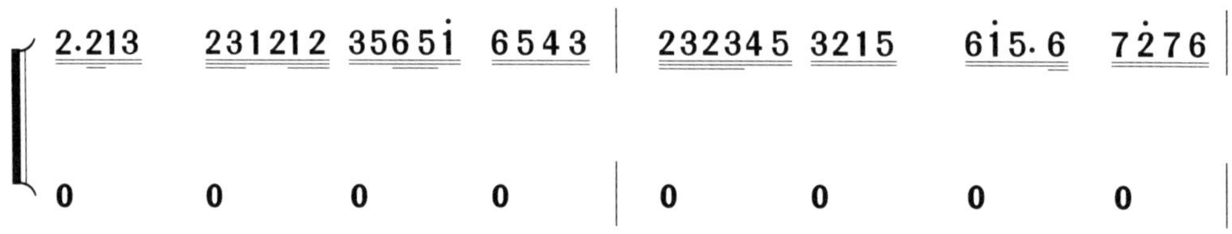

至“大边”）①

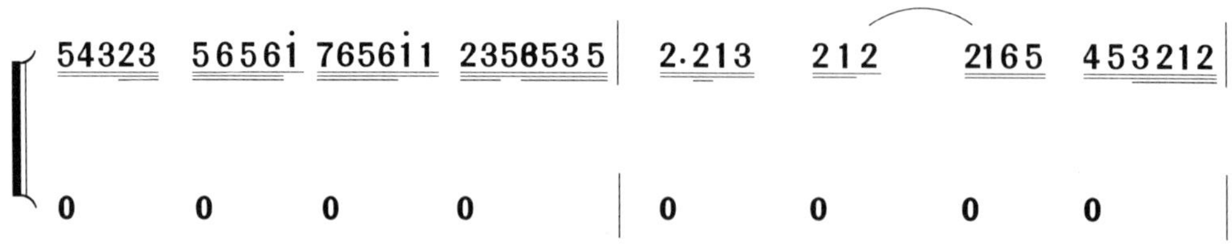

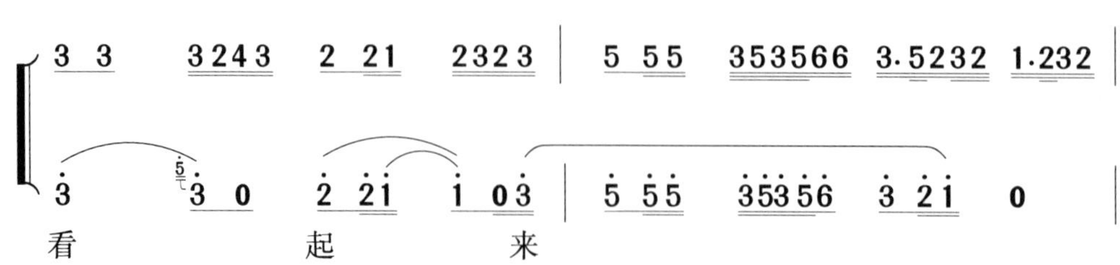

（面向“小边”台口平视）

① 此处相当于“扯四门”，只是四刀斧手不转场，以下过门中窦娥都是这种台步，故只记其舞台位置。

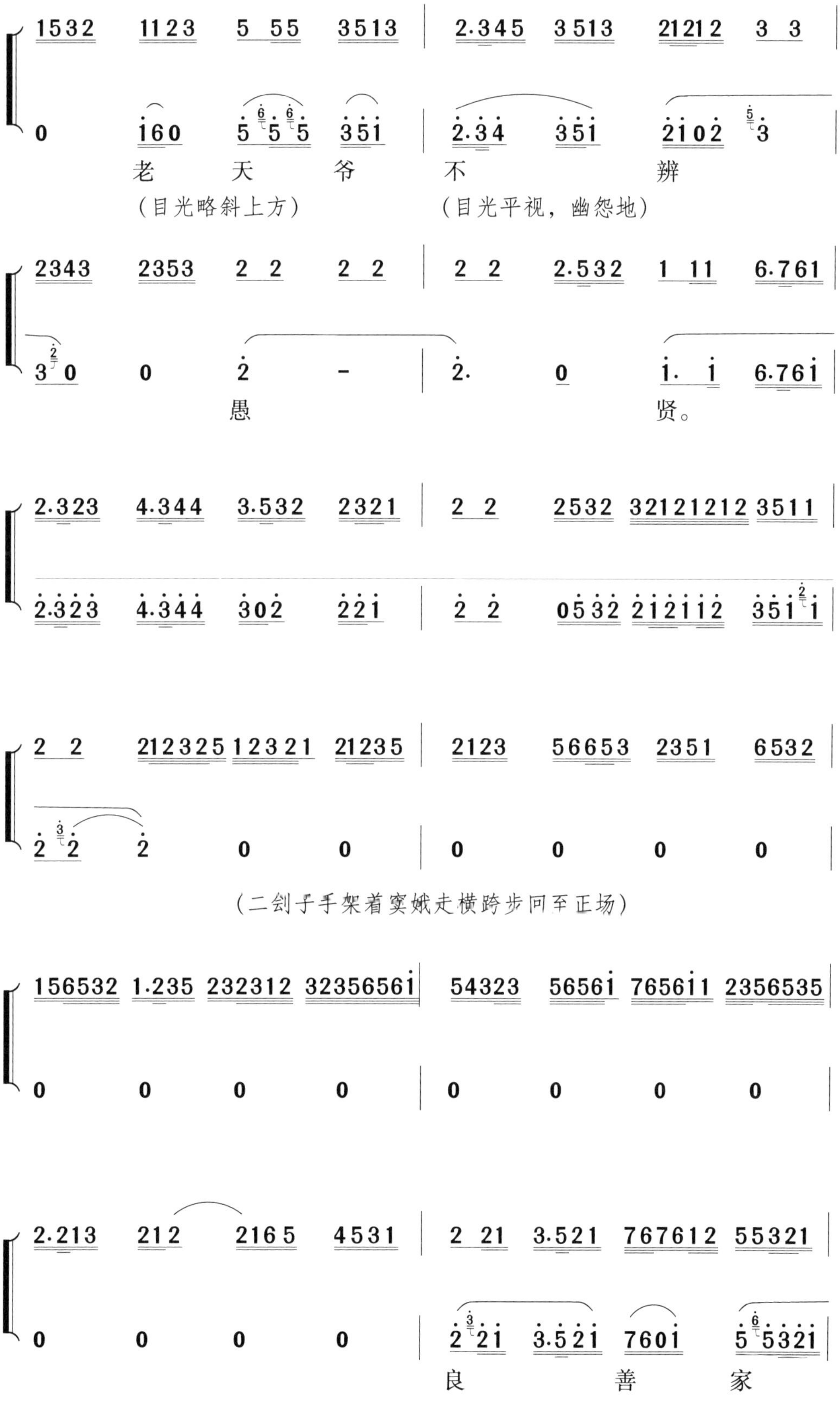
老 天 爷 不 辨
（目光略斜上方）
（目光平视，幽怨地）
愚 贤。
（二刽子手架着窦娥走横跨步回至正场）
良 善 家

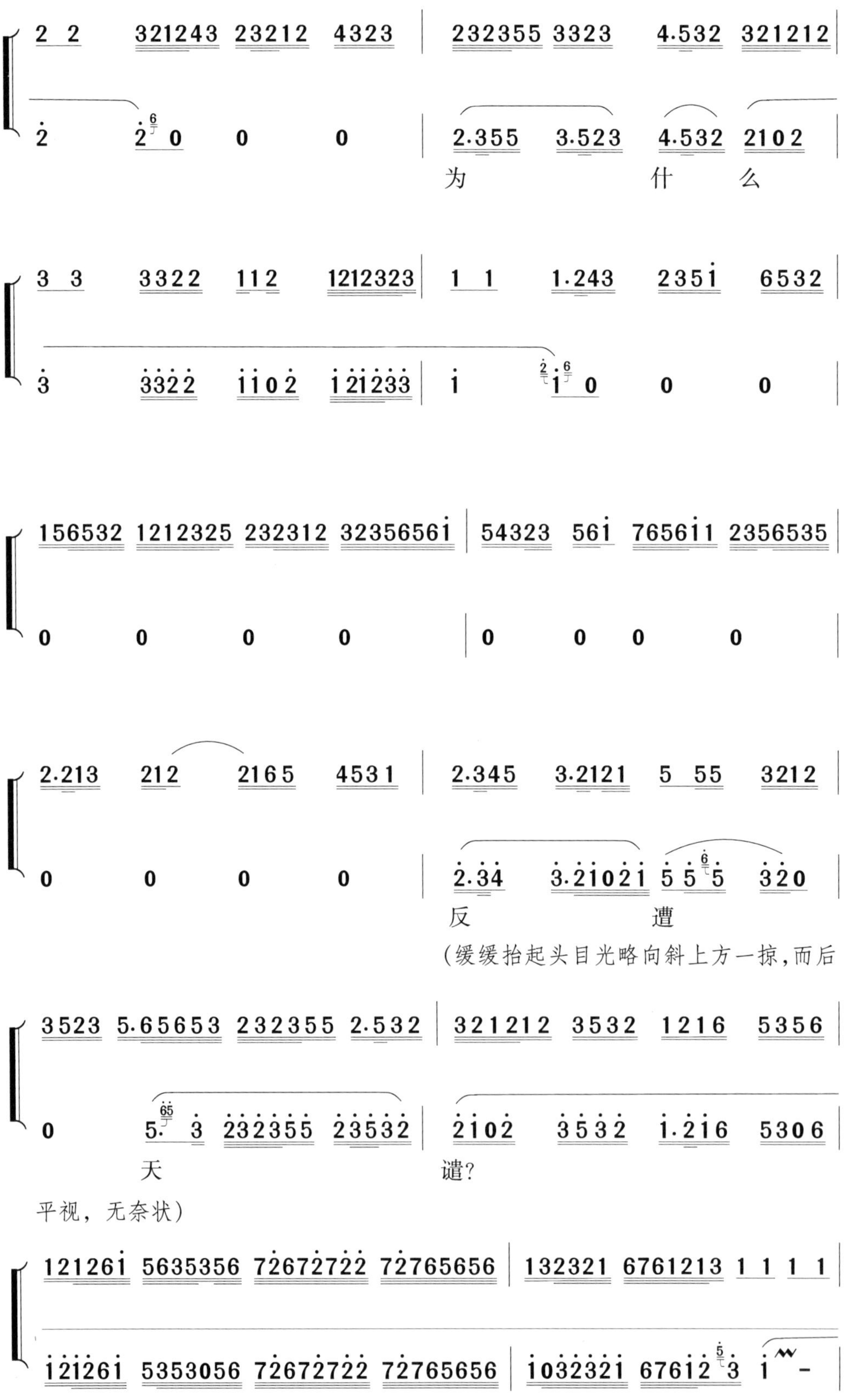
为 什 么
反 遭
(缓缓抬起头目光略向斜上方一掠,而后
天 谴?
平视，无奈状)

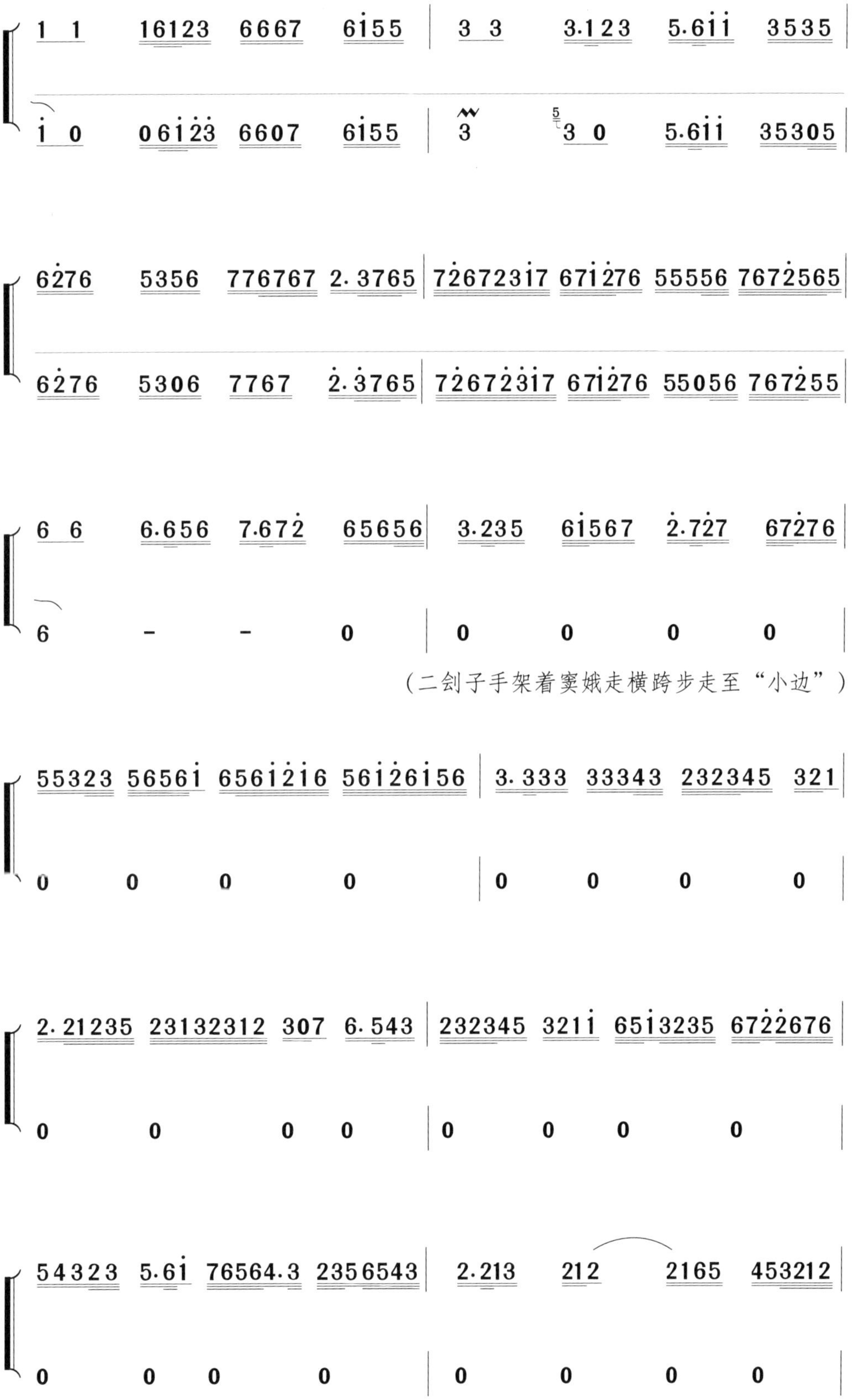
(二刽子手架着窦娥走横跨步走至“小边”)

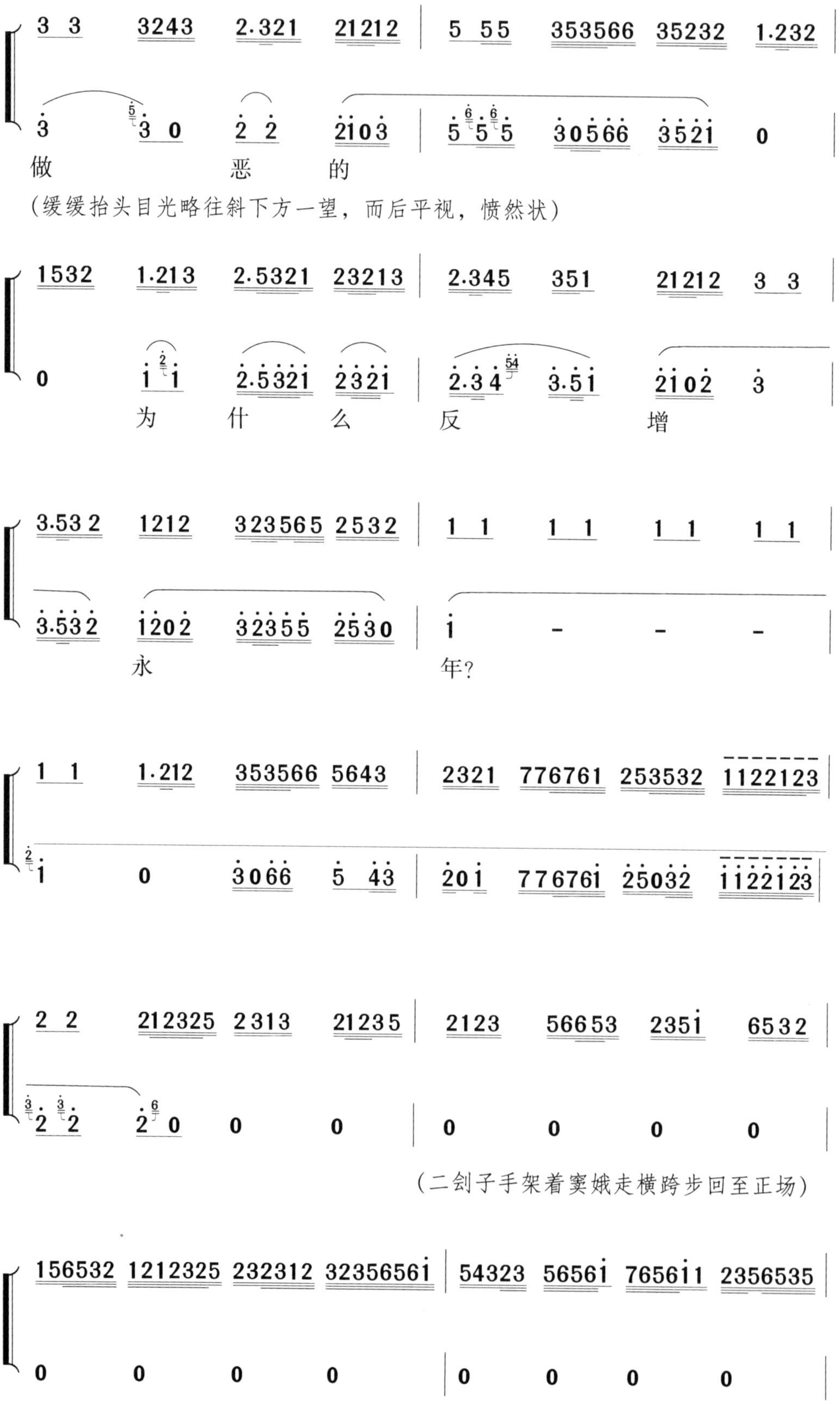
做 恶 的
(缓缓抬头目光略往斜下方一望，而后平视，愤然状)
为 什 么 反 增
永 年？
(二刽子手架着窦娥走横跨步回至正场)

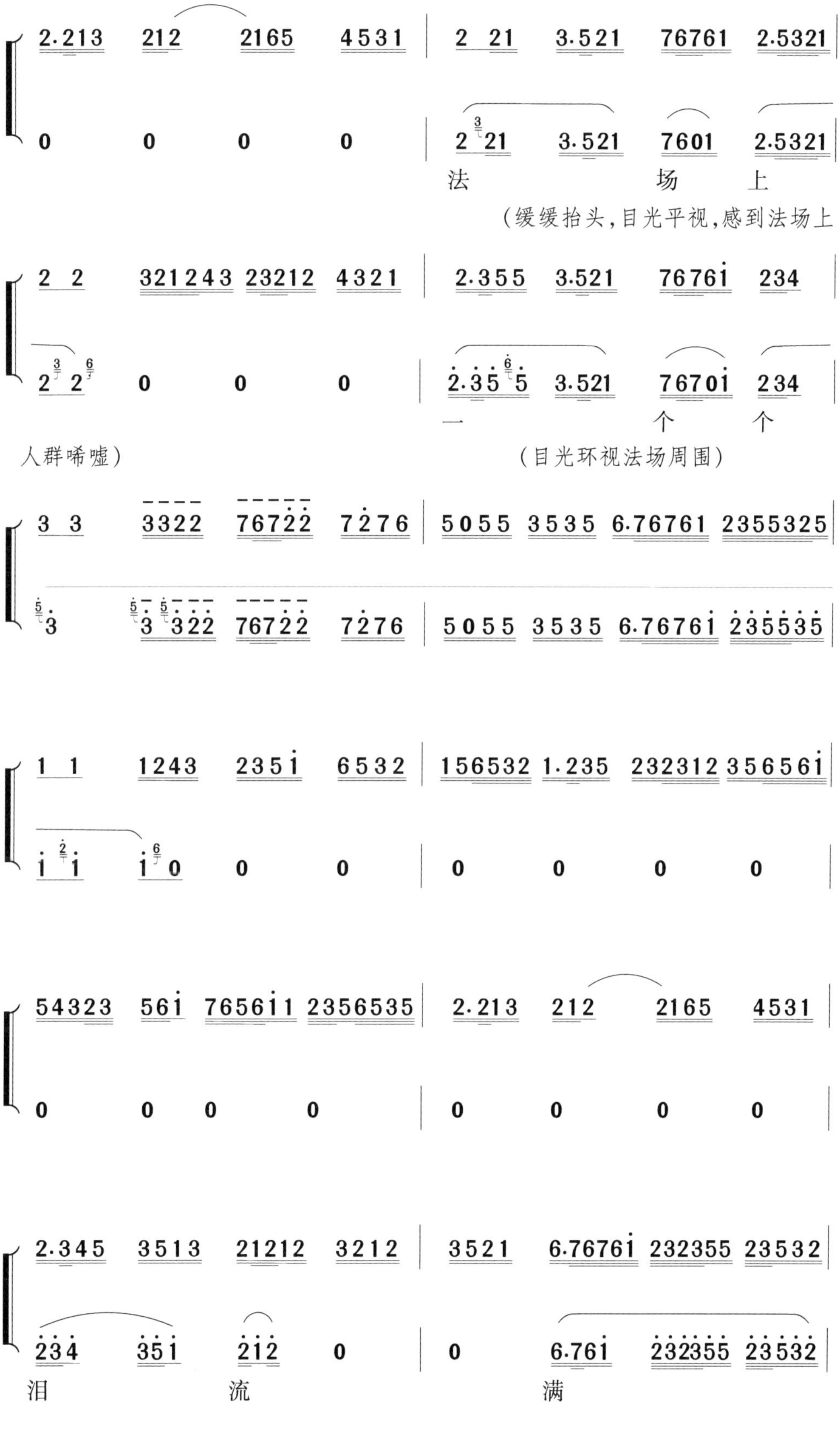
法 场 上
（缓缓抬头，目光平视，感到法场上
人群唏嘘）
一 个 个
（目光环视法场周围）
泪 流 满

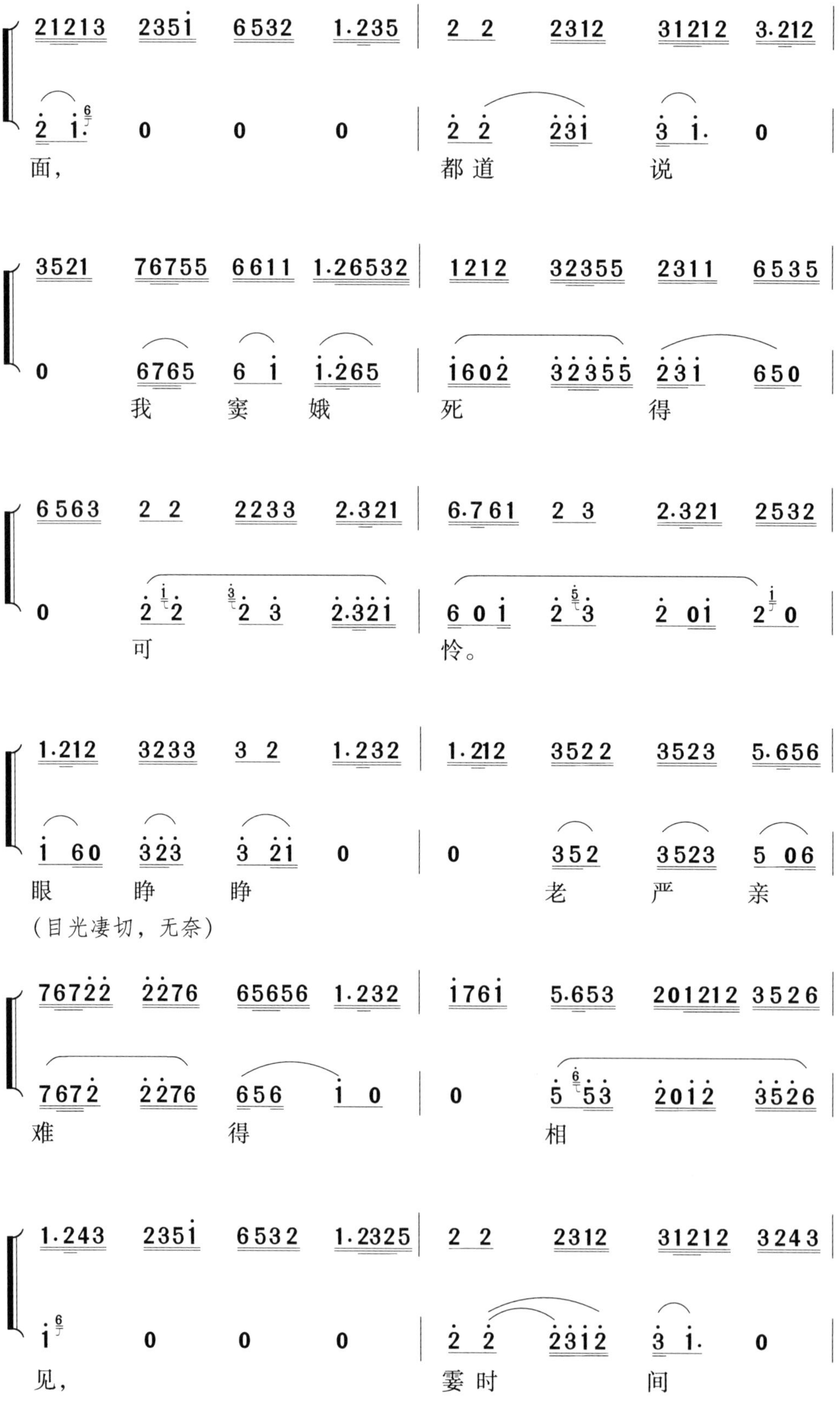
面，
都道 说
我 窦 娥 死 得
可
怜。
眼 睁 睁 老 严 亲
（目光凄切，无奈）
难 得 相
见，
霎 时 间

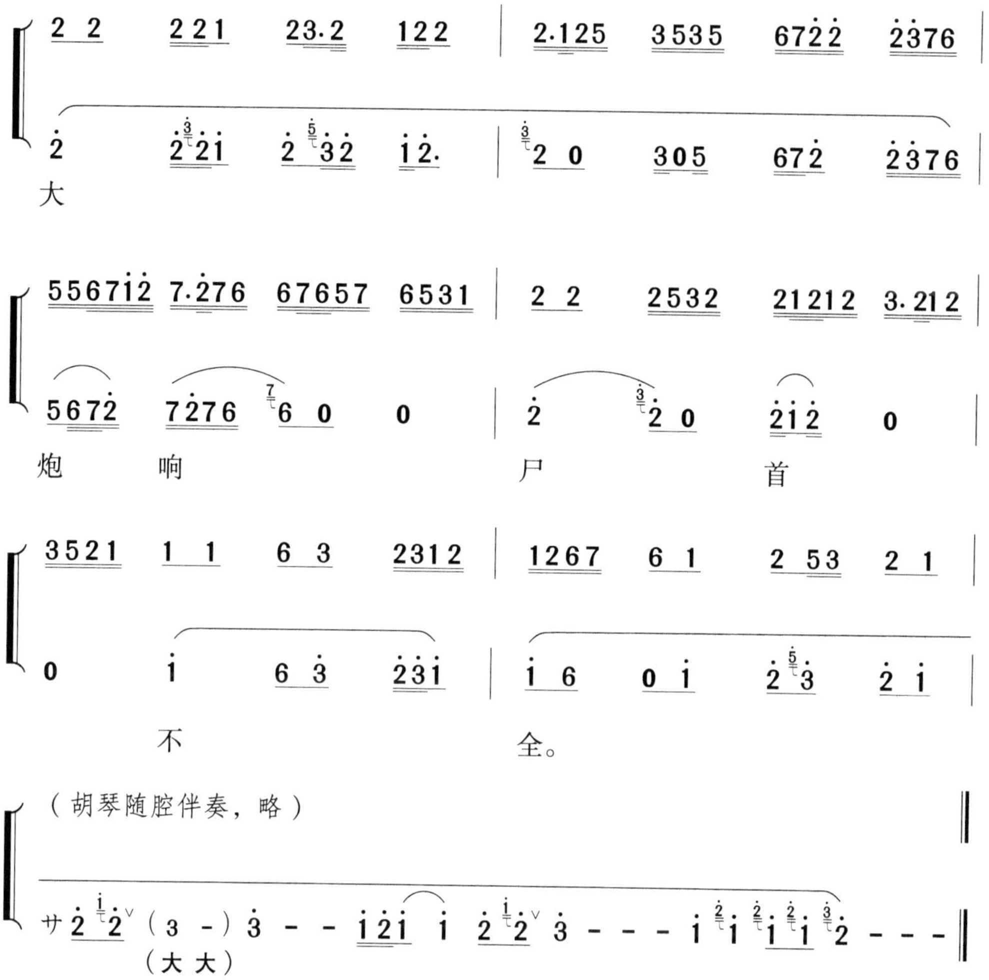

〖窦娥双膝跪在地上，二刽子手放开窦娥，横刀站在两旁。

刽子手 窦娥，你为何不走？

窦　娥 二位将爷，稍时典刑之后，千万莫叫我婆婆看见我的尸首。

刽子手 却是为何？

窦　娥 她乃年迈之人，若是见了我的尸首，只怕她性命不保…… （哭）

刽子手 我等记下了。

窦　娥 有劳了！

〖**【扫头】**四刀斧手转场至“下场门”台口成“斜一字”。一刀斧手在“大边”置一“倒椅”。二刽子手架起窦娥走至“大边”，窦娥坐“倒椅”，二刽子手抱刀立其两侧。

〖蔡母幕内白：“走哇！”

〔二黄散板〕快速

蔡　母 **【快纽丝】**（过门同前）

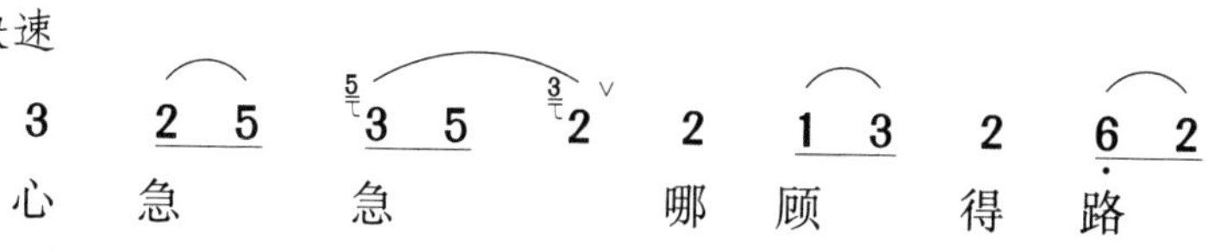

（蔡母提饭篮“上场门”上，至“小边”台口）

1 2 3 2 2 1 (1) 3 2 5 3 2 5 3 2 1 2
途 遥 远, (仓) 急 忙 忙 到 法 场

3 - 2 2 3 1 2 2 (2) 5 7 6 5 5 6 2
送 儿 归 泉。 (仓) 惨 切 切 又

7 6 5 6 3 3 2 3 5 6 1 2 2 2 1 -
恐 怕 婆 媳 难 见,
(“小边”小圆场)

刽子手 (上步)呔!

〔(八仓)蔡母惊状。

刽子手 做什么的?

蔡　母 我是窦娥的婆婆,祭奠媳妇的。

刽子手 好,容你一祭。(回原位)

蔡　母 多谢了!

〔二黄散板〕

【大锣凤点头】(过门同前)2 4 3 2 5 3 2 1 2 3 - 6 2 1 2 2 -‖
恶 森 森 吓 得 我 有 话 难 言。
(将饭篮放“小边”地上)

(折右袖)【大锣叫头】媳妇哇!(抖右袖,提袖)可怜为婆千辛万苦寻到此处,怎么媳妇你、你连话都无有一句了…… (哭)(大 大 大 大 大 仓)

窦　娥 (悲痛地与蔡母相望)婆婆!

蔡　母 媳妇!

窦　娥 想我们一家被张驴儿害得家败人亡,今生媳妇不能侍奉婆婆,待来世再为补报,婆婆你、你、你、你……保重要紧…… (哭)

蔡　母 你爹爹回来问起我儿,叫为婆拿何言答对呀?

窦　娥 爹爹回来问【撕边】我么——【大锣一击】就说媳妇得暴病【撕边】而亡…… (哭)

〔亮弦〕

(6 - 5 5 -)

〔二黄散板〕

窦　娥 【大锣凤点头】(过门同前)1 1 5 6 6 5 6 1 5 6 1 2
爹 爹 回 来 莫 把 真 情 讲,

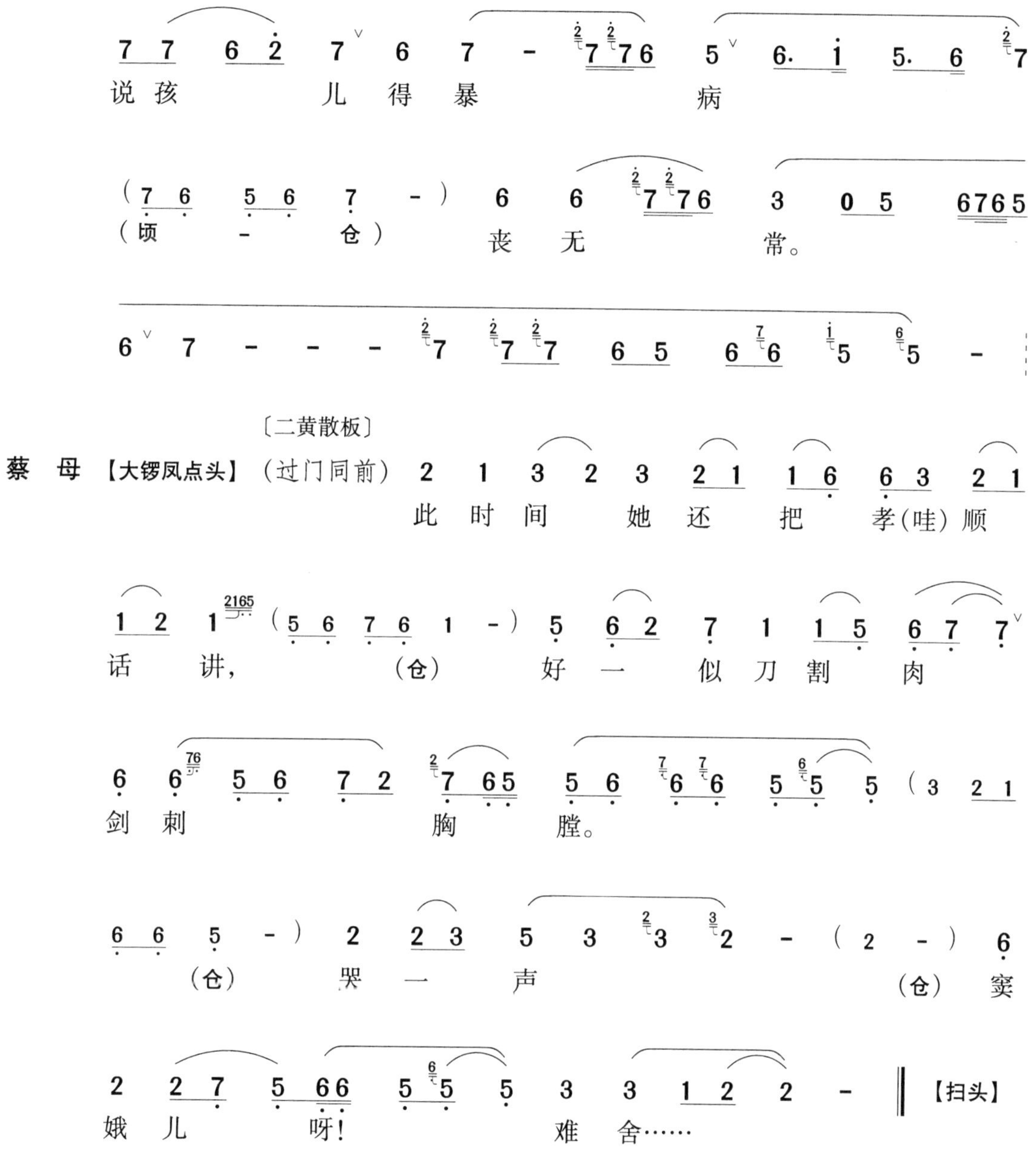

〔刽子手轰赶蔡母，蔡母颤巍巍地退至“小边”。【大锣原场】蔡母提起饭篮悲怆地转身“上场门”下。四青袍、二班头二边上，站“里八字”，胡里图“下场门”上，坐“大座”。

胡里图 刽子手！

刽子手 有。

胡里图 将窦娥绑近前来。

刽子手 是。

〔【长尖】二刽子手押窦娥进公堂至公案左侧，窦娥斜身面里跪，四刀斧手转场站两边。一刀斧手撤去“大边”的“倒椅”。

胡里图 （起身站公案右后侧，与窦娥相对）窦娥呀窦娥，小小年纪做出此事，今日老爷杀

了你，下次不可。（上步勾判斩招，然后扫“大座”坐）

〔【长尖】二刽子手押窦娥出公堂至正场台口。

窦　娥　【大锣叫头】天哪，天——！想我窦娥遭此不白冤枉，今日典刑，难道就这样去了……（哭）

窦　娥

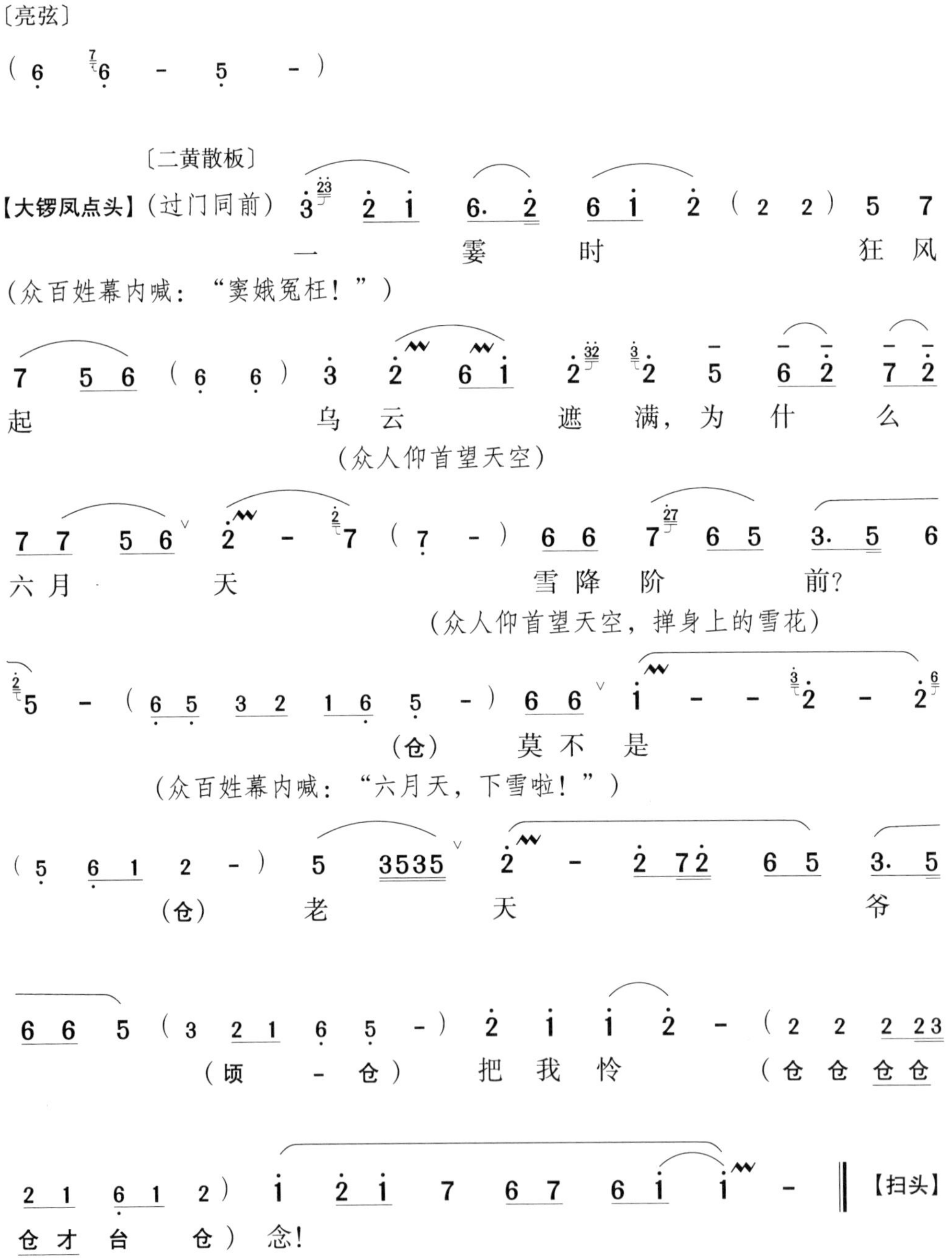

〔四刀斧手转场归“大边一条鞭”，二刽子手押窦娥至“大边”面向“小边”台口站。

〔中军持令箭“上场门”上，进公堂，站“小边”。

中　军　（拱手，出示令箭）贵县请了！

胡里图　请了。

中　军　今有海大人在此下马，命你将窦娥暂停行刑，重新审问。

胡里图　知道了，请！（拱手）

〔**【大锣五击】**中军拱手，转身出公堂，“上场门”下。

胡里图　刽子手！

刽子手　有。

胡里图　将窦娥松绑，带回衙去，重新审问。带马回县！

〔**【一锤锣】**二刽子手给窦娥松绑，摘掉斩招，押其与四刀斧手一同“下场门”窝着下。一青袍带马，胡里图上马。四青袍、二班头“下场门”下。胡里图随下。闭二幕。

第十一场

〔**【撤锣】**张驴儿“小边”侧幕内白：“啊哈！”

〔**【小锣五击头】**张驴儿“小边”侧幕上至二幕前正场。

张驴儿　（念）使尽心机将人害，

反把佳人问斩刑。（**扎**）

哎呀，听说出斩窦娥的那天，也不怎么糊里糊涂的就没斩，又带回衙去了。唉，窦娥要是真不死，八成儿我还是有希望。嘿，得嘞！赌等着喽！（转身面向里）

〔二班头“小边”侧幕内白：“嘿，走着！”

〔**【小锣一击】**二班头“小边”侧幕上，至二幕前“小边”。

班头甲　（边走边回头对班头乙说）打一巴掌把他拿下。

班头乙　好嘞！

〔二班头走至“正场”。

班头甲　（叫门）张驴儿，开门了哎！开门，开门，开门！

张驴儿　（转身面向前，开门）谁呀？（出门）（**台**）

班头甲　张驴儿是你呀？

张驴儿　我不是张驴儿。

班头乙　（打张驴儿嘴巴）你不是张驴儿？

班头甲　（拿出锁链套住了张驴儿）哪儿跑哇！走吧，走吧！

〔**【冲头】**班头甲拉着锁链，班头乙后面赶着张驴儿“大边”侧幕下。

第十二场

〔**【冲头】**开二幕。场上置红色绣金团花大帐，正场桌，“大座”。红色绣金团花桌围披。桌上放置官印一方、文房四宝一份、惊堂木一块。

〔**【快长锤】**四红文堂（持门刀）、四校尉“上场门”上，“站门”。海瑞端带

"上场门"上，至"九龙口"。

〔西皮摇板〕

海　瑞　(过门同前) 1　2　1　3　2　-　(3　21　61　2)　62　1　3　2　-

百　姓　喊　冤　　　　　　　　　来　告(哇)状，

〔西皮摇板〕

【闪锤】(过门同前) 1　2　1　2　3　12　1　(3　21　62　11

内　中　果　然　有　隐　藏。

(走至正场台口)

65　55)　1　2　32　2　(2　2)　621　1　3　2　-

将　身　且　坐　　　　大　堂　(呃) 上，

〔【闪锤】海瑞右转身归"大座"坐，四校尉、四红文堂归"里八字"。

〔西皮摇板〕

海　瑞　(过门同前)　62　1　13　2　-　1　2　1　-

带　上　窦　娥　问　端　详。

〔【长尖】中军引窦娥"上场门"上，中军进门，站"大边"里首，窦娥随之进门，跪"小边"。

窦　娥　叩见大人。

海　瑞　罢了。你且起来。

窦　娥　谢大人！(站起)

海　瑞　窦娥。

窦　娥　有。

海　瑞　此案本院已然察明。你婆媳冤枉，从何而起？

窦　娥　犯妇遭此沉冤，俱被张驴儿一人陷害。大人为我雪此沉冤，犯妇感恩匪浅。(施礼)

海　瑞　你且下去，本院自有公断。

窦　娥　是。

〔【大锣五击】蔡母左臂搭着窦娥穿的帔"下场门"上，至"大边"，看见正在出门的窦娥。

蔡　母　窦娥！【撕边】

窦　娥　(看见蔡母，迎上) 啊，婆婆来了。【大锣一击】

蔡　母　这才是清官大老爷审案。

窦　娥　是呀！

蔡　母　我们回家去吧！(给窦娥披上帔)

〔【一锤锣】蔡母、窦娥互相搀扶"下场门"下。二班头用锁链拉着张驴儿"上场门"上，进门。张驴儿跪"大边"，二班头分站两边。

二班头 （躬身）张驴儿带到。
张驴儿 给爷叩头。
海 瑞 松刑。
二班头 是。
〔【撕边一锣】班头甲撤掉张驴儿的锁链。
海 瑞 你可是张驴儿？
张驴儿 是张驴儿。
海 瑞 蔡昌宗进京赶考可是你跟随前去？
张驴儿 不是我去的。
海 瑞 啊？你在中途，将他推入淮河之内，还敢不招？来！
二班头 有。
海 瑞 掌嘴！
二班头 是。
张驴儿 哎，别打，别打！【大锣一击】我说，我说！蔡昌宗上京赶考，叫我跟他去，行到淮河将他推下水去淹死。本想害死他，好弄到他媳妇儿窦娥。谁叫我把它弄错了呢，你饶了我得了，下次再也不敢啦！
海 瑞 羊肚汤一案从实讲来！
张驴儿 什么羊肚汤啊？我不知道哇！
海 瑞 谅他至此不肯招认，来！
二班头 有。
海 瑞 大刑伺候！（拍惊堂木）【大锣一击】
张驴儿 哎，别价，别价！我都招。老夫人听说儿子死了，病在床上，想吃羊肚儿汤，让我去买。我在羊肚汤里下了毒药，实指望把老夫人给毒死。不想老夫人没吃，我妈吃啦，当时七孔流血而亡。我妈死啦，就算是给蔡家抵偿了，没我什么事啦。
海 瑞 毒药是哪里来的？
张驴儿 哪儿有毒药哇，那我买的是耗子药。
海 瑞 来。
二班头 有。
海 瑞 将卖药之人送官治罪。
〔【快冲头】班头乙应声"下场门"下。
海 瑞 叫他画供。
〔中军取过招供状和笔让张驴儿画供。
张驴儿 所招是实。
海 瑞 将张驴儿押了下去，听候处置。【大锣一击】
〔班头甲拿出锁链，套住张驴儿，出门。
张驴儿 唉！想不到我张驴儿落这么个结果。
班头甲 走吧你！
〔【快冲头】班头甲拉张驴儿"下场门"下。。
海 瑞 来唤窦娥。
中 军 窦娥上堂！

〔【大锣五击】窦娥“上场门”上，至“小边”。

窦　娥（念）大人为我雪沉冤，

九死一生见青天。【大锣住头】

〔窦娥进门，至“小边”跪。

窦　娥　叩见大人。

海　瑞　窦娥。

窦　娥　有。

海　瑞　冤枉已明，你且回去，待本院奏明圣上。你就下堂去吧！

窦　娥　遵命。（站起）【大锣住头】

（念）奇冤昭雪回家转，（出门）

按院大人福寿全。

〔【大锣五击】窦娥“下场门”下。胡里图“上场门”上，至“小边”。

海　瑞　山阳县！

中　军　山阳县上堂！

胡里图（躬身报门）山阳县告进！（台匝匝匝……）（双手撩袍，躬身“挖门”至“大边”，躬身）（台）山阳县参见大人。（单腿跪）【撕边一锣】

海　瑞　胆大山阳县，羊肚儿汤一案审得不明，险些误伤好人的性命。回衙听参。掩门！【大锣一击】

〔四红文堂、四校尉两边分下，中军、海瑞“下场门”下，胡里图站起，转身出门。

胡里图（面向前）唉！（摊双掌）完了！

〔【一锤锣】胡里图“下场门”下。

第十三场

〔【撤锣】开二幕。场上置正场桌，“小座”。浅色绣花桌围椅披。

〔西皮摇板〕

蔡　母【小锣抽头】（过门同前）1 3 3 3 3 24 3 1 32 1 2 3（3 21 65

窦娥儿在法 场得了 活 命，

（蔡母“上场门”上，至正场）

55）3 21 1 62 1 1 2 2 32 62 1 61 2 1 - ‖

幸遇 着海 大人 才 把 冤 申。

（转身坐“小座”）

〔【快长锤】四青袍扛红绸方旗“上场门”上，站“小边一条鞭”。蔡昌宗骑马“上场门”上，“九龙口”举鞭亮住，打马进至“小边”台口斜鞭勒马。

金 锁 记

〔西皮摇板〕

蔡昌宗 （过门同前） i̇ 5 6 ⁷6（3 5 6）6 6 35 ⁷6（6 5 3 5 6 6 5
金榜标名　心欢　庆，

（垂马鞭）

3 5）3⁵ 5 i̇ 6 5 4 3 2 3 5 －（6 5 5 5 3 6 5 5
特地归家　拜　母　亲。

（拱手）　（转身下马，将马交与青袍）

3 2 1 1）3 6 5 5 7 6 5 6⁵ 5. 3 7 7 2̇ 6 －
下　得马　来将门　进，

（四青袍“上场门”下）（“挖门”进，单腿跪“大边”）

（拱手）哎呀，母亲！

〔蔡母站起，退至正场桌右侧，惊状，抖右袖提袖。

〔西皮摇板〕

蔡　母 **【大锣凤点头】**（过门同前） 6̣ 2 1 2 ³2 1⁶ 2 ²1 － ‖ **【大锣住头】**
你　是何人跪埃尘？

（摊双掌）

蔡昌宗 我是孩儿昌宗回来了！

蔡　母 哎呀儿呀！**【撕边一锣】**你、你、你、你不要惊吓于我呀！

蔡昌宗 母亲不要害怕，孩儿遇救未死，我实实地回来了哇！

蔡　母 （颤巍巍地走近蔡昌宗）你当真不曾死么？

蔡昌宗 不曾死呀！

蔡　母 （哭）哎呀，想死为娘了……（蔡昌宗站起搀扶蔡母坐“小座”）儿呀，你是怎

（**大 大 大大 大大 大大 大 大 大 台**）

样遇险脱身，又得中状元了哇？

蔡昌宗 唉！（按掌）再休提起！可恨张驴儿，行至淮河，把我推下了水。多蒙渔人搭救，又将儿送到上官员外家中，赠我银两，才得进京赴试。且喜得了头名状元，奉旨回家探望母亲来了。（躬身作揖）

蔡　母 噢，原来如此。

〔（**大 大 大大 大大 大大 大 0 大 台**）蔡昌宗四处看望，找寻窦娥。

蔡昌宗 啊？

蔡　母 儿呀，你看得什么呀？

蔡昌宗 呃，孩儿回得家来，为何不见那媳妇哇！

蔡　母 唉，提起话就长了！呃，待我慢慢讲来。

蔡昌宗 哎，好，就请讲来。

蔡　母 闻得你在淮河丧命，我染病在床，想吃羊肚儿汤，命张妈妈买来。谁知他子驴儿，暗下毒药，要害我一死。是我闻此物，腥气甚重，难以用下。他母拿去用了，立

时七孔流血而亡。张驴儿，这个奴才，他借尸图诈呀！他要霸占你妻，是我不允。将我扯到公堂，遭刑不过，我就要招认，好一个贤德的媳妇，赶至堂口，替我认罪。未曾弄清，就绑至法场——问斩了……（哭）

蔡昌宗 噢——！【**撕边一锣**】怎么，她、她、她、她绑至法场，冤死了么？（哭）

蔡　母 哎哎哎，儿呀！（**仓**）你不要啼哭，她未曾死呀！

蔡昌宗 她不曾死呀？哎呀，谢天谢地！啊，母亲，快些讲来，后来怎么样了哇？

蔡　母 媳妇贤孝，邻人皆知。临刑之前，多亏邻人们替她鸣冤，又得按院海大人断清此案，释放回家。此时媳妇到公堂回话去了，少时么，她就要回来的了。

蔡昌宗 怎么，少时她就要回来的了？

蔡　母 回来的了！

蔡昌宗 哎呀，原来如此呀！

〔窦娥幕内白："走哇！""上场门"上。

〔西皮摇板〕

窦　娥 【**小锣抽头**】（过门同前）

1̇ 6 36 ^{6}5 5 6 35
巡 按 为 我 把 冤

^{7}6 - （65 35 65 32 11 6̣5 55） 36 5
申， 无 罪
（右手捏住右水袖头，外折袖，再往里

1̇ 65 51̇ ^{7}6 5 - （55 36 5 -） ‖
逍 遥 我 转 回 家 门。
绕两周，右臂后背，再抖出右袖）

蔡昌宗 啊，娘子！（**仓**）

〔窦娥惊恐状，右转身一周将抖出的右水袖稍往上提，搭在左臂上，左小臂上举，左水袖下垂，颤抖。蔡母至窦娥身旁，二人相搀扶。

窦　娥 你不要惊吓于我呀！

蔡　母 媳妇，这是我儿昌宗得中状元回来了，你只管前去相认吧！（**多 罗. 台**）

窦　娥 （疑惑）哦，他、他、他……他并不曾死呀？

蔡　母 不曾死。

〔窦娥近前欲与蔡昌宗相见，却又胆怯后退，（**大 大 大 大 大 大 大 大 多 罗.**）又上前端详蔡昌宗，又退后。（**台**）蔡昌宗也几次迎上，见窦娥胆怯，又退回。

窦　娥 （上步）此事当真？

蔡昌宗 当真哪！

窦　娥 果然？

蔡昌宗 果然！【**撕边**】

〔哭头〕慢速

窦 娥 サ（3 6 5 －）5 － － － 6 － 6 i － －
啊
（左手拉住蔡昌宗右臂，右手撑袖）

（1 1 1 3 2 1 6 2 1）3 － － i 2 －
（仓 仓 仓仓 仓才台 仓）官 人
（抖右袖，折右袖，拱手）（抽咽）

2 2 7 6 6 35 3 0 5 － 6 6（6 6 6
哪！

7）7 － － － 7 7 7 0 6 5 6 6 5 －

「**【纽丝】**窦娥将右袖甩出搭在蔡昌宗左臂上，二人抱头痛哭。

〔西皮散板〕

窦 娥 （过门同前）i 5 7 6 5 6. 5 3 5 6 －（6 5 3. 5 6 －）
今日相逢犹如（呀）梦，（仓）
（左手拉蔡昌宗右臂，右手托袖撇开）

5 i i 6 5 i 6 5 3. 5 3 5 － ‖**【大锣住头】**
一家欢喜乐无穷。
（左手捏右袖，右手托袖掂动）

蔡昌宗 （对窦娥）啊，娘子，下官不在家中，多蒙侍奉老母，又替我母公堂领罪，下官这厢谢过了！

「**【小锣一击】**蔡昌宗上步欲施大礼，窦娥双手托起蔡昌宗。

窦 娥 你快请起，这是我做媳妇应尽的本分哪！

蔡昌宗 （作揖施礼）哎呀，多谢娘子！

蔡 母 多亏媳妇贤孝，才有今日。且喜一家团圆，我们一同后面上香。

蔡 母
蔡昌宗 （同白）正是：**【大锣住头】**
窦 娥

「蔡母站起，三人向前上一步。

蔡 母 （念）桂子飘香雨露沾，
媳妇贤孝美名传。

蔡昌宗 （念）替母认罪人钦敬，（右手赞美式）

窦　娥　（念）孝养高堂福寿绵！（拱手）

蔡　母　好个福寿绵！昌宗！

蔡昌宗　（躬身）母亲！

蔡　母　媳妇！

窦　娥　（拱手）婆婆！

蔡　母　你们来呀！哈哈哈……

〔<尾声·合头>蔡昌宗、窦娥搀扶蔡母左转身，“下场门”下。幕落。

——剧　终

哈鸿儒 整理

荒山泪

程砚秋演出本

《荒山泪》又名《祈祷和平》。根据《程砚秋史事长编》记载，该剧由金仲荪1930年11月编成排演，1931年1 月26日首演于北京中和戏院。当时，国内军阀混战，日本军国主义觊觎中国领土，贪官污吏、土豪劣绅趁机以种种名目搜刮钱财，鱼肉百姓，人民苦不堪言。在这种背景下，程砚秋向金仲荪提出编一出新戏。遂以《礼记》中“苛政猛于虎”之警句为主题而编写了《荒山泪》。该剧假借明末兵部杨嗣昌镇压李自成农民起义为背景，描写王屋山下张慧珠一家生活的变化。本来，一家人尚能过和美幸福的日子，但由于统治者巧立名目抽税抓丁，害得公公、丈夫被迫上山采药，被猛虎吞食；儿子虽未成年，却顶着父名被抓夫，没了下落。婆婆受不了刺激，气急而亡。张慧珠躲到王屋山上，公差仍来催讨赋税，走投无路，自刎而死。这个剧本在京剧剧本中，是很少有的原创剧本之一，人物刻画也非常鲜明、生动，很见功力。

《荒山泪》核心唱段是“夜织待夫”一场西皮成套唱段。从二更唱到五更，张慧珠是在忧虑、企盼、凝思、惊恐中度过这深秋一夜的。〔慢板〕只有四句，放在二更开始，缓慢的唱腔衬托出张慧珠的焦虑不安。两个下句都走低腔，落腔重复地落在低音“1”上，但唱腔深沉厚重，旋律很美，十分动听，音乐语汇感情真切，恰如张慧珠不平的心绪，也牵动着观众沉思——良人因何未归？接下来的夹白也缓慢低沉，以心绪不宁的口吻念出“……怎么天到这般时候还不见回来呀？”接下来唱〔原板〕三更四句、四更两句。〔原板〕速度加快反映出张慧珠的情绪愈加不安，萧瑟的秋风带来的声响，疑是亲人归来，片刻的兴奋，却没有结果。“秋风”和“之声”四个阴平字，应走高平腔调唱出，这里以高音“$\dot{2}$”行腔，恰恰表达出盼望丈夫、公公回来愿望的强烈。“风”字使个小腔使行腔不致呆板，“声”字使了拖腔，婉转地回到深沉的忧思中来。到四更，秋夜愈加凄冷，作为母亲，又要照看好娇儿，随着唱念，张慧珠赶紧关门，脱下自己的衣服，轻轻地给儿子盖好。随后念出“长夜漫漫，叫我如何等待？”深沉低婉、富有韵味的念白概括出整夜的不安情绪。真是又好听，又感人。接下来唱“我不免引寒机”节奏渐慢变成〔回龙〕腔，由此引导转入〔二六〕“伴侬坐等”，站起，边唱、边走、边看、边听、边想，心绪缭乱地唱完“又思来又想去越不安宁”，坐到织机旁，只是藉以平息不安，抑制紧张情绪，而事实上却是更加焦虑不安。听到雄鸡报晓，再也控制不了自己，忙把儿子叫起，到外面去打探消息。因此叫散和收尾的〔摇板〕就不再使腔。这段唱实际上是把唱念做表的功力全都结合起来，表达张慧珠此时此刻的心绪。

《荒山泪》中更多的唱是〔散板〕和〔摇板〕，像“三次逼税”中“哭婆婆”、“荒山”中“三痛”等唱段以及电影版中“衣抵税”、“追问孙孙下落”等所唱的都是难度极大的节拍自由的唱段，这些程砚秋都唱得声泪俱下，感人至深。“抢子”一场用“程派”擅长的水袖功表现与杨得胜争夺宝琏。几次逼税中的念白，口吻、情绪、神态，每一次都不一样，相当吃功。

这些都是《荒山泪》的艺术亮点。

《荒山泪》的电影版很难简单地整理到舞台剧本中，但程砚秋在电影版中又有很多精彩的发展和创作，难以割舍，故此整理本以附录形式将其附于篇后，供读者欣赏，供表演者借鉴。

哈鸿儒

人物行当

张慧珠	青衣	王四香	丑
宝　琏	娃娃生	崔德富	丑
高良敏	老生	二班头	杂
陈　氏	老旦	钱绅士	丑
高　忠	老生	李绅士	生
鲍世德	老生	四衙役	杂
杨得胜	净	八士兵	杂
李有标	净	四军士	杂
胡泰来	丑	四百姓	杂

服装扮相

张慧珠　俊扮。梳大头、线尾子、点翠头面、草花，湖蓝色绣花褶子（可以系黑色绣花大饭单）、蓝色沿黑边衬褶子、白绣边裙子，彩裤，彩鞋。（第五场换湖蓝色绣边褶子；第六场换银钉头面，黑色沿蓝边褶子、白色沿边裙子、系白色腰巾子；第八场仅留额前的头面，戴甩发，穿女富贵衣、白色素裙子；第九场卸去额前的头面）

宝　琏　俊扮。孩儿发，安安衣，黑彩裤，袜子、皂鞋。

高良敏　俊扮。香色毡帽、白满、杏黄色绸条，香色褶子、白色小腰包、小大带，黑彩裤，白袜、福字履。

陈　氏　俊扮。白网子、老旦冠、勒子、香色绸条，香色褶子、白腰巾，深绿色裙子，白袜、皂鞋。（第五场换白色老斗衣）

高　忠　俊扮。黑高方巾、黑三，黑褶子、绦子，厚底靴。

鲍世德　俊扮。宝蓝色鸭尾巾、黪三、紫色绸条，宝蓝色褶子、黑色长坎肩、绦子，彩裤，大袜、福字履。（第八场改黪发髻、草帽圈、蓝绸条，古铜色大袖、绦子、白色小腰包）

杨得胜　勾白三块瓦脸。虎头盔、大额子、黑扎、黑毛耳子，红（或黑）软靠、红靠绸，红彩裤，厚底靴。

李有标　勾蓝（或紫）三块瓦脸。倒缨盔、大额子、黑满，紫色绣花箭衣、黑马褂、苫肩、大带，红彩裤，厚底靴。

胡泰来　丑扮。圆纱、黑八字吊搭（或黑丑三），蓝官衣、玉带，红彩裤，朝方靴。

王四香　丑扮。皂隶帽、黑八字，蓝布箭衣、大带，黑彩裤，白大袜、皂鞋。

崔德富　丑扮。皂隶帽，蓝布箭衣、大带，黑彩裤，白大袜、皂鞋。

二班头　梢子帽，蓝布箭衣、小大带，黑彩裤，白大袜、皂鞋。

钱绅士　丑扮。绿豆包，绿色绣花褶子、绦子，黑彩裤，大袜、皂鞋。

李绅士　俊扮。蓝鸭尾巾、黪三，古铜色褶子、绦子，黑彩裤，厚底靴。

四衙役　俊扮。秦椒帽，青袍，黑彩裤，薄底靴。

八士兵　俊扮。大板巾，紫素箭衣、黑马褂、苫肩、大带，黑彩裤，薄底靴。

四军士　俊扮。大板巾，蓝绣边箭衣、黑马褂、苫肩、大带，黑彩裤，薄底靴。

四百姓　俊扮。各色毡帽四顶，蓝色对襟短褂两件、驼色对襟短褂两件、短腰巾四条，黑彩裤四条，白袜四双、布鞋四双。

道具

深色绣金团花桌围椅披	一套	**扇　子**	三把
浅色绣团花桌围	一套	**官　印**	一方
浅色绣团花椅披	四套	**文房四宝**	一份
浅色绣团花大帐	一套	**签筒、火签**	一份
浅色沿边素桌围	一套	**惊堂木**	一块
椅　子	五把	**水火棍**	两根
桌　子	三张	**腰　刀**	五把
织　机	一架	**宝　剑**	一口
马　鞭	两根	**酒　壶**	一个
锄	一把	**酒　盅**	四个
锹	一把	**毛　笔**	一枝
药　囊	一个	**褡　裢**	一个
绢	数匹	**烛　台**	一座
串　钱	数串	**书**	一卷
托　盘	三个	**梭　子**	一个
账　本	一本	**匕　首**	一把

第　一　场[1]

〔【冲头】【撤锣】大幕启。场上置正场桌，“大座”。深色绣金团花桌围椅披。桌上摆官印一方、惊堂木一块、签筒一套、文房四宝一份、折扇一把。

〔王四香、崔德富“上场门”幕内白：“啊哈！”

〔【小锣五击】王四香、崔德富“上场门”上至正场。

王四香　（念）欺骗乡民是好手，

崔德富　（念）见了老爷变做了狗。（扎）

王四香　在下，王四香。

崔德富　在下，崔德富。

王四香　请啦！

崔德富　请啦！

王四香　老爷升堂，小心伺候！

崔德富　小心伺候！（两边分下）

〔【小锣原场】四衙役、班头甲“上场门”上，“站门”。头两个衙役执水火棍。

〔【小锣原场】胡泰来“上场门”上，一亮，至“九龙口”抖双袖，提袖，整冠，双手端带至正场台口。【小锣归位】抖左袖，提袖。

胡泰来　（念）好官还要人做，
　　赚钱不怕太多。
　　但愿清官学我，（右手指自己）
　　诸君看我如何？（双手端带，一晃，长身）

〔【小锣归位】胡泰来右转身归“大座”。四衙役、班头甲归“里八字”。王四香、崔德富两边上，分站两边。

胡泰来　（念）一蹬儿，两蹬儿，
　　上头挂着红杏儿。[2]（扎）

下官，胡泰来。蒙圣恩（拱手）放我济源县的正堂。到任以来，他是家家关门，处处闭户，我也莫名其妙。（摊双掌）这且不言。只因李自成带领百姓之兵，要推倒了皇上，那还了得！杨嗣昌杨大人（拱手）又有军令到来，言说征取人丁赋税，每人出钱一贯，不分男女老幼，贫富人等。事在紧急，唉，是谁能往四乡，是谁能催得赋？

〔王四香、崔德富上步，转身向胡泰来躬身。

王四香　小人王四香，

崔德富　小人崔德富，

---

① 此场前有种种添加一场的演法：有的上虎形、樵夫；有的将李有标的过场移至前面；电影版增添了张慧珠唱〔四平调〕的序幕（这段〔四平调〕见附录一）。

② 通常这里按如下念：“管得是钱粮仓库，喜得是加捐增赋；老爷混水好摸鱼，百姓见官如怕虎。”

王四香
崔德富　（同时打千）参见老爷！（起身回原位，面向胡泰来）

胡泰来　（满面笑容）哎，好哇！哎呀，他是老爷我呀，正为这件事情为难呢！听我告诉你们说，杨大人呢，有军令到来，言说征取人丁赋税，每人出钱一贯，不分男女老幼，贫富人等。你呢，（用扇子指王四香）既能往四乡，（用扇子指崔德富）催得赋，你们俩人儿就办一办好啦，啊！

〔王四香、崔德富摊双掌，惊讶。

王四香　这……回老爷的话，小人名字叫王四香，

崔德富　小人的名字叫崔德富。

王四香　我不能往四乡，

崔德富　我也不能催得赋。

〔王四香、崔德富打千。

王四香　老爷您改差吧！

崔德富　请您改差！

胡泰来　噢，他是说了半天，（对王四香）你的名字呢，叫王四香；（对崔德富）你的名字呢，叫崔德富。（对王四香）你也不能往四乡；（对崔德富）那么你也不能催得赋，对不对？

王四香
崔德富　（同时）哎，是。

胡泰来　（右手用扇子击案）捣乱！

〔王四香、崔德富忙转身向胡泰来单腿跪。

胡泰来　老爷为这件事情汗都急出来啦，跟着起哄是怎么着？

王四香
崔德富　（同）这，不敢！

胡泰来　不擀？吃抻条儿的！站起来！

王四香
崔德富　（同）是。（站起）

胡泰来　听我告诉你，我已派人呢，去请钱、李二位绅士。等他们到来，一定有办法。听见没有？

王四香
崔德富　（同）是。

〔【小锣五击】班头乙"上场门"上，"挖门"，面向胡泰来跪。

班头乙　启大人：钱、李二位绅士请到。

胡泰来　怎么着，二位绅士都请来了？

班头乙　都请来了。

胡泰来　好好好，有请，有请！

班头乙　是。（班头乙站起至正场台口。拱手）有请呀！（站"小边"的衙役前）

〔【小锣五击】李绅士、钱绅士执扇"上场门"上至"小边"。

李绅士　（念）忽听太爷唤，

钱绅士　（念）急忙到跟前。

〔【小锣住头】李绅士、钱绅士进门。李绅士站"小边"，钱绅士站"大边"向胡泰来施礼。

李绅士
钱绅士　(同)参见太爷!

胡泰来　哎呀,(拱手站起)原来是钱、李二位绅士。一旁请站。

李绅士
钱绅士　(同)是。(分站王四香、崔德富里侧,面向前)

李绅士　将小人们唤来,有何事议?

胡泰来　哎呀,二位绅士有所不知,杨嗣昌杨大人有军令到来,言说征取人丁赋税,每人出钱一贯,不分男女老幼,贫富人等。把二位绅士请来,帮助老爷想个办法。

李绅士　(拱手)启禀太爷:我们这里边连年荒旱,寸草不生。黎民百姓度日艰难,只恐是办不到吧!

胡泰来　不错,你说的这套话呀,老爷打昨儿就知道啦,就不用你废话啦。我要是有主意呢,就不请你们二位来啦。今天呢,必须帮助老爷想一个办法才对。

李绅士　哎,越发是办不到的。

胡泰来　哎,他是越发是办不到的!

李绅士　办不到的呀!

胡泰来　办办吧,哈哈哈……(拍惊堂木)老爷下位。(出座,站桌旁对李绅士)李绅士,还是帮帮忙好啦!

李绅士　呃,越发是办不到的呀!

胡泰来　那今天呢,老爷求着你啦。日后呢,有什么事儿只管言语,老爷替你照办。帮帮忙好啦!

李绅士　哦,办不到的呀!(摊双掌)

胡泰来　(拱手苦求)不不,他是你办得到,(作揖)帮帮忙好啦!

李绅士　(后退)哦,办不到哇!

胡泰来　(又往李绅士身边蹭两步)是怎么啦,怎么啦,这是?

李绅士　(摊双掌)办不到哇!

胡泰来　(翻脸)你说办不到就办不到吗?

李绅士　(摊双掌)办不到哇!

胡泰来　(转身往"大边"走,边走边说)可恶,可恶达到极点!(对钱绅士拱手)啊钱先生,哎呀,这件事情你帮帮忙好啦。

钱绅士　呃,他没有办法呀,我有办法。

胡泰来　(喜形于色)怎么,这件事情你能办哪?

钱绅士　(肯定)我能办!

胡泰来　(奉承)看你这五官相貌,就像有德行的。(转身走向李绅士质问)他能办,你怎么就不能办呢!

李绅士　呵,(退步,摊掌)实在是办不到哇!

胡泰来　瞧着你就有气!(转身向"大边",扭回头对李绅士)瞧你这长相,哼,跟柿饼儿似的!(大声,右手执扇一挥)出去!

李绅士　哦,是是是!(台)(出门,回身用扇指点着胡泰来)看你是怎生得了哇!(转身"上场门"下)

胡泰来　少废话,不堪造就!(走近钱绅士)哎呀,这次要多帮忙啊!日后呢,有什么话只管说,我替你照办!

钱绅士　是是是。

胡泰来　(喊)王四香,崔德富!

王四香
崔德富　(同)是。

胡泰来　(指钱绅士)一切听钱先生办理。

王四香
崔德富　(同)嗻!

胡泰来　(谦和地问钱绅士)吃饭了没呢?

钱绅士　哎,偏过了。哈哈。

胡泰来　(对钱绅士)不要客气。(对众)衙役的!

众　有。

胡泰来　给钱先生赊一只包子,呵呵!(转身给钱绅士身鞠躬)再见!

〔胡泰来"下场门"下,众衙役、二班头两边分下。钱绅士居中、王四香居左、崔德富居右,上步至前场。闭二幕。

钱绅士　嘿嘿,我说二位。

王四香　钱先生。

钱绅士　哎。

王四香　您有什么主意?

钱绅士　哦,不要紧的。这个地方呀,哪家有钱、哪家没钱呢,我都知道哇!我回去给你们开个条儿,照着我那条儿一搜,(做手势)一点儿错儿都没有!

王四香　好,就这么办啦!

崔德富　就这么办!

钱绅士　哎,可是这么着,你们二位可得想着点儿我这个!(用手比作数钱)

王四香　没错儿,三一三十一。

钱绅士　三一三十一?好啦,就这么办。我回家给你们开条儿去啊!

〔王四香、崔德富不停地应承着。【小锣一击】钱绅士出门,"大边"侧幕下。

王四香　我说,伙计。

崔德富　啊。

王四香　别听他的。

崔德富　是喽。

王四香　他这个主意不怎么样。

崔德富　可说是哪!

王四香　你有主意没有?

崔德富　我是一点主意没有!

王四香　你没主意?

崔德富　没主意。

王四香　我倒有主意。

崔德富　你说说我听听。

王四香　咱们俩人呢,一个做好人,一个做坏人。做好人话头要来得松,做坏人脸子要绷得凶,一凶、一松,是保管马到成功!

崔德富 嘿,这个主意还是真不错!(右手做夸状)
王四香 不错吧?
崔德富 咱们真去吗?
王四香 这就走哇!
崔德富 这就得走?
王四香 这就走。
崔德富 走着!(二人出门)
王四香 正是:(扎)
(念)在官衙役实难当,
崔德富 (念)起个名儿叫活遭殃。
王四香 走着!
〔**【小锣五击】**王四香、崔德富"大边"侧幕下。

第 二 场

〔**【小锣原场】**开二幕。场上置正场桌,双"大座","八字椅"。浅色绣团花桌围椅披。
〔**【小锣抽头】**高良敏、陈氏"上场门"上,至正场,高良敏在左侧右手捋髯,陈氏在右侧抖右袖,提袖。

〔西皮摇板〕
高良敏 (6 6 55 55 36 55 32 11 62 11)1 2 1 322 21 3 2 -
深山采药 聊安命,
陈 氏 (3 2 21 65 55 36 55 32 11)61 1 2 2 1 2 1 -(1 1 - 6)
膝下媳儿与孙孙。

〔**【小锣抽头】**高良敏、陈氏互让,高良敏坐"大边椅",陈氏坐"小边椅"。
〔 高忠端酒盅盘"上场门"上至"小边"。**【小锣】**切住。
〔**【小锣抽头】**张慧珠端酒壶盘"上场门"上至"小边"高忠外侧,宝琏随上至张慧珠外侧。

〔西皮摇板〕
高 忠 (过门同前)2 2 1 2 3 3 2 2 (3 21 61 2)
爹爹寿日当恭敬,
〔西皮摇板〕
张慧珠 (过门同前)36 5 i 6 - 5 65 6 - 6 5 -
佐夫杯酒 慰双亲。

〔 胡琴接奏曲牌〈西皮小开门〉高忠进门,张慧珠、宝琏随进门。高良敏、陈氏移座,坐"大座"。宝琏站"小边",高忠、张慧珠摆酒。高忠转身归"大边",张慧珠转身归"小边"里首。二人面向里,拱手。曲牌止。

张慧珠
高　忠　(同)爹娘请上,孩儿拜寿。

高良敏
陈　氏　(同)哦,不必拜了哇,哈哈哈……

〔张慧珠、高忠转身面向前,张慧珠滑下右袖,提袖。

〔西皮摇板〕

高　忠　【小锣抽头】(过门同前) 2 2 1 2 3 321 2 (3 21 61 65 55)
(上步,拱手)爹 爹 请 上 儿 拜 定,

张慧珠　36 5 i 6 - (6 6 -) 65 5 - 353 5 - (55 36 5 -)
但 愿 年 年 祝 好 春。
(与高忠至正场,面里跪拜)

〔张慧珠、高忠起身站两边。宝琏指指自己,觉得也应给爷爷、奶奶拜寿,跑至正场跪,磕头。

宝　琏　爷爷、奶奶在上,孙儿给您拜寿啦!

高良敏
陈　氏　(同)你也不必拜了哇!快快起来!哈哈哈……

〔宝琏站起,跑至张慧珠身边。

宝　琏　(撒娇地)妈呀,我在哪儿吃呀?

高良敏　(向宝琏招手)哎,过来,过来!在爷爷这里吃。过来,过来!

〔高良敏、陈氏同笑,宝琏跑至"大边"绕到高良敏与陈氏之间站。

高良敏　姥姥请!(高良敏、陈氏举杯)

张慧珠　(归"小边"椅,举杯)
高　忠　(归"大边"椅,举杯)　爹娘请!

〔高忠坐"大边"椅,张慧珠坐"小边"椅。众同饮酒。

〔西皮摇板〕

高良敏　【小锣凤点头】(过门同前) 1 2 2 1 1· 3 2 2 ∨ 6 1 3· 3 2 -
一 家 人 坐 草 堂 同 欢 同 (呃)饮,

陈　氏　(3 21 61 21 65 55) 1 3 2 1 3 2 ∨ 62 1 3 2 1 -
有 佳 儿 和 佳 妇 喜 气 盈 门。

高　忠　(61 21 65 55) 2 1 2 1 3.2 2 62 1 21 2 2 -
今 孩 儿 供 菽 水 聊 娱 晚 景,

张慧珠　(3 21 61 21 65 55) 3 36 5 5 6 6 (65 35 6)
待 我 来 勤 织 纺

36 5 6 6 5 5 - (5 5 -)
奉 养 双 亲。①

---

① 此句唱在拍电影时曾经改成唱一段从下句开始的〔二六〕,并增添两段〔流水〕祝福高忠和宝琏。见附录二。

⺁鲍世德“上场门”幕内白:“走哇!”

⺁【大锣长丝头】鲍世德左手撩坎肩下摆“上场门”急上,至“小边”。

鲍世德 (放下衣摆,双手相击)咳!

〔西皮散板〕

【纽丝】廿(7 6 6 5 - i - 3. 1 2 1 7 6 2 1 -)3 1.
适才

2 1 3 2 - 1 3 1 2 (7 6.1 2 -) 7 6 2 1 3 1. 3 2
间邻居们 对我言论, (仓) 又设下新名(呃)目

1. 3 2 1. 6 1 (7 6 2 1 -) 2 1 2 3 3 2 2 1 (3 2 1 6.1
要(哇)税人 丁。(仓) 我到那高兄家

2 -) 1 3 2 1 2 - 4 - - 3 3 3 2 -
去送一信 (呐),

⺁【纽丝】鲍世德“挖门”进至“大边”拱手,众人站起。高良敏、陈氏自正场桌后绕至“小边”拱手相迎,张慧珠站“小边”,高忠站“大边”,宝琏摆“小边跨椅”,然后站张慧珠外侧。

鲍世德 仁兄!

〔西皮散板〕

【散板凤点头】(过门同前)3 3 2 1 1 1. 3 2 6 2 1 2 - 2 1 -‖
急忙 忙请父(哇)老 同 上公 (呃)呈。

高良敏 贤弟请坐。

⺁【冲头】鲍世德坐“大边”椅,高良敏坐“小边”椅,陈氏坐“小边跨椅”,张慧珠、高忠参拜鲍世德,然后回原位站。

高良敏 贤弟,请来用饭呐!

鲍世德 呃,我用过了哇!

高良敏 噢,用过了。

鲍世德 【撕边一击】唉!

⺁高良敏左手遮挡,摊右掌,陈氏摊左掌,二人相视,表示不解。(台)

高良敏 (对鲍世德)啊贤弟,慌慌张张为了何事呀?

鲍世德 啊仁兄,这件事情你还不知么?

高良敏 呃,愚兄不知呀!

鲍世德 今有兵部杨大人又设下新名目,要抽人丁赋税。小弟特来与仁兄商议,相约父老,同上公呈,请太爷免去这人丁恶税呀!

高良敏 啊贤弟,想这完粮纳税,乃是我们应尽之责。贤弟你(摆右手)不可违抗啊!

鲍世德 仁兄此言差矣!【大锣住头】

高良敏 何差呢？

鲍世德 想国家征收赋税乃是为我们百姓们图谋利益，我们就是多纳些税粮，也是甘心情愿。似这等的恶税，苦害百姓，我们自然是不服哇！

高良敏 我劝贤弟你忍耐了吧。

陈　氏 啊，姥姥，此言差矣！

高良敏 何差呢？

陈　氏 想这完粮纳税是理应的，只是我家清贫，哪有闲钱纳这样的恶税呀？

张慧珠 婆婆但放宽心。媳妇这几月中，连夜纺织，赶成绢帛五匹。倘若县官催逼前来，将它完纳国课就是。

高　忠 啊母亲，待孩儿每日上山采药，定能多得银钱。

高良敏 是呀！上山采药，老汉也可以上山走走哇！

鲍世德 呃，且慢！山中惯出猛虎伤人，此去岂不危险哪！

高良敏 唉，事到如今也说不得了。我想上山采药，一时焉能有钱，倘若县官催逼前来，唉，如何地应付哇？

张慧珠 这倒无妨，我们即卖绢帛，待我连夜纺织，也可以帮助爹爹完纳丁税。

陈　氏 哎！你将这绢帛之钱用去，我们阖家拿什么度日呀？

高　忠 啊，母亲，待等孩儿采药回来变卖银钱，再将此款补上，也是一样啊。

高良敏
鲍世德 （同时）是呀！
张慧珠

鲍世德 哎呀且住！（台）（站起，背供）看他一家如此慷慨义愤，我只得取消前议。（拱手，对高良敏）啊仁兄。

高良敏 （站起，拱手，上步）贤弟。（陈氏随之站起）

鲍世德 既然如此，待弟回家收拾收拾，一同前往。弟告辞了！

［【纽丝】高良敏、陈氏、鲍世德互施礼，告别。宝琏将“小边跨椅”搬回原位。

〔西皮散板〕

鲍世德 （过门同前）2 1 2 1 3 1. 2 2 2 1. 3 2 –

（上步）难 得 他 一 家 人 慷 慨 义 （呀）愤，

［【纽丝】众人互施礼，鲍世德出门向“下场门”走，高良敏、高忠随出门相送。张慧珠“上场门”暗下，取绢。鲍世德至“大边”，右转身，上步，至高良敏身边。

〔西皮散板〕

鲍世德 （过门同前）1 3 2 1 3.2 1 2 – 3 2 2 – 1 6 1 – ‖

回 家 去 忙 收 拾 也 好 同 行。

高良敏 噢，恕不远送了。

［【大锣长丝头】鲍世德左转身“下场门”下。高良敏、高忠右转身，进门，站“大边”，高忠居外侧。张慧珠端着绢帛“上场门”暗上，至“小边”。

张慧珠 （对宝琏）将这绢帛拿到市上，售钱十贯，快快回来。

宝　莲　（接过绢）是啦！我卖绢去喽！【小锣五击】（出门，“上场门”下）
高良敏　（对高忠）你到后面收拾收拾。
高　忠　遵命。（台）（“下场门”下）
陈　氏　啊姥姥，你父子此番前去，一路之上须要谨慎的才好！
〔高忠身系丝绦，背药囊，手拿药锄、铁锹“下场门”暗上，站“大边”。
高良敏　姥姥，只管放心。有娇儿跟随，料然无事呀！
陈　氏　话虽如此，还要须加谨慎的好哇！
高　忠　收拾好了。（将药锄交给高良敏）
高良敏　你我父子，山中走走！（抖右袖，提袖）

〔西皮摇板〕
高良敏　【大锣凤点头】（过门同前）23 2 1 2 2 1. 5 3 2 (3 2. 1 6 1 2)
为 采 药 那 顾 得

2 1 2 1. 5 3 3 - 3 2 3 2 2 1 2 1 3 2 -
年 老 步 险，

〔陈氏、张慧珠拱手相送。
陈　氏　早去早回。
高良敏　好好看守门户。
〔【闪锤】高良敏出门“下场门”下，高忠随出门至“大边”右转身，上步，面向前。

〔西皮摇板〕
高　忠　（过门同前）5 1 3 2 1 1 2 2 1 1 2 3 2 - 6 2 1 2 2 1 -
随 老 父 去 到 那 王 屋 山（呐）巅。

陈　氏　需要小心。
〔【大锣长丝头】高忠拱手，退步，左转身“下场门”下。锣鼓切住。张慧珠随陈氏向“大边”上步，遥望高良敏父子远去。

〔亮弦〕
サ（7 6 2 1 -）
〔【小锣凤点头】张慧珠、陈氏右转身面向前，陈氏抖右袖，提袖。

〔西皮摇板〕
陈　氏　（过门同前）2 1 2 2 1 3 2 6 2 1 3 2 3 2 -
但 愿 得 他 父 子 早 早 归 来，

(3 2 1 6 1 2 1 6 5 5 5 3 6 5 5) 3 3 6 5 i i 6 5 5 3
（张慧珠接唱）待 我 来 勤 夜 课

(3 3 -) 3 6 5 i 6 5 3 5 3 5 - (5 5 - 3)
佐 纳 丁 钱。

〔张慧珠扶陈氏进门，归“大边”椅坐，张慧珠关门，转身侍立陈氏身边。

〔王四香、崔德富“上场门”幕内白：“啊哈！”

〔【小锣抽头】王四香左手拿账本和毛笔，崔德富左肩背褡裢“上场门”上至“小边”。

〔西皮摇板〕

王四香 （过门同前）1 45 6 4 3 3 3 2 3 3 1 2 3 5 3 （7 6 5 5 3 6 5 5
到 乡 间 催 丁 税 人 人 埋 怨，

崔德富 3 2 1 1）1 3 2 1 3 2 3 1 2 1 （2 1 6 2 1 1 6 5 5 5 3 6
扰 得 那 众 百 姓 黑 地 昏 天。

王四香 5 5）2 1 2 2 1 3 2 2 6 2 1 3 3 2 – （2 2 –）
来 至 在 高 姓 家 好 言 相（啊）劝，

（敲门）（台）开门来！

〔陈氏、张慧珠一惊。

〔西皮摇板〕

张慧珠 【小锣凤点头】（过门同前）3 i i 6 3 3 6 5 3 5 6 i 4 3 2. 3 5 –
又 听 得 有 人 来 叩 打 门 环。

是哪个？

〔张慧珠开门一望。

王四香
崔德富 （同）催粮的！（台）

〔【小锣原场】张慧珠退至“小边”。王四香、崔德富“挖门”进至“大边”，陈氏不解，站起，至“小边”里首。

陈 氏 （问张慧珠）他们是做什么的呀？

张慧珠 这二位是到此催粮的。

陈 氏 啊，两年钱粮先前纳完了，怎么又来征粮，（摊双掌）是什么道理呀？

王四香 我说老太太，我们这回收的不是钱粮。只因讨伐李自成，兵饷不足，要抽人丁赋税，不论男妇老幼，出钱一贯，今儿个呢，收到您这下儿啦！

陈 氏 唉，像这样的恶税，实在尅苦百姓。怎么又征人丁税，是什么道理呢？

崔德富 你得啦！（台）什么叫好税，什么叫恶税，我们是全不管。要讲公理，到太爷的公堂！我们来，俩字儿：要钱！

陈 氏 哎，这人丁税要交纳几时呢？

王四香 嘿，就这一次。

陈 氏 我们无有。

崔德富 啊？（台）

〔崔德富欲上前撒野，王四香拦，陈氏坐“小边”椅。

王四香 （上步问张慧珠）您这儿有亲丁几口儿哇？

张慧珠　我们这里共有亲丁五口。
王四香　好，您交五贯钱就行啦！给您上上姓氏簿，我们拿钱就走，不来二趟。
张慧珠　慢来，慢来。适才命小儿去到市上售卖绢帛去了，等他回来，方能奉上。
崔德富　（不耐烦）还得等吗？
王四香　（拉崔德富）伙计，等会儿没关系呀！
崔德富　这多麻烦呀，这个！
王四香　有钱不就得了吗！
〔【小锣五击】宝琏端托盘"上场门"上，进门，至"小边"外首。
宝　琏　妈呀，那绢卖了十贯钱，您收下吧！（张慧珠将托盘放在正场桌上）妈呀，您瞧：这俩人头顶着鸡毛，上咱们家干吗来啦？
王四香
崔德富　嘿，这孩子说话多厌儿咕哇！[①]
张慧珠　（拿着钱对王四香、崔德富）二位上差，我家卖绢得钱十贯，今交二位五贯，请将名姓书在簿上。
王四香　好。伙计，收钱，啊！
崔德富　（前去收钱）拿来！
〔张慧珠至陈氏身旁侍立。
宝　琏　（从张慧珠处拿过钱）嘿，给你钱！（崔德富收钱放在褡裢内回原位。宝琏对王四香）我说你写！
王四香　对，你说我写，啊！你们家里头都有谁呀？
宝　琏　（拱手）咱们爷爷。
王四香　（打量着宝琏）他是你爷爷。
宝　琏　（不屑状）得得得，就是我爷爷。
王四香　哎，他叫什么？
宝　琏　高良敏。
王四香　（边写边说）高良敏。还有谁呀？
宝　琏　祖母陈氏。
王四香　（边写边说）陈氏。还有谁？
宝　琏　咱们爸爸。
王四香　（叉着腰打量着宝琏）我说你别"咱们咱们"的行不行，啊？他是你爸爸！
宝　琏　得得得，就是我爸爸。
王四香　干吗就是你爸爸呀！叫什么？
宝　琏　高忠。
王四香　噢，高忠。（写在簿上）还谁呀？
宝　琏　咱妈。
王四香　你又来了是怎么着！你妈！
宝　琏　得得，是我妈。
王四香　叫什么？

---

① 厌儿咕：北京方言。指一个人说别人时暗含有挖苦讽刺别人的含意，听着不舒服。

宝　琏　张氏老太太。(拱手)

王四香　张氏就得了,干吗还老太太呀!

宝　琏　得得得,张氏,张氏。

王四香　张氏。(写在簿上)小孩儿,到你这儿可是孙子辈儿啦!

宝　琏　(斜着眼顽皮地看着王四香)不错,到我这儿是孙子辈儿啦。我叫宝琏。(对王四香、崔德富拱手)二位大哥,劳您驾,您也给我写上吧!

王四香　你别招说了,你!(往簿上写。写毕出门,朝"下场门"走)

崔德富　(在王四香后面招呼)哎伙计,哈哈,闹了半天,你们是哥儿俩呀。

王四香　(转身对崔德富)啊,咱们仨人儿可是一母同胞哇!

崔德富　你得了呗,你!

〈 王四香、崔德富右转身"下场门"下。(**台**)陈氏站起至台中,张慧珠、宝琏随之上步。

陈　氏　啊媳妇,钱被他们拿去,我们拿什么度日呀?

张慧珠　还有五贯,尚可支持几日。

陈　氏　真真地倒运!

张慧珠　(安慰)无妨啊。

陈　氏　正是:(**扎**)可恨此身遭战乱,

张慧珠　不知何计度流年。

陈　氏　将门关好。

〈【**小锣原场**】宝琏关门,张慧珠端盛钱的托盘,二人随陈氏"下场门"下。闭二幕。

第　三　场

〈 二幕前。【**大锣水底鱼**】四军士"小边"侧幕上,"站门"。【**一锤锣**】李有标骑马"小边"侧幕上,一亮,至正场。缓鞭,勒马,斜鞭。

李有标　某,(**仓**)李有标。【**大锣仕头**】(垂鞭)大营之中,缺少军用费。俺奉兵部杨大人之命,前去征收。军士们!(右"山膀")(**仓**)

四军士　有。

李有标　趱行者!(斜鞭,勒马)

四军士　啊!

〈【**大锣水底鱼**】四军士"插门""大边"侧幕下。李有标打马,左转身,举鞭,打马,反圆场"下场门"下。

第　四　场

〈【**冲头**】开二幕。空场。

〈 八士兵提下摆,右"山膀""上场门"上,至正场站"斜一字"。【**四击头**】杨得胜骑马"上场门"上,至"九龙口",右手举鞭,左手握剑柄亮相。【**冲头**】两望,举鞭至正场台口。锣鼓切住。斜鞭“踩泥”亮相。【冲头】反圆场回至“九龙口”。锣鼓切住。左手握剑柄，右手垂鞭拉“山膀”亮相。

杨得胜 军士们！

八士兵 有。（仓）

杨得胜 （右手前指）趱行者！

八士兵 啊！

〔【冲头】【大锣水底鱼】八士兵圆场至后场，转身分站两边。杨得胜举鞭圆场至正场前场，缓鞭，右丁步，栽鞭一亮。【回头】左转身，抡鞭，转至正场，面向前，斜鞭，勒缰，左丁步亮住。

杨得胜 某，（仓）杨得胜。【住头】（垂鞭，拱手）奉了兵部杨大人之命，下乡征取民夫。呔，军士们！（左手握剑柄，右手“山膀”）

八士兵 有！（仓）

杨得胜 趱行者！

八士兵 啊！

〔【冲头】八士兵“插门”“下场门”下。杨得胜退步至“九龙口”举鞭反圆场至正场，缓鞭。锣鼓切住。右丁步栽鞭一亮。闭二幕。【冲头】杨得胜举鞭，左转身，“大边”侧幕下。

第 五 场

〔【撤锣】开二幕。场上置浅色绣团花大帐，正场桌，“大座”，左右摆八字椅各一把。浅色绣团花桌围椅披。“大边”置织机一架。【起更·初更】

〔【小锣抽头】宝琏左臂夹着书，“上场门”上至正场。

〔西皮摇板〕

宝 琏 （过门同前） 6̣2 1 13 2 2 13 2 （2 2 －）

迈 步 且 把 房 门 进，

〔【小锣抽头】宝琏进门，至“大座”坐。

（过门同前） 1 2 3 2 1 3 2 － 1 －

坐 在 桌 前 读 书 文。

接〈小拉子〉

（‖: 2/4 1 6̣2 | 1 3 | 21 6̣2 | 1 0 :‖）

（看一下书本，抬头往前一望）

天到这个时候啦，我爷爷和我爸爸怎么还不回来呀？

〔西皮摇板〕

【小锣抽头】（过门同前） 1 2 1 2 3 3 ³2 －

读 书 读 得 心 烦 闷，

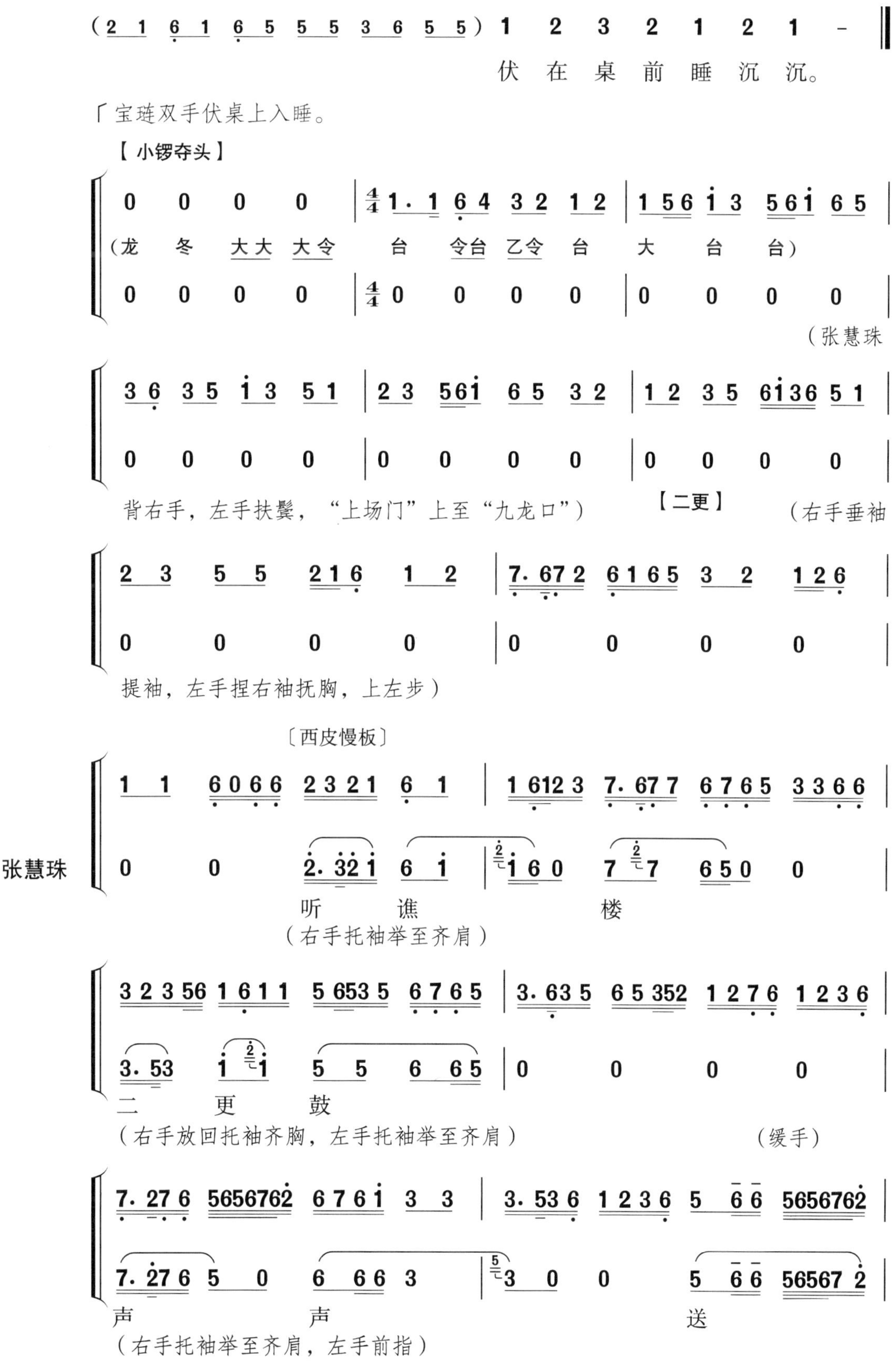
伏在桌前睡沉沉。
〔宝琏双手伏桌上入睡。
【小锣夺头】
（龙　冬　大大　大令　台　令台　乙令　台　大　台　台）
（张慧珠
背右手，左手扶鬓，“上场门”上至“九龙口”）
【二更】
（右手垂袖
提袖，左手捏右袖抚胸，上左步）
〔西皮慢板〕
张慧珠
听　谯　楼
（右手托袖举至齐肩）
二　更　鼓
（右手放回托袖齐胸，左手托袖举至齐肩）
（缓手）
声　声　送
（右手托袖举至齐肩，左手前指）

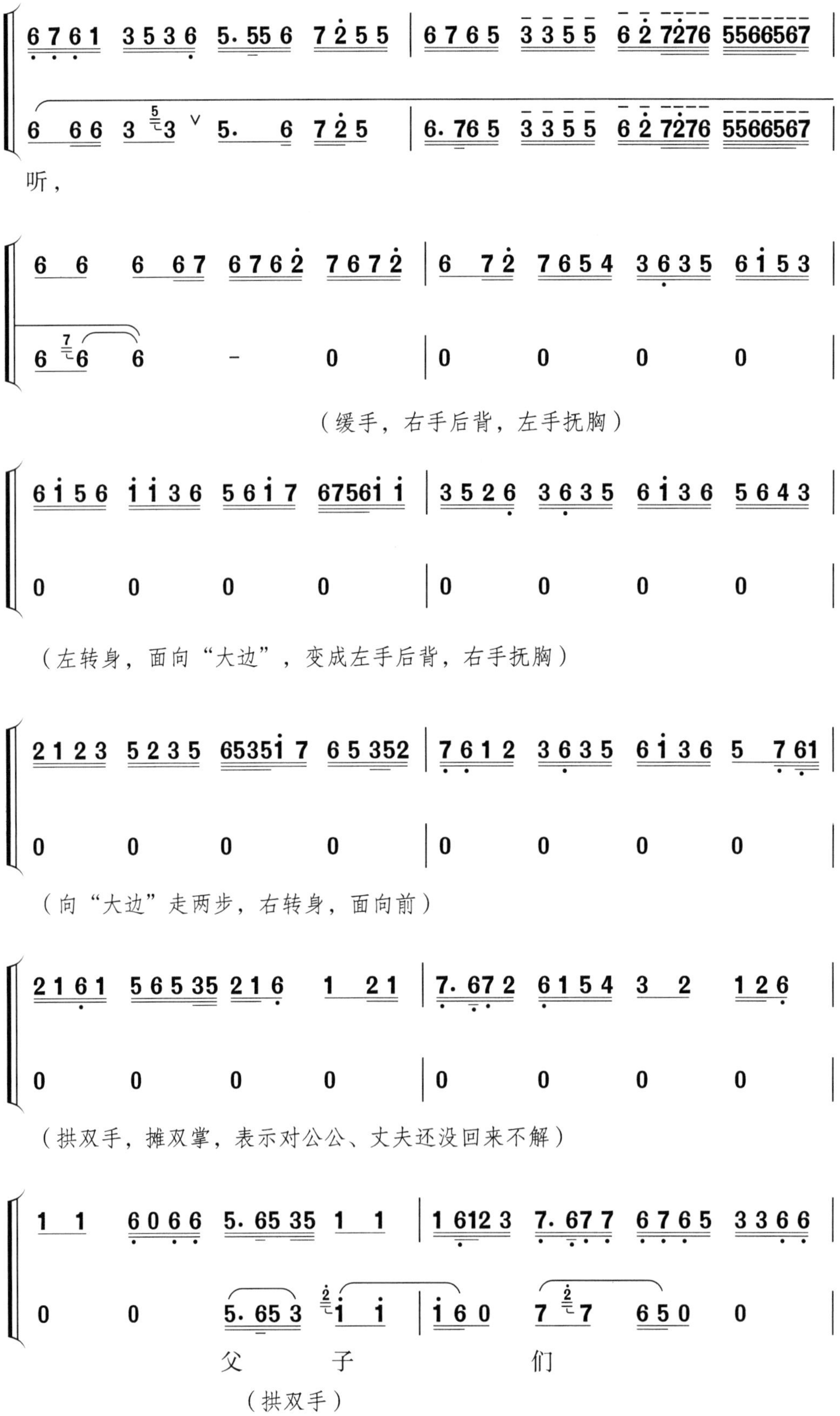
听，
（缓手，右手后背，左手抚胸）
（左转身，面向“大边”，变成左手后背，右手抚胸）
（向“大边”走两步，右转身，面向前）
（拱双手，摊双掌，表示对公公、丈夫还没回来不解）
父 子 们
（拱双手）

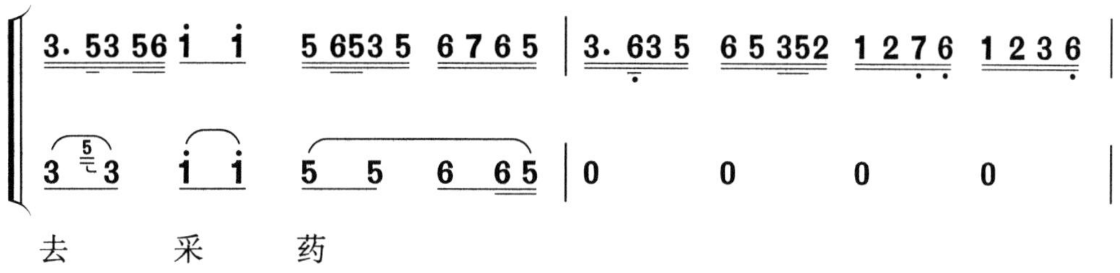

（左手扯右袖，右手指向“小边”台口）

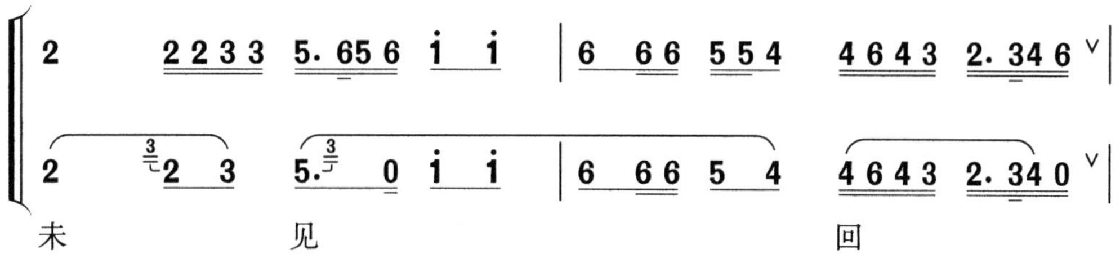

（右脚后撤一步，缓右手，右手托袖）

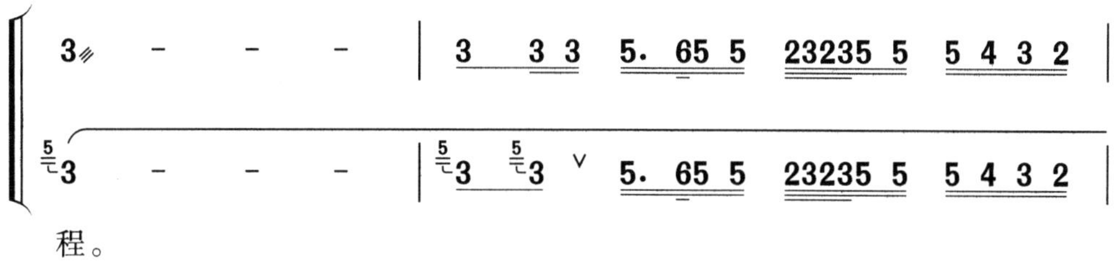

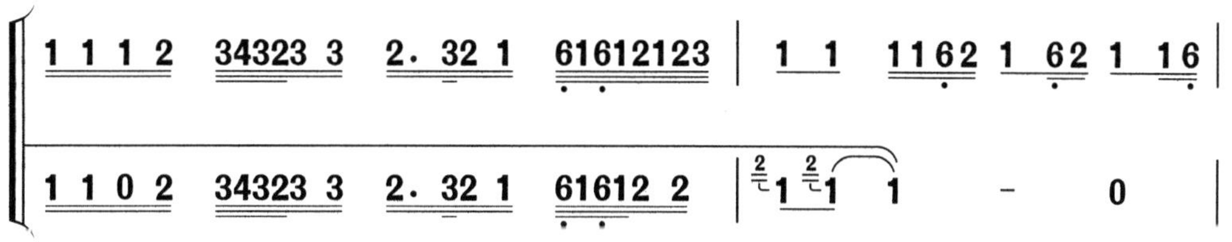

（掂右掌）

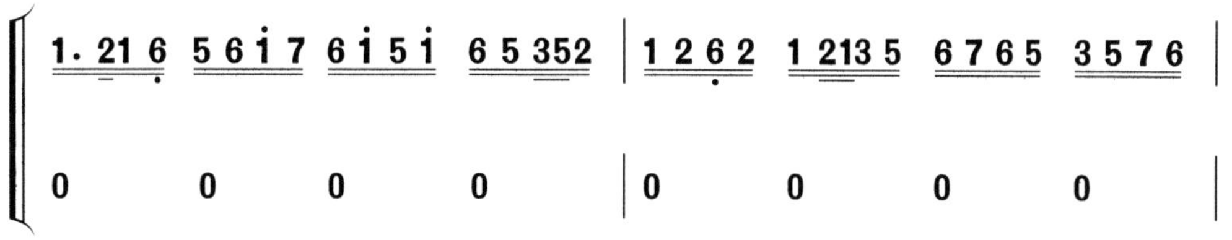

（右手抚鬓，右转身，向“小边”上步，左转身向室内一望，上步，至正场，进门，

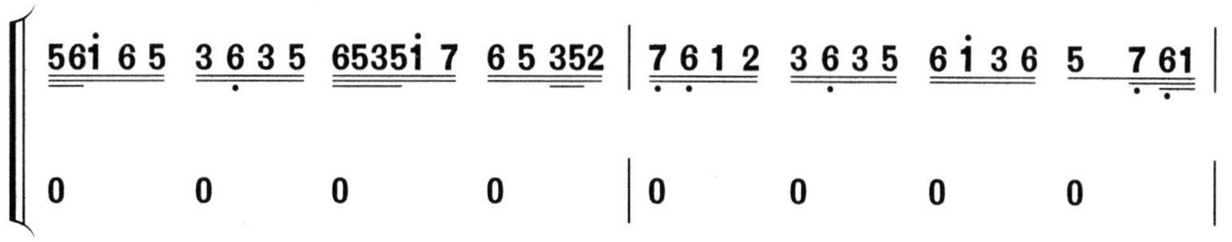

抖右袖，将袖搭在左肩，左手撑袖，“挖”至“大边”，拉下右袖，左袖搭在右臂，

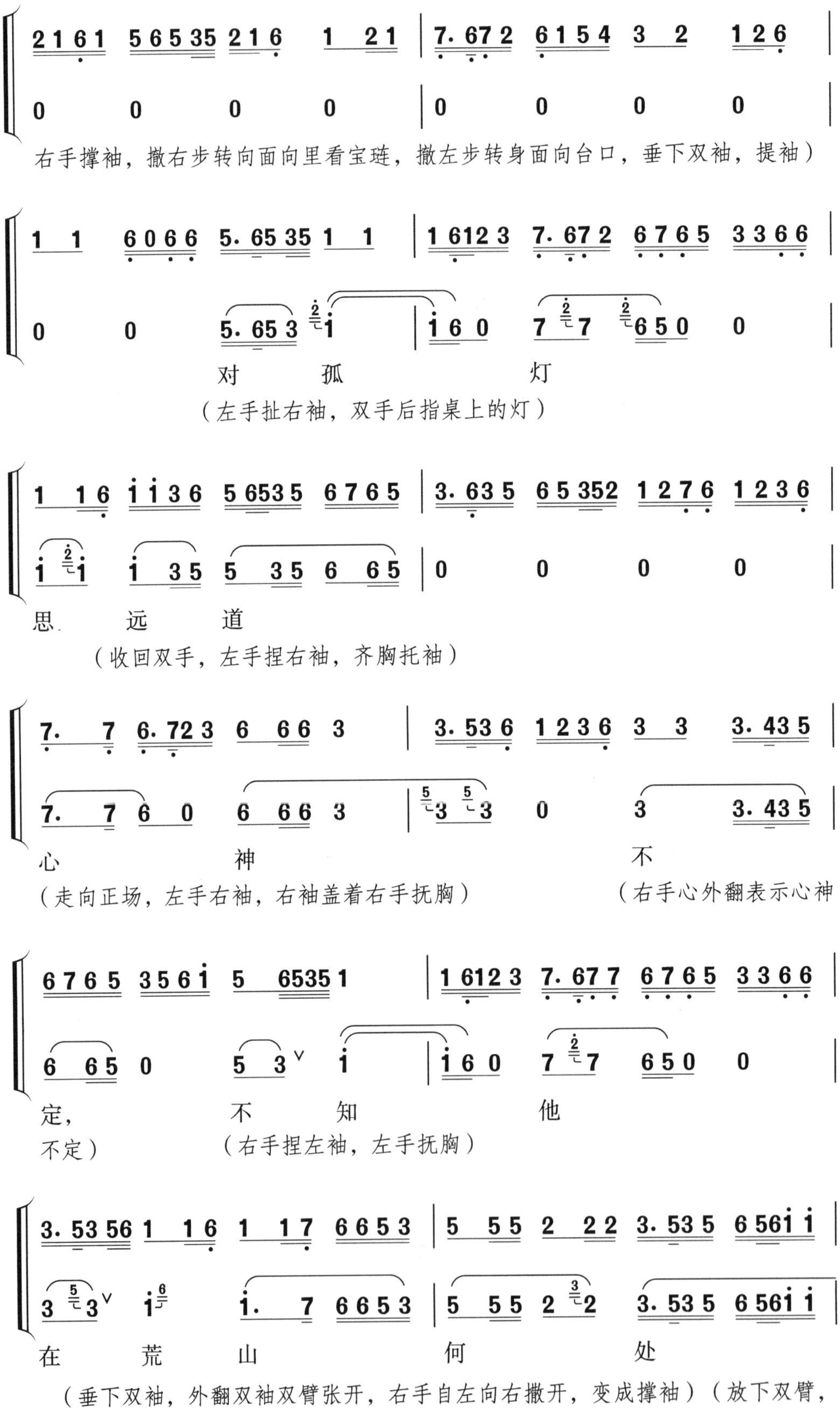
右手撑袖，撤右步转向面向里看宝琏，撤左步转身面向台口，垂下双袖，提袖）
对 孤 灯
（左手扯右袖，双手后指桌上的灯）
思 远 道
（收回双手，左手捏右袖，齐胸托袖）
心 神 不
（走向正场，左手右袖，右袖盖着右手抚胸）
（右手心外翻表示心神
定， 不 知 他
不定）
（右手捏左袖，左手抚胸）
在 荒 山 何 处
（垂下双袖，外翻双袖双臂张开，右手自左向右撒开，变成撑袖）（放下双臂，

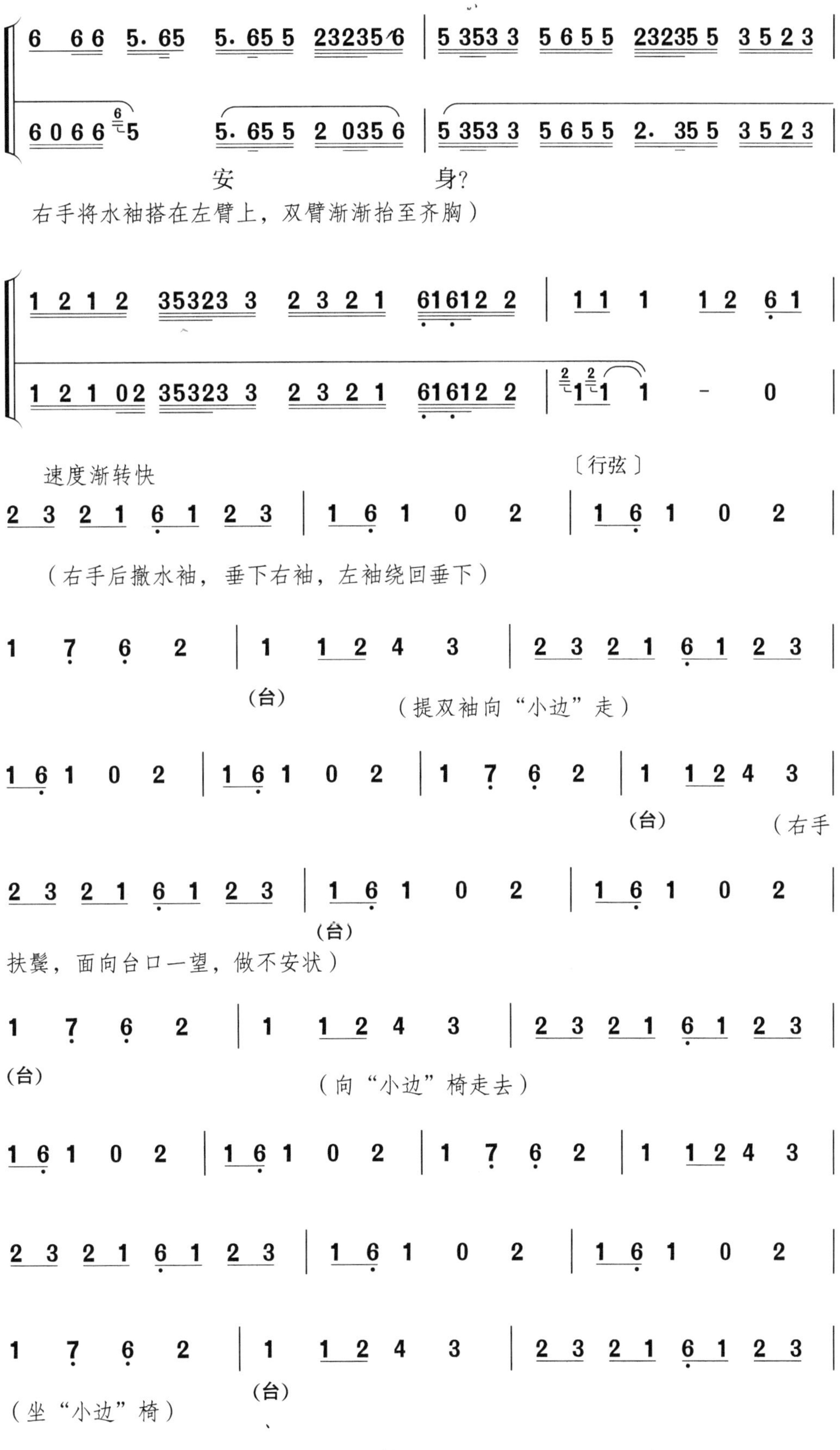
安
身?
右手将水袖搭在左臂上，双臂渐渐抬至齐胸）
速度渐转快
〔行弦〕
（右手后撤水袖，垂下右袖，左袖绕回垂下）
(台)
（提双袖向“小边”走）
(台)
（右手
(台)
扶鬓，面向台口一望，做不安状）
(台)
（向“小边”椅走去）
（坐“小边”椅）
(台)

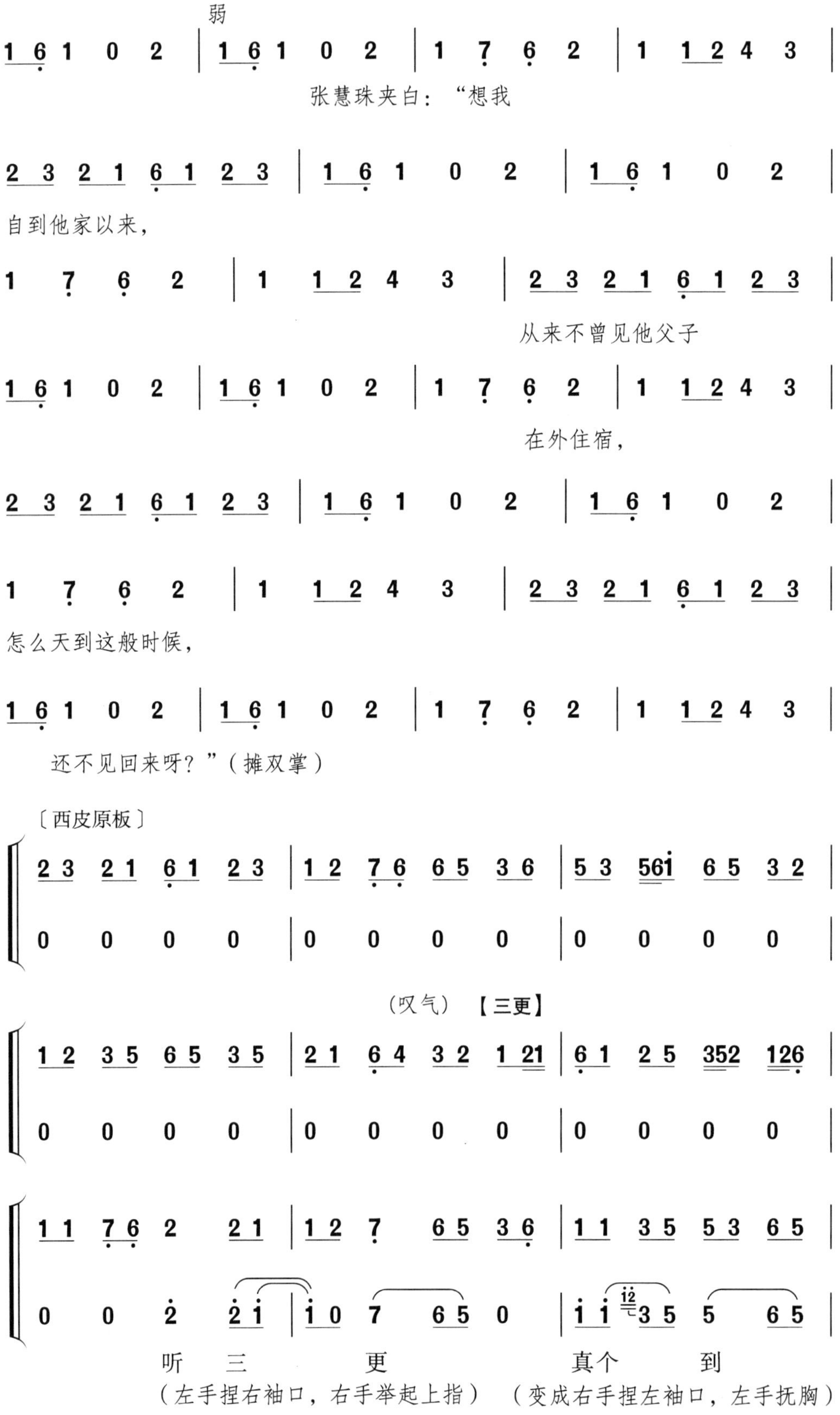
弱
张慧珠夹白："想我
自到他家以来，
从来不曾见他父子
在外住宿，
怎么天到这般时候，
还不见回来呀？"（摊双掌）
〔西皮原板〕
（叹气）
【三更】
听 三 更
真个 到
（左手捏右袖口，右手举起上指）
（变成右手捏左袖口，左手抚胸）

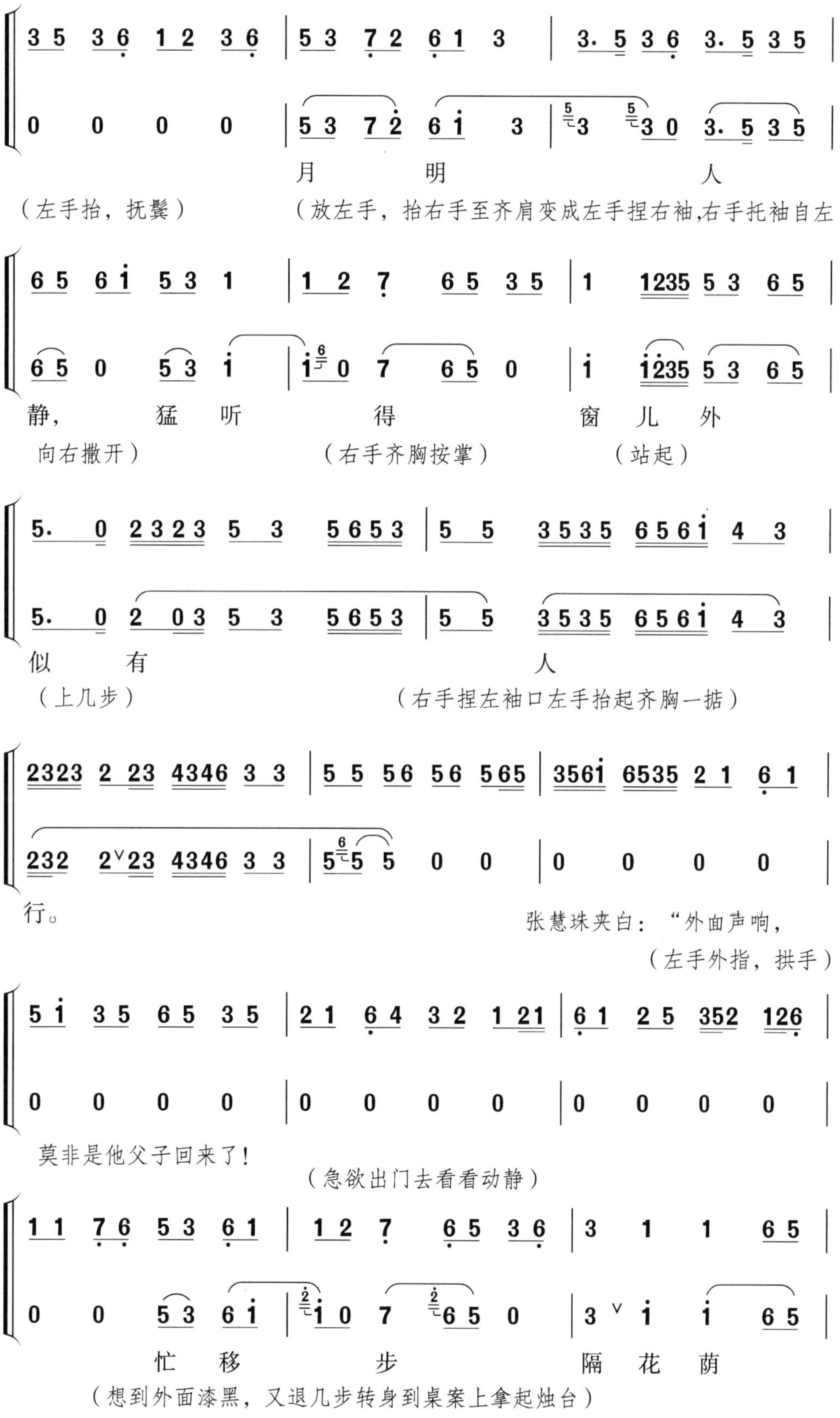

月 明 人
（左手抬，抚鬓）
（放左手，抬右手至齐肩变成左手捏右袖，右手托袖自左
静，猛 听 得 窗 儿 外
向右撇开）
（右手齐胸按掌）
（站起）
似 有 人
（上几步）
（右手捏左袖口左手抬起齐胸一掂）
行。
张慧珠夹白：“外面声响，
（左手外指，拱手）
莫非是他父子回来了！
（急欲出门去看看动静）
忙 移 步 隔 花 荫
（想到外面漆黑，又退几步转身到桌案上拿起烛台）

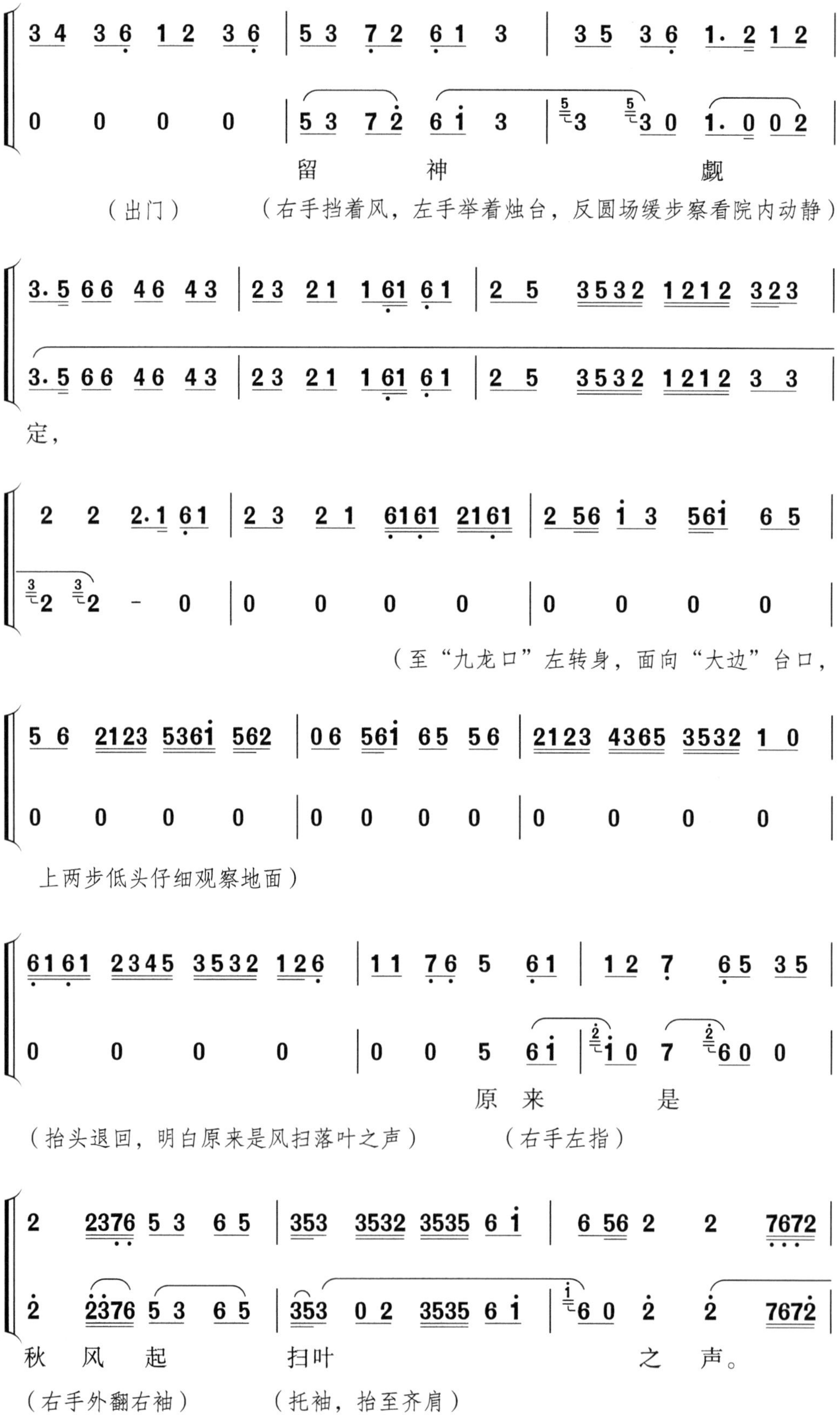
留 神 觑
（出门） （右手挡着风，左手举着烛台，反圆场缓步察看院内动静）
定，
（至“九龙口”左转身，面向“大边”台口，
上两步低头仔细观察地面）
原 来 是
（抬头退回，明白原来是风扫落叶之声） （右手左指）
秋 风 起 扫叶 之 声。
（右手外翻右袖） （托袖，抬至齐肩）

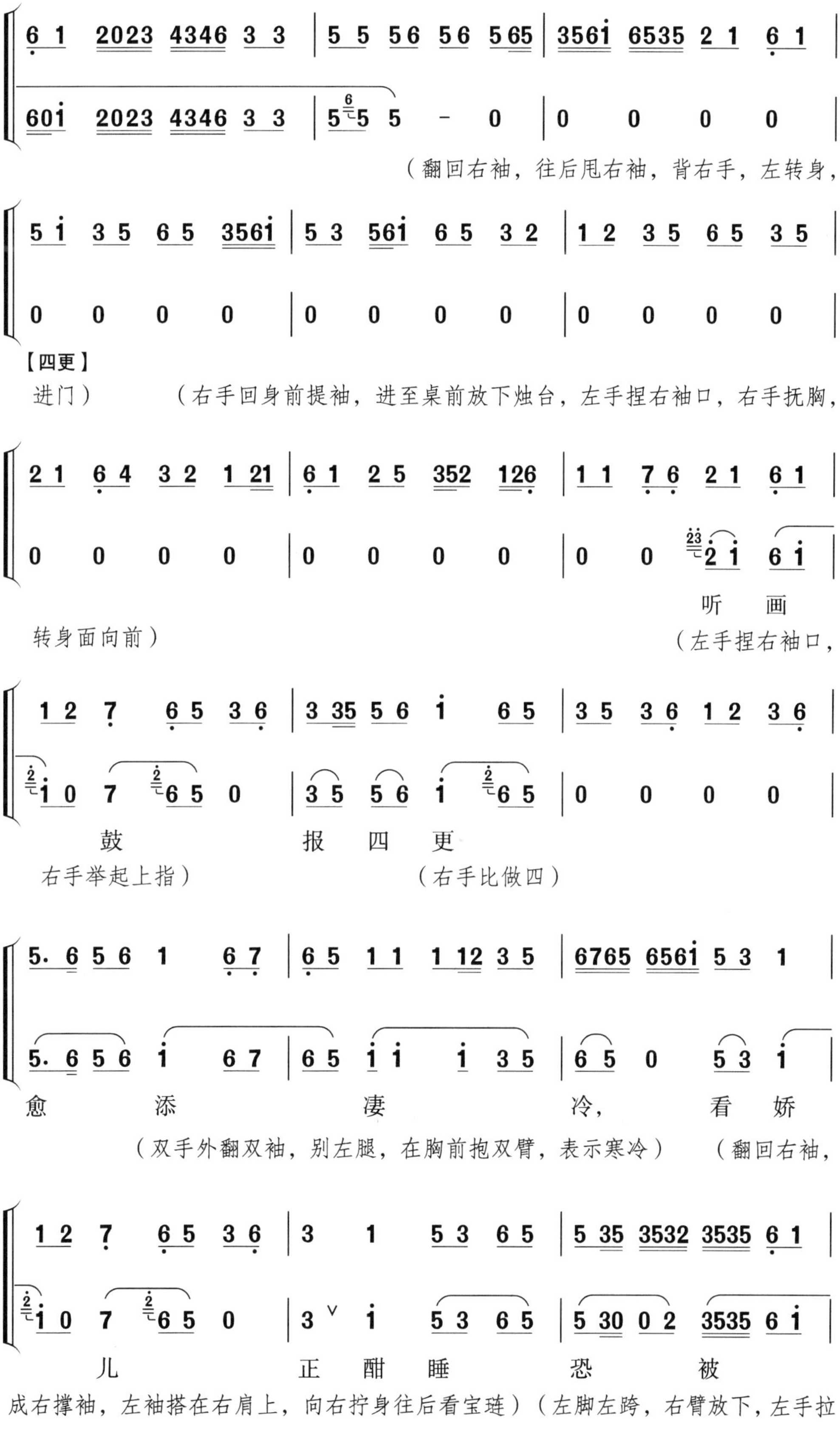
（翻回右袖，往后甩右袖，背右手，左转身，
【四更】
进门）　（右手回身前提袖，进至桌前放下烛台，左手捏右袖口，右手抚胸，
听　画
转身面向前）　（左手捏右袖口，
鼓　报　四　更
右手举起上指）　（右手比做四）
愈　添　凄　冷，　看　娇
（双手外翻双袖，别左腿，在胸前抱双臂，表示寒冷）　（翻回右袖，
儿　正　酣　睡　恐　被
成右撑袖，左袖搭在右肩上，向右拧身往后看宝琏）（左脚左跨，右臂放下，左手拉

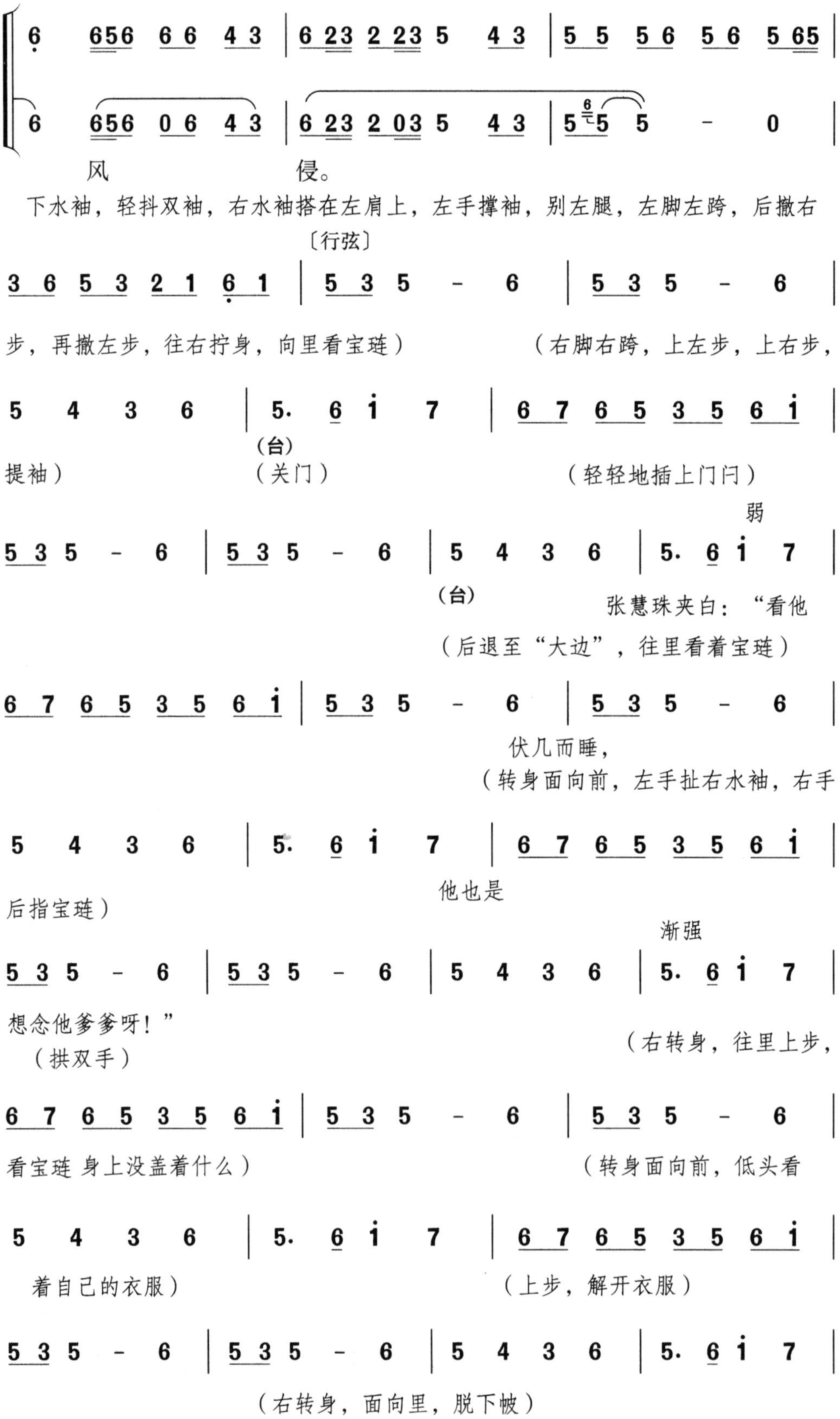
风
侵。
下水袖，轻抖双袖，右水袖搭在左肩上，左手撑袖，别左腿，左脚左跨，后撤右
〔行弦〕
步，再撤左步，往右拧身，向里看宝琏）
（右脚右跨，上左步，上右步，
（台）
提袖）
（关门）
（轻轻地插上门闩）
弱
（台）
张慧珠夹白：“看他
（后退至“大边”，往里看着宝琏）
伏几而睡，
（转身面向前，左手扯右水袖，右手
后指宝琏）
他也是
渐强
想念他爹爹呀！”
（拱双手）
（右转身，往里上步，
看宝琏 身上没盖着什么）
（转身面向前，低头看
着自己的衣服）
（上步，解开衣服）
（右转身，面向里，脱下帔）

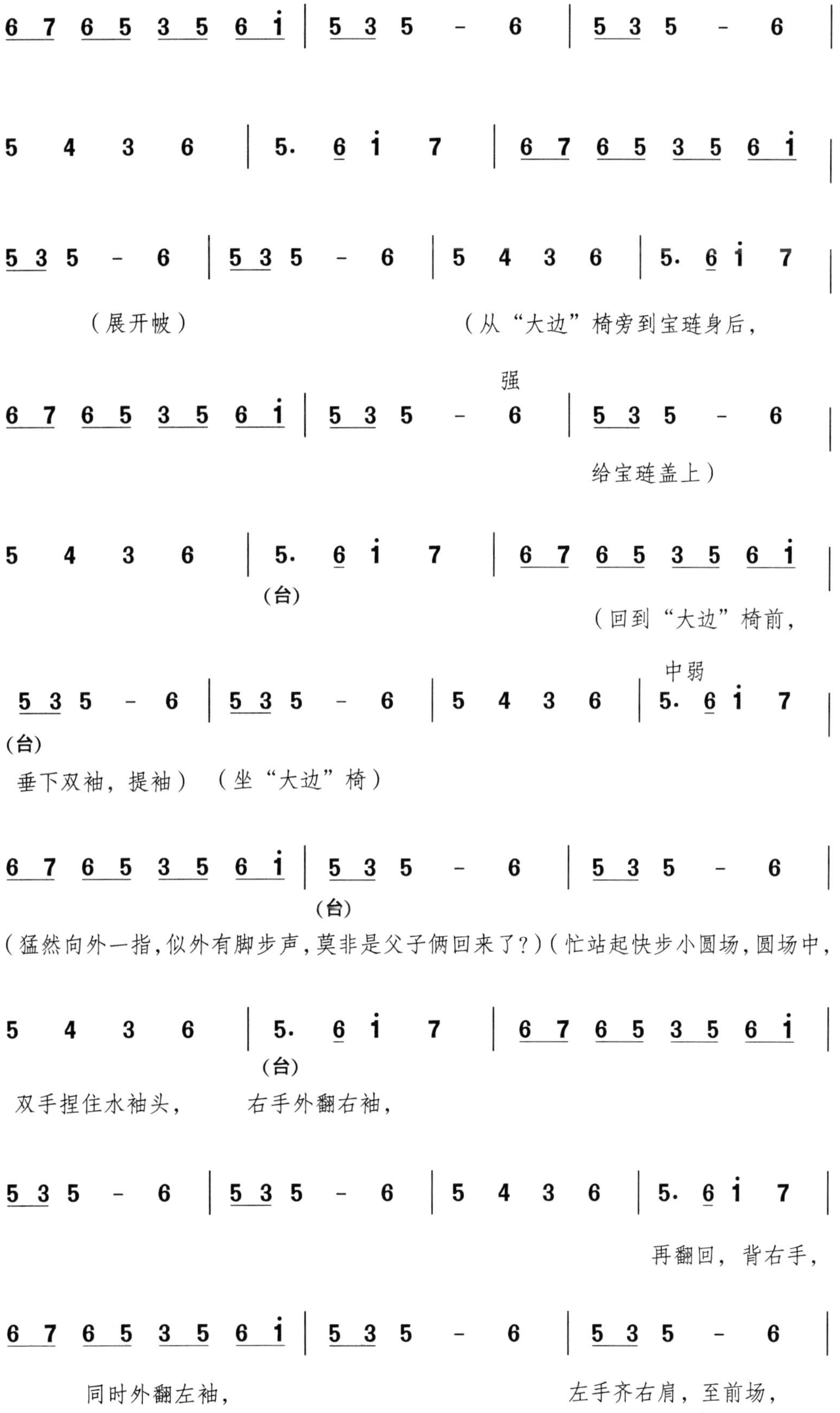
（展开帔）
（从“大边”椅旁到宝琏身后，
强
给宝琏盖上）
(台)
（回到“大边”椅前，
中弱
(台)
垂下双袖，提袖）（坐“大边”椅）
(台)
（猛然向外一指，似外有脚步声，莫非是父子俩回来了？）（忙站起快步小圆场，圆场中，
(台)
双手捏住水袖头，
右手外翻右袖，
再翻回，背右手，
同时外翻左袖，
左手齐右肩，至前场，

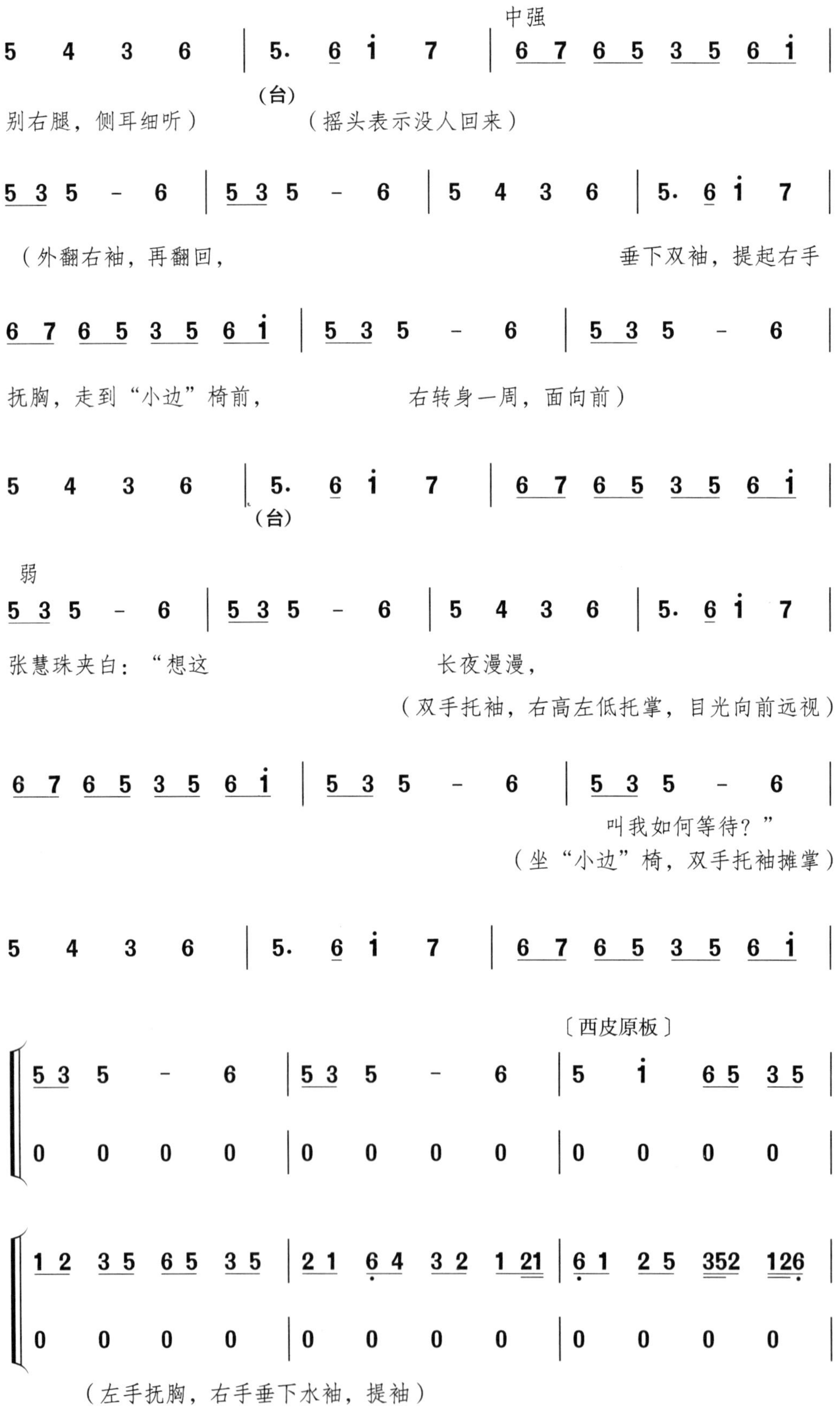
中强
（台）
别右腿，侧耳细听）
（摇头表示没人回来）
（外翻右袖，再翻回，
垂下双袖，提起右手
抚胸，走到“小边”椅前，
右转身一周，面向前）
（台）
弱
张慧珠夹白：“想这
长夜漫漫，
（双手托袖，右高左低托掌，目光向前远视）
叫我如何等待？”
（坐“小边”椅，双手托袖摊掌）
〔西皮原板〕
（左手抚胸，右手垂下水袖，提袖）

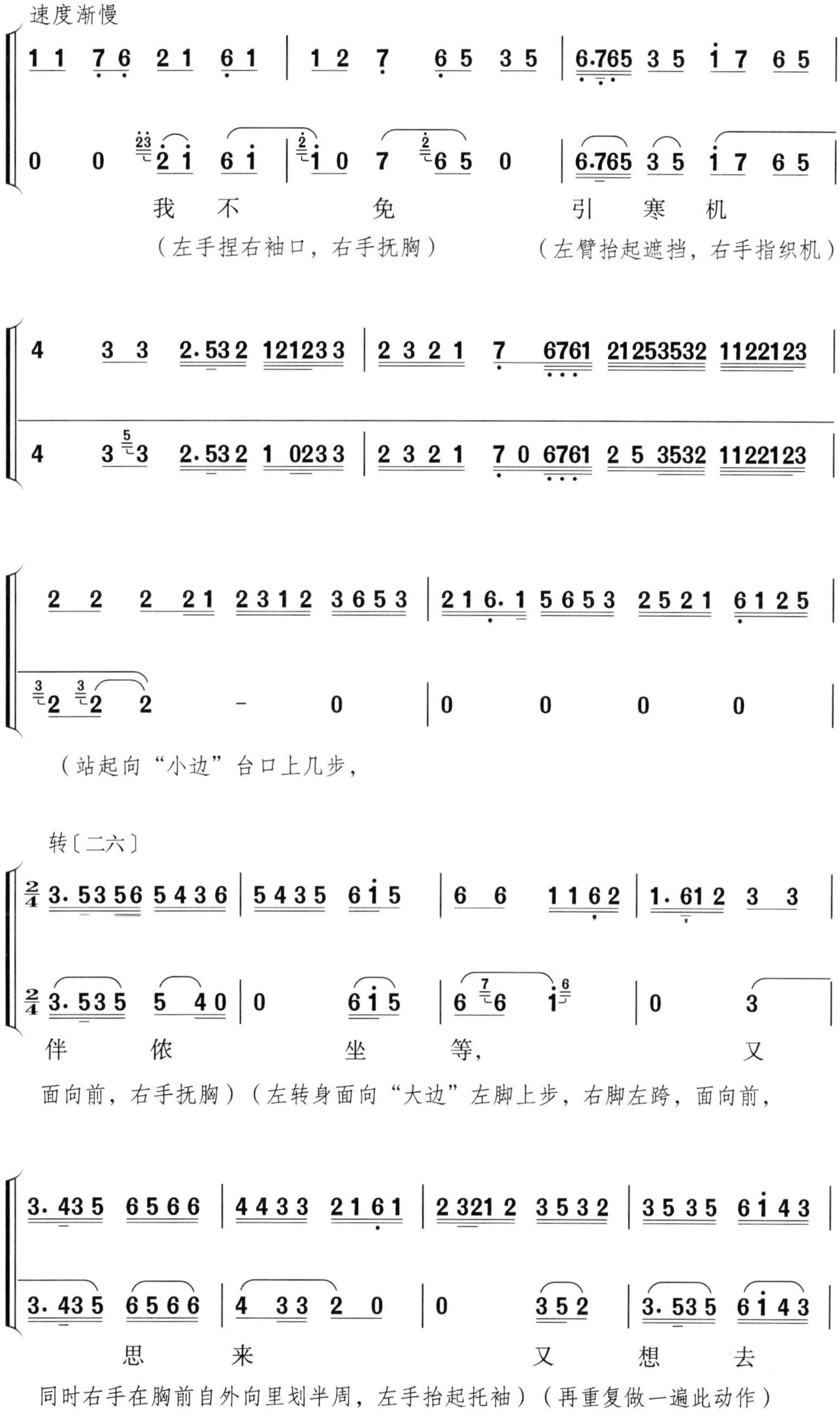
速度渐慢
我 不 免
（左手捏右袖口，右手抚胸）
引 寒 机
（左臂抬起遮挡，右手指织机）
（站起向“小边”台口上几步，
转〔二六〕
伴 侬 坐 等， 又
面向前，右手抚胸）（左转身面向“大边”左脚上步，右脚左跨，面向前，
思 来 又 想 去
同时右手在胸前自外向里划半周，左手抬起托袖）（再重复做一遍此动作）

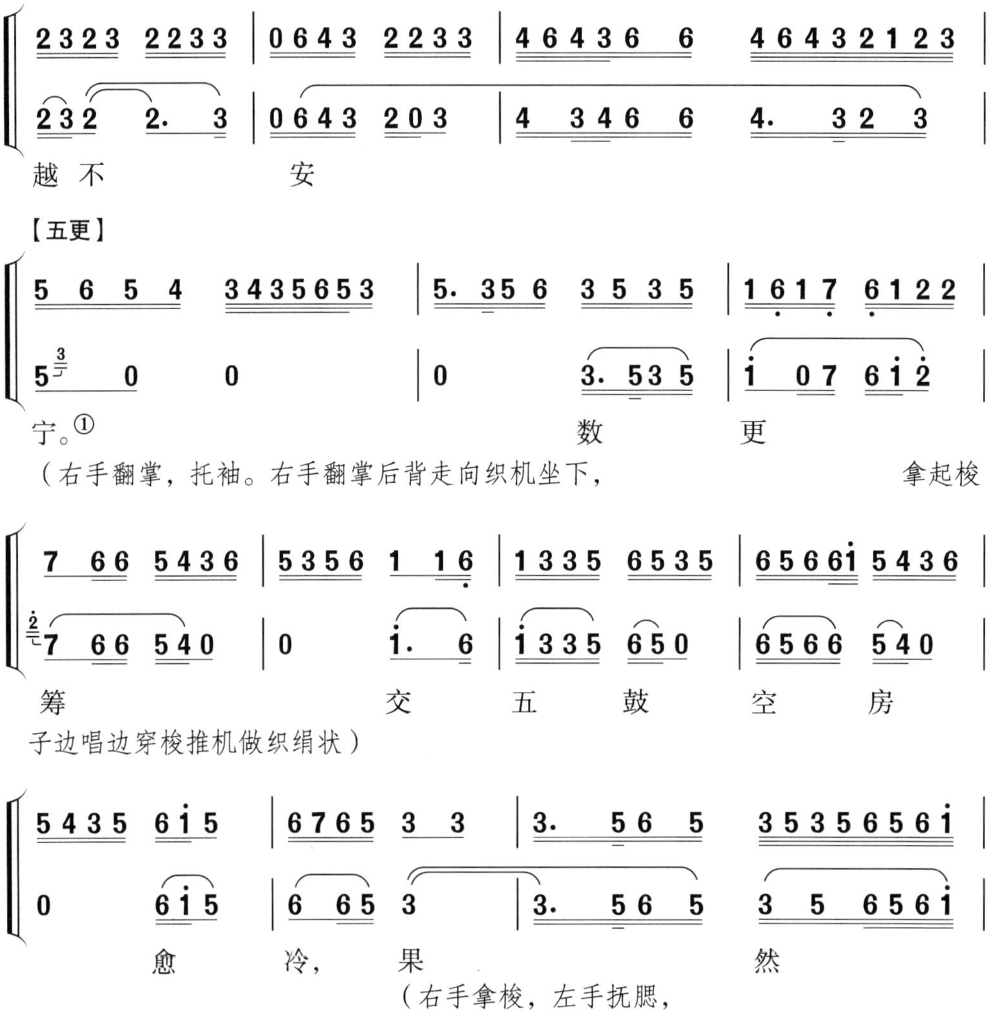

① 电影版在唤醒宝琏后正要去打听高良敏父子下落时，鲍世德前来报凶信，张慧珠担心父子在山中处境的两句摇板“莫不是半途中偶然得病，莫不是遇猛虎不幸伤身”插在此处用〔二六〕腔表现。其唱腔如下：

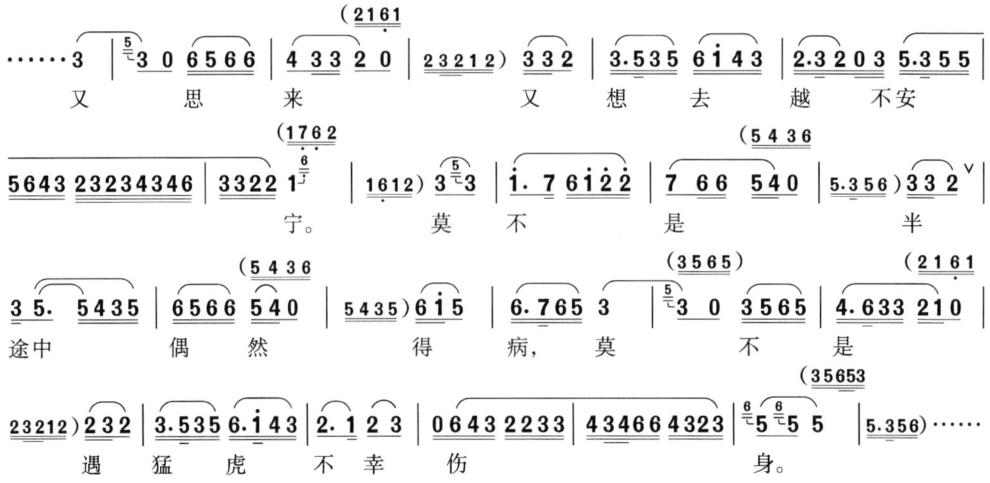

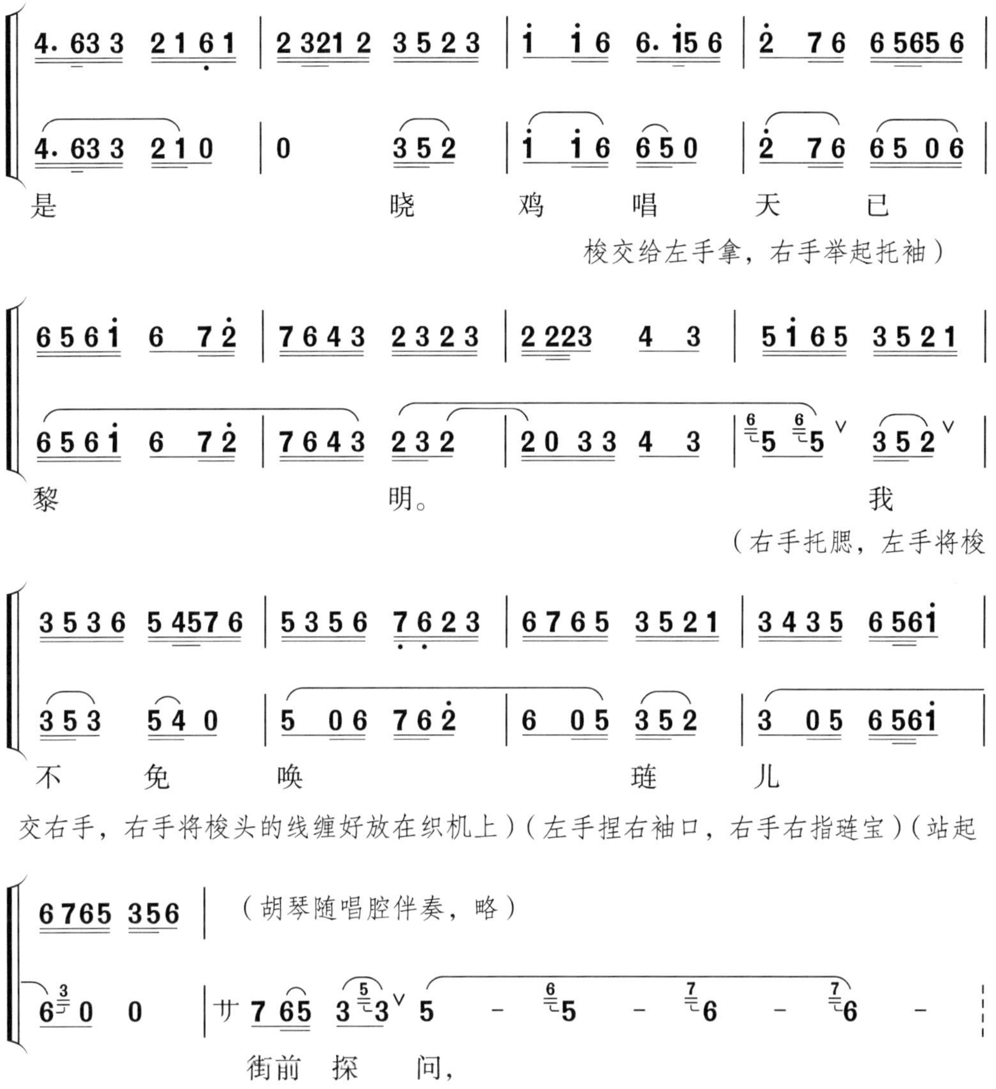

至“大边”椅与织机之间，外折右袖，搭在左臂上，左手前指，绕回右袖，后背，走到宝琏身旁。掀去盖在宝琏身上的帔。

张慧珠　宝琏！（台）

〈小拉子〉

〔 曲牌中，张慧珠叫醒宝琏，宝琏揉着眼睛，被领至中场。

〔西皮摇板〕

张慧珠　【小锣凤点头】（过门同前）

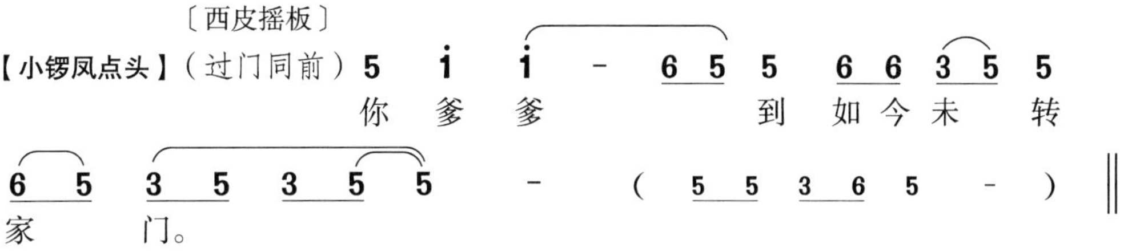

儿呀，你爹爹和祖父一夜未归，（开门，右手捏住水袖头外折右袖）快到鲍祖父家中问来！（随宝琏出门）

宝　琏　（跑着出门）对呀，我得打听打听去。（跑着“下场门”下）

〔西皮摇板〕

张慧珠　【小锣单击】（过门同前）3 36 5 3 56 765（5 5 -）6 6 6

莫 不 是 在 途 中　偶 然 得

（抖右袖，提袖）（左手抚鬓往“大边”走，遥望）（转身回正场，

〈小拉子〉

5 3533 3 35 2 -（台 大 ‖: $\frac{2}{4}$ 2161 23 | 2161 20 :‖）

病，

摊双掌）

〔〈小拉子〉中，张慧珠思索，猜想到可能的遭遇，一惊。（台）绕回右袖，外甩右袖，后退。

〔西皮摇板〕

张慧珠　【小锣单击】（过门同前）3 36 5 3 35 ^{7}6（6 6 -）36

莫 不 是 遇 猛(呃)兽　不

（右手掂掌，左手按掌，左转身，

5 - 6 6 $^{\dot{1}}$5 - ^{6}5 -（5 5 -^{3}）‖

幸　伤 身。

进门）

〔【小锣五击】陈氏“下场门”上，至正场，与张慧珠相对而立。

陈　氏　（焦急地）啊媳妇，他父子怎么一夜未曾回来呀？

张慧珠　是呀，这倒奇怪了。

陈　氏　是呀，真真地奇怪呀！

〔【大锣水底鱼】鲍世德领着宝琏“上场门”急上，进门。鲍世德站“大边”。宝琏至张慧珠身边。

宝　琏
鲍世德　（同时）妈呀，/嫂嫂，大事不好了！

陈　氏
张慧珠　（同时）何事惊慌？（仓）

宝　琏　（同时）我爷爷和我爸爸叫老虎给吃了！
鲍世德　他父子被猛虎吞吃了！

陈　氏
张慧珠　（同时）你待怎讲？

宝　琏
鲍世德　（同时）被猛虎吞吃了！

〔（仓）陈氏听后昏倒椅上。鲍世德给陈氏捶背，张慧珠支撑不住搂着宝琏，面向里。

〔西皮散板〕　快速

张慧珠　【大锣快纽丝】（过门同前）5 $\dot{1}$ 5 7 76 56 ∨ 6 6 5 56 -

闻 凶 信 他 父 子　山 前 丧 命，（仓）

〔张慧珠、宝琏转身面向前。张慧珠抖袖，提袖，走到陈氏身旁。

〔西皮摇板〕

快速

张慧珠 【大锣快纽丝】（过门同前）艹 3 36 6 5 6 6 5 6i 433 5 ‖

看老 亲和幼子痛断我 心。

〔鲍世德抬左臂，张慧珠抬右臂遮挡陈氏，宝琏在“小边椅”前面里哭泣。

〔西皮导板〕

陈 氏 【大锣导板头】 艹（ 7 6 6 5 i 3 21 621 – ） 1 4

父 与

3 3 3 45 3 – 2 2 1 2 – 4. 5 3 –

子 遭 虎 伤 双 双 丧 命 (呐)！

〔【乱锤】陈氏悲怆地站起，蹒跚地上步。

陈 氏 【三叫头】夫主，我儿，儿呀……！（痛哭拭泪）

张慧珠 公爹，我夫，夫哇……！

〔张慧珠搂住宝琏，给他拭泪。

〔西皮散板〕

陈 氏 【双槌大锣凤点头】（过门同前）3 1 2 21 61 2 62 1 3 2.61 –（7

我此时好 一 似乱 箭穿心。

6 2 1 – ）1 3 2 3 21 2 ˇ62 1 1

(仓) 一 霎 时 心 血 涌 站 立 不

2 ³2 1 –（1 1 21 72 1 – ）1 2 7 –【快扫头】‖

(哇) （仓 仓 仓仓 仓才台 仓） 稳……

〔陈氏吐血，张慧珠、宝琏扶陈氏“下场门”下。鲍世德全止场。

鲍世德 【叫头】且住呀！我看他一家连遭不幸，我不免请医生前来便了！

〔【原场】鲍世德出门，右转身至“大边”撑右袖，跨抬右腿，亮背相。【冲头】鲍世德“下场门”下。

第 六 场

〔【撤锣】【小锣打上】王四香、崔德富“上场门”上至“小边”。

王四香 （念）再催人丁税，

崔德富 （念）真叫活受罪。

王四香 伙计！

崔德富 啊。

王四香 老爷又吩咐下来啦，征收明年的人丁税。跟上回一样，每人出钱一贯。

崔德富 嗯。
王四香 (摊双掌)真格的,咱们上哪儿去催呀?
崔德富 上哪儿去催呀?
王四香 啊!
崔德富 我有个主意。
王四香 什么主意呀?
崔德富 咱们哥儿俩信马由缰,走到哪一家儿,就跟哪一家儿要。你看好不好?
王四香 哎,这个主意不错。撞着瞧,走到哪儿算哪儿。
崔德富 走到哪儿算哪儿。
王四香 对,溜达溜达!
崔德富 溜达溜达!
王四香 走着!
崔德富 走着!
〔**【小锣五击】**王四香、崔德富"小边"小圆场,往高家门前一望。
王四香 哎,到了高家啦!
崔德富 哎,又到了高家啦!叫门!
王四香 叫门。开门来!
崔德富 开门哪!
〔(**台**)宝琏用手臂擦着眼泪哭着"下场门"上至"大边"。
宝　琏 (哭)爷爷,爸爸……
王四香 开门哪!
宝　琏 (没好气地)谁呀?
王四香 开开吧!
宝　琏 你等着吧!
王四香 快点儿,快点儿!
宝　琏 (慢腾腾地)你等着吧。(开门)(**台**)(出门一看)哎,又是你们两个人呀!
王四香 你嫌贫啦?
崔德富 他先烦啦。
王四香 你们家有大人没有哇?
宝　琏 我爷爷和我爸爸都叫老虎给吃了!(擦眼泪)
王四香 哼,早就该死!还有谁呀?
宝　琏 我妈。
王四香 叫你妈去!
宝　琏 你等着!
王四香 快点儿!
宝　琏 你等着吧!(转身进门)
王四香 快着点儿,这孩子!
宝　琏 (朝"下场门"喊)妈呀,那两个公差他又来了!(**台**)
〔王四香、崔德富跟着进门,王四香站"大边",崔德富站"小边",二人直着眼睛盯着宝琏。

宝　琏　您出来瞧瞧哇！(台)妈呀，您快点出来瞧瞧哇！

〔【小锣旦上场】张慧珠穿着黑褶子，系白腰巾，左手遮面，“下场门”上。(大　大　大大　大大　台　)宝琏上前搀张慧珠进至正场。

王四香　呵，不愿意呀，是怎么着？(大　台)

张慧珠　(拱双手)可怜我翁和我丈夫因为无钱纳税，去往山中采药，不幸都已丧身虎口，我婆婆闻信，口吐鲜血，性命也……

王四香
崔德富　(同)啊？

张慧珠　也恐不保。

王四香　(假哭状)啊，嘿嘿嘿……

崔德富　嘿，伙计，你怎么哭起来啦？，怎么回事儿？

王四香　(摆手阻止崔德富，转身对张慧珠)大娘子呀，你别哭啦，你这么一哭哇，连我都难受啦。(假惺惺地)不单难受，我还是真伤心，这是天灾人祸，众人没有法子。你呀，就往开了想得啦。

张慧珠　(躬身福拜)多谢二位上差。

崔德富　哎，甭谢，你想着预备钱得啦！

〔(大　大　大　大　大　大　台)张慧珠缓缓地抬起身来，右手捏左袖口，左手抚胸，疑惑地上下打量着王四香，(大　大　大　大　大　台)又上下打量着崔德富。(大　台)

张慧珠　(面向正场，拱双手)二位上差，又到我家做什么来了哇？

王四香　我们奉了太爷之命，征收明年的丁税。跟上次一样，每人出钱一贯。如今呢，您交三贯钱就行了，您可省着两贯呢！(大　台)

张慧珠　(拱手)二位上差，我家前日卖绢，得钱十贯。当日被二位上差拿去了五贯，家中用去了两贯，如今只剩下三贯钱了。

王四香
崔德富　(同)哎，正合适。

张慧珠　若被二位上差拿去，我婆婆用何将养病症？二位上差，多多宽待些吧！

崔德富　哎呵，说得好风凉话呀！我告诉你，我们奉朝廷的命令，来这儿没别的，就是要钱！(台)

王四香　哎，我说大娘子，如今你交三贯钱就行了，你不是省着两贯呢嘛！(台)

张慧珠　可怜我家如此不幸，二位上差宽待些吧！

王四香
崔德富　(同)没那么些说的！(台)

〔张慧珠向王四香一望。

崔德富　快点拿钱去！(台)

〔张慧珠向崔德富一望。

王四香　(上步指点着张慧珠)说你呢！(台)(张慧珠后退)

崔德富　你磨烦什么呀！(台)(张慧珠再后退)

王四香　拿钱去！(台)

崔德富　快点儿！(台)

〔(大台　大台　大台)宝琏搀张慧珠“上场门”下。【接头】张慧珠、宝琏取钱后复上。王四香、崔德富不停断地催促。

王四香　这么磨蹭呢！

崔德富　快点儿呀，不是你们一家儿啊！

宝　琏　（拦阻张慧珠）妈呀，这钱别给他们啦，咱们还留着吃饭哪！

王四香　（指宝琏）少说话！

崔德富　小孩子你懂什么呀！

张慧珠　（拿着钱舍不得给）二位宽待些吧。

王四香
崔德富　（同）没有那么些说的，拿过来吧！（匝匝匝匝匝……台）

〔（匝匝匝匝匝……台）张慧珠无奈将钱放在地上，崔德富忙着将钱抢过来放到褡裢里。

崔德富　拿过来吧，你！

〔【撕边一击】八士兵"上场门"幕内喊："呵……！"

崔德富　什么事儿呀？

王四香　少管闲事儿，走着！（急忙拉着崔德富"下场门"下）

〔【大锣水底鱼】张慧珠搂着宝琏往"小边"后场躲避。四士兵押四百姓"上场门"上，圆场，至"下场门"台口站"斜一字"。宝琏往正场后场移动，观看究竟；张慧珠跟着观察。【冲头】杨得胜领四士兵"上场门"上，走S形圆场，四士兵与押百姓的四士兵站"下场门斜一字"。杨得胜站"大边"。

〔宝琏躲至"小边"观看，张慧珠至正场后场，左手捏住水袖头抬起里绕水袖，右手捏住水袖头后甩，再外折右袖，左臂后背，左手捏住水袖头自后腰右侧甩出。右臂扬起水袖垂至肩后，观察杨得胜的动静。右手绕回水袖，抖出，右臂自背后撤回垂下水袖，双手提袖，抚胸，小碎步向前几步，不安地察看着。

〔同时杨得胜右转身面向"小边"，发现宝琏，【撕边】上下打量宝琏。

杨得胜　这一小孩子，你家可有大人？（仓）

宝　琏　我爷爷和我爸爸都叫老虎给吃了！

〔张慧珠见宝琏回答正常，稍安，向后退几步。

杨得胜　你家既无大人，我就【撕边】（跨出右脚，左手提起宝剑，右手伸出欲拉宝琏）拉你前往！（仓）

〔宝琏右转身两周，跌倒在地。同时，张慧珠右脚前跨一步，身体前倾，左脚跟着跨出一步，双手捏住水袖头，上扬，别右腿，身体右倾，双袖左甩。（崩登仓）跨出右步，双臂张开，上左步，向后扬双水袖，再将双水袖前打，蹲在宝琏身旁，双水袖护在宝琏身前，回头看着杨得胜。

张慧珠　你们是做什么的？

杨得胜　【叫头】住了！奉了兵部（拱双手）杨大人之命，（右手前指）下乡征取民夫。（指宝琏）他家既无大人，（左手甩宝剑穗，右手拔剑出鞘，跨出右脚成右弓箭步）我就拉他（顷仓）前往！（仓）（撤回右脚，收回宝剑）

张慧珠　【叫头】（折左袖）军官哪！（翻回水袖，提袖，左手抚胸）可怜我翁姑和我丈夫都已丧身虎口，如今只有这孤门独子接续香烟，恳求军官不要将他带去。若是将他带去，就把我高氏门中香火断绝了。（哭）军官哪……

宝　琏　妈，我不去！

杨得胜 唔……

张慧珠 【**慢叫头**】(折左袖)军官哪!

宝 琏 妈!

张慧珠 (左手伸出)你,你将他放了吧!

厂张慧珠、宝琏拭泪。

杨得胜 【**快叫头**】住了! 军情紧急,哪里顾得许多! 来呀!

众士兵 有。

杨得胜 将他拉着走!

厂【**急急风**】八士兵拉着四百姓圆场,杨得胜强将宝琏拉过来圆场,宝琏回身左手拉住张慧珠,跟圆场。至"小边"台口,四士兵拉四百姓"下场门"下。四士兵、杨得胜(拉着宝琏)、张慧珠斜线向"下场门"走,四士兵站"下场门斜胡同",张慧珠(再拉着宝琏)、杨得胜往"小边"台口走。【**撕边**】杨得胜用力将宝琏抢过来交给四士兵,四士兵托起宝琏"下场门"下。(**崩登仓**)杨得胜转身踢张慧珠"屁股坐子"。

宝 琏 妈!

张慧珠 宝琏!

厂(**0嘟 拉大 仓**)张慧珠起来,上步,左手拂杨得胜,杨得胜右手挡,退步。(**0嘟 拉大 仓**)张慧珠再上步,右手拂杨得胜,杨得胜左手挡,退步。(**0嘟 拉大 仓**)张慧珠再上步,左手拂杨得胜,杨得胜右手挡,退步。

张慧珠 宝琏!

厂【**软四击头**】杨得胜左手提宝剑连续两个右转身欺张慧珠,张慧珠向"小边"台口连续两个右转身,同时"云手",外绕左水袖,撑右袖,杨得胜右手拔出宝剑威胁,【**回头**】张慧珠撑右袖,弓左腿,绕回左袖,下垂左袖,低头,战抖状。【**冲头**】杨得胜左转身收剑,"右山膀""下场门"下。

厂(**嘟~~~~仓**)张慧珠起身上左步,跨右步,扬左袖,一跳,右腿跪在地上,撑右袖,(**嘟~~~~仓**)右腿站起,扬左袖,跨左步,扬右袖,一跳。

厂同时陈氏"上场门"幕内白:"啊,媳妇,为婆腹内疼痛,快些地来呀!"做下面身段时,陈氏不停地呼唤着张慧珠。

厂(**嘟~~~~**)张慧珠听到婆婆呼唤,右转身,"云手"水袖,(**仓**)成面向"小边",左撑袖,右水袖向右后甩出。(**崩登仓**)再将右袖向左甩到左肩后,左转身,面向前,左扬水袖,想去追回宝琏,双袖向右后侧抖出,为了婆婆,做无奈状。【**一锤锣**】抬起双臂,外折右袖,里绕左袖身体往左转过,绝望地眼看着宝琏被抢走。听着婆婆的呼唤,右转身面向"上场门"走几步,欲哭无泪。撑右袖,左臂平端,左转身向"下场门"远望。无奈地绕回右袖垂下,左臂遮面,缓步向"上场门"走去,下。闭二幕。

第 七 场

厂【**大锣原场**】开二幕。场上置正场桌,"大座"。桌上放官印一方,文房四宝一份,签筒、火签一份。

厂【**大锣水底鱼**】四军士"上场门"上,站"小边一条鞭",李有标骑马"上场门"上至"小边”。同时，胡泰来右手拿折扇“下场门”上至“大边”。

李有标 （拱手）贵县请了。

胡泰来 （拱手）请了。

李有标 大营之中缺少军用费两万贯，杨大人命你速速缴纳，不得违误！

胡泰来 （拱手）哦，知道了。

李有标 请！

〔【冲头】四军士引李有标“上场门”下。胡泰来躬身相送。

胡泰来 （见李有标远去，至正场，面向前，用扇子敲打着左手）嘿嘿，哎呀，这是活遭活遭！再一说，这位杨大人跟我干上了是怎么着？（摊双掌）他怎么净让我一个人儿要钱呢？这么老些钱上哪儿弄去？干不了啦，这差事。干脆，通电下野，我不干啦！（摘纱帽放在正场桌上）（大 大）（转身面向前）我想起来了，我别不干哪！这话儿又说回来啦，我这个做官儿跟别人不一样，这是花钱运动来的，我要是不干，这下我就赔了本儿了。（寻思寻思）干脆我还干得了，别不干哪！（大 大）（转身取桌上的纱帽，转身面向前）坏了，坏了！（用扇子敲打着纱帽）再一说这东西，两万贯！这儿的地皮呢，我全揭抉干净了，我哪儿给弄去？干不了，干脆，还是不干。（把纱帽放到地上）说出什么也不干。（大 大）（往“大边”走几步，又转过身面向前）我又想起来了，那是我临上任的时候（故做扭捏地）我太太跟我说好些话儿啦。我太太跟我说什么……你们都不知道，嘻嘻……（故做扭捏地）我临上任的时候哇，我太太跟我说啦，此番要是回去呢，叫我给打一副金镯子，再打一个金兜兜链儿。她是临走的时候还直嘱咐我，叫我给带回一个128克拉的金钢钻儿。金钢钻儿，我就这样回去啦，我怎见我太太呀？我倒不是怕，我见着我太太（扭扭捏捏、哼哼唧唧地）也不怎么就怕啦！哎呀，要冲着我太太的面子，我又干了。（弯腰取纱帽）来呀！

〔“上场门”幕内白：“啊！”

胡泰来 升堂啦！

〔众衙役、二班头在两边幕内喊堂威：“呵——！”众衙役、二班头两边分上，站“里八字”。胡泰来双手端着纱帽两望。

胡泰来 王四香呢？崔德富呢？来，叫他们！

班头甲 王四香、崔德富上堂啊！

〔【小锣五击】胡泰来戴上纱帽。王四香、崔德富“上场门”上，至“小边”。

王四香 忽听老爷传，

崔德富 急忙到堂前。

〔（台）王四香、崔德富进门。

王四香
崔德富 （同施礼）参见老爷。（分站两边）

胡泰来 （指王四香）王四香！

王四香 喳。

胡泰来 （指崔德富）崔德富。

崔德富 哈哈，是。

胡泰来 上次呢，你们办的事儿，很好，很好！

王四香
崔德富 （同）是。

胡泰来 老爷还惦记赏赏你们哪！

王四香 好，您净说赏，到今儿个一个大子儿也没赏。

胡泰来 别忙呀！他是老爷那赏不是没下来吗！老爷那赏下来呢，就都赏你们了！我吃肉，你们就跟着喝汤，弄点汤就齐了。嘿嘿，告诉你们！

王四香 （接过话头）也就喝汤啦！

胡泰来 可不喝汤！（拍惊堂木，转话题）杨大人呢，又有军令到来啦，这回呢，要两万贯，军饷费不足啦！没什么说的，你们俩人儿再给办一办好啦，啊！

王四香 这……老爷，小人办不了啦！您改差吧！

崔德富 （打千）改差吧，您！

胡泰来 他是你办得啦！总得啊……还得办一办！

王四香
崔德富 （同）实在是办不了啦。

胡泰来 不不不不，办得了！还得办办好啦！

王四香
崔德富 （同）这办不了，您改差得了！

胡泰来 我呀，跟你说一句转[①]文的话，这叫做呢，"以资熟手"！

王四香 噢！

（念）什么生手熟手，
　　小人听着发抖。
　　百姓穷得精光，
　　只是无法下手！

胡泰来 （用扇子指王四香）

（念）仁义道德出在你口，
　　奇哉怪哉实在少有。
　　不打板子你是不走，

来呀！

二班头 啊！

胡泰来 每人二十！

〔王四香、崔德富趴在正场，二班头从衙役手中拿过水火棍，打二人。

二班头 一五，一十，十五，二十。（将水火棍交回，回原位）

王四香
崔德富 （同时呻吟）哎哟……哎哟……（揉着屁股，跪）

胡泰来 我说怎么啦？

王四香
崔德富 （同）疼啊！

---

① 转：转读 zhuǎi。说话不用口语，而使用文言，以显示自己有学问。

胡泰来　他是哪儿疼啊？

王四香
崔德富　（同）屁股疼啊！

胡泰来　屁股疼，怎么不去呀？

王四香
崔德富　（同）啊，去，去！

胡泰来　再说不去，不打屁股！

王四香
崔德富　（同）打哪儿呀？

胡泰来　打鼻子。

王四香
崔德富　（同）哎哟……

〔胡泰来写公文。

王四香
崔德富　（同）这是什么呀？

胡泰来　（将公文、火签扔到桌前地上）公文！火签！即刻下堂！（拍惊堂木）

王四香
崔德富　（同）是，是！（慢慢地爬起）

胡泰来　晚了咱们再来二十！

王四香
崔德富　（同）唉，别介！（急忙爬起，一瘸一拐地出门）

崔德富　伙计，这叫什么手呀？

王四香　这叫打出手。

崔德富　打出手？

王四香　（挥手）哎，少废话！

崔德富　噢……

〔（台）王四香、崔德富"下场门"下。

胡泰来　哎呀，他们俩是卖关子！非这样儿才能去呢，不打是不……（一寻思，看看左右的班头、衙役，变笑脸）哎呀，你们六人不懒：老爷出来，跟着出来；老爷进去，你们全进去了。真好！现在无事，（挥手）退！

〔（台）二班头、四衙役两边分下。胡泰来到正场台口。

胡泰来　管他这个那个呢！趁着这个机会，我就搂巴搂巴，弄个饱载而归！什么又叫金子，是哪儿又叫银子？这就是呀！他要是金银呀，财宝哇，只多又不少啦，哟，嗯，哎，嘿，哟——！

〔【小锣长丝头】胡泰来扇着扇子"下场门"下。闭二幕。

第　八　场

〔【小锣五击】二幕前。王四香拿着火签"小边"侧幕上，正场。

王四香　想起来——（多多罗多　一个多　多 0）

〔数板〕
0是 好悲 伤,
最可 恨·是 杨嗣 昌!
只因 连年 打李 闯,
老·爷 催饷 坐大 堂。
从前 催·过 剿饷 和练 饷,
如今 又要 抽丁 粮。
一抽 两抽 不算 账,
害·得 我们 一天 到晚 跑四 乡。
我·们 去·了 都说 我把 良心 丧,
我·们 不去 恐怕 屁·股 遭了 殃。
硬·着 头皮 下乡 往,
苦逼 恶劝 要把 地皮 都刮 光。
有朝 一日 刮到 底,
南极 洲 刮到 北冰 洋北 0冰 洋!

哎呀,奉了老爷之命,还得催税去,我上哪儿去呀?这怎么办呢,这个!(想)(台)有嘞,把伙计叫出来,跟他要个主意。我说伙计,伙计!(朝着"小边"侧幕内喊)我说伙计,伙计!

〔(台)崔德富背着褡裢,一瘸一拐地"小边"侧幕上,至正场。

崔德富 叫谁呢?

王四香 还有谁呀?

崔德富 叫我哪?

王四香 你真明白!

崔德富 什么事儿呀?

王四香 我说你怎么改啦,记吃不记打呀?

崔德富 怎么回事呀?

王四香 刚才没打你呀?

崔德富 二十板儿呀!

王四香 还是的,催税去呀!

崔德富 催税去?

王四香 啊。想想上哪儿去?

崔德富 (想)上哪儿去……

王四香 哪个好说话儿?

崔德富 找好说话儿的?

王四香 哎。

崔德富 (高声)找好说话儿的没别人儿,就是高家好说话儿。(台)

王四香 对,要三贯给三贯,要五贯给五贯。

崔德富 啊。

王四香 找她去!

崔德富 找她去。

王四香　上高家!

崔德富　高家?

王四香　走着!

崔德富　走着!

王四香　走,走,走!

〔【小锣五击】开二幕。场上置正场桌,沿边素桌围。桌下放一柄匕首。王四香、崔德富"圆场"至"小边"。

崔德富　来到啦。

王四香　叫门!

崔德富　叫门!

王四香
崔德富　(同)嘿,开门来呀!

〔张慧珠"下场门"幕内白:"婆婆哇——! 你也撇下媳妇,你就这样去了哇……"【撕边】【纽丝】

〔王四香听到张慧珠的声音,对崔德富比划着,表示听到门里的哭声。

〔张慧珠"上场门"幕内唱。

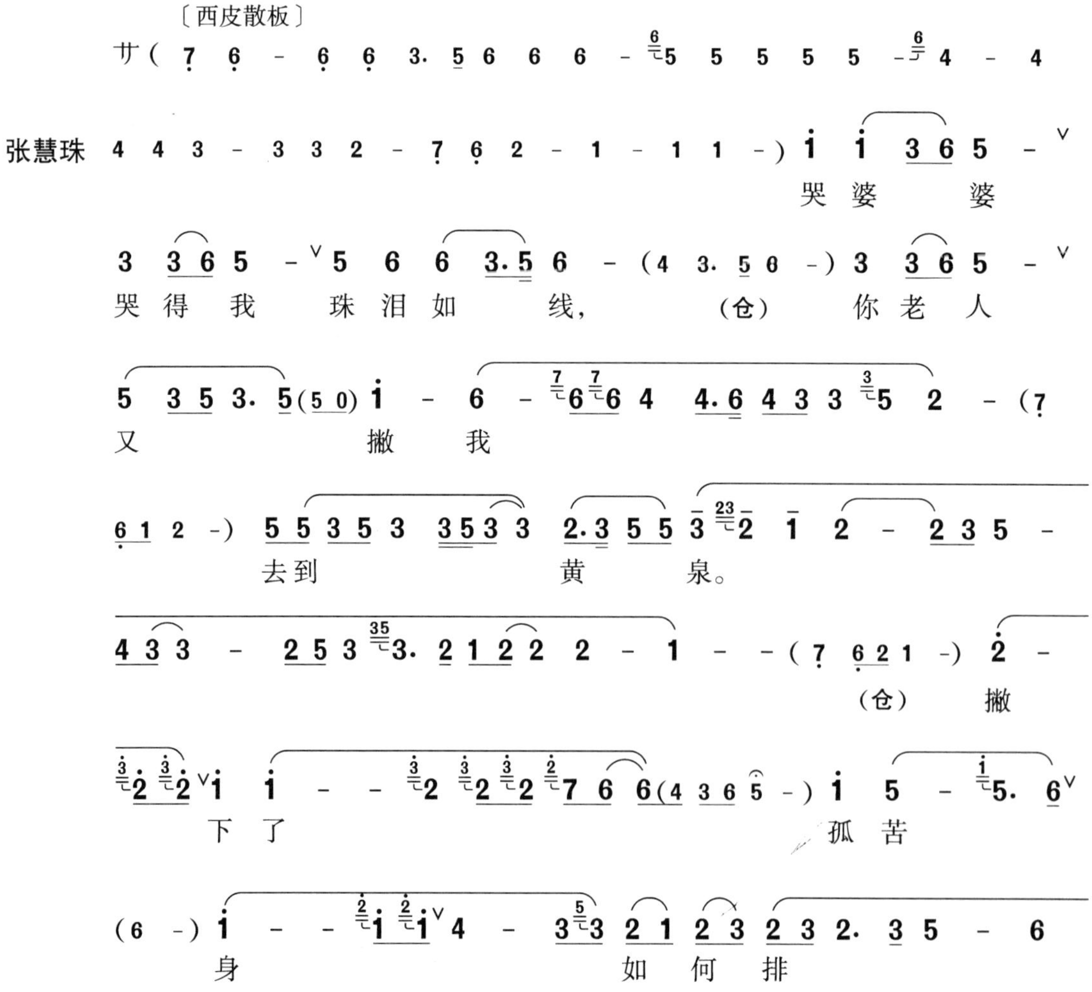

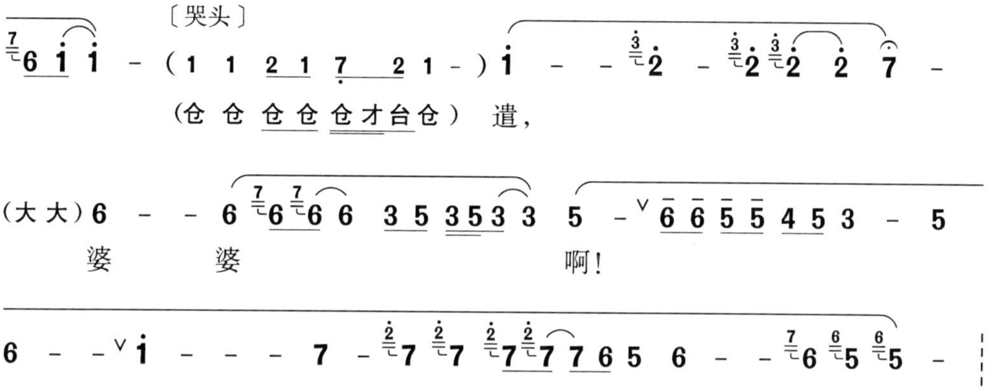

王四香 没听见。
崔德富 大声儿叫!
王四香
崔德富 (同)开门来!

〔**【撞金钟】**张慧珠左手遮面,右手抚胸,"下场门"上。悲怆地走至正场桌左侧。右手按在桌上,左手遮面,低头,呆滞地站着。

王四香 还没听见!
王四香
崔德富 (同)开门来!

〔亮弦〕
(4 3 6 5 -)

〔张慧珠抬起头,左手缓慢放下,右手离开桌案,下垂双水袖,呆滞地面向台口。

〔西皮散板〕
张慧珠 **【双楗大锣凤点头】**(过门同前) 3 36 5 5 6535 6 3 35 4·3 2·35 - ‖**【住头】**
有谁人到此间叩打门环?
(提袖)

王四香
崔德富 (张慧珠即将开门时)没人呀,踹门!咳!

〔**【撕边】**张慧珠刚拉开门闩,王四香、崔德富踹门而进。(**八大仓**)张慧珠右转身一周,里绕右袖,外折左袖退至正场桌前,成右手撑袖,左手抱腹,亮住。王四香站"大边",崔德富站"小边"。

王四香
崔德富 (同)哟嗬,怎么又穿上这个啦?
张慧珠 (**大大大大台**)(绕回水袖,垂下双水袖,提袖,拱手)我婆婆她也死了……(哭,拭泪)(**台**)
王四香 咳,又少了一贯钱!
崔德富 哎,我说大娘子,你那小少爷让他们给掳了去啦,直到今天,大概无有音信。据我想有点儿性命难保吧!
王四香 (指崔德富)你损吧,你!
张慧珠 **【撕边】**(左手捋甩发,右手前指)我那(缓手折右袖,左袖搭在右臂上,右手撑袖)孩儿

么……(拉回搭在右臂上的水袖成左撑袖,右手里绕水袖两周前指)

王四香
崔德富 (同)啊!(仓)

张慧珠 (绕回右袖)也顾不得他。(双袖垂下)

王四香 您呐,就往开了想得啦,啊!

〔(大 大 大 大 大 大 台)张慧珠一望王四香,(大 大 大 大 台)转身一望崔德富,(大大 大大 台)转身面向前,惊叱。

张慧珠 你们两个又做什么来了?

王四香 你听我告……(大台)(上下打量张慧珠,往前走几步)

崔德富 (到王四香身边)伙计,(推着王四香往"大边"走)说呀!

王四香 你说得啦!

崔德富 说,有什么你说!

王四香 你说得啦!

崔德富 哎,你说就是了嘛,真是!

王四香 唉,你不知道,这会儿我的良心呢,归了本位啦!我说不出口来了,我!

崔德富 你说不出口来,我说!(回原位)我来了没别的,还是要钱!(大 大 大 大大 大 台)

张慧珠 你,你们还要钱么?(大台)(左手捏右袖口,右手托袖)

崔德富 咳,要钱!

王四香 大娘子,你别想不开呀!如今呢,就剩下你一个人儿啦,你交一贯钱就行啦!这前后你可便宜四贯呢!(台)

张慧珠 (右手捏左袖口,左手对王四香伸出食指问)一贯钱?(台)

王四香 哎,一贯钱。

张慧珠 (右手捏左袖口,左手对崔德富伸出食指问)一贯钱?(台)

崔德富 对啦,一贯钱。

王四香
崔德富 (同)拿钱去吧!

〔【小锣五击】班头甲"下场门"上,站在门外叫王四香、崔德富。

班头甲 伙计,伙计!

〔王四香、崔德富出门,到班头甲身旁。

王四香 哎,谁呀?

班头甲 哎,你们二位在这下儿呢?

王四香 什么事儿呀?

班头甲 快回去领赏去吧!

崔德富 为什么领赏啊?

班头甲 太爷升了官啦!

王四香 他为什么升了官啦?

班头甲 征收人丁赋税有功,您升了官啦!

王四香 他升了官啦?

班头甲 哎,对啦!

王四香
崔德富 （同）咱们挨了骂啦！

班头甲 走，回去领赏去吧！

王四香
崔德富 （同）走，走！（**大 台**）

〔班头甲“下场门”下。

王四香 （转身拉住崔德富）哎，你告诉她，想着叫她预备钱。

崔德富 我们去去就来，快点儿预备钱！

〔**【小锣五击】**王四香、崔德富“下场门”下。

〔（**大 0 大 0 大 大 大 多罗· 台**）张慧珠精神恍惚地后退一步

张慧珠 （拱手）升官了！（**台**）（拱手）升官了！

〔（**大 0 大 0 大 0 大 0 大 大 大大 大大 大 台**）张慧珠右转身一周环顾家徒四壁。（**大大 大大 大0**）摊双掌无奈地低头看着双掌。（**台**）抬头一想，（**台**）（**匝 匝 匝 匝**）右手数着点左手手指，家里失去了四口人。（**匝 匝 大大 大大**）一惊。（**台**）

张慧珠 一家五人，如今只剩我孤身一人了，（**大 台**）孤身一人了！

〔（**大 0 大 0 大 0 大 0 大 大 大大 大大 大**）张慧珠看看自己周身，什么也没有，摊双掌。（**台**）（**大大 大大 大 台**）（**嘟~~~~**）左臂抬起，同时向“小边”台口紧上几步，右手前指，表示二公差少时还来要钱。（**仓**）（**嘟~~~~**）后退几步，摊双掌，怎么办？（**仓**）（**嘟~~~~**）别左腿，右袖盖左袖。（**仓**）（**嘟~~~~**）别右腿，左袖盖右袖。（**仓**）（**嘟~~~~**）右脚左跨，外折右袖，右臂向左掏，左水袖搭在右臂上，里绕右袖，右手前指，面做惊状。身无分文，害怕面对公差。（**仓**）（**嘟~~~~**）右水袖外绕，抖双袖，提袖。

张慧珠 **【叫头】**且住！方才那两个公差言道，少时回来，问我要钱。想我身旁，分文皆无。（外折右袖，拱手）他若是问我要钱，（**嘟~~~~**）我是怎样地交付？（**仓**）（翻回右袖，再里绕右袖，拱手）（**嘟~~~~**）怎样地交付？（**仓**）

〔**【乱锤】**张慧珠绕回右袖，垂下右袖，左手抚右胸，向“上场门”方向后退几步，提右袖，想办法，摊双掌，无有对策。双手轮流自外向胸前绕动，向“小边”台口上几步，继续想，左转身，双手抚胸，向正场桌旁走几步，摊双掌，还是无对策。继续往“大边”走几步，缓右手，左手捏右袖口，右手托袖摊掌，毫无办法。走到“大边”，猛然间想起一桩事，里绕右袖，外翻左袖，张开双臂右转身半周，别右腿，背右手，左手抚胸，面向正场桌，一亮。（**仓**）**【乱锤】**右脚右跨一步，收回背着的右手，翻回右袖抖出，俯身盯着桌下，右脚再向左跨步，左脚跟上一步，提右袖，左脚再向右跨步，右脚跟上一步，别左腿，左手前伸，俯身向正场桌前奔去，蹲在正场桌前，右手从桌下取出匕首。（**嘟~~~~八大仓**）站起，面向前，别左腿，左手捏右袖口，右手举起匕首做刺状亮住。

张慧珠 （左手前指）你若是问我要钱，我（左手抚胸，俯视右手中的匕首）就与（**嘟~~~~**）你们拼命！（**八仓**）（右脚右跨，别左腿，左手搭在右臂上，右手握匕首翻腕向外刺）（**嘟~~~~**）我就与你们拼命！（左跨左脚，撤右脚，向右后转身，缓右手，别右脚，右手高举匕首前刺，左手前指）（**嘟~~~~仓**）

〔张慧珠精神恍惚，产生幻觉，面带惊喜。双手举至齐肩，惊讶地凝视“小边”台口。

张慧珠 哎呀，你，你们回来了！（**大 大大 大大 大大 大 仓**）（左手前伸做招呼状）你快快地进来吧！（**大 大大 大大 大大 大 仓**）（别右腿，双手向“下场门”后指）家中有人要钱。（**大 大大**

大 仓)(左腿后撤,双手抬至齐胸,右手拿着匕首,左手指着“小边”台口,失望地前望)你怎么走了哇?(大 大大 大 仓)(摆左手)你不要走哇!(仓)我,我赶你来了!

〔【紧锤】张慧珠将匕首交左手,右撑袖,左转身,圆场至正场后场,右袖向下甩,别左腿,右腿前弓,左手按右膝,右手撑袖,面向“大边”台口亮相。

〔闭二幕。撤正场桌。复开二幕。

〔张慧珠将右水袖拉下,左脚左跨一步,右手自外向里一个扬袖,左手自外向里绕一周,右脚左跨一步,右手自外向里一个扬袖,左手自外向里绕一周,左脚左跨一步,右手自外向里一个扬袖,左手自外向里绕一周,右脚左跨,外折右袖。

〔西皮流水〕

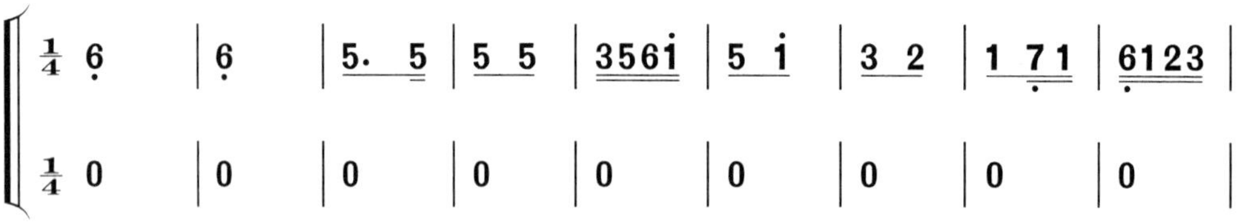

(翻回右袖,抖右袖,收回跨出的右脚,提袖)

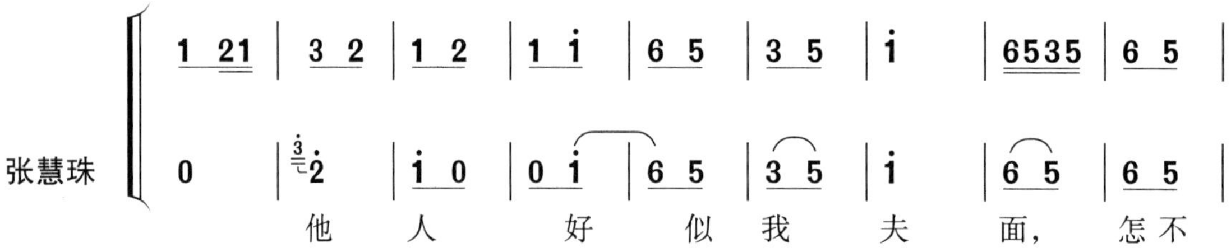

(左手托袖,右手前指,向台口张望,上步)

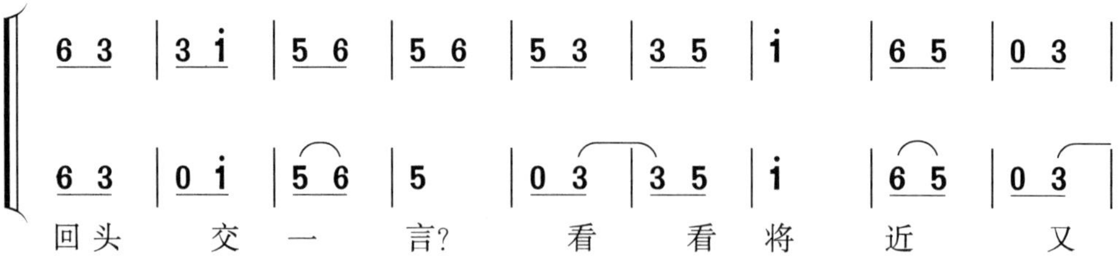

(向前几步,摆右手)　(左手后背,上左步,盘右腿下蹲,右水袖花,背右手,左转身一周,外扬左水袖,收左臂后背)

(再一个盘右腿下蹲,右水袖花,背右手,左转身一周,盘左腿下蹲,左臂往外划一圈,随身体下蹲左手捏住水袖头打在地上)

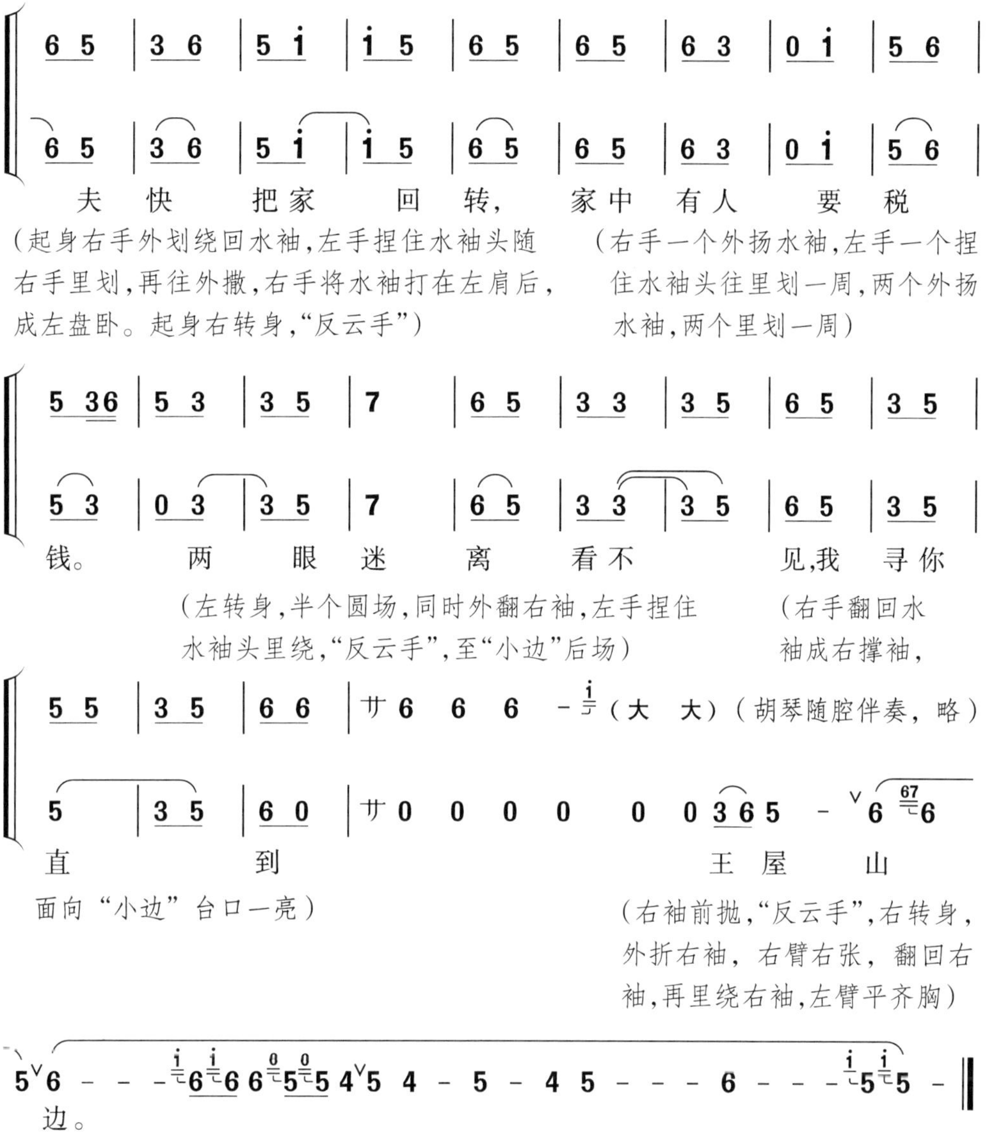

(两个圆场至正场台口,走一个正场小圆场绕回右袖外折右袖,翻回右袖右转身一周,里绕右袖,张双臂,面向“下场门”,“右盘卧”)(**仓**)

〔(**嘟八大仓**)张慧珠翻回右袖前冲,再外扬右袖,左手捏住水袖头自里向外张臂,“左盘卧”。(**嘟八大仓**)右水袖向前抖出,站起。再同样做一个“左盘卧”。站起,左脚一颠,撑右袖,面向“下场门”亮住。

〔【**快原场**】张慧珠反圆场,右袖向前甩出,“下场门”下。

第 九 场

〔空场。鲍世德“上场门”幕内唱。

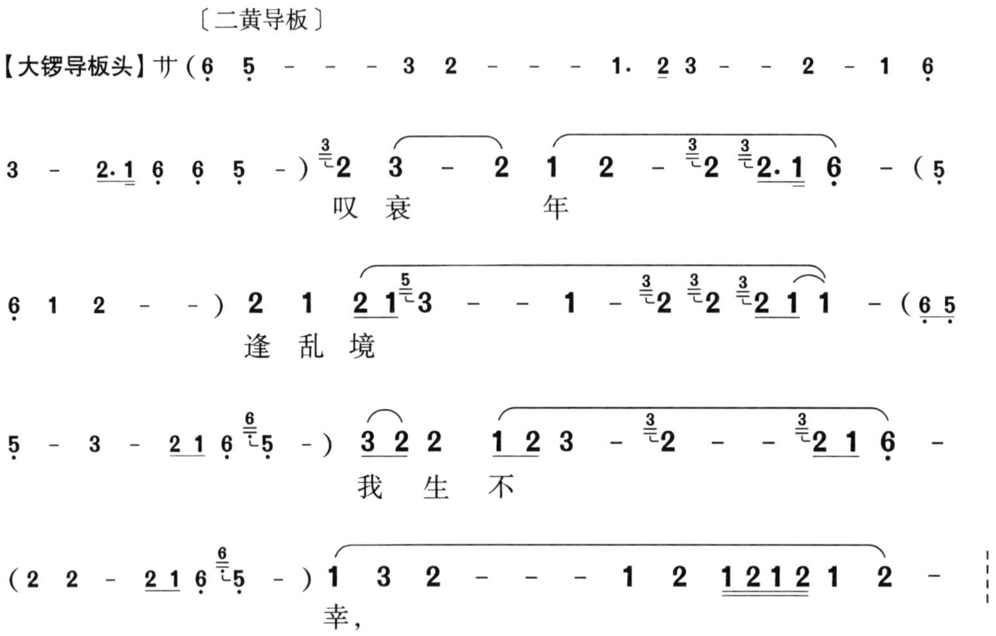

〔【吊钹】【大锣原场】鲍世德右手拿锄“上场门”上，至“九龙口”。

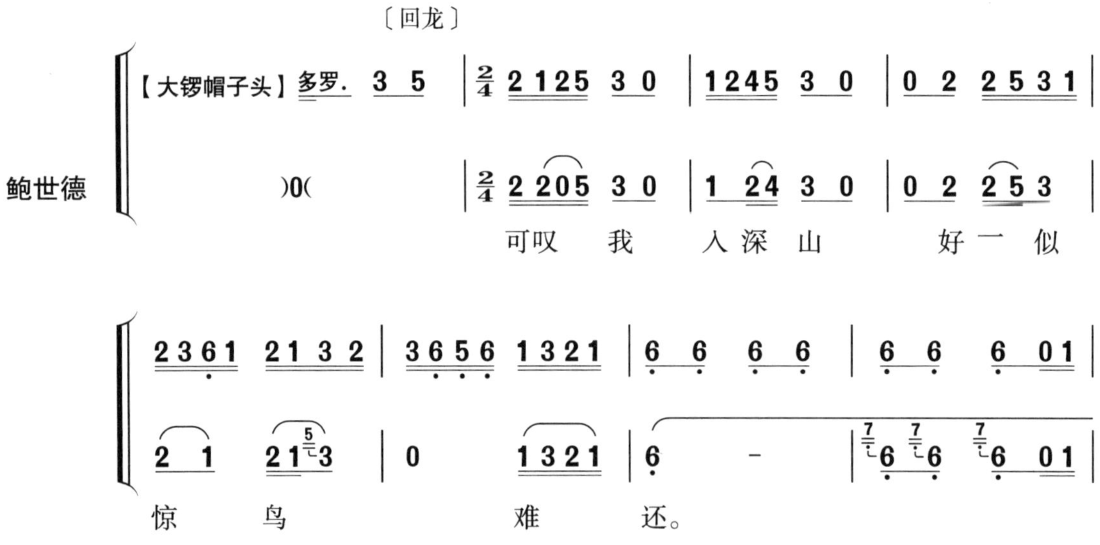

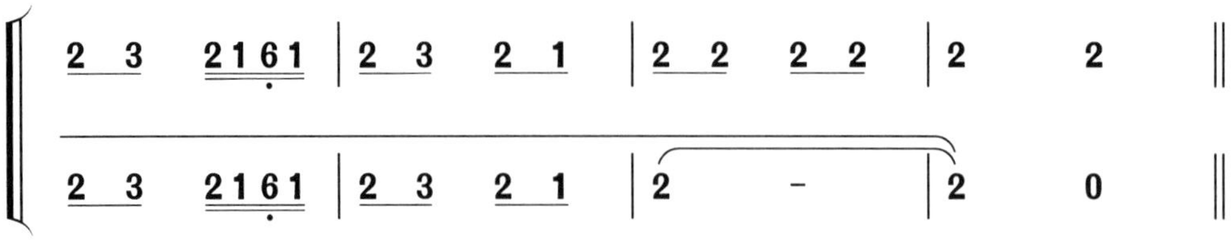

〔【慢长锤】鲍世德进至正场。

荒山泪

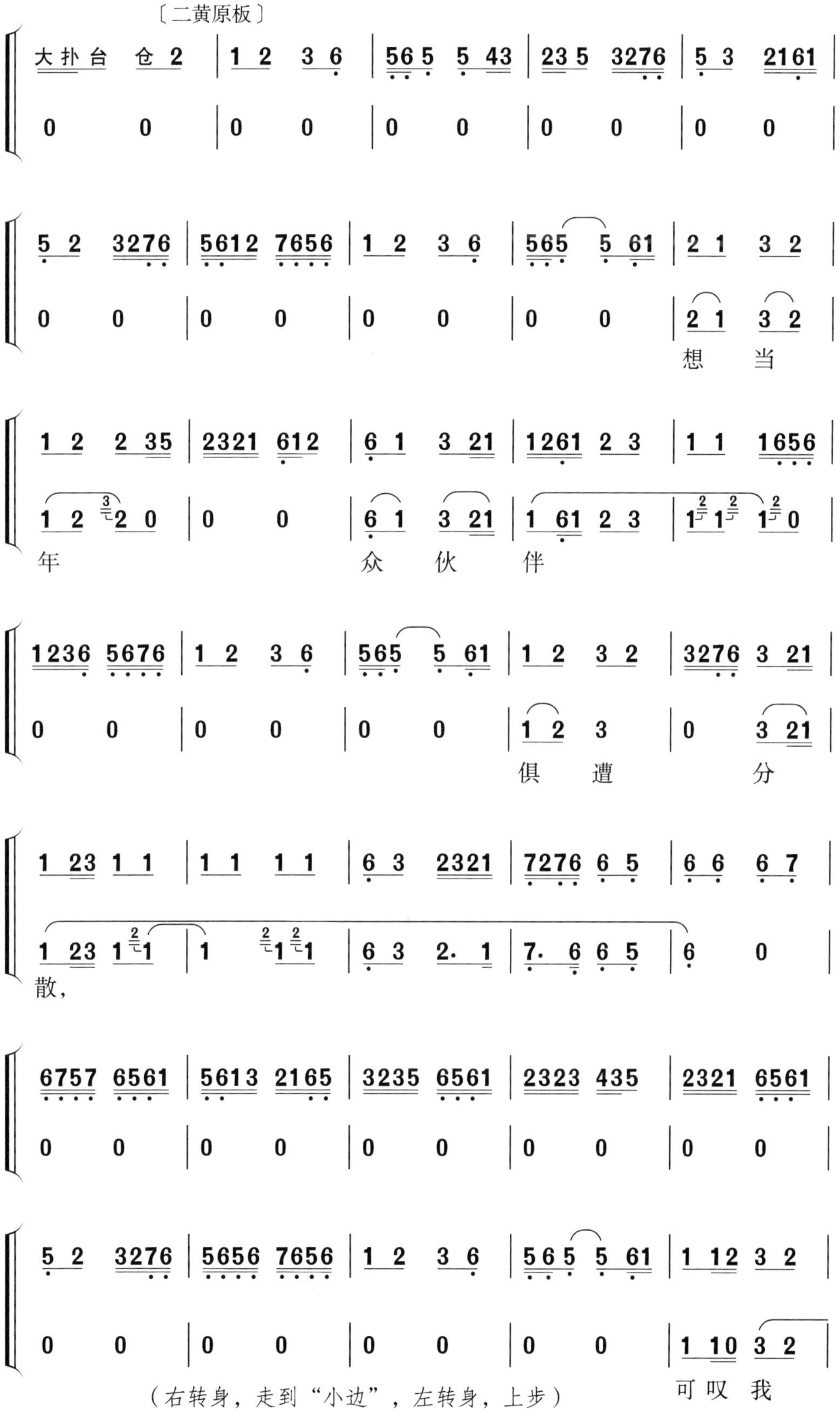

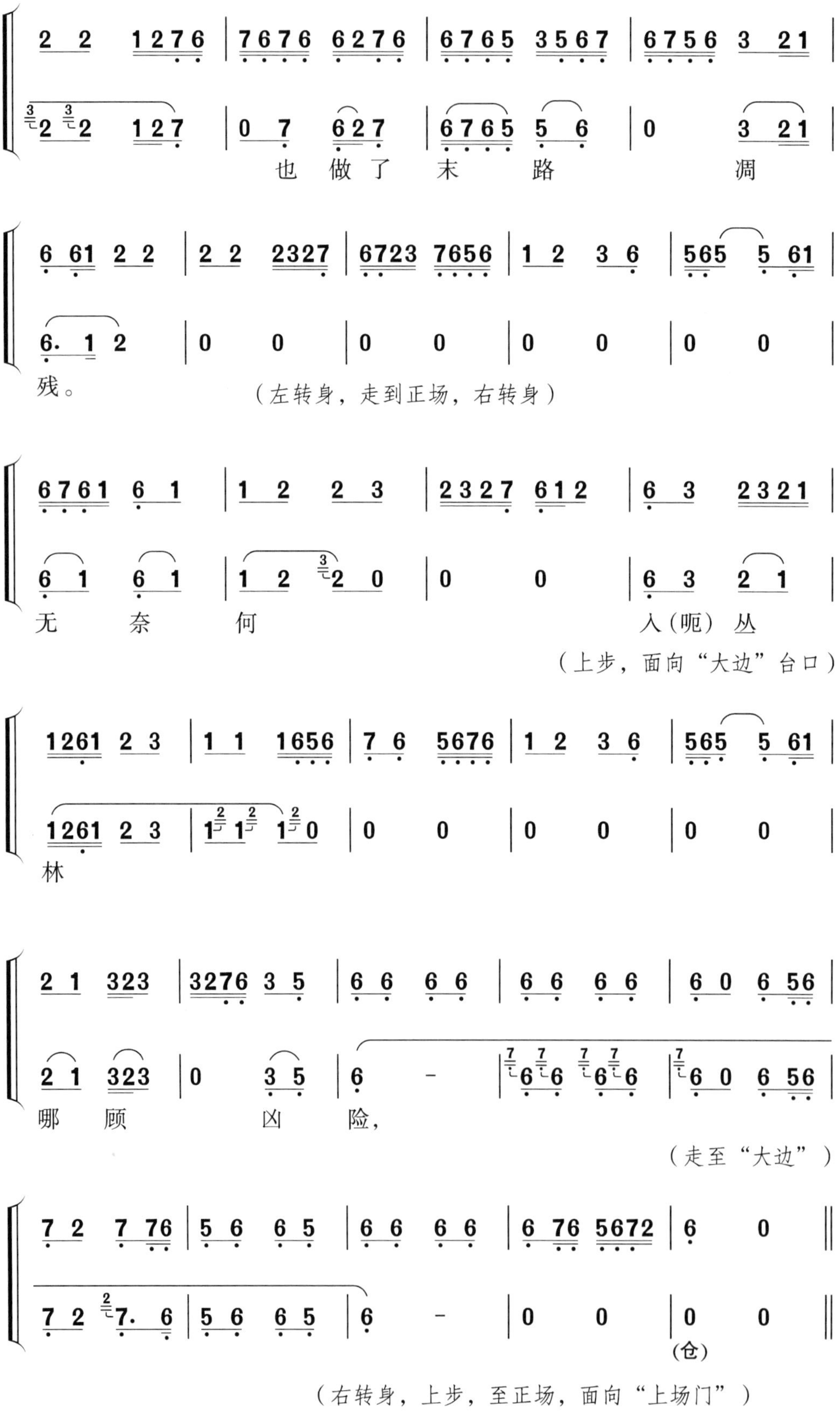
也 做了 末 路 凋
残。
（左转身，走到正场，右转身）
无 奈 何 入（呃）从
（上步，面向“大边”台口）
林
哪 顾 凶 险，
（走至“大边”）
（仓）
（右转身，上步，至正场，面向“上场门”）

〔张慧珠"上场门"幕内白:"公婆!(台仓)我夫!(台台仓)娇儿呀!"

鲍世德 (左转身,面向正场台口,摊左掌)啊?【大锣夺头】

〔二黄原板〕

鲍世德 那旁有妇人啼哭之声,待我寻找寻找哇!

〔【大锣水底鱼】鲍世德反圆场至"小边"面向"上场门"瞭望。

鲍世德 (转身面向台口)唔,原来是高氏嫂,待我听她讲些什么?

〔【单楗大锣凤点头】鲍世德将锄放到"大边"侧幕内,站在"大边"侧耳听。张慧珠"上场门"幕内唱。

〔二黄摇板〕

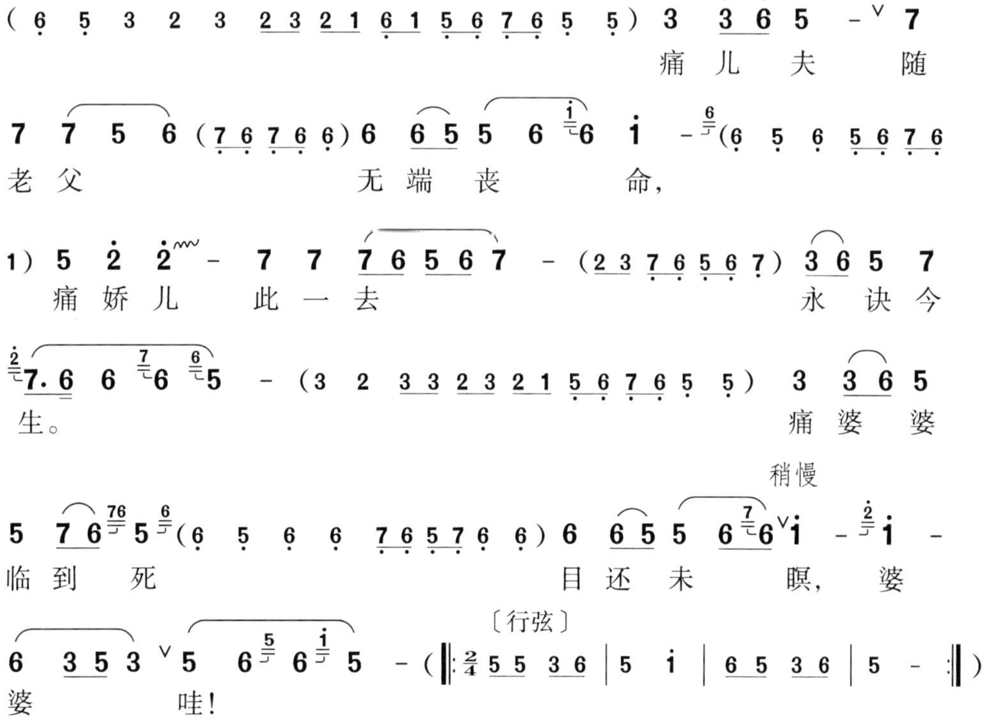

(鲍世德往正场上几步,招手)

鲍世德夹白:"啊,高氏嫂,山中惯出猛虎伤人,快快走了出来吧。"

〔【单键大锣凤点头】张慧珠左手抱腹，右手遮面，缓步“上场门”上。随着走向正场右手放下，边走边唱。

〔二黄摇板〕

张慧珠 （过门同前）5 6 2 2 – (7 7 7 7) 2 7. 6 5. 6 7 – (7 6

我如今 不畏虎

5 6 7 7 7) 7 6 5 7 7 6 5 5 5 (3 2 2 3 3 3 2 3 2 1

转更欢迎。

6 1 5 6 7 6 5 5) 3 3. 6 5 – 5 7. 6 5 – (5 7 6 6 6 5 7

倘能够 死同穴

6 6) 3 2 2 3 5 – 6 0 0 1 – 2 – 2 1 6 1 –（衣大衣仓大）

真蒙虎 荫，

（张慧珠左手捏右袖，右手前指。盘右腿下蹲，摆右手。鲍世德拉住张慧珠左手）

〔行弦〕

(‖: 2/4 7656 1 2 | 7656 1 :‖)

鲍世德夹白：“随我回去吧！”

张慧珠夹白：“我怕呀！”

（鲍世德、张慧珠往里“一盖、两盖”。张慧珠左转身一周，里绕左水袖，折右袖，“左盘卧”，右手指向“小边”台口。鲍世德右转身一周拉住张慧珠左手，左撑袖，“左商羊腿”亮住。

鲍世德夹白：“你怕什么？”

〔二黄摇板〕

张慧珠 【大锣凤点头】（过门同前）5 2 2 2 – 2 7 5 6 7 7 (7 7 7 7 7 6 5 6 7

怕家中 又来了

（鲍世德左腿落地直立，张慧珠缓右手前指“小边”台口）

7) 7 6 6 – – 6 6 6 5 6 2 – 2 2 7. 2 6 5 3. 5 6 – 6 6 5 –

讨税 之 人。

（张慧珠绕回右袖，站起，抖右袖，提袖，左手拭泪）

〔二黄摇板〕

【单键大锣凤点头】（过门同前）3 3 6 5 5 7 7 6 6 7 7 6 5 6 1 7 6 5 6 2 7. 6

我情愿在荒山 孤身坐等，等我夫来

（鲍世德、张慧珠分站两边） （拱双手）

5 6 7 – (6 5. 6 7 –) 6 6 – 7 – 7. 2 5 3 5 6 – – 1 5 – ‖

此地 一显 阴 灵。

（张慧珠徐徐下蹲，“左盘卧”，拭泪）

〔【半截水底鱼】王四香、崔德富“上场门”上，至“小边”，发现张慧珠。

王四香 **崔德富** （同）啊，你在这儿呢！（仓）

张慧珠 （撑右袖，左手指二公差）你们又做什么来了？

王四香 **崔德富** （同）我们还是要钱！

〔（八大台 仓嘟 才台 仓 另才 乙个台 顷－仓）①张慧珠站起，甩出右袖，左转身一周，里绕右袖，右臂伸向右后侧，左手撑袖，目带谴责，直视二公差。

〔二黄散板〕

张慧珠 廿（不等过门）7 0 7 0 7 7 7 7 7 7 7 6 6.3 5 5 7 6 5 7 0 6 5

你 你 你你你你你你害 得 我 一 家 人 死 亡

（右转身，左手指二公差）

5 6 1 2 7 0 7 0 7 7 7 7 7 7 7 6 6. 5 2 7（7 －）7 － － 7 6 5 － 5 6

殆 尽，你 你 你你你你你你害得 我 苦 命 女

（左转身，左手抚胸）

7（6 7 －）6 6 5 5 3 5 7 － － － 7 7 6 5 6 6 6 5 5 －

（顷 － 仓）无 处 存 身。

（外折右袖，别左腿，右手托右袖。翻回右袖，抖右袖，左手拭泪）

〔二黄散板〕快速

【双槌大锣凤点头】（不等过门）3 3 6 5 5 6 6 3 5 6 2 1 －

恨 不 得 手 利 刃 一 申 幽 愤，

（张慧珠后退两步，右手举起匕首）

崔德富夹白：“拿着刀干吗？”

〔【乱锤】张慧珠、鲍世德与王四香、崔德富“推磨”换至“小边”，王四香、崔德富至“大边”。张慧珠右手后背，与鲍世德怒指王四香、崔德富。

王四香 我们是奉命差遣，概不由己呀！（拍拍双掌，摊双掌）【撕边】

鲍世德 满口胡言！

王四香 有你什么事儿呀！

〔亮弦〕

廿（6 7 6 1 －）

〔张慧珠垂下右袖，再垂下左袖，愣神。

---

① 此处锣鼓点子也是【双槌大锣凤点头】。最后一锣“仓”变成“顷－仓”。

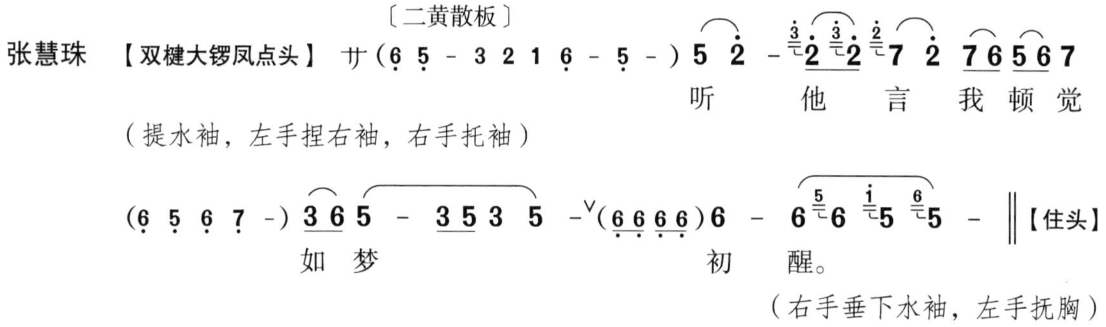

王四香 啊，大娘子，你呀，别怪我们哥儿俩，也别怪我们太爷，你要怪那杨嗣昌才对呢！

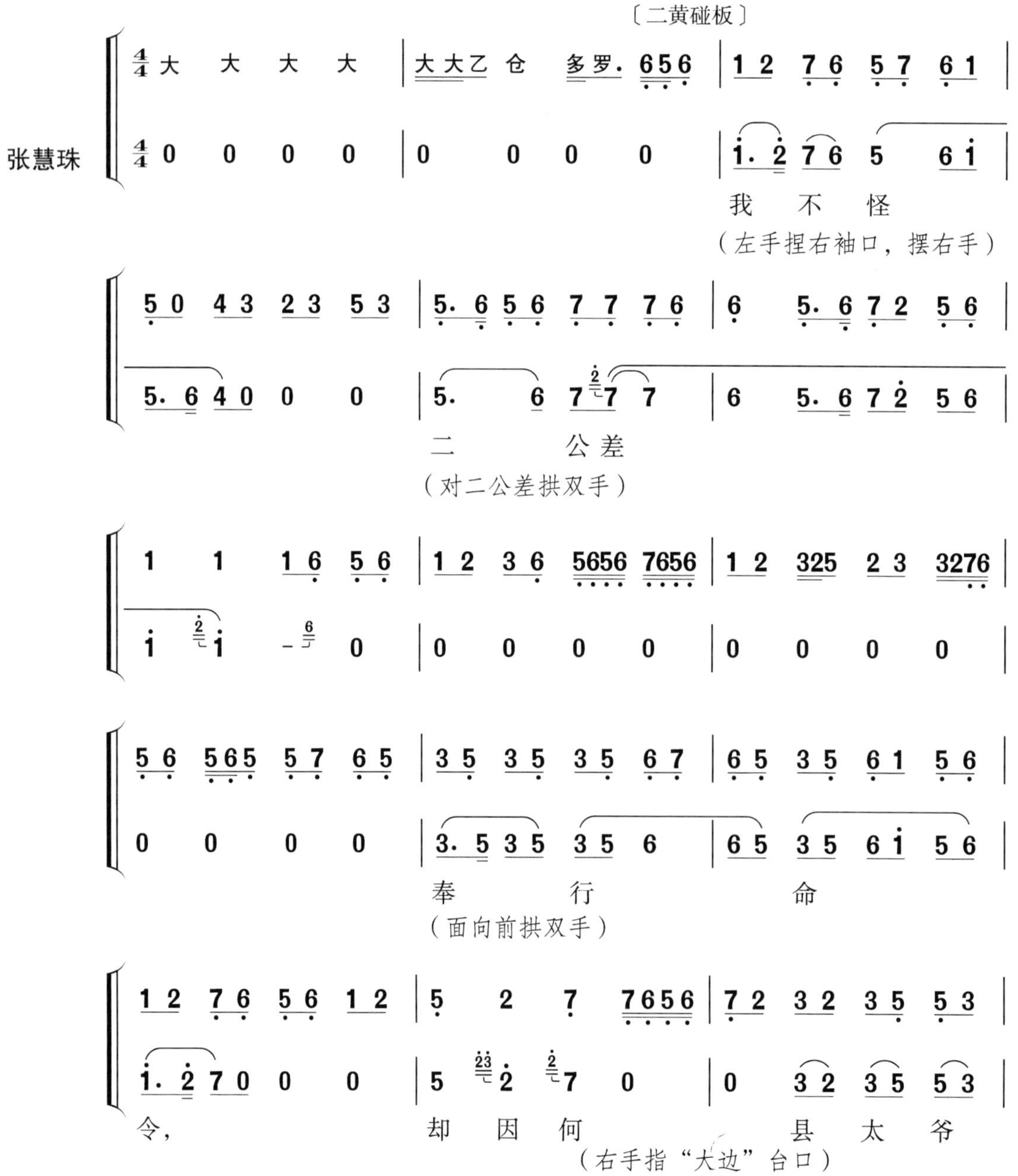

暴 敛 横 征？
恨只 恨 杨 嗣昌 肆 行
（左手捋甩发，右手狠指“小边”台口）
（左手捏右袖口，
苛 政， 众 苍 生
右手往外撒开）
尽做 了 这 乱 世 亡
民。
（接【慢长锤】）
（翻双袖成左“顺风旗”）

〔【慢长锤】中张慧珠领半个圆场，张慧珠至“大边”里首，外折右袖，撑左袖，亮住。鲍世德站“大边”外首，王四香、崔德富站“小边”。

〔【大锣夺头】张慧珠翻回右袖向外抖出，左袖自里向外扬出，同时里绕右袖，外折左袖，左手抱腹，右手撑袖，面向“小边”台口亮住。

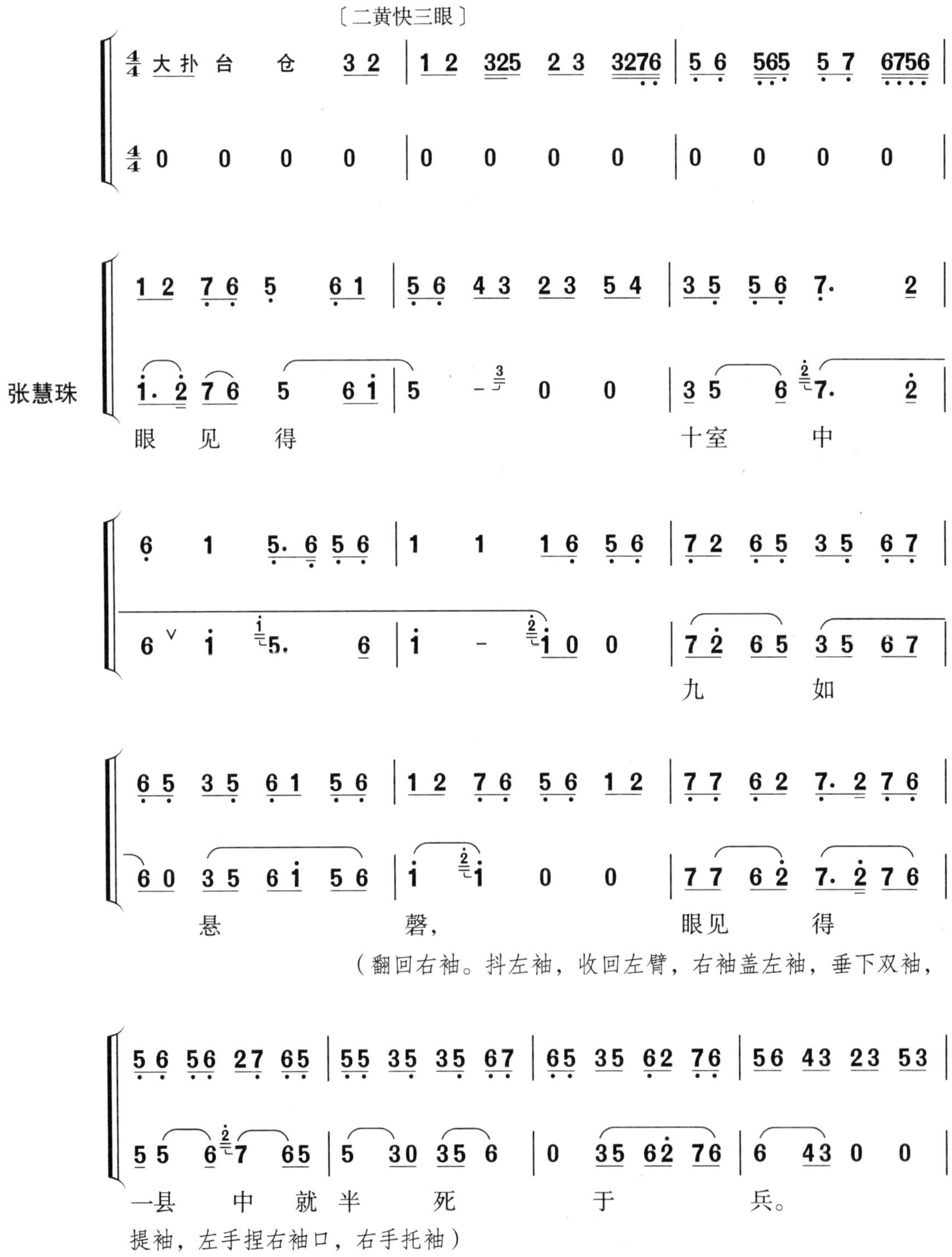

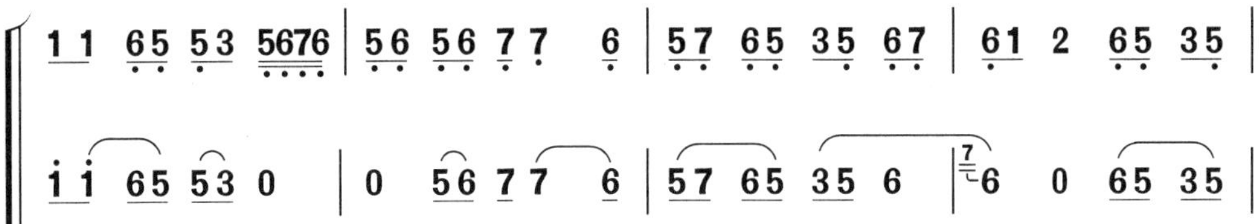

眼见得　好村庄　变成　灰

（双手两边撒开）（按双掌）（折双袖，右手左掏，

（胡琴随腔伴奏，略）

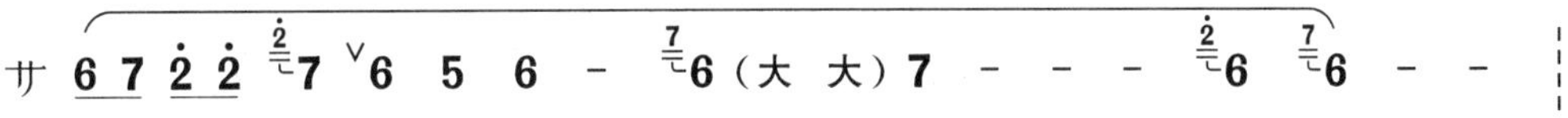

烬，

左袖搭在右臂上，右手翻回水袖向右撒开，在正场走半个小圆场，折右袖，垂下双袖，右袖搭在左肩上，左手撑袖）

【乱锤】张慧珠拉下右水袖。

〔二黄散板〕

张慧珠　【双槌大锣凤点头】（过门同前）

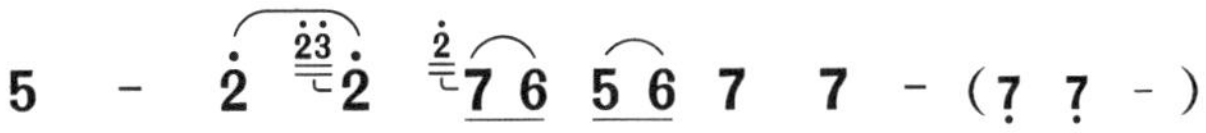

眼中人俱都是

（右水袖甩到右肩后，左臂下垂，右手拉下右肩上的水袖，双垂水袖，提袖）（左手捏右袖口，右手齐胸托袖）（缓右手，向前指出）

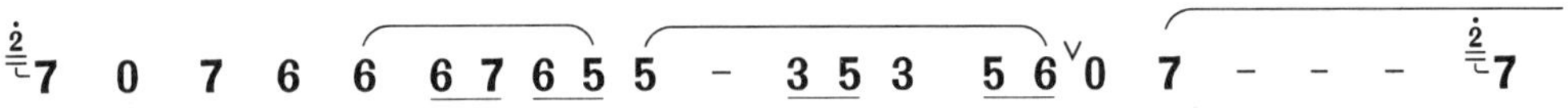

那　那虎口　余　生。

（摊双掌，双掌一击，翻腕，

（仓）　我不如

左手抚胸，右手后甩水袖，右手拉回在膝前下垂右袖，左手在膝前垂下左袖）

（提双袖，上步，左手捏

（仓）　拼一

右袖，右手抚胸，再缓至右侧。右小臂抬至齐肩）

慢

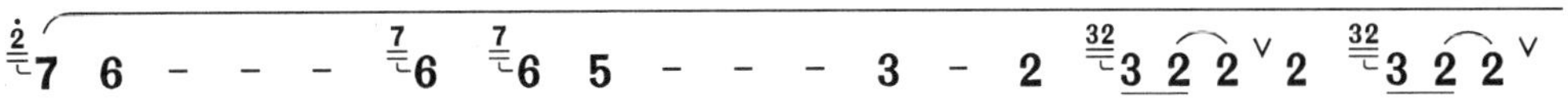

死

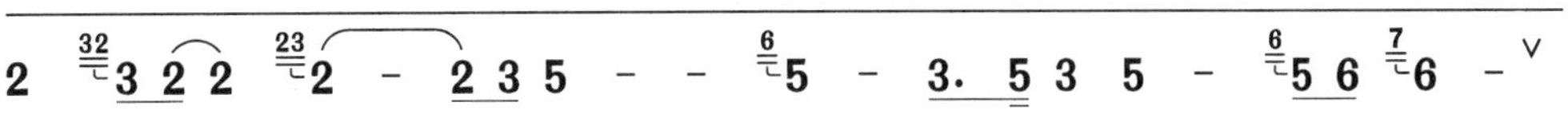

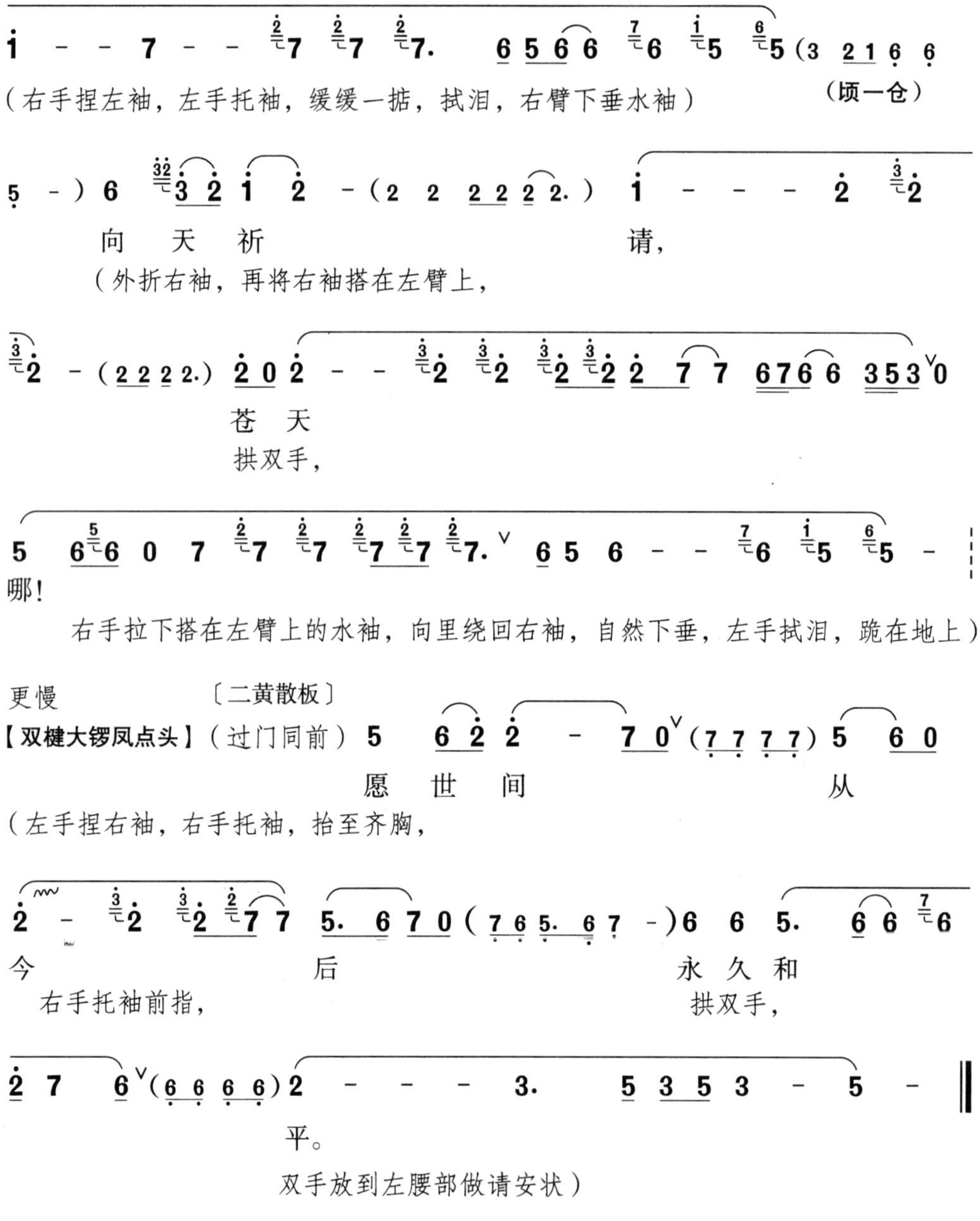

〔【撕边】张慧珠站起，右腿左别，右手指地上的匕首，（崩登仓）右脚大步前迈，别左腿成“右盘卧”，右手拿起匕首，【软四击头】站起，右转身一周，右手持匕首往自己颈部一刺，左手后背，面向里，右盘卧，做死状。（仓）

王四香 崔德富 （同时转身指张慧珠）哟，死啦！【乱锤】（王四香转身与崔德富相对，二人摊掌）怎么意思？

〔鲍世德拾起匕首，刺二公差，“过合”。一百姓“上场门”慌张地跑上，告诉鲍世德有老虎，拉着鲍世德“下场门”跑下。王四香、崔德富分别用公文和火签挡着脸，低头蹲在正场。

〔【阴锣】虎形“上场门”上，张着血盆大口，至崔德富前嗅嗅，又闻闻王四香，摇摇头，（仓）【冲头】“下场门”下。

王四香
崔德富 （二人站起）哎哟，我的妈呀！你在这儿呢！（仓）

王四香 伙计！

崔德富 哎。

王四香 怎么老虎都不吃咱们哥儿俩啦？

崔德富 哎，可不是嘛！哎，我明白啦。咱们两个人没有人味，不能吃呀！

王四香 不对！

崔德富 怎么？

王四香 （右手指着左手举起的公文）还是咱们老爷公文厉害。

崔德富 噢。

王四香 连老虎看见它都奋拉尾巴啦！

〔【乱锤】一人边往下招手边点头，一个摇着头表示无奈。唢呐奏曲牌〈尾声·合头〉。大幕落。

——剧　终

附 录

一 电影版第一场张慧珠唱的〔四平调〕唱腔及与宝琏夹白

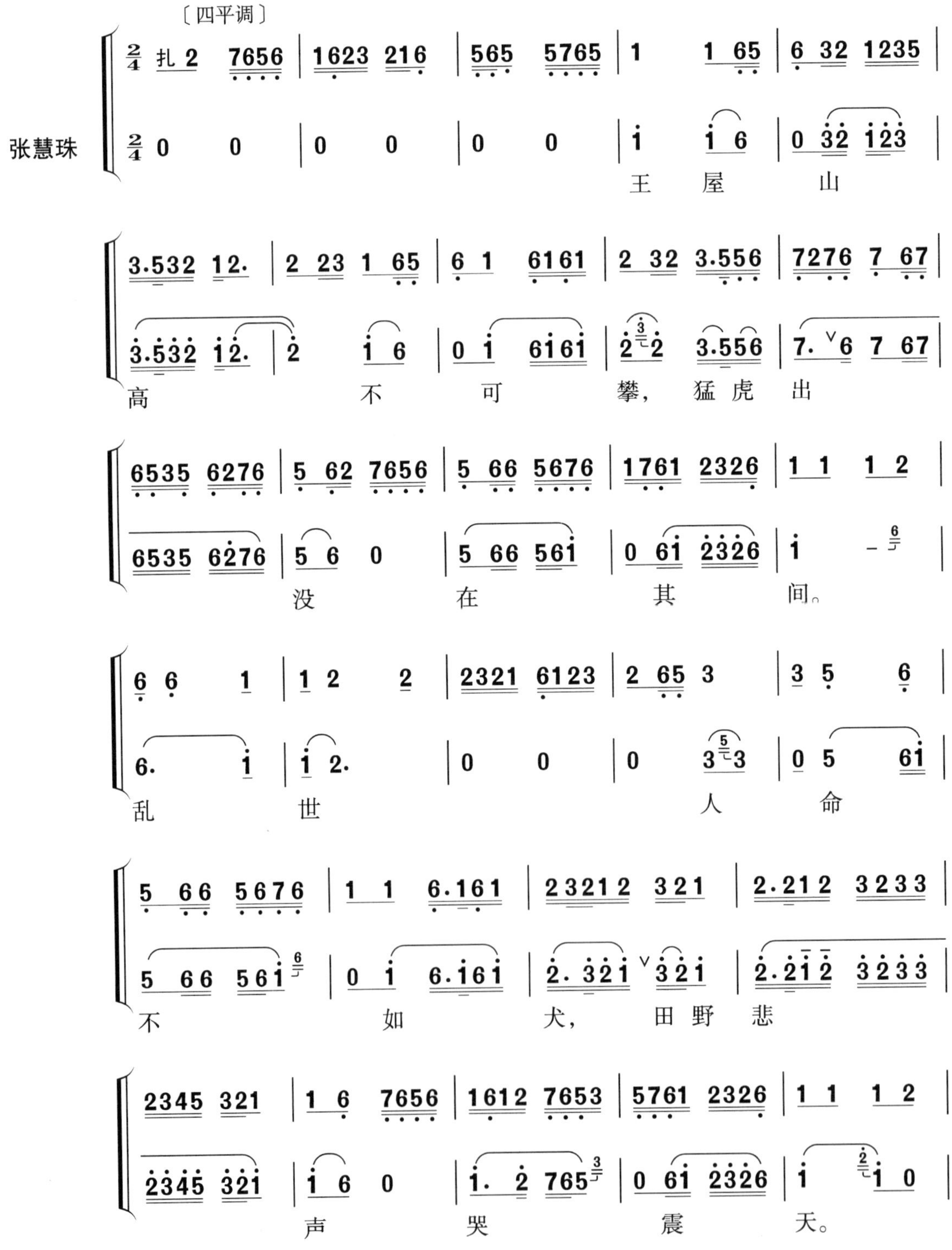

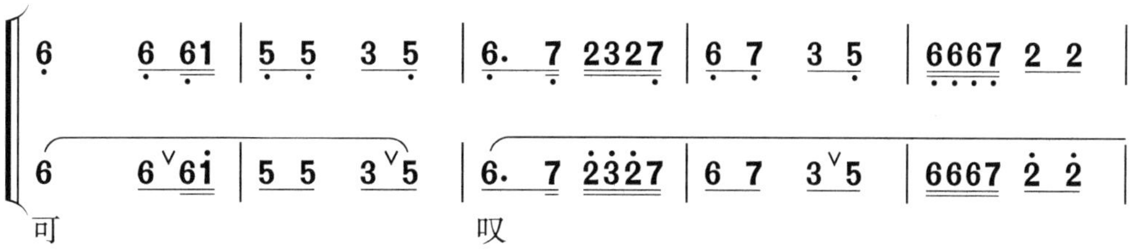

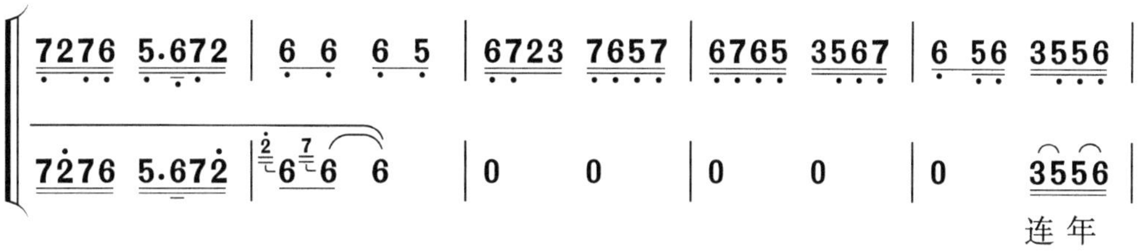

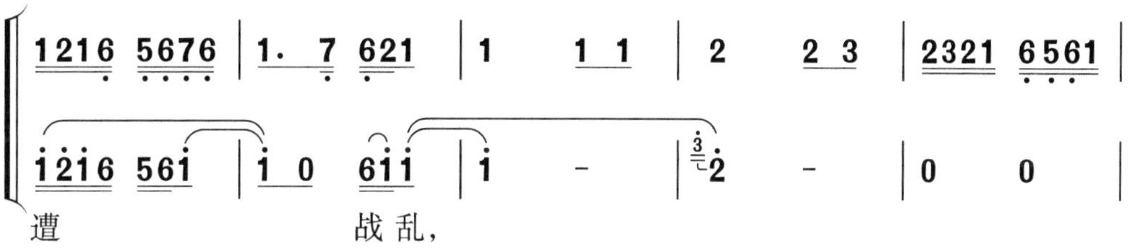

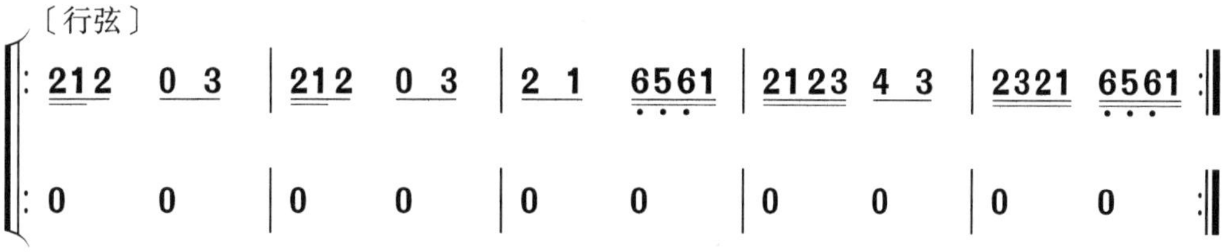

张慧珠夹白："只因王屋山上出了猛虎，我公公和我丈夫不能上山采药，无钱纳税，竟被县中公差将他父子一同下狱。是我昼夜织绢，卖了银钱，才将他父子赎取回家。"

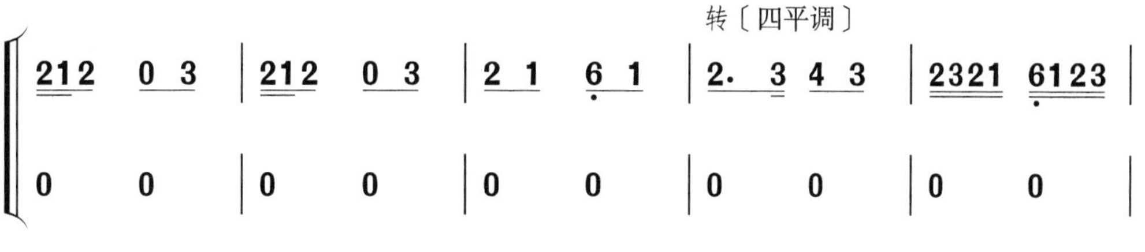

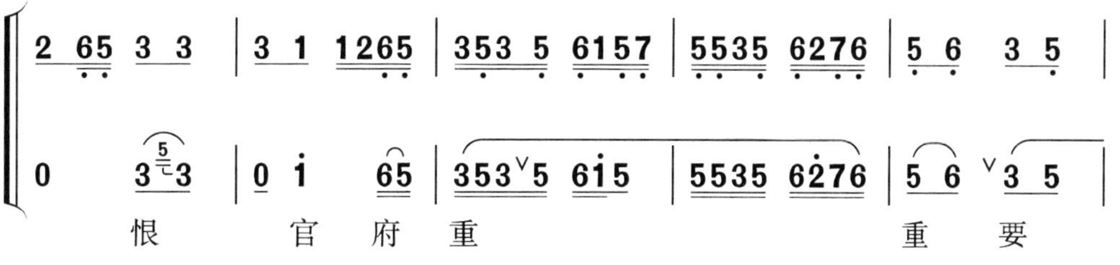

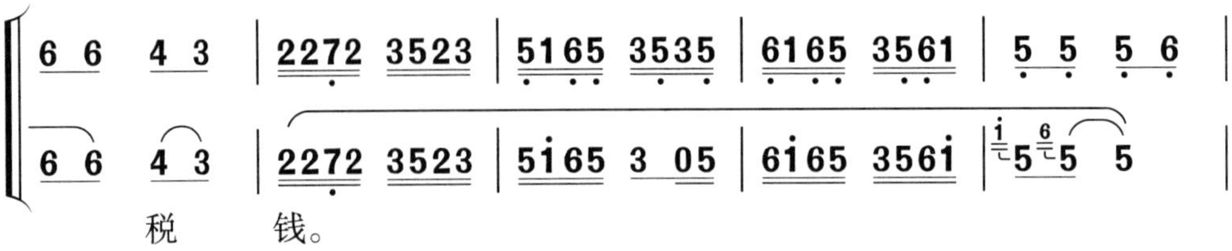

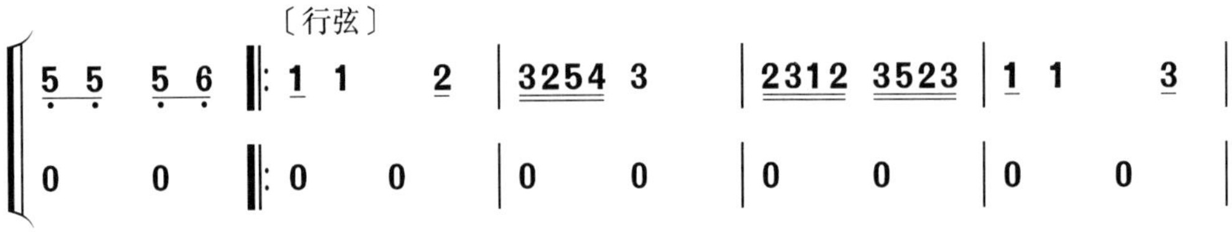

张慧珠夹白:“宝琏儿!” 宝琏夹白:“哎!” 张慧珠夹白:“宝琏!”

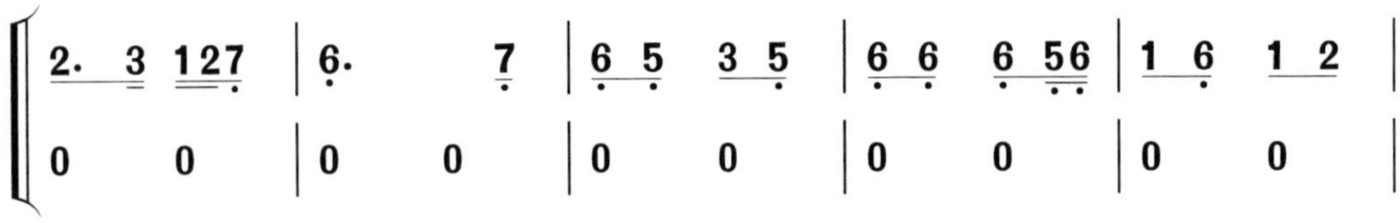

宝琏夹白:“妈,什么事呀?”

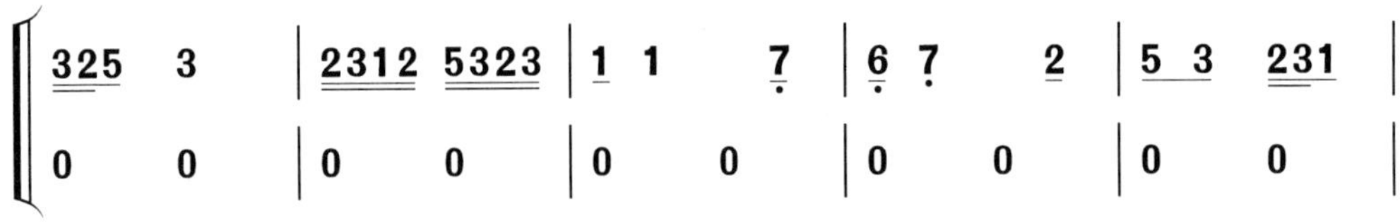

张慧珠夹白:“宝琏,快些来呀!”宝琏夹白:“哎,来啦,来啦!妈,什么事呀?”
张慧珠夹白:“我叫你数声,只管答应,为何不快快前来呀?”
宝琏夹白:“妈呀,我在门口看见好些当兵的,骑着马,拿着刀,还在抓人呢!”

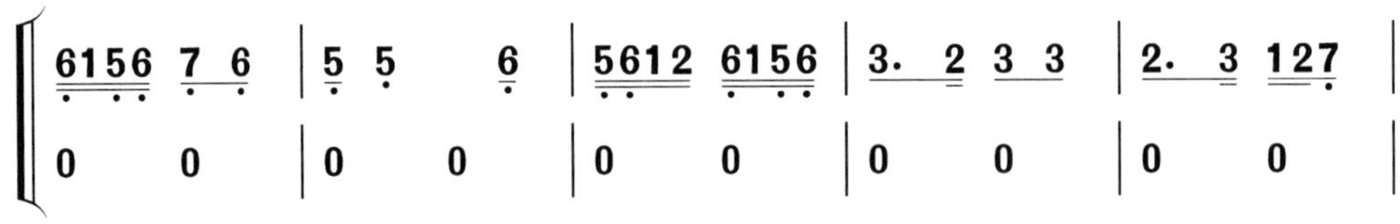

张慧珠夹白:“噢,那是官府抓丁,以后不要去看他们。”
宝琏夹白:“哎,我以后不看了。”
张慧珠夹白:“儿呀,明日就是你祖父寿诞之日,将这绢帛拿到市上,要钱十贯,好与你祖父、祖母做寿。” 宝琏夹白:“哎,我这就去!”

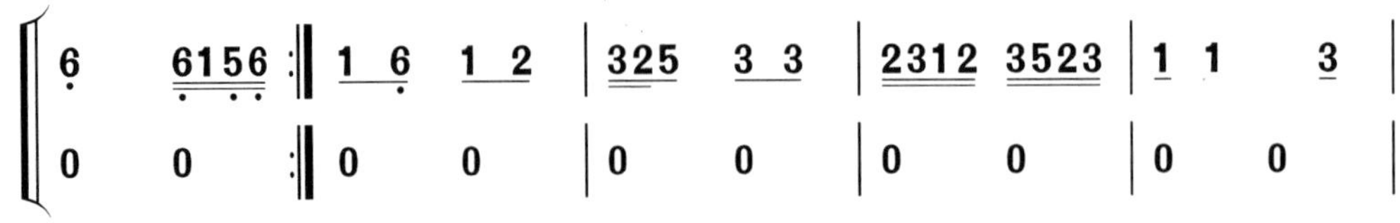

张慧珠夹白:“哎,宝琏!” 宝琏夹白:“哎!”
张慧珠夹白:“你前去卖绢须要避开官府公差,要绕那田间小道而行,记下了!”
宝琏夹白:“是了,妈。”

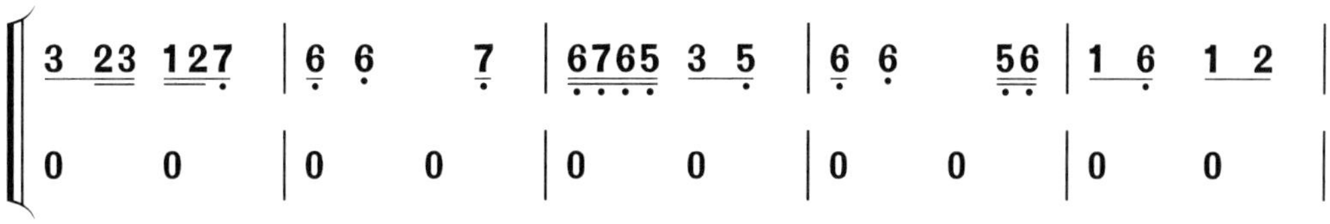

张慧珠夹白："宝琏！"　　宝琏夹白："哎！"
张慧珠夹白："将绢卖去，速速回来，不可在路上贪图玩耍。"
宝琏夹白："是啦，妈！您放心吧！"

张慧珠夹白："看天色尚早，待我织起绢来。"

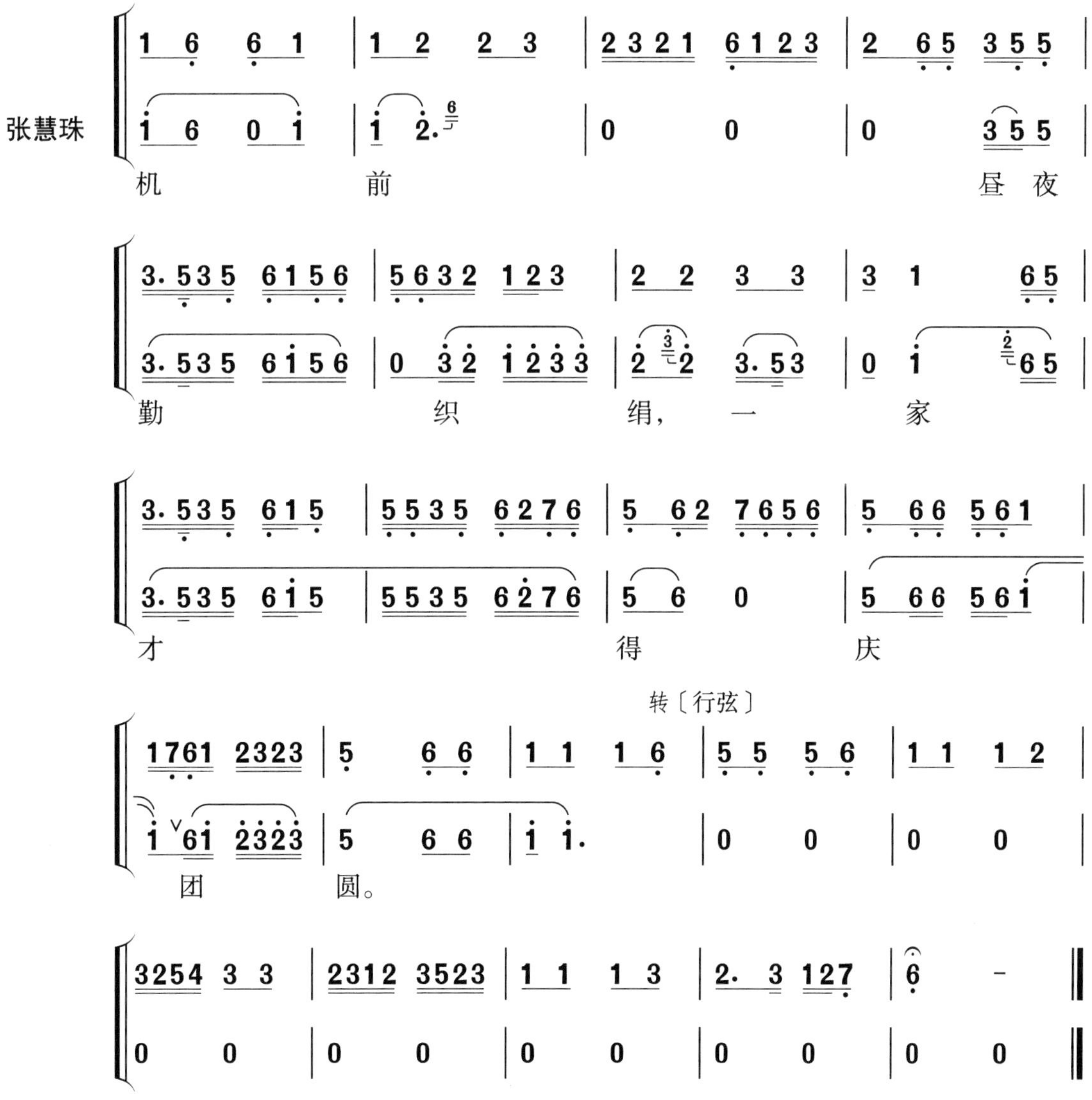

二　电影版《祝寿》一场的〔二六〕及〔流水〕的唱腔

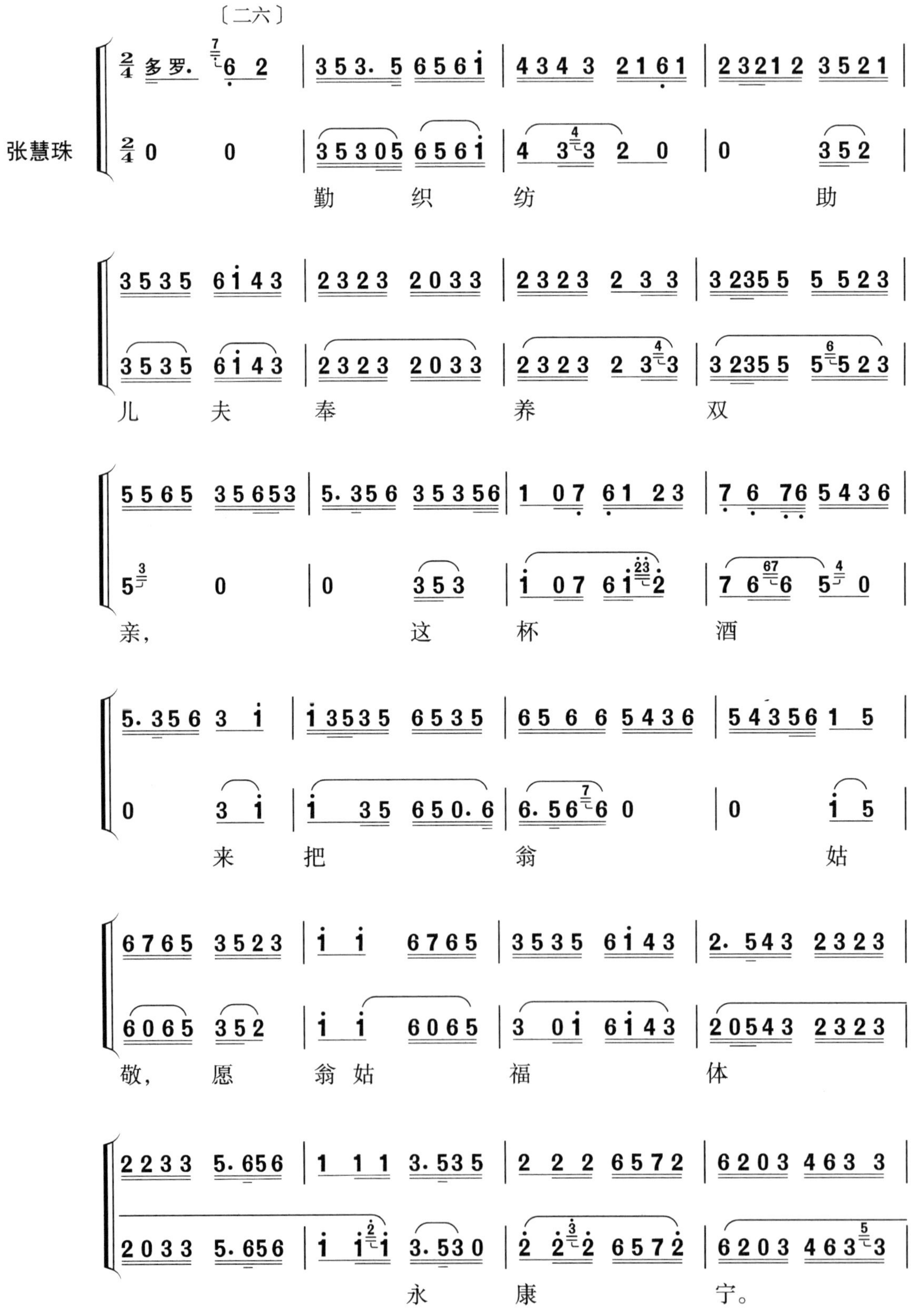

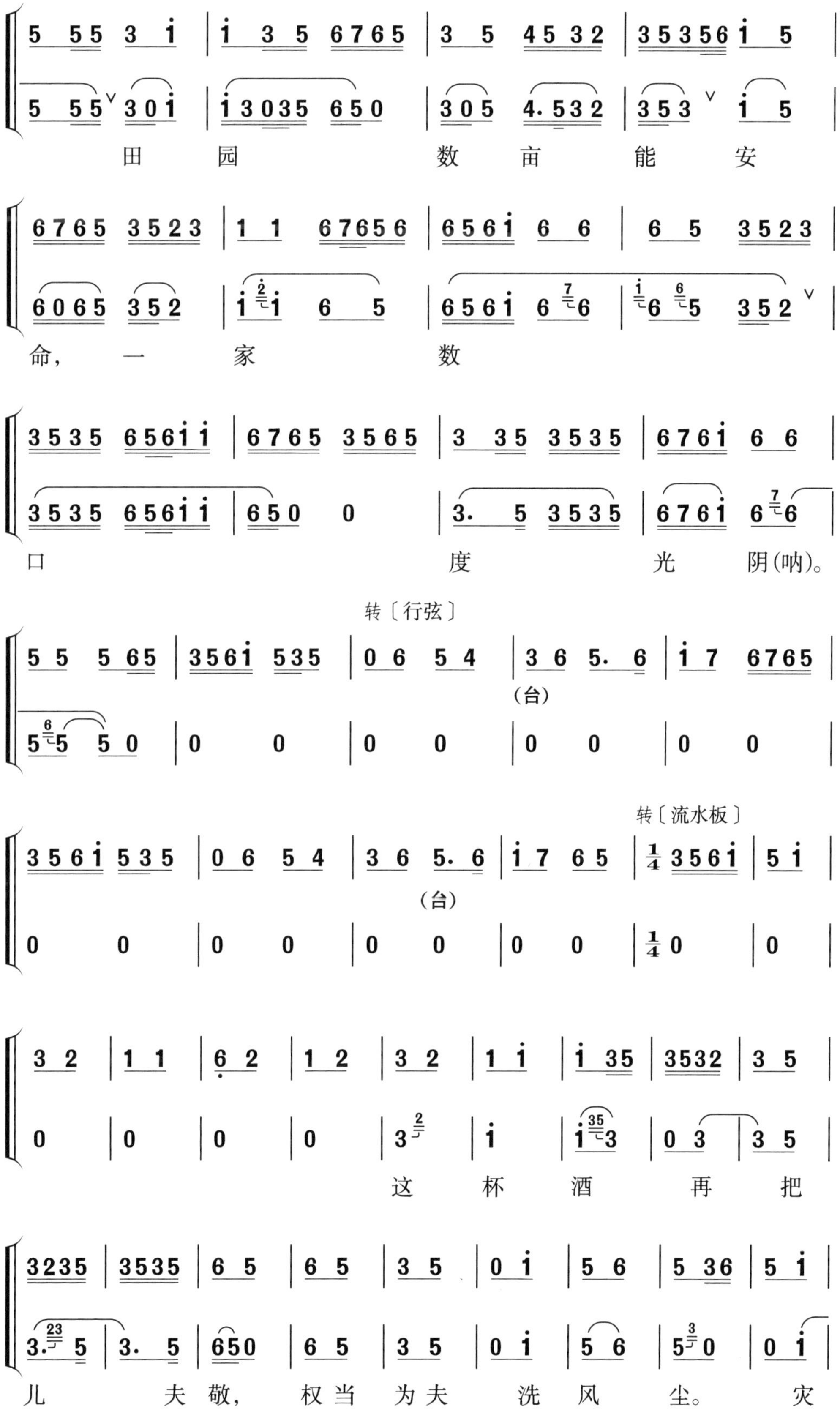
田 园 数 亩 能 安
命， 一 家 数
口 度 光 阴(呐)。
转〔行弦〕
(台)
(台)
转〔流水板〕
这 杯 酒 再 把
儿 夫敬， 权当 为夫 洗 风 尘。 灾

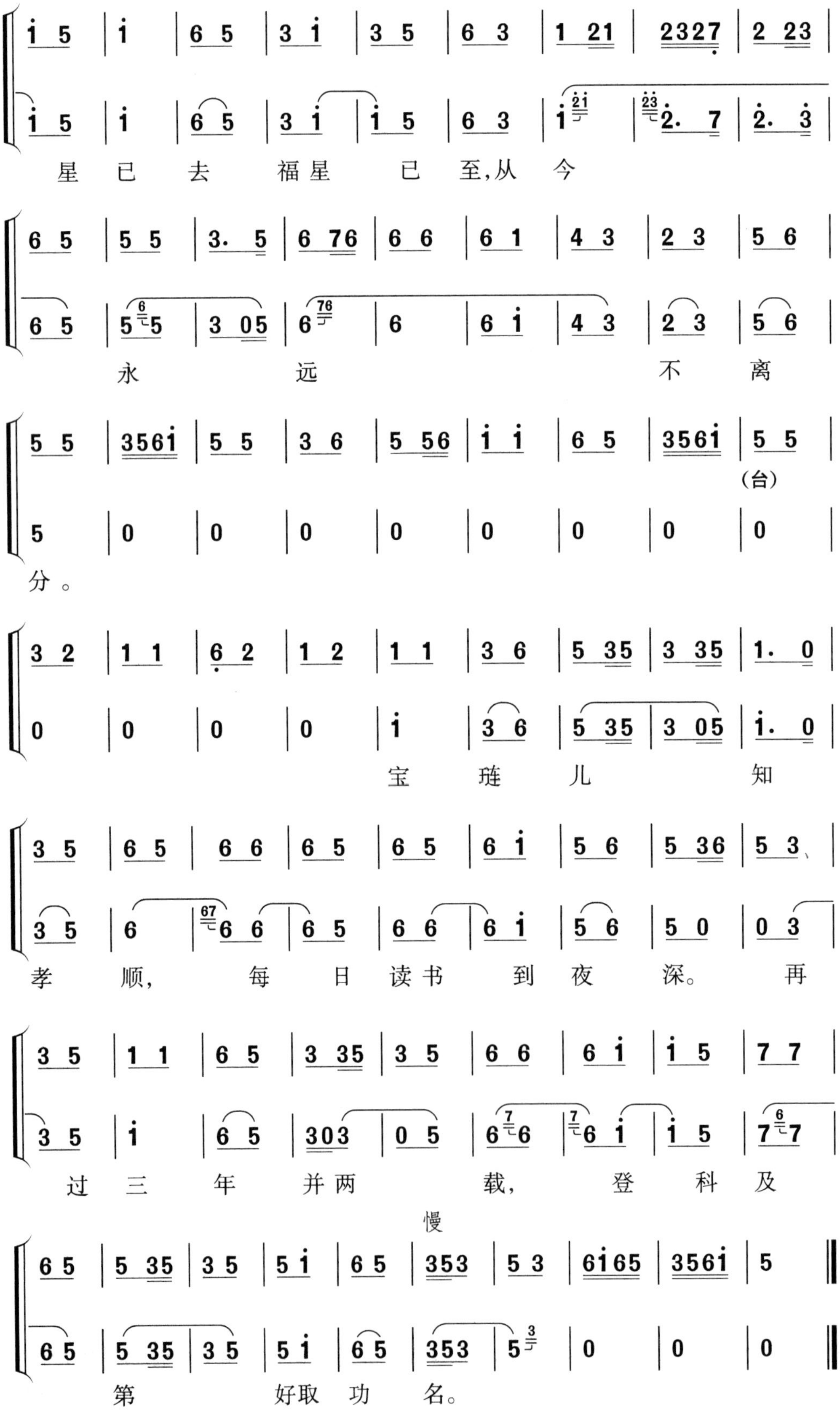
星 已 去 福星 已 至,从 今
永 远 不 离
(台)
分。
宝 琏 儿 知
孝 顺, 每 日 读书 到 夜 深。 再
过 三 年 并两 载, 登 科 及
慢
第 好取 功 名。

三　电影版对二次逼税的处理

张慧珠　哎呀，二位上差，想我家昨日纳税三贯，已分文皆无，如今我婆婆又痛子心切，性命恐也不保。上差，你们宽待些吧！

崔德富　嘿嘿，你说的好风凉话呀！听我告诉你：我们是奉了朝廷的命令。来到这下儿没别的事，就是要钱！（台）

王四香　快去拿去吧！

崔德富　快着点儿！

王四香　去吧！

崔德富　拿钱去！

张慧珠　实实地无有钱哪！

王四香　实在没钱，通融一下也成啊。

张慧珠　多谢上差。

王四香　嘿嘿，把你们家衣裳什么的，折了钱，不也一样吗？

张慧珠　我们没有什么衣服哇。

王四香　真是睁着眼说瞎话呀！你公公和你丈夫都让老虎给吃啦，他们的衣裳还有什么用啊？你拿出来折了捐税不正合适吗？

张慧珠　这个……

崔德富　什么这个那个的，拿钱去！（台）磨蹭什么呀，不是你们一家儿！

王四香　快着吧，没钱可就要抓人啦！

崔德富　快点儿！

〔（大大大大）张慧珠后退，对二公差拂右袖表示不满。（台）右转身，"上场门"下，取衣复上。宝琏跟上，追问。

宝　琏　妈呀，这不是我爸爸的衣裳吗，您拿出来干吗呀？

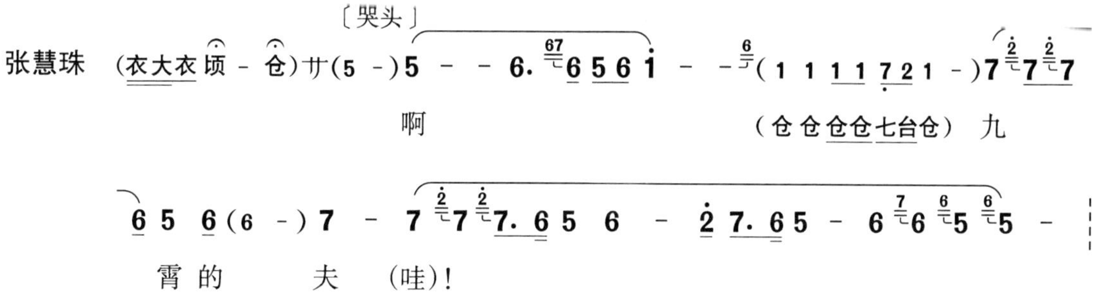

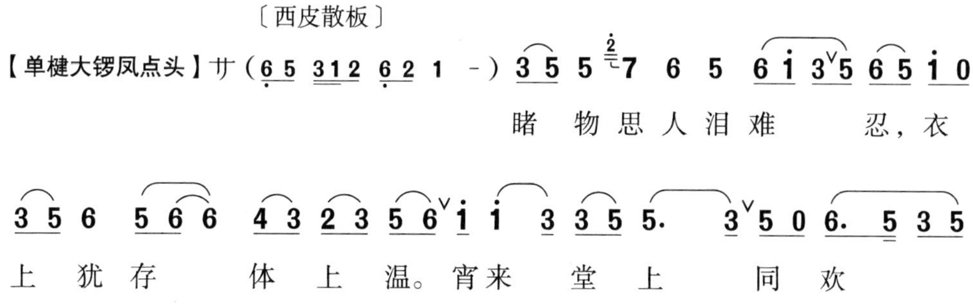

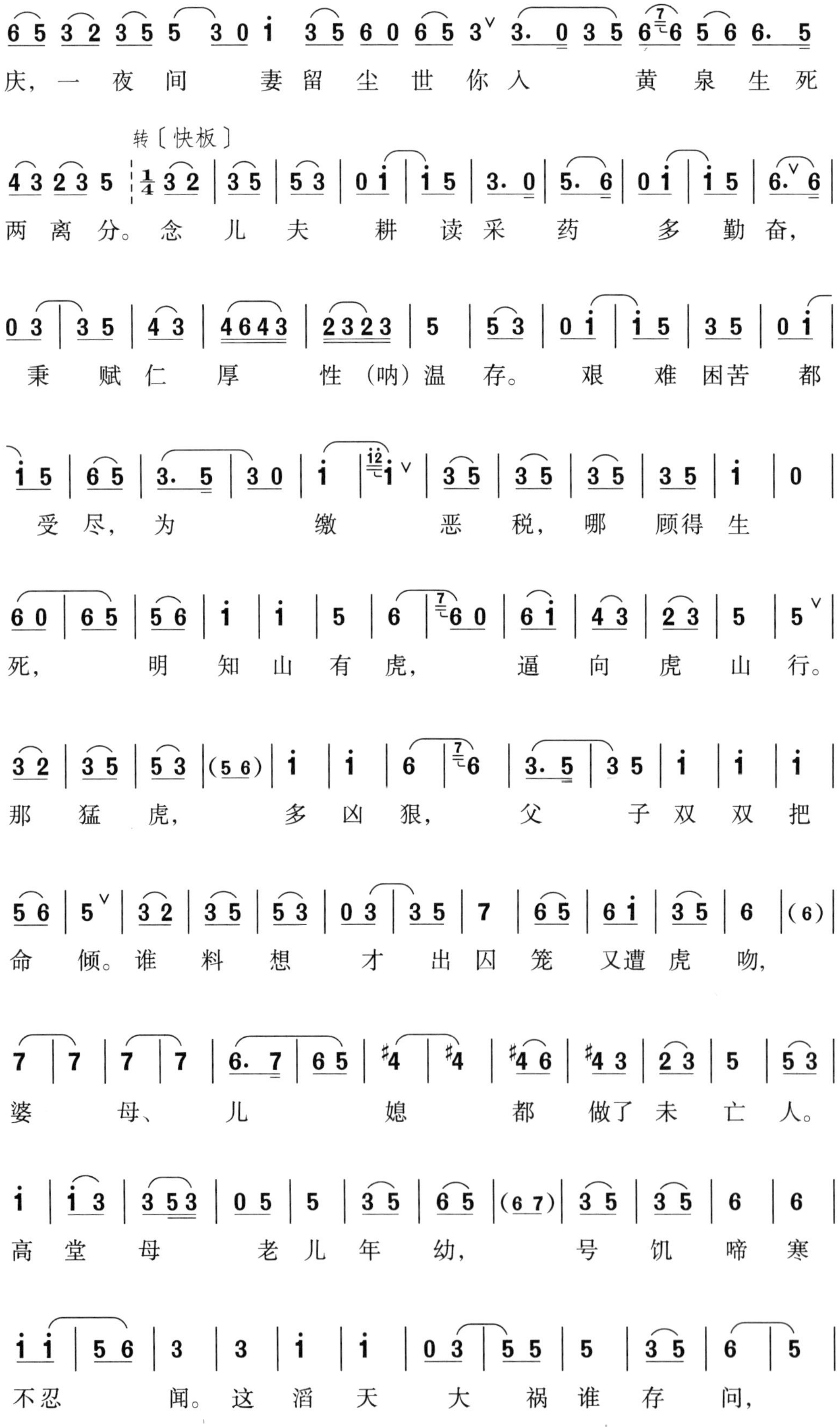
庆，一夜间 妻留尘世你入 黄泉生死
转〔快板〕
两离分。念儿夫 耕读采药 多勤奋，
秉赋仁厚 性（呐）温存。艰难困苦 都
受尽，为 缴 恶税，哪 顾得生
死， 明知山有虎， 逼向虎山行。
那猛虎， 多凶狠， 父 子双双把
命 倾。谁料想 才出囚笼 又遭虎 吻，
婆 母、儿 媳 都 做了未亡人。
高堂母 老儿年幼， 号饥啼寒
不忍 闻。这滔天 大 祸谁存 问，

i | 0 | 5 | 0 6 | i | i | 5 | 3 5 | 3 5 | 3 2 | 3 6 | (5)3 | 3 |

索　税　的公差又到门。无　奈　何　把

3. 5 | 3 ∨ | 5 | 0 6 | i | 0 | i | 0 | 7 | 0 | 6. 7 | 6 0 |

亡　夫　的衣　衫　来　换

廿 5 - - 5 6 i - (6)（顷 - 仓） i - (67)6. i 2 - ┆（仓）

活　命，

崔德富　咳！快点儿拿出来呀！

〔西皮散板〕

张慧珠　3 3 3 6 5 6 5 6 (7)6（6 -）5 6 (7)6 (7)6 4 3 2 - 3. 5 3 5 3 5 - ‖【住头】

这度　日真如　受苦　刑。

王四香　别慢慢腾腾的啦，快着点儿呀！

宝　琏　妈，不给他们，不给他们！（台）

张慧珠　上差，宽待些吧！

王四香　少废话，拿过来吧！

宝　琏　不给你们！

崔德富　哪儿那么些说的，拿过来吧，你！

〔幕内喊叫声："嗷——"

崔德富　怎么回事？

王四香　少管闲事！走咱们的！（下）

四 电影版明场处理陈氏追问宝琏的下落

张慧珠 宝琏！（台）宝琏！（台）

〔陈氏内白:“媳妇！”

〔【慢冲头】张慧珠遥望着宝琏被抓走，想去追赶，又听婆婆呼叫，进退两难。陈氏“上场门”上。

陈 氏 （寻叫）媳妇！宝琏！媳妇！（摊双掌，不见媳妇、孙子，无奈地归“小边椅”坐）（大 台）

〔张慧珠忙整双鬓，（大……台、大……台）拭泪。（大 大 大 大 大大）

陈 氏 媳妇！（台）媳妇！

张慧珠 （忙转身进门）来了。

陈 氏 媳妇，适才门外何事喧哗？

张慧珠 适才门外么……（大 台）（陈氏扶案欠起身来关注地听）是一群猎户到山上打虎的。

陈 氏 （坐下）打虎……宝琏孙儿人哪里去了哇？

张慧珠 宝琏他，他，他……

陈 氏 他，他，他往哪里去了哇？（台）

张慧珠 随他们看打虎的去了。【撕边】

陈 氏 怎么讲？（仓）

张慧珠 看打虎的去了。

陈 氏 宝琏随他们上山看打虎去了么？哎呀媳妇哇！【大锣五击】想那猛虎是何等凶狠，孙儿年幼，倘遇猛虎，如何躲避？你……你不该叫他前去！（拍案）（台）

张慧珠 他想必就要回来了。待媳妇到厨下去。

陈 氏 （厉声地）回来！（台）为婆腹中不饿，吞吃不下。你快快将宝琏追赶回来，快去呀！（台）

张慧珠 这……

陈 氏 想他祖父、父亲俱丧虎口。难道叫我那小小孙儿也遭虎餐不成？媳妇哇，你快快将他追赶回来，快快将他追赶回来吧！

张慧珠

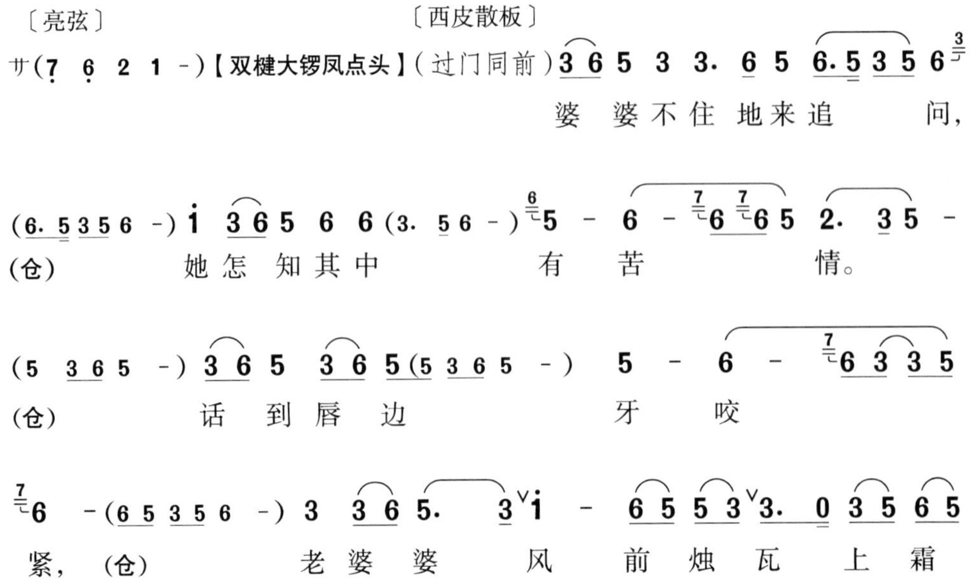

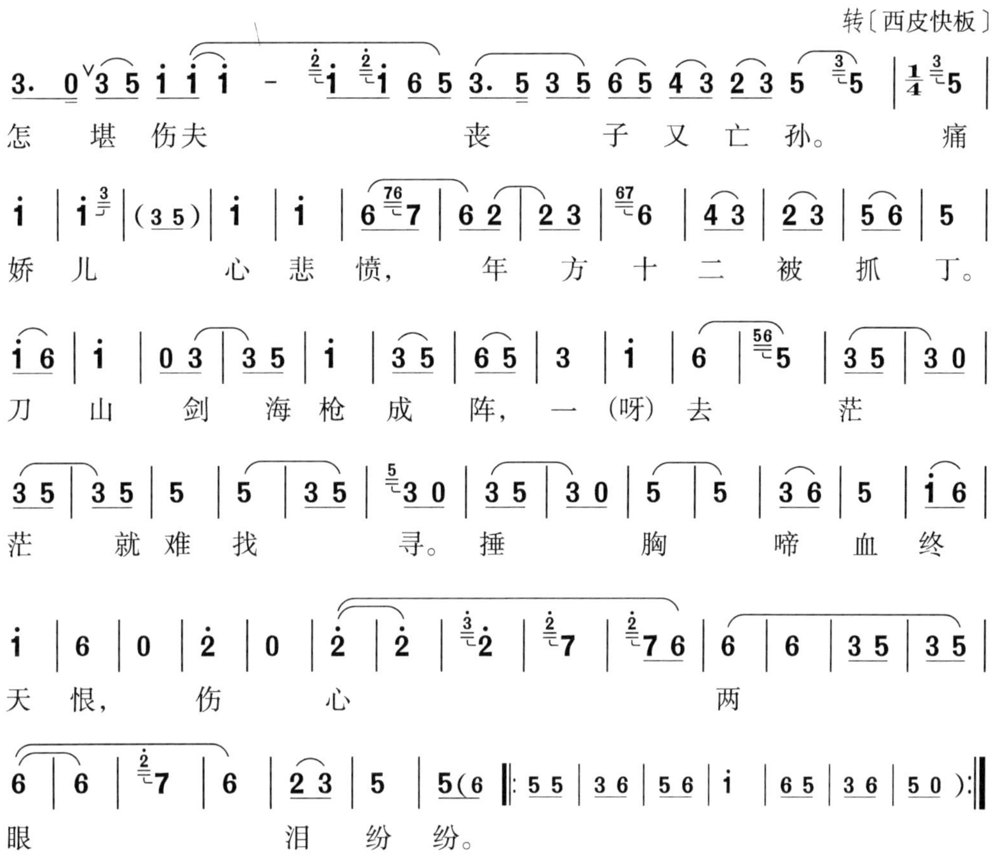

陈　氏　媳妇,我叫你把孙儿追赶回来,你吞吞吐吐,双目落泪,是何道理呀?

张慧珠　(忙拭泪)(台)媳妇未曾落泪呀!

陈　氏　你不必哄骗于我,这样啼哭,定有缘故。那宝琏孙儿他怎么样了?快快讲与婆婆知道哇,快快讲来呀!(台)

张慧珠　婆婆,适才那两个公差,又讨明年的丁税,我们无钱,无奈何,只好把儿大的衣衫与他们折了税钱,那万恶的公差才离开我家的呀!(台)

陈　氏　他们去了?

张慧珠　去了。

陈　氏　与宝琏孙儿何干呢?我问的是那宝琏哪!

张慧珠　宝琏……

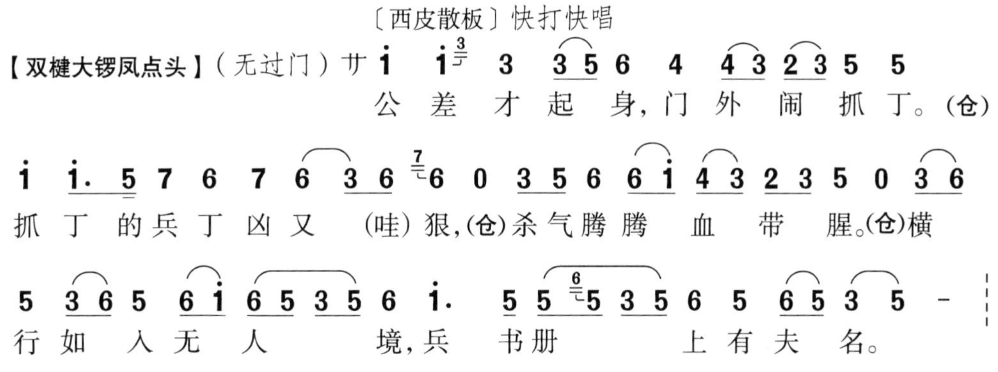

陈　氏　我那高忠孩儿不是死了吗？

张慧珠　是呀，他、他死了哇！

〔西皮散板〕

陈　氏　（惊）你待怎么讲？【撕边】

张慧珠　宝琏抓去了！

陈　氏　你为何不来报我？（用杖打张慧珠，张慧珠跪地）【叫头】媳妇哇！想你公公、丈夫只为上山采药，遇虎伤身。我们高氏门中，只留下宝琏孙儿。谁知你不加保护，竟被抓丁。想孙儿小小年纪，怎受这凌践之苦？你、你、你真气死我也！

〔西皮导板〕

陈　氏

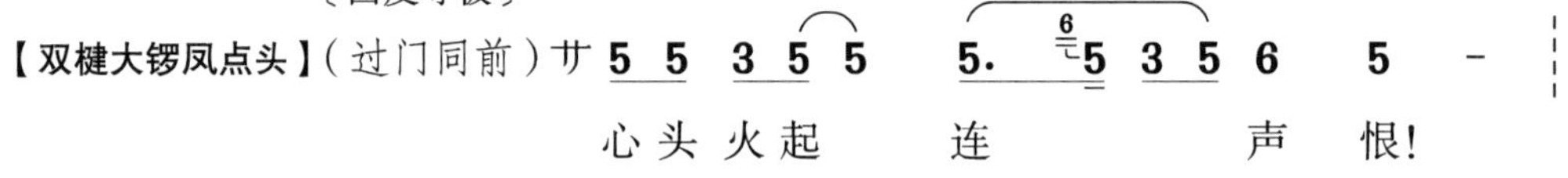

匚（嘟 大大）陈氏举杖便打张慧珠，（仓 嘟 大大）再打，（仓）再举杖，张慧珠用手挡住。

〔干哭头〕

张慧珠

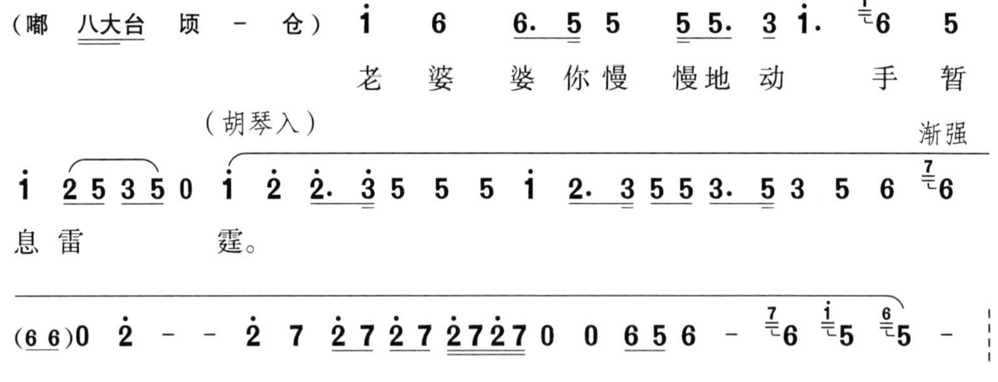

〔西皮滚板〕

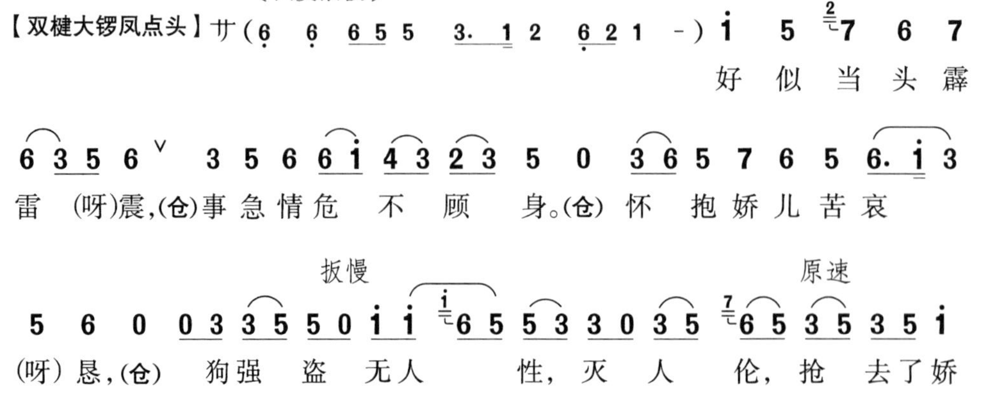

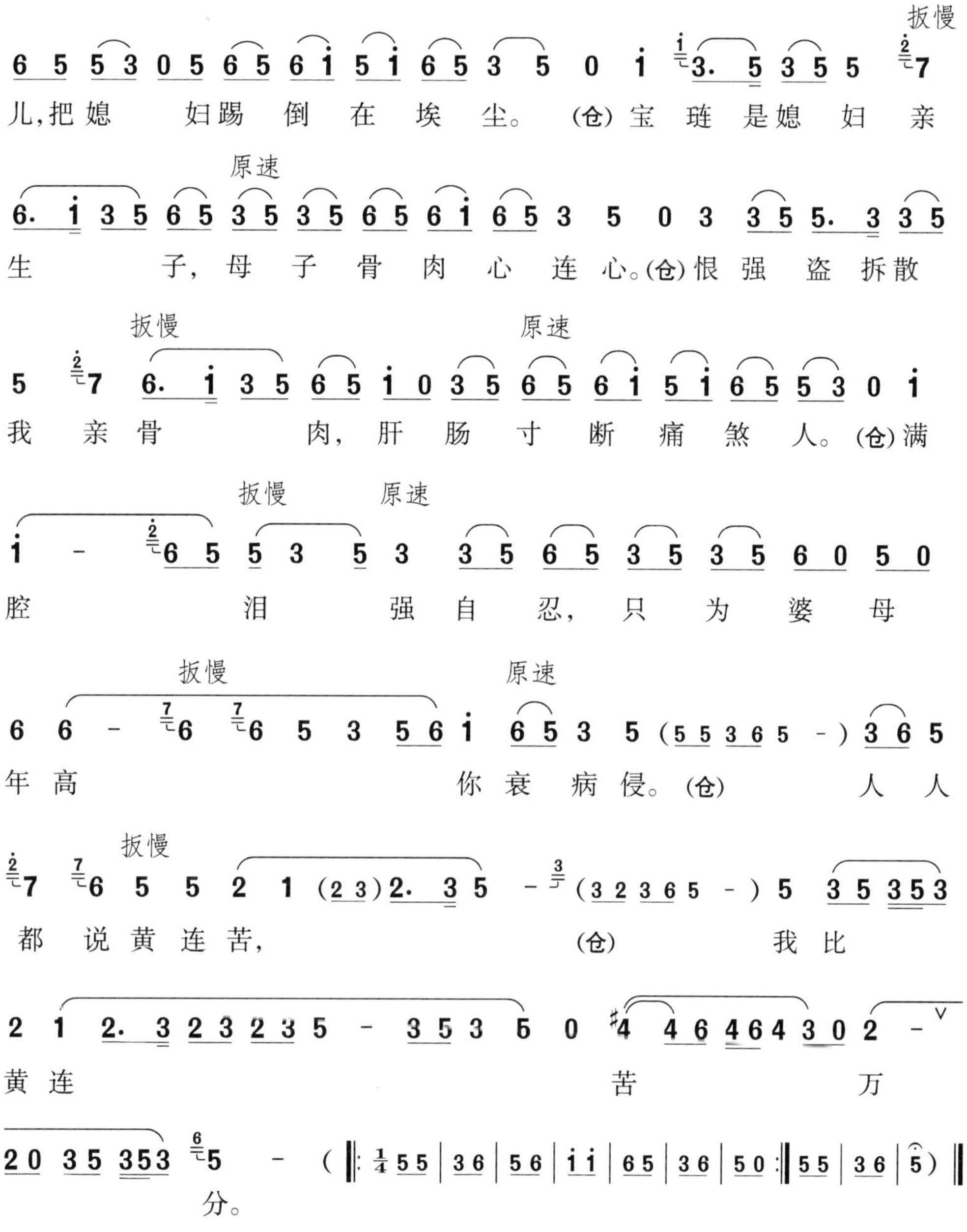

陈　氏　(走近张慧珠)媳妇,我错怪你了!(至张慧珠身旁)媳妇!

张慧珠　婆婆。(拭泪)

陈　氏　你好苦……(跪)(仓)

张慧珠　(跪,搀着陈氏)婆婆……(陈氏倒在张慧珠怀中)婆婆!(陈氏气绝,张慧珠哭)哎呀婆婆哇……

〔闭二幕。